苏小懒 著

玫瑰骑士

The Knight of the Rose

[上册]

青岛出版社
QINGDAO PUBLISHING HOUSE

图书在版编目（CIP）数据

玫瑰骑士 / 苏小懒著. —青岛：青岛出版社，2020.9

ISBN 978-7-5552-9292-0

Ⅰ. ①玫… Ⅱ. ①苏… Ⅲ. ①长篇小说－中国－当代 Ⅳ. ①I247.5

中国版本图书馆CIP数据核字(2020)第114635号

书　　名 玫瑰骑士
著　　者 苏小懒
出版发行 青岛出版社
社　　址 青岛市海尔路182号（266061）
本社网址 http://www.qdpub.com
邮购电话 18613853563　　0532-68068091
责任编辑 李文峰
特约编辑 孙小淋
校　　对 耿道川
装帧设计 梁　霞
照　　排 梁　霞
印　　刷 三河市良远印务有限公司
出版日期 2020年9月第1版　2020年9月第1次印刷
开　　本 32开（880mm×1230mm）
印　　张 15
字　　数 300千
书　　号 ISBN 978-7-5552-9292-0
定　　价 59.80元（全二册）

编校印装质量、盗版监督服务电话　4006532017　0532-68068638

建议陈列类别：畅销·青春文学

目录

[上册]

玫瑰骑士

目录

[下册]

玫瑰骑士

第一章

玫瑰骑士

所谓天才，不过是高度自律和专注的集合体。想到这里，魏岚脑海中浮现出无数个不眠不休的夜晚，看方案、背资料、了解竞争企业、关注行业动态……成就自己的分明是这些时间以分钟为单位，把二十四个小时都用到极致的日子。所以不要管别人在朋友圈里说什么、晒什么，那些真正厉害的人，都在你不知道的线下隐蔽地成长着。

雨林低洼处，十几个穿着迷彩服，用树枝掩饰自己，脸上涂满野战油彩的特种兵正在匍匐前进。领头的教官是悍勇的洪大军，他的女儿洪星星动作敏捷地紧随其后。

借着地势的掩护，洪大军举起望远镜看向不远处的高地上耸立的小工厂，四面制高点上没有哨兵，只有两个闲散的暴徒在门口走来走去。他迅速对洪星星打出几个手势。洪星星会意，示意狙击手原地准备，她随洪大军带人从十二点钟方向强攻，其他人从三点钟、九点钟方向进行包抄。

一间破破烂烂的仓库，十几个暴徒拎着土枪，暴躁地走来走去，不时用枪托殴打蹲在地上的被困人员。几具被困人员的尸体旁，魏岚脸色潮红、嘴唇干燥，涣散的眼神显示他已濒临极限，一旁的随从正焦急地看着他。

外面一声枪响，持枪的暴徒僵住，旋即往门口聚拢。

就是此刻!

洪星星和战友破窗而入，仓库内乱成一团，暴徒甚至没来得及反应，就已眉心中弹。或许是因为虚弱易于控制，因高烧而视线模糊的魏岚还没搞清楚发生了什么，便被暴徒挡在胸前，成了人肉盾牌。

千钧一发之际，洪星星扣动扳机对着暴徒就是一枪，成功命中其手腕，暴徒手中的匕首松落掉地，她一个箭步冲上去抓过魏岚，顺手将他推到一张可以藏身的桌下。

混乱之中，手腕中弹的暴徒咬开一个手雷扔到洪星星脚边。她见状，转身将桌下的两人踹出一米多远，自己的后背却彻底暴露在了手雷前。

爆炸声响起，火光刺眼，让人耳鸣脑晕，四周尘土飞扬，模模糊糊中，她感觉似乎有人将自己扑倒护在了身下。

洪星星终于从梦中醒来。

她记不清这是多少次做这样的梦了。同样被冷汗打湿，同样希望它真的只是梦。与洪大军最后一次并肩战斗，是她几乎每天都会做的噩梦。

就是在那次爆炸中，洪大军为救她而失去了一条胳膊，之后便因伤退役。为了照顾生活不便的父亲，她也一并回到了老家。

她翻身下床，一如既往地把被子叠成豆腐块，走出卧室。

她的小屋整洁又简单，没有多余的装饰，尽管已经退伍，但多年在部队养成的习惯早已成为自己的一部分，她无法舍弃。

洪大军的目光停留在她前额湿透的头发上，他垂下眼睛，迅速换上轻松愉悦的口吻："又做噩梦啦？"

"没，天热。"洪星星看着他空荡荡的袖管，别过头。

"那快点儿吃饭吧，吃完上班去。"

"您先吃，我洗个澡。"她转身走进了浴室。

镜子里，洪星星早已习惯了自己后背上那道狰狞的伤疤。她想起刚才洪大军端着小锅的样子，不禁悲从中来。也只有在这间紧紧关着门的小小浴室里，她才允许自己毫不掩饰地发泄满心的悲伤，也只能是一会儿，时间长了，老头儿会担心。

洪大军那空荡荡的袖管提醒她，过去那个悍勇的特种兵父亲现在已经是个普通的老头儿。他开始像所有上了年纪的父亲一样，买菜、做饭、遛弯儿、锻炼、操心女儿的婚姻大事。前几日，洪星星路过晨跑的公园，看见他拿着她的照片在托人给她介绍对象。

"肤白貌美大长腿，最重要的是，跟我女儿在一起特别有安全感。"

洪星星还是第一次见到老头儿这么委婉地表达自己的女儿是特种兵。

能没有安全感吗？

“彩礼什么的，都可以商量。”

彩礼？哪儿跟哪儿呀？

“对对对，特别知书达理。和谐社会嘛，以理服人。我女儿常说，能动手解决的问题，就别吵架。”

…………

老头儿到底想不想把她嫁出去？

洪星星有点儿蒙。

老头儿一向不善言辞。

看着周遭的老头儿、老太太脸上尴尬的表情，洪星星一点儿拦着的欲望都没有。

让他折腾去吧，总得有点儿事干不是？

装修考究的公寓内，客厅显得格外高挑。

灰色偏米白的壁纸下，是同色系的木质地板。长长的灰色系沙发上只有几个东倒西歪的抱枕。正对着沙发的是大理石茶几，质朴的白色瓷瓶里插着一束蔑葵。深绿色的叶子衬着青绿色的花骨朵儿隐藏在花间。

蔑葵冷静、理智的花语，诚如这所公寓的男主人。只是或许因为缺乏安全感，魏岚睡觉的姿势有些奇特，他总是把头埋在几个枕头中间，像是围成一个坚不可摧的城堡。闹钟响后，他抱着被子犹豫了几秒，便飞快地起床，穿好西装，戴上腕表和领带，准备出门。

在镜中打量了自己一会儿，魏岚的心情非常好。

如果说他有遗憾的话，那应该是早上的梦了。差一点儿，他就见到救命恩人的样子了。自从上次在非洲分厂被救之后，他就常常梦到她。这次的她同以前一样，仍是只留给了他一个背影，火光冲天的爆炸声中，是那坚毅的后背，她会有怎样一张脸呢？

他们会不会在人群中相遇却不相识？

她留给自己的永远是那个背影。

作为本地最知名的药企，润世集团的办公大楼俨然已经成为城市的地标性建筑之一，高耸的玻璃幕墙上映照出川流不息的人群和街景。

魏岚的跑车刚在公司楼下停住，孙秘书和几个身穿黑西装的职员就已经站在门口迎接他了。场面还挺隆重，他暗笑。这是他通过考察期，成功转为董事长的第一天，周亦霖接替他原来的职务，升任QW1项目总监，由他直接领导。

他着实有喜有忧。忧的是，从上至下，老头子算是老谋深算，全盘掌控。喜的是，还好是周亦霖，这个对他来说亦兄亦友的家伙，虽然经常疯疯癫癫的，可多少也有点儿良心，总比派个新人过来需要他重新适应强。

“怎么，不开心？你现在可是董事长了，我这个项目总监都要听你的了，你还有什么不开心的？”周亦霖打来电话时，语气酸溜溜的。

“虽然我现在是董事长，可在我爸眼里，还是不懂事呢。”

哈哈哈，魏岚默默地给自己点了个赞。

他觉得自己不但长得帅，还会玩谐音“梗”。

但周亦霖并没接住这个“梗”：“行了，不说这个，我给你带了礼物，现在去公司找……”

没等他说完，魏岚就挂断电话，向办公室走去。

不管是在学生时代，还是工作时期，只要有新人，大家都会跟着兴奋一阵，如果对方还长得特别帅的话，光是那张好看的脸，就已算得上福利了，平日里那些感冒发烧的小毛病都不舍得请假。

至少孙秘书是这么认为的。

更何况这还是集帅气与才华于一身的董事长正式升职后的第一天上班。

董事长办公室，他们一早就忙着收拾，誓以专业、整洁、高效、完美的精神面貌来迎接新董事长的到来。公司“三美一男”更是为了迎接的事情忙得不可开交，摆放桌椅、整理书桌、插好鲜花，但并没有忘记八卦。

“一个月让咱们公司实现40%的利润增长，所有资料、策划案和账目，倒背如流，精确到小数点后两位……我倒不是看在奖金加了那么多的分儿上说咱们魏总帅，嘻嘻嘻，就说除了他，谁还能做到吧？”小姜明显有点儿花痴。

小赵说得更直接一些：“肤浅！我跟你就完全不一样了，看在钱的分儿上，魏总天下第一帅，爱咋地咋地。”

“你说，咱魏总每天在朋友圈都晒吃吃喝喝、四处玩的照片，是怎么做到这业绩的？”

“这可能就是传说中的天才和超人吧。”

“哎，小点儿声，新官上任三把火，咱们凡人还是做好自己的工作吧。”

…………

三人八卦得正火热，魏岚一行人已经大跨步走来。

大家眼睛一亮：精致的手工皮鞋、暗纹提花西装袜、缝线严谨的裤边……利落的脚步声每一记都踏在大家的心口。

果然是董事长了，魏总今天的气场都不一样了呢。

作为“三美一男”小团体中唯一的男性，蔡蔡因女孩们的花痴而生起了酸意，眼角向上，一脸不服。

魏岚走到众人面前正想打招呼，大家齐刷刷地弯下了腰，亮出两排后脑勺，发出一阵振聋发聩的声音：“欢迎魏总，魏总早上好！”

魏岚微笑着跟大家打招呼：“大家早上好。”

他犹豫着自己是不是应该再多说几句，可说什么似乎都有点儿多余。众人见他一副欲言又止的表情，安静等待老板的训导，却久久不见下文，一时现场气氛有点儿尴尬。

孙秘书赶紧打圆场：“为了庆祝魏总您上任，我听说他们还专门为您准备了一个节目。”孙秘书说完，扭头冲“三美”使眼色。

小赵没反应过来：“节目？什么……节目？”

小姜反应快：“对，节目，经过我们的一致商讨，我们决定为魏总献歌一首。”

魏岚眉毛一动，颇有兴趣地盯着大家：“可以，那大家要唱什么呢？”

“三美”你看看我，我看看你，结结巴巴地回答道——

小赵：“走进新时代！”

小姜：“告白气球！”

小方：“水泊梁山！”

…………

尴尬的气氛持续升级。魏岚想，当董事长可真难，员工不懂事，只能指望自己懂事了。当下他大手一挥：“心意很别致嘛。孙秘书，给董事长办公室的各位一人订一份茶点，谢谢大家的热情，大家辛苦啦。”

说完，他潇洒地走向了董事长办公室。

天才？

宽敞的办公室内，魏岚一边打量这间魏宝丰待了多年的办公室，一边看向窗外坐在格子间里的员工。

这世上哪儿有那么多的超人和天才呢？他们只不过是把别人喝咖啡的时间、刷手机的时间、玩游戏的时间、八卦的时间、旅行的时间……都用在了工作上。

所谓天才，不过是高度自律和专注的集合体。想到这里，魏岚脑海中浮现出无数个不眠不休的夜晚，看方案、背资料、了解竞争企业、关注行业动态……成就自己的分明是这些时间以分钟为单位，把二十四个小时都用到极致的日子。所以不要管别人在朋友圈里说什么、晒什么，那些真正厉害的人，都在你不知道的线下隐蔽地成长着。

孙秘书敲门进来，把一块金光闪闪的写着“董事长”的牌子递到魏岚面前。

“魏总，您看这牌子做得还满意吗？”

“挺好。”魏岚看了一眼，把桌上写着“代理董事长”的牌子拿起来，做了个投篮的动作，牌子准确无误地落进了桌前的垃圾桶。

孙秘书赶紧识相地把写着“董事长”的牌子放上去。

“这些新换的桌椅您还满意吗？”她接着问道。

“桌椅没问题，只是……”魏岚示意孙秘书看向面前屏幕上润世集团的宣传片。

画面正播放到魏宝丰出场，旁边打着一行字幕“董事长魏宝丰”，魏岚按下遥控器，屏幕画面暂停在魏宝丰憨态可掬的笑脸上。

“宣传片也换下吧，更何况老爷子这拍得也太老套了。”

“好的，我马上叫人撤下，新的宣传片您希望怎么拍呢？”

“这个嘛……”

魏岚用骨节分明的手解开脖子上的领带，轻轻一扯，嘴角不自觉地上扬，孙秘书看得一呆。

“宣传片要既符合高大上的公司形象，又能充分体现出我的英姿和力量感。”

孙秘书和紧急赶来的宣传部经理点头表示赞同。

“你们可以这样拍，”魏岚开始了他的头脑风暴，“脖颈上要浮着一层薄薄的汗珠，被汗打湿的运动T恤紧贴在身上，胸肌若隐若现。还有，一定要抓拍我喝水的动作，注意喉结滚动，细节，细节懂吗？”

宣传部经理比了个“OK”的手势。

“然后要有我身手矫健的镜头，就用跆拳道来展现吧。还是细节，最后一定要有一个漂亮的下劈，木板啪的一声碎裂成两半那种。”

孙秘书迅速记录着。

“润世药业集团，我为自己代言！”魏岚双腿劈叉，给自己做了一个漂亮的结束动作。

“我说清楚了吗？”

“清楚，非常清楚。”

孙秘书和宣传部经理等着魏岚的下一道指令，却见他露出痛苦的表情，咧着嘴，眉头紧皱，颇为痛苦的样子。

“既然明白了，还不赶快把我拉起来？我的……肌肉，好、像、好像拉伤了。”

孙秘书想笑又不敢笑，急忙冲过去拉他：“刚才劈得太开了吧，唉，魏总，您没事吧？我马上叫车去医院。”

魏岚瞥了她一眼，疼得说不出话。

洪星星穿着一件宽大的帽衫，里面套着一件超人T恤准备出门。

“等等，先吃个苹果再走。”洪大军拎着刀在厨房喊。

“不吃了，爸，我赶时间。”

“那就吃半个。”洪大军举起刀想把苹果劈成两半，结果手一滑，苹果飞了出去，洪星星一个大步过去，稳稳接住苹果。

洪大军察觉到她黯然的目光，调侃道："啧啧，少侠好身手！"

"爸，都是因为我……"

洪大军要是不这么说，她还好受一些，他越这样，她越愧疚。老头儿为了保护她，炸飞了一条胳膊，却怕女儿内疚，每天都小心翼翼地看她的脸色。

洪大军怕她难过，怕她内疚，怕她有压力。世人都说父爱如山，是的，洪大军永远是她的山，沉默的高高耸立的永远给予她无限支持的，甚至连生命也不惜舍弃的山。

这座"大山"看到女儿难过，又开始开导她："我最讨厌人家提以前了，我这右手好用得很，刚才就是个意外。"

洪星星拿起整个苹果啃了一口说："那我就吃它一整个。"

洪大军又嘱咐："别忘了去医院打个破伤风的针，被生锈的铁丝扎可不能不当回事。"

"知道了，爸，我又不是三岁小孩儿。"

关上门，洪星星便再也笑不出来，银行卡里只剩两万多元，这点儿钱够干什么呢？她正懊恼时，洪大军又发了微信过来，叮嘱她务必去打破伤风针，也许知道她压根儿不会去，老头儿强行要求她打完后拍个针眼儿的照片。

得，这破伤风针她还真得打。

洪星星收起手机，快步向站牌走去。

还好只是扭伤了脚。

医生一边给魏岚抹药，一边语重心长地说道："你体质本来就弱，下次一定要多注意。"

周亦霖得到消息后冲进来，看到这场面，呆了一会儿："哎哟，这都肿啦？骨头没断吧？"说着，他就要伸手去捏魏岚的脚腕。

魏岚一咬牙，用手使劲拍他："疼，疼，疼，滚滚滚！"

“肌肉拉伤，没有伤及骨头，回去别活动，躺几天就好了。”医生似乎见惯了这样的场面，淡淡地说道。

“您确定不需要住院吗？这脚肿得跟个大猪蹄子似的。医生，该输液就输液，该开刀就开刀，您可千万别客气。哦，”周亦霖换上一副沉痛的表情继续说道，“该截肢就截肢，如果需要安装义肢什么的，您尽管直说！魏总，他……”

周亦霖戏精上身，继续沉痛地说道：“魏总他挺得住！”

魏岚气得恨不得扔刀子：“滚！哪儿凉快哪儿待着去！”

医生哭笑不得：“不用，就是伤到筋了。他的身体比一般人弱，所以恢复起来也更需要时间。”

“那可真是太遗……”见魏岚几乎要跳起来揍自己，周亦霖赶紧改口，“太好了，太好了。”

魏岚懒得同他计较：“废话少说，扶我起来回公司。”

周亦霖熟练地搀起魏岚：“关键时刻是不是还得靠兄弟？”

魏岚翻了个白眼。

周亦霖扶着魏岚在医院走廊的长椅上坐下，从背包里拿出一个纸盒。

他打开纸盒，一支“短枪”映入眼帘。

这“枪”做得十分精致，其实是打火机。魏岚打量了一会儿，没说话。

周亦霖故作深沉地道：“哥们儿对你够意思吧？你都当董事长了，对下属总得有点儿威慑力。这可是我精心为你挑选的。”

魏岚翻了个白眼：“留着你自己用吧，你比我更需要。毕竟，对下属的威慑力，靠我的美貌，不不不，帅气就可以。而你就不行了……”

周亦霖鄙夷地瞪了魏岚一脸：“我呸，不要脸。”他将手枪对着魏岚，便欲扣动扳机。

魏岚不为所动，伴随着周亦霖嘴里发出砰的一声，枪口出现一缕火苗。

“怎么样，帅不帅？霸不霸道？这玩意儿在手，开会时谁还敢不听你指挥？”

魏岚盯着他：“幼稚。直说吧，我爸这次派你来，到底想干什么？”

周亦霖被盯得背后发毛，终于承认：“好吧，上周你见了三个相亲对象，都没下文，魏叔可急坏了。让我来问问。”

“很遗憾，麻烦回去告诉老爷子，让他别操这份闲心了，只要是他安排的，我都觉得不合适。”

第一个杨小姐，万诚化工董事长的女儿，看上去倒是妥妥的“白富美”，可比起相亲，她似乎更喜欢炫富。

第二个好像是一名三线演员？看起来是才貌兼备、学历最高的演员，魏岚没看过她的剧，但两人坐下来没聊几分钟，她便开始大聊特聊剧组八卦，听得魏岚目瞪口呆。

第三个与前面两个完全不一样，特别优秀，阅历也广，几句话聊下来，他就很中意，两人一拍即合，魏岚更是当机立断——开出双倍年薪，将她挖到润世做市场部经理。

周亦霖听完魏岚的讲述，笑得捂肚子：“牛，相亲能相到挖人跳槽的，你也是古今中外第一人了。”

魏岚连忙摆手：“哪里，哪里。我的心里只有工作，工作就是我的对象。”

“要我说你就是没遇到那个人，我等你打脸的那一天。不过话说回来，那你也够狠的，直接把魏叔赶去欧洲，赢了不许他回来，输了你立刻就走，我要是魏叔，早就骂你这个不孝子了。”

魏岚冷笑一声：“他想让我接班，就得做好彻底休息的准备。”

“魏叔说了，让我打听出来你喜欢什么样的女孩儿，他照着样子给你找。说吧，我得交差呀！”周亦霖追问。

魏岚不置可否。

“你要是嫌烦，我只能帮你编了。”接着，周亦霖掏出小本本，在上面边写边念，“肤白貌美，长发飘飘，三围黄金比例……”

“停停停！”魏岚打断他，“你这么写：皮肤要黑，越黑越好。头发要短，不能过耳。三围……平板吧，平出胸肌的那种。和你们凡人不同，我就喜欢这样的。”

周亦霖失笑：“你怎么不再加个肱二头肌？”

魏岚抬起胳膊做了个发动肱二头肌的动作：“对，补上，补上。而且必须明显。还要比我壮，比我能打，能够保护我，不然没资格当我女朋友！”

“能保护你？！你干脆找个女保镖当老婆得了。学历呢，本科？”

魏岚摇摇头。

周亦霖问：“专科？”

魏岚抿嘴笑笑：“像‘小岳岳’一样，读过小学就行。”

周亦霖大笑：“行。我都给少爷您记下来。”

魏岚脑海中闪过一幅画面。透过迷蒙的眼帘，依稀看到一道周身蒙着光圈的高大身影，逆光而立，对他举起枪，接着一声枪响。

想到这儿，魏岚补充道：“我忘记说了，最重要的是枪法好。”

“枪……枪法好是个什么鬼，你还真按照保镖的标准找？”

“你管我呢？反正我就这些条件，你一字不落地报给老头子，让他去找！”

周亦霖把手中的笔记本记满的一页撕下，折好放在前胸处的口袋里：“魏叔要是真按这些条件给你找个女朋友，看你怎么办！”

“他要能找到，我就接受。”

魏岚伸了个大大的懒腰后站起来，微跛了一下，周亦霖赶紧站起来扶着他走。

“魏叔给你的这一个月考验期，你都没怎么睡觉吧？”

魏岚默默往前走。

周亦霖又自顾自地说："饭肯定也没好好吃。你昨儿发的朋友圈说去了什么日式小酒馆，那是咱们去年的旧照片，你也就骗骗别人。"

魏岚警告地瞪了他一眼。

周亦霖立刻表态："明白！我作为魏少爷完美形象维持会的终身会长，绝对保守秘密。"

魏岚都怀疑自己是不是压根儿就没有偷懒的命。

魏岚跟着导师做QW1抗癌药研发的那几年，拼命努力就是怕万一被淘汰，会被逼着回来继承公司。没想到，他好不容易做到研发总监了，不知从哪里提前听到风声的老头子把整个项目强行买到了润世集团旗下。他不忍放弃自己的心血，只好黑着脸回来。

周亦霖隐约猜到了他的想法，安慰道："好在你回来了，不然QW1就被关停了，牺牲还是值得的。"

"老头子拿关停项目来威胁我回来，我就要用QW1的上市生产来打他的脸。润世在我的带领下成功生产出平价抗癌药物，这样的战绩足够让所有人忘记他魏宝丰，只会记得我魏岚。到时候没人会跟我说魏宝丰是我爸，大家只会跟他说，你儿子是魏岚！"

魏岚终于发泄完毕，他打算趁着老头儿得意忘形之际，迅速撂挑子走人，只要QW1项目开花结果，这个润世董事长，谁爱干谁干。

反正周亦霖接下来就会转告老头儿，魏岚索性一股脑儿地把气话都说给他听。

孙秘书从药房回来，小脸红扑扑的。

周亦霖打趣道："看你这含羞带怯的样子，该不会是遇见白马王子了吧？"

她快步走到魏岚面前，扶起他的另一条胳膊，叹气着道：“可惜没看见脸，但背影真的超有型，超迷人，爱上了。”

她正要详细描述见到那人的场景时，手机铃声响起，她看了一眼后，急忙按下拒接键。电话再一次打来。

魏岚冲她仰仰头，示意她接听。

孙秘书紧张的神情有些许放松，挪动着小碎步离开了。

周亦霖坐得无聊，跑去不远处的自动售货机买饮料。

长长的楼道里人来人往，魏岚正要伸懒腰，突然瞥见马路边有个人鬼鬼祟祟的，不知道在一辆车旁边做什么。那人贼眉鼠眼的，他不由得多看了两眼。待魏岚看清楚是自己的车时，那人已经从半开着的车窗处伸进一个长长的钩子，试图把车座上的包钩出来。

“住手！”

魏岚边喊，边拖着一条行动不便的腿跑去，刚要伸手去抓小偷的肩膀，小偷回身拽住他的领子，撕开他的衬衫露出半边肩膀，他兜里的车钥匙掉在了地上。

小偷手疾眼快，捡起车钥匙一按，只听嘀一声，车内系统联通，开启了无钥匙启动。

“哎哟，天助我也。”小偷一脸得意地看了眼魏岚，接着把车内的三个包全拿了出来。

从医院出来的洪星星见此，大喊一声：“你，站住！”

魏岚试图把包抢回来，却抓了个空。

小偷着急逃跑，看见魏岚脚上贴着膏药，便一脚踹去，魏岚闷哼一声，摔倒在地。小偷继而甩下一个手包砸在魏岚身上，大吼一声：“兄弟拿好，咱们老地方会合！”接着，他挑衅似的冲着洪星星抛了个媚眼，带着另外两个包跑了。

狼狈倒地的魏岚忍痛睁开眼睛，面前的短发女孩儿英气俊美的脸上，正挂着淡淡的微笑，她身上的蓝色T恤胸前印着超人标志，她救世主一般挡住了刺眼的烈日。

透过迷蒙的眼帘，他仿佛又看到了那个周身蒙着光圈的高大身影，逆光而立，对他举起枪。激昂的音乐几乎震破鼓膜，他向眼前的女孩儿缓缓伸出左手，就在两只手握住的那个瞬间，心中的天神女孩儿猛然发力把他拉了起来，然后马步一蹲，给了他一个利落的过肩摔。

伴随着轻微的骨裂声，魏岚发出难以置信的尖叫声。天神女孩儿的鞋底直接踩在他的脸上，用怒不可遏的语气质问他："说，你同伙去哪儿了？"

魏岚艰难地发声："把你的脚从我高贵的脸上拿开！"

他试图伸手去够落在旁边的手包，刚碰到手包，洪星星弯下腰，一把将手包夺了过来。

"现在的小偷真是胆大包天，人赃并获了还死不承认。"

"神经病吧你，包是我的！"

"编！你怎么不说这跑车也是你的？"

"本来就是我的！我有证件！"魏岚已近暴怒。

洪星星上下打量了一番，见他虽然衬衫破烂，但精致的袖扣和皮鞋一看就价格不菲，觉得哪里不太对，急忙拉开手包的拉链，果然在里面翻出了一张身份证。

"魏、岚。"她一字一顿地读道，又狐疑地看看身份证上的照片，再看看地上的魏岚。

"长得也不一样！"

"废话，那是我八年前拍的，你看我驾照！"

洪星星钻到车里把驾照拿了出来，对着魏岚一比："还真是一模一样。"

魏岚扭过头冷漠地看着她。

她嘴角抽动，尴尬地笑："对不起，对不起，那人是不是抢了你两个包？"

魏岚点点头。

“那你没事吧？”她越发心虚了。

“我骨头……好像裂了。”他疼得咧嘴。

“那我帮你把包追回来，就当将功补过了……行不行？”

“你以为你是超人？”他已经不抱一点儿希望。

洪星星脱下宽大的帽衫给魏岚披上，遮住了他肩膀上衬衫的破口，然后弯腰一个公主抱，把他塞进了副驾驶座。

他反应过来时，驾驶座上的洪星星已经利落地扣上安全带，并按下了车门锁。

他正要开口，她一脚踩了油门：“走！我先带你追人！”

他下意识地伸手去抓头顶的扶手：“你你你，你居然……”

洪星星直接打断他：“闭嘴，不要影响我开车。”

他被吼得呆住，竟真的闭紧了嘴巴。

孙秘书打完电话刚走到医院门口，就看见跑车正绝尘而去。

她踩着高跟鞋狂奔到马路边上，对着停在后面的保姆车狂拍，正在打盹儿的司机这才惊醒。

“董事长让你跟着少爷，你怎么干活儿的？”

“人、人呢？”司机一脸蒙地胡乱张望。

孙秘书一把拉开车门坐进副驾驶座，指着前方：“快追！”

周亦霖拿着两瓶矿泉水回到医院门口，发现门口的两辆车都没了，疑惑地左右张望。

小偷以为成功将魏岚摆脱了，正骑在摩托车上，一脚支地，翻着抢来的两个手包，翻到了孙秘书和周亦霖的工牌，看了看名字，随手扔掉，又接着一通狂翻，却没翻到魏岚的工牌。此时跑车从后面追上来，隐约觉得大事不妙的小偷迅速启动摩托车离开。

车内，魏岚紧紧抓着副驾驶座上方的扶手，偷偷看洪星星严肃又霸气的侧脸。黑色的保姆车紧随其后，洪星星不禁眉头紧锁：“后面有车跟着我们。”

“后面是……”还没等魏岚说完，洪星星猛地一扭方向盘，一个甩尾追着小偷拐进小巷子，顺便把体积过大的保姆车落在了后面。

小巷内，小偷七拐八拐，洪星星凭着高超的车技紧随其后。魏岚心惊胆战地紧紧拉着副驾驶座车顶的把手，死命盯着她开车，同时又不得不用另一只手捋着胸口，按捺着要到嗓子眼儿的吐意。

孙秘书焦急地催促着保姆车快追。三车互不相让，犹如生死时速。魏岚完全没有说话的机会，洪星星又一个急转弯，他的整张脸便直接贴到了她的肩膀上；接着又是一个反方向急转弯，他向车窗倒去，后脑撞在了车窗上。前方又是一个急转弯，她伸手顺着他的胸膛往斜上方摸了摸。

“你、你、你要干什么，男女、男女什么来着——授受不亲。”

她白了他一眼，没说话，摸到安全带，唰的一下替他扣上。

他的脸更红了：“那个，后面，是我公司的车。”

“你确定？”

“确定。”

“那我就专心抓贼了。”

洪星星一脚油门踩下去，魏岚向后仰去，随着路况变化全程惊恐，只能抓紧车顶的扶手。摩托车和跑车一前一后地在道路上飞驰，眼看到了一个十字路口，摩托车闯红灯溜走，一辆卡车从他们面前开过。

“要撞上了！停停停！”他觉得自己快疯了。

洪星星一脚刹车踩下去，魏岚向前倒去，眼看他就要撞上车玻璃了，她的右手及时挡在了他的额前。“谢……”他的“谢”字刚出口，红灯变绿。她又是一脚油门踩下去，他的后脑又栽向窗户。

摩托车驶进小路，洪星星快速地在导航上操作了一下，放大前路视图，紧追不舍。

“我想吐。”魏岚捂着嘴说，生怕自己一张口就马上吐出来。

“忍！”

小偷在慌乱之中把车开进了死胡同，正要掉头，洪星星一个漂移把跑车横过来挡住出路。本来就想吐的魏岚被这么一甩，又被安全带一勒，胃中翻涌，满脸痛苦地一手捂嘴，一手摸向杂物箱里的垃圾袋。

小偷扔下摩托车想往外跑，跳上魏岚座驾的车顶，洪星星也一跃而上，在车顶与小偷交手，最后一脚把小偷踹倒在地。接着，她熟练地把小偷的裤腰带抽下来，把他的手脚捆住，捡起地上掉落的两个包。

车内，魏岚坐在副驾驶座上，埋首于背心式的车载垃圾袋，正在大吐特吐。

“魏先生？”洪星星走到车边。

“你别过来！”他狼狈地遮住脸。

她从车里拿出纸巾和一支笔，写下自己的姓名和联系方式，塞到他的手里：“魏先生，我留了电话，如果你需要我赔偿损失，我……我会尽量。我……走了。”

魏岚抬头，确定她真的离开了，这才展开手中皱巴巴的字条，默念：“洪星星。”

保姆车终于赶至，在不远处停下，孙秘书急忙跳下车来。

“魏总，你没事吧？”看到地上那个被绑起来的小偷，孙秘书又惊奇地问，“这是……？”

魏岚苦笑着说：“小偷。”

“魏总，你抓到小偷了！太厉害了！”孙秘书惊呼着拍手。

他装作没听到。

洪星星急匆匆地赶到超能少儿培训班，正遇见培训班的雷老板送一对黑着脸的父母出门，他们身边还跟着一个正在哇哇大哭的男孩子。一家人走下台阶，与洪星星擦肩而过时，男孩儿的父母恶狠狠地看向她，搞得她一头雾水。

她几步迈上台阶，蹦到雷老板面前，气喘吁吁地道歉："对不起！我迟到了，雷老板。"

雷老板示意她在桌子对面坐下，拿出一个薄薄的信封。

"这是从上个月到今天的课时费，下午这节取消了的课，钱也算进去了。星星，以后你就不用来带课了。"

"什么意思？"洪星星不解，"我哪里做得不好，您说，我一定改正。"

"咱们这个少儿武术培训班，就是让孩子们强身健体的。说白了，蹦跶蹦跶，比画两下，耍耍酷就行了。你是特种兵出身，让你教他们武术，委屈你了。"

"您的意思是……"

"刚才出去的那个男孩儿，看见了吗？"

她点点头。

"在咱们这儿上课的小姑娘钱梅梅跟他是邻居。那孩子欺负钱梅梅，钱梅梅就用你教的防身术把那孩子的手腕掰伤了，这不，刚才来要赔偿来了。"

"呃……实在是……"她十分愧疚地道。

"我不是怪你。只可惜你是尊大佛，我们这儿就是个小庙，你应该去更适合你的岗位，这样才能发光发热。"

她知道无法挽回，只得点点头："雷老板，您最后帮我个忙，我失业的事先别告诉我爸，工服我回头给您送回来。"

"穿着吧，让你爸瞅见放心，你就当留个纪念。"

洪星星丧气地往回走，心里涌起阵阵失落，这已经是她丢掉的第多少份工作了？每次被辞退时，老板都相当客气，理由都是小庙养不起她这大菩萨。一开始她还觉得是真话，可听的次数多了，反而觉得是种讽刺。

想想自己也是枪林弹雨走出来的，怎么连份像样的工作都找不到呢？

高松跷脚在办公桌上抽雪茄，蔡蔡垂手站在他面前。

“偷个工牌也能被抓，是魏岚的人太强，还是你找的人太弱？”

“高总，我找的那人号称‘城南第一手’，专业偷窃好几年，是小魏总身边的人太强了，您看看，就是这人抓了咱们请的小偷。”

蔡蔡点开手机视频递给高松，内容正播放到洪星星把魏岚按在地上摩擦。

高松很是诧异：“这是……”

“这是一开始咱们跟着的人拍到的，后面抓小偷的部分没拍到，但可以确认是这个女人带着小魏总追上了小偷。”蔡蔡解释。

“哈哈哈，”高松笑着说道，“这视频看着怎么那么解气呢？”

“是的是的，小魏总太狠了，刚接手公司就开除了好几个咱们的人！真怕往后大家没有好日子过。”

“有我呢，你怕什么？魏岚是坐上了董事长的位置，可股权的大头还在他爹手里。他充其量就是个刚上位的太子爷。”

“是是是，您是我们的主心骨。”蔡蔡一脸谄媚地附和道。

高松沉思了几秒钟，说道：“把视频发到网上，刷刷热度，帮咱们的小魏总扩大一下知名度。”

蔡蔡愣住，很快领会了领导的意图：“好嘞。您瞧好吧。”

医生看看手中的X光片，又看看病床上的魏岚：“才两个小时，我们就又见面了。”

魏岚不仅脚腕包着绷带，胳膊上也缠上了纱布，脸上贴着创可贴，脸色苍白。

“我们魏总刚才英勇地抓了个小偷才负伤的。”孙秘书十分骄傲，好像比她亲手抓到小偷还光荣。

魏岚尴尬地清了清嗓子，斜了她一眼。

“请问我的伤严重吗？多久可以痊愈？”

“从片子上来看没有大问题，背部有大面积挫伤，脚踝软组织挫伤和韧带拉伤比较严重，其他就是一些小的擦伤。但考虑到你的身体情况，我的建议是留院观察两天。”

留院？不要了吧？

“抓紧去办住院手续，我要去查房了。”医生离开了诊室。

魏岚目送医生离开诊室，转头问孙秘书：“送到警察局的那个小偷伤得怎么样？”

孙秘书笑眯眯地说：“小偷伤得特别重，骨头都断了两根。”

骨、骨头断了两根？

他倒抽一口凉气，看来自己还不是最惨的。

只是，他怎么隐约觉得，这个洪星星有点儿像在非洲时的那位恩人女侠呢？

糊涂！

他赶紧打消这个念头。那个粗鲁的、没有脑子的男人婆怎么配跟他的恩人比！

对，死男人婆，别侮辱我恩人。

董事长办公室，大家一如既往地忙碌着，有人的手机响了一声。

“天哪，快看这个视频！”率先看到视频的小姜惊叫着。

大家立刻都凑过来，视频里正是洪星星把魏岚从地上拉起来，给了他一个过肩摔，又踩在他脸上的片段。

标题赫然写着：猛女当街暴揍小偷！

“天哪，还真是个猛女！”蔡蔡抢先说道。

大家跟着激烈地讨论起来。

“这身手也太帅了吧？”

“依我看，要么是从小练武的，要么就当过兵。厉害。”

“等等，这个小偷有点儿眼熟。”小姜终于发现了奥妙。

“有点儿像……魏总？”

“开什么玩笑，魏总刚取消例会去视察实验室了，怎么会被……”

“看！”小姜指着背景，是魏岚的跑车。

“天哪！真的是……”

随着小赵的哀鸣，视频被放大。

魏岚被踩在地上的扭曲表情填满了整个屏幕，仿佛死不瞑目。

第二章

玫瑰骑士

这一刻，他隐隐约约明白了父亲之于自己的意义，那些他拼命与之对抗的，不过是想要以另一种方式获得父亲的认同。

所谓父亲，就是那个我们时刻想要超越、想要做给他看、以求获得他认可的人。他们似乎一直站在孩子的对立面，以此来激励孩子做得更好、走得更远、爬得更高，每个男孩儿心中都有一个想要战胜的父亲。

互联网自媒体时代，网络传播的速度和广度难以预测，苦心经营的完美人设就这样崩塌了，魏岚一想到所有跟润世有关的人，不管是员工还是员工的七大姑八大姨、小学同学、中学初恋、现任同事都有可能在以自己为谈资，就暴躁得想把周亦霖单独拎出来，找个借口骂一骂。

偏偏周亦霖这个不识相的和孙秘书一边津津有味地看着视频，一边毫不掩饰地在他面前讨论。

“啧啧，瞧这一脚，帅呆了，帅呆了。”孙秘书忍不住鼓掌。

周亦霖也笑：“我要有这身手，还在这儿干？早去当武打明星了。到时候，请叫我‘成龙接班人’。”

是不是自己平时脾气太好，这两人连最基本的立场都没有了？

“成龙接班人，你是不是忘记谁给你开工资了？”魏岚冲上去勒住周亦霖的脖子，“要不然我现在就送你去横店试试？”

“疼疼疼……”他大叫。

魏岚松开手，想想不解气，又给了他一记栗暴，怒道：“你倒是知道疼了，怎么不想想视频里的我当时有多疼？”

他讨好地给魏岚捶背：“别别别，我这不是苦中作乐吗？再说，录下来并不代表就是真的呀，也许它本身就是一场表演……”

“表演？”

魏岚心一动。

对，为什么不能是表演呢？

人都是有弱点的。

魏岚想：只要找到她，找到她的弱点，自然我说什么，就是什么了。

洪星星一接到魏岚的电话便迅速赶到了医院。彼时孙秘书正在楼道的长椅上坐着休息，看到她后，不由得一呆。

世界这么小吗？孙秘书有生以来第一次，因见到女士心中的小鹿狂跳不止，她便是在医院偶遇的女士，没想到还能再见到。

“您是洪小姐？”孙秘书笑得非常开心。

洪星星犹豫了一下：“是。”

“魏总说您到了以后可以直接进去找他。”孙秘书做了一个“请”的手势。

她点点头。

赔钱是吧？

来吧，多少钱她都认了。谁让她主观判断失误，闯下了祸呢？生活不就是打落牙齿和血吞吗？再说，对方看着文质彬彬的，应该是个讲理的人。

她轻轻敲了几下门，没人回应。她等了几秒，拧开把手直接走进去，病房里却空无一人。印有“某某医院”的被子歪七扭八地斜放在病床上，一边的床头柜上放满了鲜花和水果。半开着门的卫生间里不断传出水流声，门缝里正有水慢慢溢出来。

“魏先生？”她又喊了几声，依旧没人回应。

她一把推开卫生间的门，魏岚躺在淋浴间的地上已经失去知觉，浑身被花洒喷出来的水浇得湿漉漉的。

她半跪下来，伸手摸了摸他的鼻息和脖侧，把他抱起来放到病床上，刚按下床边的呼叫铃，孙秘书便进来了，见到这一幕吓得手足无措。

洪星星瞥了她一眼：“赶紧叫医生。”

孙秘书急忙跑出去，边跑边喊：“医生！医生！”整个楼道里响彻着她尖锐的声音。

恍恍惚惚中，魏岚感觉自己在冰冷的海水中一直向下沉，巨大的浪花席卷着一切，他连声音都发不出。他四肢无力，宛若全身被点了穴位般一动也不能动……既然如此，那就，那就这样吧，他徒劳地闭上眼。不知道过了多久，有人轻轻将他抱起，带着他越过海底的无数气泡，把他推上蔚蓝的海面。

这温暖、踏实的怀抱真舒服。

他的头在那人怀里拱了拱，他还没有细细回味，那人便迅速放开了他。

等他缓慢地睁开眼睛：“洪、洪星星？”这下他彻底醒了。

“幸好是梦，是梦。”

魏岚轻轻地拍了拍胸口，头一歪，待发现洪星星居然真的在时，吓得坐了起来。

“怎么哪儿都有你？”他立刻做出防御状，臂肘夹角90度，双手一前一后地挡在额前。

“要是我不在这儿，你就没命了。”她鄙夷地看了他一眼，目光落在他的双手上，讽刺道，“花拳绣腿。”

“你还没解释你为什么会在这儿。”好汉不吃眼前亏，花拳绣腿就花拳绣腿，他不反驳。

护士和孙秘书一路小跑着进来。

护士按着魏岚，检查了一番，又给魏岚测了血压、心电图：“应该没什么大碍，估计是低血糖，还没吃饭吧？”

魏岚点点头。

“先吃点儿东西，等会儿医生过来后，再做个详细的检查。”

洪星星见护士出去了，这才说道：“看来魏总贵人多忘事，您忘了，是您让……这位……这位……”

孙秘书微笑：“孙秘书。”

“对，是您让这位孙秘书通知我来的……”

孙秘书帮着解释：“对，洪小姐还救了……昏倒在……浴室的……您。”

洪星星悄悄拉过孙秘书，指了指自己的脑袋：“他自己安排的事都能忘，要不要做一下检查，是不是这里出了问题？”

这个漂亮的秘书小姐看上去可比老板好相处多了，洪星星对她的好感度直线攀升。

“你脑子才有毛病。”魏岚气得脸色发青，想起了什么似的冲孙秘书努努嘴。

孙秘书不明所以：“您……口渴了？我给您倒杯水？”

魏岚大吼：“出去。”

孙秘书鸡啄米似的点点头，退了出去。

呵，这脾气，洪星星在心里默念：一会儿赔偿可千万少要点儿。哦，对了，伸手不打笑脸人，她马上嘴角上扬，笑眯眯地看着魏岚。

“什么事这么高兴，该不会觉得之前误伤了我，刚才又救了我，咱们就两清了吧？”

“可以吗？”她继续假笑。

他白了她一眼：“想得美。”

她从兜里掏出一沓零钱：“这是我兜里所有的钱，虽然不多，但……都赔给你，行了吧？如果还不够，我可以分期……”怕他不信，她把口袋也翻了过来。

“我不要钱。”他嫌弃地看了一眼她手里的零钱。

“那你要什么？”

“我，要，你——”他一字一顿地说着，“你”的字音刚落，伴随着一句“流氓”，她的巴掌已经挥了过来。

“帮我圆谎。”这四个字他是麻着脸说完的，除了麻，当然也有疼，他拿出枕头底下的小镜子，果然，脸上已经有了非常醒目的红手印。

他龇着牙打量着镜中的自己：“你每次打人，都是这么让人没有一点点防备，你也没有一丝顾虑？”

“大男人用什么小镜子？”她虽理亏，可实在看不惯，只能小声嘀咕着。

“你说什么？”

“那个，那个……我是说，对不起，”她忙不迭地道歉，态度非常诚恳，“误会，误会，对不起，对不起，魏总，是我错了，我还以为你要对我图谋不轨呢。”

图谋不轨?

什么样的女人会动不动觉得他人要对自己图谋不轨?你有那资本吗?

他的目光落在洪星星的短发以及平坦的胸部上，他嫌弃地撇撇嘴：“你放心，就算天底下的女人死光了，我都不会对你图谋不轨。”

她拍拍胸口，并没有听出他语气里的嘲讽：“算你识相。那你就直说吧，要我帮你圆什么谎?”

也是，算了算了，毕竟他也有事求她！一切为了脸面!

他摸着自己火辣辣的脸，强压住怒火，拿出手机给她展示网上的那段视频。

“这谁录的?”她大笑一声，还挺解气。

“你!”他气结，忍了又忍，“不知道。我叫你来就是为了处理这件事。你会格斗对吧?”

她点点头：“我是个少儿武术老师，对，曾经是。”

“很好，你要做的是，如果有任何媒体或者任何人问起视频里的事情，你就说，你是我的武术指导。”

“什么?”她迟疑了几秒，问道，“你担心视频会影响你们公司的形象?”

“也非常影响我的形象!”

“嘁，就您这小身板，还有什么形象可言，还不是一拎就起来?”

“你说什么?”

“噢，那什么，我是说，您这高大帅气的形象，那个视频确实需要处理。”

“算你识相。”他很满意，不打算再跟她计较刚才的那一巴掌。

洪星星见他神色缓和，赶紧趁热打铁地说道：“我答应你，对外说这一段只是演练，那咱们之前的事就一笔勾销了是吧？”

“行是行，不过还有一件事，”他勉强站到床边，“你对我用的这一系列动作，你得教给我，以免被问起来的时候露馅儿。”

“动作倒是不难，但你这胳膊腿……”她担忧地上下扫视了一遍。

“你大概教我一下。”魏岚努力站定。

“你先这样，把对方拉过来。”她说着，便拉起了他的手腕。

他怔住：“疼疼疼。”

“我哪儿用劲了，就这体格，”她皱皱眉，“到底学不学？”

“学，学。”他怕她再下重手，回答得毫无底气。

“然后手抓这里，身体下沉，用力，就这么摔过来了。”

洪星星抓着他的手腕，比画了一番。

他照着比画了一遍：“这样，然后这样，对吗？”

“对——”她点点头，见他正若有所思地盯着自己，不由得多了一丝警惕。

有仇不报非君子，洪星星，教会徒弟，打死师傅，现在就是见证奇迹的时刻。

此刻，在他的幻想里，他正利用刚才的招数，一个猛力把她抓起，重重地把她仰面摔在自己的病床上，然后迅速翻身上床，脚噌噌地从她的脸边从左至右踩过，再大笑三声：“洪星星，咱们这才算两清。”

…………

洪星星被盯得头皮发麻，伸手在魏岚眼前晃了晃：“魏先生？”

他依然保持着若有所思的样子盯着她，嘴角露出微笑。

这家伙不会真的脑子有问题吧？

就在她纠结着是否要继续唤醒他时，他不知何时反应过来了，迅速摆好姿势，猛地拉起她的手腕，对，就是这么这么，过肩摔！

说时迟那时快，她想也没想，一招擒拿手反剪住他的双臂，屈膝压紧他的右腿，他一个狗啃泥重重地摔在病床上，脸紧贴着床面。

刚才到底发生了……什么?

魏岚人生中第一次觉得委屈得想哭。

在他的印象中，上一次有这种感觉，还是在他八岁时，被几个拦路打劫的小混混胖揍了一顿。彼时的他全身上下都是土，连书包都没有拿，一路哭着回家扑到妈妈怀里。

…………

她发现似乎哪里有点儿不对，想扶他起来，却遭到了非常野蛮的拒绝。

“别碰我，滚远点儿！”

她讪讪地后退了两步：“那个，不好意思魏先生，我手重，您没事吧？”

他不想说话。

这个女人，这个……这个容易让他受伤的女人！他为什么要跟她有交集？她是谁？凭什么？她为什么要反复出现在他面前，动不动就揍他一顿……他宁可被老魏揍。

什么鬼，难道他在怀念老魏打他吗？还是被她打神经了？

…………

“魏先生？”见他迟迟不说话，洪星星在他眼前挥了挥手。

“闭嘴！”他恨不得她立刻消失。

她识趣地闭嘴。

像进行了一场慢动作表演似的，魏岚终于艰难地在床上躺平，他长舒一口气，眼神和叹息里都饱含着劫后余生的唏嘘。洪星星看他好像不气了的样子，伸手帮他把被子拉到了脖颈下，像哄孩子一样顺手拍了拍。

“魏先生还有什么事需要我帮忙的？”

他觉得自己已经有点儿认命了：“咱俩第一次见面时，你就给我来了一个过肩摔，你到这个病房不到五分钟，我就被你抽了一巴掌，刚才又被你来了一个反擒拿。你如果真想帮忙的话，我希望五秒钟之内，你能在我眼前消失。”

孙秘书敲门进来，带来了魏宝丰的指示。老头儿觉得司机玩忽职守，坚决要换掉。这倒是老头儿一贯的作风，发生在魏岚身上的事情，老头儿派来的奸细收集的情报，比魏岚自己知道得都详细。

孙秘书小心地看着魏岚的脸色，迟疑着道：“魏老说，司机配不上您给他开的三十六万年薪。”

三十六万！

洪星星耳朵里立刻响起了钱币轮转的声音，他在她眼里变成了一座金光闪闪的小金人。她知道他是有钱人，没想到人家请个司机都给这么多钱。她在心里给他默默地盖了一个大大的土豪章。

当着她的面，魏岚懒得说什么：“说得也是。换吧，你去挑人。”

孙秘书干脆利落地给老魏总复命去了。

洪星星迟疑地望着魏岚，思考着怎么开口：“魏先生，您的司机真的年薪三十六万吗？”

“想让我雇你？”魏岚挑着眉，瞬间看穿她的心思。

“那我就直来直去了，我可是老司机，开车技术超级好，跑车、装甲车、飞机……我都能开。”

这语气可真殷勤，刚才打人的时候怎么没这么殷勤呢。

“谢谢，我已经领教过你的速度与激情了。”他阴阳怪气地说道。

她嘿嘿干笑着：“当时不是为了抓小偷吗？平时我也可以开慢些。你也不用给我开年薪三十六万，三十万就行。”

看他脸色不好，她急忙改口：“要不二十五万？二十万，真的不能再低了。”

他无动于衷。

“十五万，真的是跳楼价了，算我交你这个朋友！”

他皮笑肉不笑地说道：“谢谢厚爱，你觉得我很缺朋友？还是以为这是在菜市场买菜，可以随便讨价还价？”

不能跟钱过不去。她在心里给自己打气，看在钱的面子上，忍！她依然好言好语地道：“那，你缺助理或者秘书吗？”

“助理和秘书都是一家公司的门面……”魏岚觉得自己终于能报仇了，“要不，你照照镜子？”

她对自己当不成“门面”并不介意，直接把这当成是对自己的肯定，反正她也从来没想过要靠脸吃饭。只是一想到那么多钱，虽然还没挣到，但已经像失去了一般，心都在滴血。

“健身教练呢？您体质这么差，又容易受伤……这个您肯定缺！让我给您当教练，您考虑一下……”

他躺在床上，一动不动。

他上辈子造了什么孽，认识了这么一个奇女子。看着她信口开河，他确定自己的脸色已经足够铁青，目光足够冷冽，即便再神经大条的人，也能察觉到他的愤怒。

偏偏这个人，不但自来熟，而且不会看人脸色。有她自己的一套“歪理邪说”，他还不能简单粗暴地跟她解决问题，否则吃亏的一定是他。

“门在那儿。”他指了指门口。

她急了：“魏先生，我能教你健身！真的，我还可以教你防身术！我会关心你、保护你，帮你改善体质，让你越来越强。”她撸起袖子做了一个展示肌肉的动作，胳膊上顿时隆起一块肌肉。

他赶紧做了一个制止的手势：“洪小姐，咱们两清的意思是，你帮我保守秘密，我不向你索赔，除此之外，为了我的人身安全着想，我不想跟你这种四肢发达、头脑简单的人有任何交集。请你跟我保持距离，不要妄想接近我！”

她咬牙切齿地盯着他，双手相握，关节嘎嘎作响：“你说谁头脑简单、四肢发达？魏先生，你可以不聘用我，但不可以侮辱我。”

有杀气！

他往后缩了缩，问道：“你，该不会……是想打我吧？”

她嘴角抽动，摇了摇头，挤出一个比哭还难看的微笑：“我不轻易打男人。”

这话听着着实别扭，他打算自动忽略：“好了，我要休息了，你走吧，希望再也不见。”

她有些气馁。早知道他这么不通情理，刚才就应该狠狠地把他往床上一摔，何必还“怜香惜玉”呢？她拿起一旁椅子上的外套，垂头丧气地向外走。

魏岚并不知道自己被人“怜香惜玉”过，此刻猝然坐起：“等等，那是怎么回事？”他指了指椅子上的衬衫。

“怎么了？”她回头。

“它是怎么被脱下来的？”他质问完，又摸了摸身上的那件，涨红着脸说，“还有，谁给我换的衣服？”

“哦，你昏倒在浴室里，身上的衣服都湿透了，是护工给你换的。”

他转头看向墙上，上面挂着每日值班护士的信息：胡大壮。那是一个满脸胡须的男护工。

“当然，我也搭了把手。”她补充道。

“这么说……你全看到了？”

“什么？”

他拉开被子看了一眼，抬起头又斟酌了一下：“我的……我的……肌肉。”

“肌肉？你得先有，我才能看呀！”她一脸嘲讽地说道。

魏岚觉得自己快要疯了：“滚！不要让我再见到你。”

她慢慢走到床边，凝视着他。

他吓得裹了裹被子：“你，你要干什么？”

"等你学会说'走'这个字时，我再走。来，跟我学，z—ou，走！"

好汉不吃眼前亏，他只得咬咬牙，挤出一个字："走。"

她给了他一个非常灿烂的笑容："乖。"说罢，她便迈着轻快的步子走出了病房。

那个梦又来了。

弗洛伊德说，梦是对现实生活的达成。那些日日夜夜出现在我们梦里的人、梦里的事，都是我们心底最深的爱、恐惧和遗憾。

洪星星深以为然。洪大军一天装不上最先进的义肢，她就一天无法睡个踏实觉。

或者，即便安上，也同样如此。

一阵刺耳的响声将她从梦中惊醒，她麻利地翻身下床，厨房的灶台上放着冒着气的小锅，瓷碗的碎片崩得到处都是，洪大军正蹲在地上用仅剩的右手收拾着残局。

"唉，把你吵醒了。本来想给你做个鸡蛋汤，现在鸡飞蛋打了。"看她进来，他故作轻松地调侃着。

洪星星默默地蹲下来帮着父亲一起捡。

"不用你，我能行。快去洗个澡吃饭，别耽误上班。"洪大军拦住她。

她点点头，走进浴室。打开花洒，任凭水流冲过她的头顶，浇湿整张脸。她曾在电脑上搜索到一款高科技义肢，戴上后可以连接残余神经，把电极控制器植入肌肉，创建触觉信号传入大脑，届时人就可以正常生活，这是目前世界上最先进的高科技义肢。她对此向往不已，但它的价格并不美丽——"Price：$120000"（标价：$120000）。

她轻轻地叹了口气，仰面冲澡。

魏岚躺在病床上看资料，病床上吃饭用的小桌板也被他当成了工作台，平整地支在面前，上面整齐地摆放着几摞资料。

“魏总，老魏总……来了。”孙秘书打断他，把病房的门开到最大。

魏宝丰精神矍铄地站在门口，戴着一顶爵士帽，身后是跟随他多年的管家康叔。

魏岚脸色大变，把头一转，开启工作状态。魏宝丰也不介意，笑呵呵地在病床旁坐下。

“让你当一回董事长，你在医院里待的时间比在公司都长。”

“不用你管。”魏岚态度冷淡地说道。

“给你找个能文能武的高级助理有什么不好？”

“不需要！”

“你身体不好，需要保护。”

“那是你以为，我说不要就不要。还有，您回来是为什么，忘记咱们的赌约了吗？”

“我看看你就回去。”魏宝丰伸出手，刚挨着他的头，他就不动声色地闪向一旁。

魏宝丰尴尬地笑笑，坐回椅子上。

这孩子从小到大软硬不吃，他就这么一根独苗，管也不是，不管也不是。你语气轻了，他装听不懂，语气重了，他拼死跟你叫板。这孩子还是小时候可爱，跟在他身后跑着，奶声奶气地追着他叫“爸爸”。

现在？

现在他恨不得管魏岚叫爸爸。

魏岚当然不知道亲爹此刻在想什么，他只知道，亲爹一开口，他的耳朵就开始嗡嗡作响。他双手扶头，晃动着头部。魏宝丰见状，有些紧张，想帮他揉揉，刚伸手就被他的吼声惊得缩了回来。

“别碰我！你又想派探子来盯着我是吧？我告诉你，趁早死了这条心！”

魏岚此刻正处于防御状态。

魏宝丰不明白，为什么只要自己一说话，他就奓毛。看来今天同往常一样，他们没办法好好沟通。

“以为自己翅膀硬了？不找助理，你就看着我让你怎么下台。”

“随你怎么想吧。”

魏宝丰一把抓过头顶的帽子，见他依然是一副攻击姿态，气得将帽子掷在地上，摔门而去。

魏岚不为所动。

洪星星刚找的奶茶店工作，才干一天就丢了。为了保护客人不被掉下来的东西砸到，而不小心将餐盘里的奶茶浇到另外一个顾客的身上，的确是她不对。可说好的试用期一个月呢？才一天就让走人，现在的店家真是不厚道。

她垂头丧气地在街上溜达着。攒够给老洪买义肢的钱遥遥无期，都怪自己不争气，要是能认识些土豪朋友就好了，她这么想着时，脑海中竟然闪现出病房里魏岚带着虚伪笑容的脸。

那个魏岚，给员工开那么高的薪水，到底是什么土豪？早知道昨天就该厚着脸皮再求求他了。

她掰着手算来算去，眉头皱成一团。

不经意间，她发现玻璃橱窗里有个大熊玩偶正鬼鬼祟祟地跟着自己。

就这水平，还敢跟本姑娘玩跟踪？

本姑娘今天就给你好好上一课。

她迅速躲到商场的一处拐角，想着等大熊玩偶跟上来时，猛冲出去抓个现行，却没想到，“大熊”被她吓了一跳，向后跌去，她想拉时反被带倒。

“跟了我两条街，我现在告你尾随美女企图不轨，想公了还是私了？”她翻身骑在“大熊”身上。

“公了怎么说？私了又怎么说？”“大熊”开口。

“公了送派出所，私了就是给钱，也不多，你就随便赔我个三五百万就行了。”洪星星觉得他的声音有些奇怪，一把薅下他的头套。

“凌听？”

头套下面是个可爱的鬈发少年的脸，少年正对着她，可怜巴巴地眨着一双小狗眼。

“星姐，你到底是有多缺钱呀？”少年露出一口白牙。

两人在街道的角落坐下。

“你不是在美国读大学吗，怎么突然回来了？”

“因为听说姐姐退役了，所以回来陪你。”凌听嬉皮笑脸地说道。

她在他脑袋上轻轻地拍了一巴掌：“跟谁学的油嘴滑舌！”

他盯着她看了好一会儿，才说：“死读书太无趣，读得没有目标，就办了一年休学，想回国找份实习工作，再想想自己到底想做什么。”

“不错嘛，知道规划前途了。想去哪家公司实习？”

“还没想好，慢慢找吧。姐姐你呢？”

“我……”工作接连受挫，她竟一时不知该从何说起。

“我听洪叔说你在教少儿武术？”

“那是以前，现在黄了。”

“哦，所以你上街打劫？”他调侃道。

“什么打劫？我那是除暴安良，谁让你那么鬼鬼祟祟。”

“除暴安良？哈哈。好吧，看来要是不帮你找到一份工作，你就该变成女版蝙蝠侠了。”他拿出手机，飞快地按着按键。

“你在干吗？”

“我用招聘网站帮你筛选最适合你的工作……”他停顿了几秒，继续说道，“哎，这个不错。”说罢，他把手机递给她：“润世集团董事长高级助理，薪水出得最高。”

“这么快？”她惊呼，“可以，不过董事长高级助理需要做什么？”

“会开车，会英语，会专业防身术，最好当过保镖，受过专业训练，技术过硬。会使用办公软件处理文字工作。最重要的是，退伍军人优先，年薪六十万。”

她高兴得举起手来：“我可以！我太可以了。”

她迅速把微信里的简历传给他：“发简历发简历，快！”

“好，我能确保你的简历排在第一个。”他现场写了一段侵入程序，按了发送键。

她大喜：“干得好！姐姐请你吃饭！”

“算了，还是我请你吧，刚才也不知道谁差点儿讹上我。”他蹲在她膝盖旁，乖巧极了，“我勤工俭学有钱的。”

她也笑：“走，吃串去，我请你。给你接风，下次轮到你。”

“成交。”

两人并肩直奔烧烤店。

一别多年，凌听好像又长个了，高出洪星星一个头。他脱去了一身的稚气，也变得绅士了，一直走在她的左边，滔滔不绝地讲着趣闻。

洪星星忍不住感慨：“我刚入伍的时候，你才这么高，还是个啥也不懂的小屁孩儿，没想到现在变得这么成熟了。”她比了比耳朵的位置。

“那当然，我是大人了，在有些方面比你经验丰富。”他一脸骄傲。

"比如？"

"比如谈恋爱。我……我可是……有一票前女友的人，你……是不是还单着呢？"他说得结结巴巴的，耳朵动了动。

"你怎么知道我单着？"

"哪个有男朋友的姑娘半夜三更一个人在外边瞎逛呀？"

她没说话。

"是吗？到底是不是？"他追问。

"是是是！"她想用胶带把他的嘴巴封上。

听她承认没有男朋友，他面露喜色，一蹦一跳地跟在她身后。

她回头看了一下他的姿势，鄙夷地道："刚夸你几句，就现了原形。哪个大人像你这么走路？你刚才说，有一票前女友？'一票'是几个？都是什么类型的？有照片吗？"

"嘻嘻嘻嘻，骗你的。我哪有什么前女友？虽然追求我的人排成行，但我心里只牵挂姐姐一人……"

她白了他一眼："编，你接着编。你爸妈花那么多钱送你出去读书，是让你跟人学油嘴滑舌的？"

说罢，她照着他的头就是一记栗暴。

"学习我绝对没落下，我可是我们全校第一……"

"得得得，"她再次打断他，"不说这个了。哎，我还记得我当年入伍的时候你才这么高，天天赖着我让我保护你。"

"洪星星，你可别把我当小孩儿。"

她淡定一笑，握住他的手指微微一拧，他立刻疼得龇牙咧嘴，双膝一软。

"刚才叫我什么？"她问。

"星星姐！"

他迅速服软。

年轻真好，洪星星想。

自己明明比他大不了多少，却仿佛历经人世百态。

润世集团的员工几乎都知道，1号实验室的保密级别目前是整个集团实验室里面最高的。QW1项目的整个研发过程都将在此完成，室内全是白色布置的无菌装备，每个人都穿着太空服一样的白色无菌实验服，几处桌子上放着装有实验用小白鼠的盒子。

魏宝丰神情严肃地视察实验室，只由项目总监周亦霖一人引领并解说项目的进展情况，康叔在外面的茶水间喝茶等候。

“按照这个进度，QW1进展到临床试验阶段需要多久？”魏宝丰问。

周亦霖思索了几秒：“保守地说，一年内吧。”

“追加投资呢？”魏宝丰显然对这个答复不满意。

“不是钱的问题，咱们面对的是技术瓶颈，”周亦霖说，“即使追加投资，也只能稍微加快进度。而且从动物实验到人体实验，本来就需要时间。我们最乐观地估计，也要八个月。”

时间已经很紧迫了。

魏宝丰走出实验室，到外间的茶水间与正在泡茶的康叔聊天。

“你催着点儿，让魏岚把助理选定了，他身边多点儿人我也安心。那家想收购QW1的旺达集团，背景比想象中还要复杂。”

康叔点点头：“选了几个不错的，回头让魏岚自己挑。”

QW1作为新型抗癌药物利益巨大，老魏总一直担心有人对魏岚下手。舐犊之情嘛，他跟在老魏总身边多年，最能理解老魏总的心情。他想起昨晚看到的简历，会不会这次真的捡到宝了？

——女生，当过特种兵，说不定她还会成为那个开锁的人。

室内，一个密封实验仪器一直在安静地运转着，魏宝丰嗅了嗅，察觉味道不对。

“你闻没闻到什么味儿？”他问康叔。

康叔环顾了一下左右：“没有呀。”

魏宝丰起身，循着味道来到实验仪器旁，仪器突然砰的一声炸开。康叔手疾眼快地把他扑倒在地。

“老爷，老爷，你没事吧？”康叔慌忙起身。

魏宝丰用手撑着身子慢慢地爬起来，接着剧烈地咳嗽起来，双腿一软，倒在了康叔的怀里。

孙秘书拿着一封信走进来，魏岚正忙着看文件，没说话，用下巴示意她放在旁边。

“老头子去公司了？”他问。

“去了，悄悄去的，没有惊动旁人，只是去QW1项目实验室视察了一下工作。”

他点点头，孙秘书悄悄走出去。

“QW1项目被收购了，收购方是一家中国公司，他说他是你父亲，并且要我代为转达一句话……项目人员都要迁往中国公司总部，你是跟着项目一起回国，还是想退出项目……”

时至今日，他回想起导师跟他说这段话时的情境，依然有些愤怒。

那封信就放在眼前，他烦躁地打开，一颗染血的子弹壳从信封里滑出来，他愕然地张大嘴，还没回过神，孙秘书惶急地推开门：“老魏总出事了！”

周亦霖和康叔坐在手术室门口，手术室的门紧闭，“手术中”三个字醒目又刺眼。魏岚和孙秘书慌慌张张地跑了过来。

“医生怎么说？”魏岚的腿有些发软，一个趔趄，周亦霖急忙上前扶住他。

“老魏总吉人天相，不会有事的。”周亦霖安慰道。

魏岚的手心不断地冒着汗，很多年前，他也有过这样心慌窒息的时刻。一个电话打过来，母亲便成了一张黑白照片。那漫长得仿佛永远也不会等到天亮的夜，是他心中永恒难解的结。

“爸爸有个特别重要的会，开完就回来。”

“我像你这么大的时候，门门功课第一，你怎么会成绩差成这样子？”

“能完美地避开我所有优秀的基因也是一种本事，有时候我真怀疑你到底是不是我亲儿子！”

…………

过去那个无情的、忙碌的、苛责的、天神一样不可忤逆，上一刻还在医院与自己争吵的父亲，怎么此刻就变成了一个肉眼凡胎、脆弱普通、随时都有可能输给死神的老头儿了呢？魏岚脑中乱成一团。担心？害怕？哭泣？原谅？一时间无数种情绪涌上他的心头。

这一刻，他隐隐约约明白了父亲之于自己的意义，那些他拼命与之对抗的，不过是想要以另一种方式获得父亲的认同。

所谓父亲，就是那个我们时刻想要超越、想要做给他看、以求获得他认可的人。他们似乎一直站在孩子的对立面，以此来激励孩子做得更好、走得更远、爬得更高，每个男孩心中都有一个想要战胜的父亲。

…………

手术很顺利，魏宝丰从手术室出来时，戴着呼吸机。魏岚红着眼睛，一路跟随，小跑着进了病房。医生交代几句后，匆匆离去。

“你爸没有生命危险就是万幸。”康叔最了解魏岚，知道这小子嘴上不说，心里早就慌成了一团。

果不其然。

“说这些做什么，我才不担心他。”魏岚嘴硬地起身坐到离病床最远的沙发上。

康叔笑着坐到他身边的沙发上，拿起他带来的子弹壳仔细端详。

“不像恶作剧，恐怕是正式的威胁。”

“直接寄到医院前台，前台又拿给孙秘书，知道我在哪间病房，肯定是内鬼，但目前我没什么头绪。”

“报警？”

“不了吧。报警容易打草惊蛇，不如坐等毒蛇出洞。”他接过子弹，拿在手里把玩。

康叔道：“你爸出事之前还交代，要在你身边安排个贴身助理，好像早有预感要出事。君子不立于危墙之下，总要做好防身准备，不然他躺在病床上也不安心。”

他皱皱眉，没有反驳。

康叔递给他一个档案袋。

“这些都是我给你挑出来的，你选一个。”

僵持几秒后，他看也没看就抽出了档案袋里的第一张。

“就第一个吧。”他把档案袋还给了康叔，起身走人。

康叔抽出第一份简历，看着洪星星的名字，意味深长地笑了笑。

这些年既当爹又当妈地把女儿抚养成人，洪大军这个北方汉子实际上并不像看上去那么粗心，他那细腻的心思都被一脸的憨直遮住了而已。女儿不回来，他怎么敢轻易去睡？在外人眼里，女儿是个厉害的人物，保护起自己来游刃有余，但在他的眼里，她依然只是个需要他操心的小姑娘，嘱咐她吃好、吃干净、穿暖和。

洪大军盯着墙上的钟表，电视只是个背景音而已。

“一身酒味，跟谁喝的？”洪星星一进家，他猛地站起来。

洪星星搂住他的脖子撒娇：“凌听回来了，跟他喝了点儿，就一瓶。”

“以后不许跟凌听喝酒了，刚听你说追他的女孩儿排成排，我心里就不得劲，这些小白脸后生都靠不住。”

父女俩把之前凌听说的话都当了真。

直到手机的邮件提醒声打断了父女俩的拌嘴。

最近在找工作，洪星星把邮件提醒音设置成了鸣笛声，这提示音太响，大晚上的，两人着实吓了一跳。

居然，真的被录取了？凌听那小子真有一手。

洪星星开心得想要飞起来。

此时的凌听正趴在床上翻看着自己跟洪星星的童年合影，手机微信响了一下，是洪星星截屏发给他的录取通知。

有了“天大的好消息”，她当然要及时分享给凌听。

“我被录取了，明天上班，我爸乐疯了，非要开酒庆祝我出了部队后再次事业逢春！”

“恭喜恭喜！别喝多了！一切顺利！”

凌听回完，开始在电脑上查润世集团及其周围五百米所有公司的实习岗位招募信息。

总算为她做了点儿事情，洪星星的新开始，也是他的新开始。他想。

总要鼓起勇气慢慢走向她，以前是她保护他，现在轮到他保护她了。

私人病房内光线昏暗，魏宝丰已经换下了病号服，他正用双手系着衬衫的扣子，康叔把外套递给他。

“实验室的监控录像都处理好了吧？”魏宝丰问。

“您放心，都处理好了，大家都认为您是在爆炸中受伤昏迷的。”

“好。以我的身体，帮不了魏岚多久。放出我重伤昏迷的烟幕弹，也让牛鬼蛇神现现原形。”他披上大衣。

“明白。还有，魏岚的助理选好了，还是他亲自选的，叫洪星星，小姑娘有点儿意思。”

“是个女孩儿？”魏宝丰诧异地问，接过康叔递过来的资料，就着窗边的亮光看了看洪星星的资料和附着的照片。

“这人选得好，分明就是臭小子的理想型。”他也很满意。

康叔拨开百叶窗的扇叶看了看窗外：“魏岚要走了。”

魏宝丰走到窗边拨开百叶窗的扇叶，百叶窗的阴影打在他的脸上，他静静地望着魏岚在周亦霖的陪同下上车，直到消失。

润世集团公司壁挂的大屏幕上已经换上了新的宣传片，蔚蓝的天空下，正是魏岚高大的身影。穿着一身西装的他如偶像剧男主角一般，气定神闲地走在大道上。

背景音乐斗志昂扬。

洪星星并没有注意到大屏幕上魏岚的身影，报到第一天就被淋成了落汤鸡，心情自是十分郁闷。润世大厦很好找，到人事部报到后，她直奔董事长办公室，顺手捋了把湿漉漉的头发，把刘海向后抹去，正在工位上的员工纷纷抬起头来，她帅气的脸庞让所有女员工倒吸一口冷气。

“你们好，我是来报到的董事长高级助理，我叫洪星星。”她自我介绍道。

“洪助理是吧？你、你好，你可以叫我‘小赵’！”小赵第一个奔了过来，洪星星热情地与她握手。

“魏总还没来呢，顶楼健身房有吹风机，我带你去吹一下？”小赵花痴得有些语无伦次。

“好的。”她眉眼弯弯。

健身房空无一人，小赵领着她直接走进去。

“就是这里。浴室里都有吹风机。需要我等你吗？”小赵殷勤地说。

她急忙摆手："谢谢，不用等我，我吹干就回去等魏总。"

"不用谢，"小赵说，"那我先回去工作了。"

她扭开门把手走进一间屋子，却没注意到门把手上刻着"贵宾室"。无比豪华的洗手间里，一面是洗手台，一面是柜子，往里有扇门应该是浴室。洗手台旁有烘干机和电吹风。

大公司就是气派，东西准备得真齐全。

她长舒一口气，把裤子和上衣都脱下来塞进烘干机，只穿着背心和短裤，拿起洗手台上的电吹风开始吹头发。

里面的魏岚正舒舒服服地泡在汤池里，不时自己给自己撩点儿水花。

这才是惬意的人生嘛，只要一站起来就又是悲惨的老板，起得比鸡早，睡得比贼晚，寒暑假日无休……

闹铃声打断了他的碎碎念，他无奈地伸手把闹钟关掉。

洪星星吹着头发，隐约听到了闹钟响，侧耳一听，那声音又没了。

不会是自己紧张得都出现幻觉了吧？

深吸一口气后，她大喊道："第一天上班，你要镇定。加油！"

总要适时给自己做些心理建设。

他一惊，这声音太像洪星星的声音了，最近她阴魂不散，他一定是被她整得出了幻觉。直到外面又传来电吹风的声音，他起身朝外间走去。

难道真的有人？

外面的房间里，洪星星已经吹干头发，正把T恤往头上套。她没注意到面前的镜中，那扇通往浴室的门大开着，有人正穿着宽松的浴袍从里面走出来。

"啊！"她刚把头伸出T恤领口，一眼便撞见了镜中同样目瞪口呆的魏岚，惊得大叫一声。

第三章

玫瑰骑士

这世上有许许多多的姑娘，她们从不吝惜自己的能量，不矫情，不造作，只是单纯正直地跟随自己的内心行事，会就说会，不会就说不会，从不试图去展示自己并不具有的能力，愿意去做更难的事情，不痴迷于赚更容易的钱，愿意相信努力的力量。

或许她们从来没有像公主一样活在梦幻般的粉色泡泡里，但心底有着足够的爱，那是一种精神上的不被放低，是一种真正的富养。

洪星星看着镜中的魏岚，身体一僵，穿T恤的动作顿时顿住了。

魏岚的反应已经不能用“吓一跳”来形容了。是他之前被她打出幻觉了，所以连老天爷都看不下去，决定给他点儿福利？是，这裸露着的半截纤腰，确实有点儿性感，但还算不上福利，腹肌那么好的女生算福利吗，只能让他……让他有点儿自卑。

等等，他晃晃头，这……这不是重点好吗？这个人为什么会在这里？这儿是我的私人浴室。魏岚想抓住她问个究竟，眼睛却又不知该往哪儿放，眼前都是洪星星纤细的腰、修长的腿和那张呆住的脸。

仍然是洪星星先回过神。她猛地挥手，啪的一声扇了魏岚一巴掌，他的脸上立刻出现了一道鲜红的手掌印。

“臭小子，往哪儿看呢？”

魏岚摸着热辣辣的脸，这下踏实了，果然不是幻觉：“你是我的敌人专门派来整我的吧？我怎么在哪儿都能看到你？”

“……我衣服淋湿了，需要烘干，同事领我进来的不行吗？”洪星星一把捞过洗手台上的裤子穿上。

同事？胡编吧，还真有这么不讲道理的人。

“这儿是我的专属浴室，你跑来这里脱光衣服，还说我耍流氓？怎么着，你去银行抢劫，还得赖银行钱太多，银行勾引的你呗？”

“你……私……私人的？那……”洪星星心虚，这事确实自己理亏，“抱歉，是我不对，我给你道歉。刚才真不是故意的……”

魏岚难得见到她态度这么好，气消了一大半：“洪星星小姐，我这辈子受过的伤加一起，都没有这几天您给我的多，我觉得您现在还能站在这里同我讲话，已经是我对您最大的宽容了。”

小时候老魏打他，至少会通知一下，他多少能有点儿防备，所以那些打在身体上的鸡毛掸子、小木棍、巴掌、戒尺……常常是看着阵仗大，其实不怎么疼。

“还不是因为你眼神不老实……”洪星星回道。

“我眼神不老实？你自己脱成那样，你怪别人不老实？这么完美、精致的一张脸，要是毁了，你负得起责任吗？你对它使用暴力，就是对美的犯罪。”

洪星星冷哼一声：“懂了，原来你是靠脸吃饭的。”

“跟你聊不到一块儿去。你老实回答，你是不是一直都在跟踪我？”

“呵呵。”

“这么大的健身房，你偏偏走进我的专用浴室，怎么解释？”

“……我哪知道这是你的专用浴室？要真知道，就算你给我一百万，我也……”

“怎样？”魏岚问。

一百万呢，跟土豪谈到钱时千万不能扭扭捏捏的，没准儿你跟人打个赌，抵得上别人辛苦工作十年。想到这儿，洪星星笑眯眯的，语气非常真诚地继续说道：“你要是给我一百万，我就……我就勉强忍着恶心，进来看上一看。”

魏岚讽刺地笑了两声：“所以洪大小姐这是改了策略，不对我进行肉体伤害，改为精神攻击了？”

这座城市拥有近千万人口，根据概率论，其中两个陌生男女认识的概率是六百万分之一，而其中一个女人走进另一个男人浴室的概率更是不到千万分之一。至于那个女人还正好是在衣衫不整的情况下让男人发现，概率则约等于零。这么低概率的事都能让魏岚碰到，所以真相只有一个——

他一步步逼近洪星星：“你！想！色！诱！我！”

“什么？”洪星星愣了几秒，伸手想摸摸魏岚的额头，想确认一下他脑袋里是不是装了热得快，这么一会儿就烧得神志不清了。

“我？洪星星？侦察连出身的特种兵、少尉，三年全国散打冠军纪录保持者，色诱你？”

不与傻瓜论短长，她抓起背包准备离开。

魏岚看她伸手，误以为她又要打自己，吓得连连倒退了几步，继而说道："福尔摩斯说过，排除一切不可能，剩下的即使再不可能，那也是真相。"

听到这句话，洪星星索性把包先放下："你接着说。"

"被我说中了是吧？"他越发得意了，"要知道，想色诱我的女人很多，你不是第一个，也绝对不会是最后一个，都怪我太优秀。"他自恋地叹口气："身高一米八四，体重七十五公斤，每一寸肌肉都经过专业健身教练指点雕塑而出，纹理分明，线条紧致，纤秾合度，综合美感堪称千里挑一……你身边的男性，几个能有这样的身材？"

战友们训练时的完美身材在洪星星脑中一闪而过："见过不少，但像你这么弱的，倒真没有！"

她用看"智障"的眼神看着他："……你是不是除了自恋，一个优点都没有？要不改天我带你去我们部队转转，治治你这毛病？"说罢，她为难地摇摇头，"哦，不行不行，万一你去了后自卑了呢？我还得给你治病。不行不行，你知道，我很穷的。"

"你！"魏岚气结。

"让开，我可没工夫听你在这儿胡说八道，我还要上班呢！"洪星星转身要走，魏岚下意识地伸手去拦，刚好把手覆在了她拉门把手的手背上，才开了条缝的门又被推上了。

"把话说清楚再走。"魏岚故作强势地道。

她的视线落在魏岚按着自己的那只手上，他像是被烫到了一样，立刻把手拿开。

"我、要、去、上、班！"她瞪着他，一字一顿地说道。

"行，找到工作了还来色诱我，你们老板知道吗？"魏岚还在不知死活地挑衅她。

"你确定不松开？"一大早就和这个神经病纠缠不清，让她已经不爽到了极点。

"你今天不把话说明白，我就不让你走。"

"都说了我爱好和平，别总逼我使用暴力。"

“啊……你你你……住、住……我我我……”

…………

五分钟后，洪星星推门出来，门后是鼻青脸肿的魏岚。

“太暴力了！太暴力了！你是哪个部门的，上司是谁？我要投诉你。”魏岚护着脸，眼泪都快要下来了。

在前面大步流星地走着的洪星星回了下头：“反正不是你。”

鼻青脸肿的魏岚眼睁睁地看着洪星星走进了自己的办公室。两人大眼瞪小眼，对视了几秒。

“竟然是……我？”

“呃……是不是……是不是哪里有误会？”洪星星觉得自己提前庆祝找到这份工作，实在有点儿草率。

“我来前查过，润世集团的董事长，是一位名叫……叫魏……对，叫魏宝丰的企业家。”

“那可真是对不起了，魏宝丰正是我爸。我已经正式接替了他的位置，现在……”魏岚扫了一眼办公桌前的名牌，示意洪星星去看。

想起这几天自己受过的种种屈辱和伤害，魏岚笑得非常开心。

老天有眼。

洪星星呀洪星星，你也有落到我手里的这一天。

他一直在笑，这让洪星星心里直发毛。

“我宣布，你被开除了。”

对，就这么简单粗暴。

魏岚觉得自己是在公报私仇。

哈哈哈，有权力的感觉真爽。

只可惜洪星星并不认为自己是在案板上的鱼，清了清嗓子，说道：“我来之前收到了你们公司人事部发来的录取通知书。”

那是六十万年薪的工作吗？不，那是我的命。

想到这里，洪星星索性破罐子破摔，反正他们的关系已经不可能修复了，她扬了扬眉毛，正色道：“今天一早我已经签了电子合同，一切符合正规程序，我是在职员工，没有正规理由不能解雇我，不然就是违反劳动法。”

魏岚点点头，小丫头果然有一套，果然简单的开除糊弄不了她。

再说人事部，那帮人真是有毛病，平时让他们招聘，效率低得似蜗牛，恨不得宰了他们。眼下他需要他们慢点儿吧，又坐了火箭似的，他人都还没见着，签什么合同？

有猫腻，绝对有猫腻。

他当着洪星星的面，直接打电话给人事部的负责人，怒气冲冲地说道：“董事长高级助理的人选就算是我定的，也需要我亲自确认过才能由人事部办理入职手续，为什么我还没见到人，入职手续就已经办完了？”

“这是……呃……老魏总的意思。”对方的回答十分简短。

“难道已经卸任的前董事长的权力要大过现任的我吗？我以现任董事长的身份，要求你开除她。”

对方不为所动：“老魏总早就猜到你会这么说，他吩咐过，你可以开除这个人，但开除之后，你的董事长一职也会被取消。”

“老头子疯了？”魏岚大怒。

“老魏总还留了话给你：你和那个女人现在就是一根绳上的蚂蚱，一荣俱荣，一损俱损。所以与其互相争斗，不如同舟共济，这样才……”

魏岚啪地挂断了电话，转头看着洪星星：“想做我的助理是吧？”

洪星星重重地点点头。

“我的助理必须能文能武，你入伍前只读到专科……”

“服役期间我读完了本科，连续三年获得全国散打冠军。”她打断他，从档案袋里掏出军校本科毕业证和三本全国散打冠军获奖证书。

魏岚咽下口水，继续说道：“还必须敏锐过人，头脑一流，你……”

“我出身特种侦察连，拿过军功章。”她亮出一枚军功章。

“行，算你狠！”他眉头一紧，“忠诚度高，道德品质好，你……”

“我在部队连续三年获得标兵奖，并已经宣誓成为光荣的共产党员。”她亮出三份标兵奖状和党员证。

“个人能力卓越，并有一定的领导能力，你……”老实讲，他觉得自己有点儿气馁了。

“我曾任特种部队侦察连排长，军衔少尉，手下三十六人。”

“我的助理还必须口齿伶俐，你……”

“八百标兵奔北坡，炮兵并排北边跑，炮兵怕把标兵碰，标兵怕碰炮兵炮……”幸亏我在部队学过，洪星星笑。

“这样都行？好吧，我承认你很优秀！但是，就冲你竟敢三番五次对老板动手，我就不能留你。”

“真没的谈？”

“没的谈。”他坚定地点点头。

洪星星只好默默地亮出手机上魏岚被暴打的视频：“这样也不行吗？”

“这？你？呃……”

好汉不吃眼前亏，他立刻一脸假笑地说道：“事情也没……也没有那么绝对，能谈，能谈。”

自尊和钱，你会选择哪个？

如果换成以前，洪星星肯定选择前者。

但现在不一样。一条义肢的价格差不多是一年的年薪，如果真的能留下来，老洪的义肢就可以装上。能找到这种高薪工作的概率就像中彩票，好不容易遇见了，这点儿委屈又算得了什么？为了洪大军，她愿意忍受任何一种生活，而不会再像年轻时那样把自尊、面子挂在嘴上。如果上天能够给老洪一条新的胳膊，哪怕让她跪着、爬着，她都愿意。

自尊值几块钱？

想通这一切的洪星星正趴在工位上胡思乱想，孙秘书拿来两本润世集团的宣传册，见她眉头紧锁，安慰道："放心啦。你是老魏总和康管家都认可的人选，魏总人很好，嘴硬心软，不会有什么问题的。"

她感激地笑笑，对孙秘书的好感又多了几分。嗯，既来之则安之，只要不出什么大差错，一年还不能坚持下来吗？只要能给洪大军安上义肢，要她做什么都认了。她随手翻了翻宣传册，发现都是对医药产品和生产线的介绍。

但显然，魏岚可不这么想。

看热闹不嫌事大的周亦霖听完他的讲述，来了精神："你是说，那个打了你、踩了你，还骂了你的女人，现在成了你的助理？"

他点头。

"这等奇人我必须看看！"周亦霖刚要站起来，就被他一把按在了椅子上。

"呵呵，这样的女人有什么好看的？城府深得很，十有八九是老头子派来的眼线。先是演了一出不打不相识的戏，又借着和解的机会求着我把她招进公司。刚才在健身房碰面，又来了一招欲擒故纵，把一切做得像偶遇，其实就是借此机会接近我，真是太有心机了。"

"那你是怎么答应选她的？之前没见过真人吗？"周亦霖抓住了重点。

他闭着眼睛回忆，康叔把一个档案袋递给他，他看也没看就随机选了最上面的那个。没错，这就是个圈套！康叔料定了他不会认真看资料，所以那个档案袋里只有她的简历。不论他抽谁，都会是她。

老狐狸。

周亦霖忍不住咋舌："但你如果不接受，会不会有下一个？"

"如果接受了，恐怕我一天上八次洗手间的事都会有人报告。"

"什么？你一天上八次厕所？"周亦霖哑然。

"我呸。重点是我从此就失去自由了好吗？"

"行吧，那就挑个毛病把她赶走。"

哪有这么简单？

他开启了全景快进吐槽模式，光速讲完了刚才与洪星星的交谈。

"无懈可击，这么好的人，换我也舍不得开……"周亦霖称赞不已。

"注意抓重点，怎么赶人！"

"人家都用劳动法保护自己了，大不了多给点儿赔偿。主要问题还是你爸那里……"

魏岚丧气地往座椅上一靠："我就不信了，我把她开除了，我爸真能马上撤了我？吓唬小孩儿呢？"

"其实，抛却老头儿这一关，她确实也是个人才，赶走是不是可惜了？"

"你的意思是——要我留下她，策反她？"

周亦霖坏笑："一个年轻女孩儿，以你魏总的魅力，分分钟搞定她，那这个行走的杀器就完全属于你了！"

"也对。"他想了想，这个方案倒是靠谱。

"怎么策反？"

周亦霖站到白板前唰唰一通写，顶端一行大标题：策反战略讨论。

"战略第一条，霸王硬上弓，生米煮成熟饭。先彻彻底底地占有她的身体，把她变成……"

魏岚觉得，自己果然高看了周亦霖：“我呸！毙掉，下一条。”

“好吧，我们还可以运用法律武器，把她变成你魏岚的人。比如重新签合同，让她只为你服务，违规操作直接解雇，任何人无权置喙！”

看魏岚面露欣赏之色，他继续说道：“第二步，从体力和精神上打压和消耗她的士气，俗称下马威。”

这次魏岚直点头：“详细点儿！”

“你要狠狠地为难她。一个女孩子，肯定受不了苦和累，等她的意志力薄弱下去，你就突然转变态度，彻底拯救她！”

“是不是太奸诈了，有损我光明正大的形象？”

“听你的描述，这个女人野蛮、暴力、贪财，心机深重，还跟你玩欲擒故纵的下流手段……”

他打断周亦霖的复述，毅然决然地说：“必须奸诈！不能让她好过！”

办公室内，魏岚又开始了新的幻想：昏暗的室内，洪星星一脸惶恐地跪在他的脚下。

“老板，请赐给我一份工作！”

“我可以赏赐你工作机会，但你要和我单独签署一份服务合同，承诺履行上面的所有条款，身心都完全属于我一个人。”

“您像神一样，给了绝望的我希望。”她膝行至魏岚的膝边，不断亲吻。

他却转动老板椅，极其流畅地转过身来，把桌角花瓶中装着的玫瑰取出来，递给她，忧郁而深情地说道：“有一天，也许你会成为很成功的人，也许有一天，我会请求你的帮助。但是我希望在那一天到来之前，你能记住，我才是你唯一的老板。”

他向她伸出一只手。

…………

洪星星坐在魏岚对面，好奇地看着他。他依然沉浸在幻想之中。

“魏总？”她伸手在他面前晃了晃。

他被她的声音拉回现实，受惊之下，胳膊肘碰到了桌边的花瓶。千钧一发之际，她一个箭步上前，蹲在办公桌边，一手接住花瓶，一手接住掉出的玫瑰。

他瞪大眼睛，俯视着洪星星。他被这一系列麻利又帅气的动作震惊了，玫瑰梗与花瓶底相击的声音，在魏岚的耳中像是有人在他的心里敲小鼓。

砰砰砰。

鼓声快且急，又转瞬即逝。

见了鬼了。

他回过神，从抽屉里拿出一份文件：“现在需要你重签一下，服务主体从润世集团董事长变成我个人，从此你只是‘我的’个人助理。原来的合同作废。”

“为什么？”她不解。

“年薪六十万元再加每年十万元生活补助，员工本人和其直系亲属每年有定额十五万元的医疗报销补助。爱签不签。”他面无表情地一口气说完。

这么多？

她恨不得马上签字，但黄鼠狼给鸡拜年……好端端的，这人抽什么风？有钱人的世界真难懂。

“医疗仪器，比如义肢能否报销？”

他冲着她勾勾手，她自觉地走近几步。

“你哪里需要义肢？”

“我爸需要。”

他用指节叩了叩桌子：“如果你表现良好，一年后可以考虑报销。”

“成交！”她激动地握住他的手，手在他的掌中发出嘎的一声响。

他默默地抽回手，脸部肌肉疼得微微抽搐，但又要为了面子装作若无其事，直到她在合同的最后一页签下名字。

这世上有许许多多的姑娘，她们从不吝惜自己的能量，不矫情，不造作，只是单纯正直地跟随自己的内心行事，会就说会，不会就说不会，从不试图去展示自己并不具有的能力，愿意去做更难的事情，不痴迷于赚更容易的钱，愿意相信努力的力量。

或许她们从来没有像公主一样活在梦幻般的粉色泡泡里，但心底有着足够的爱，那是一种精神上的不被放低，是一种真正的富养。

洪星星就是这样的女孩子。

小而杂乱的储藏室内，四周货架上的灰尘足足有一指多厚，地上的杂物堆积如山，纸屑像雪花似的，落得到处都是，这间储藏室少说也有一年没用过了。管它呢，洪星星不顾孙秘书诧异的眼神，开始热火朝天地往外搬杂物，收拾起自己的小办公室。

六十万元年薪，还有十万元生活补助，还要什么自行车?

别说是储藏室，就是狗窝，她也愿意住。瞧见了吧，抹一下桌子，一百块就进了口袋。

整理书桌、清理杂货……按小时折算成工资，就是八百块!

洪星星充满了斗志。

让活儿来得更多一些吧!

蔡蔡偷偷来到高松的办公室，见高松手里正捧着一本书，脸被挡得严严实实，脚高高地放在办公桌上，桌上摊着刚吃完的外卖的盒子。

“有什么新动静？”高松口齿不清地问道。

“来报到的洪助理，就是之前帮魏岚抓小偷的女人，是特种兵出身。魏岚好像很信任她，安排她坐单间，而且见完她就立刻见了周总监，好像有什么大计划。”蔡蔡说。

“好不容易老皇帝进了医院，太子居然又找来熟人当帮手。这魏家老小，怎么让人那么不省心呢？”高松语气里满是不悦。

“再不省心也防不住高总您哪！”蔡蔡谄媚地道，“历朝历代有多少皇帝死在大奸臣手上，胜利一定是属于您……”

“滚！”高松抓起书照着他的头便打，“你才是大奸臣，你全家都是大奸臣。”

他躲也不敢躲，书打在头上倒是不疼，只是有些委屈罢了。

他已经使出浑身解数来拍马屁了，怎么每次拍的位置似乎都不太对？一定是高总的问题。

心虚的人忌讳也多。

一定是。

终于收拾干净了，洪星星满意地欣赏着打扫好的屋子，室内光洁如新，四壁闪亮，墙边还有个小柜子，可以放随身携带的包包，还能放零食、文件什么的。

孙秘书从门外探头进来，看了看屋里，摸着墙边的小柜子问：“打扫得好干净哇！这是哪里的？”

“屋里原来就有，落满了灰，不起眼儿，我擦了擦。”

“屋子还挺大。”

“对了，我得申请一套桌椅板凳。”

“魏总说要勤俭节约，让你先用桌子，凳子过几天有多余的立刻补给你。”明明是老板的吩咐，孙秘书还是有些不好意思说。

“没事，挺好的，那给我布置工作吧。”她不以为意。

孙秘书从背后拿出一本厚厚的《魏岚日常爱好习惯笔记》，像当初周亦霖交给她时那样，郑重地交给了洪星星："背下来，越快越好！加油哦。"

她目瞪口呆，转眼想到六十万年薪，没问题，没问题，别说日常爱好习惯，要她数他的腿毛都没问题。工作嘛，要对得起老板付的每一分钱。

只是这薪水，看来很大程度包括了忍住对老板的不满、恶心、鄙夷和痛骂。

洪星星觉得魏岚这个一无是处的超级自恋狂倒是值这个价。

那边的魏岚站在百叶窗边，拨开百叶偷窥外面，看着女员工正一个个轮流出入储藏室，心情很好的样子。他百思不得其解，不知不觉中，也好奇地走到了储藏室门口，往里一看，顿时被里面的情景惊呆了。

洪星星居然潇洒地坐在桌子上，后背靠墙，背后垫着粉色天使靠垫，臀下垫着碎花坐垫，脖子上套着一看就是女孩儿用的卡通圈枕，看起来无比惬意。

见到他，她居然还能没心没肺地打招呼："魏总好，椅子再晚几天给我也行，我不着急。"

她适应得极好。

他怒气冲冲地回了办公室，又想起了周亦霖提出的战略步骤。

"下马威的奥义就是要刁难她，等到她受不了，你就开始施恩，如此恩威并施，就会让她从内心生出敬畏之心。一步步来，先给她点儿小恩小惠，看起来是奶，其实是毒，一点点腐蚀她。"

没错，下一步，恩威并施。

洪星星正在仔细阅读《魏岚日常爱好习惯笔记》，一边翻白眼，一边强迫嘴里念念有词。孙秘书推来一把椅子，外观无比豪华。

"感觉像坐在云彩上！"洪星星坐在椅子上，舒舒服服地转了一圈。

“这是魏总让我找出来给你的，你喜欢就好。”孙秘书脸上有点儿愧疚的神色，但一闪即逝。

“喜欢喜欢，现在单间也有了，椅子还这么舒服。”

孙秘书在她背后露出同情的表情，耳边回响起魏岚的吩咐：“把老爷子坐过的椅子拿给洪星星。那么软，会把腰坐弯的，老年人坐坐就算了，给我这种青年才俊坐就是谋害。”

她有点儿纠结，犹豫着要不要告诉洪星星，想了又想，觉得还是不要告诉的好。做秘书最关键的就是管好自己的眼睛和嘴。再说，这椅子看上去……还真的挺舒服的，八成是魏总自己的问题。

特护病房内，魏宝丰的精神和心情看上去都还不错，他正笑眯眯地和康叔下着围棋。

“听说，魏岚销了人事部跟洪星星的合同。”康叔边看着手中的棋子边说。

“知道，重新签了一份私人的，‘私人的’哦。”魏宝丰嬉笑着强调道。

俩老头儿心照不宣地笑。

魏岚路过储藏室，发现里面没人，鬼使神差地竟然想进去看看。整个储藏室焕然一新。他走到角落伸手摸了摸架子的上层，没有一丝灰尘。他又坐到洪星星的椅子上，陷进去，舒服地转了个圈。

“便宜你了，最好坐成驼背赶紧走人。”

洪星星一手拿着“习惯笔记”，一手拿着刚洗好的苹果进了门，刚咬了一大口，抬眼看到魏岚，吓得倒退两步，咔嗒一声关上了半掩着的门。

“魏总，你不声不响地来我这里干吗？”

“我……我来这儿考察下属，看你们有没有认真工作。你看你，好好的一个储藏室，你偏要按办公室的风格打造，结果让它既失去了储藏的功能，又没能拥有办公的神韵。哎呀，我真是看不下去了，一分钟都不想在这里待。”他装模作样地打量着，说了一大堆，摇了摇头，走到门口扭了几下门把手，门却打不开。

“我来吧。”她上前。

他退到一边，斜靠在墙上：“三年散打冠军纪录保持者，一切就靠你了哦。”

她同样扭不开。

他转怒为喜，得意地看着她。

她不是很了解他的心路历程：“您出不去很开心吗？”

他愣了几秒，也对，现在要解决的是出去的问题，而不是私人恩怨。

门锁咔咔咔地响了半天，就是打不开，外面的人不明所以，忍不住驻足观看。

“上午不还好好的吗，这下咋出不来了？”董事长办公室的几个人在外面叽叽喳喳地议论。

“里面不会还有别人吧？”小赵问。

“刚才魏总好像进去了。”孙秘书被小赵拉到了储藏室门外，小姜、小方、蔡蔡也在。

“魏总，魏总你在里面吗？”孙秘书焦急地拍着门。

“魏总在，门锁好像坏了。”洪星星在里面回她。

“开锁公司的人一会儿就到，”孙秘书说道，“洪助理，你照顾好魏总。”

洪星星望着门板，孙秘书的反应似乎有些奇怪。

“孙秘书好像很紧张你呢……你怎么了？”她转头问他。

他低低地说了一句：“没事。”

这声音听上去还算镇定，他整个人却已经缩在了墙边，低着头往角落蹭，很是焦虑。她刚要迈近几步，就被他伸出一只胳膊拦住了。

“魏总？”

“离我远点儿！退到半米外！马上！”他嫌恶地挥着手。

她只好退了几步：“您的状态好像不太好，不舒服吗？”

他扶着墙发抖，额头开始渗出冷汗：“闭嘴……问问开锁的人还要多久能来……”

“开锁的人还要多久？”她拍着门大喊。

“还要二十分钟！让魏总再撑一会儿！”孙秘书扑在门上大声吼着。

众人疑惑地看着焦急得如同热锅上的蚂蚁的孙秘书。

“完了完了……要不要打120？”

周亦霖从门外疾步赶来，看到孙秘书在储藏室门前打转，整个人也直接贴在了储藏室门上。

“魏岚，你别难受，我在外面呢，门很快就能打开，你撑住！洪星星，你离魏岚远点儿，你听到没？”

一旁的蔡蔡十分不解。孙秘书和周亦霖太夸张了，不就是被关在储藏室了吗？闹得跟进了敌人的包围圈似的。

洪星星只觉得外面非常嘈杂，再看魏岚，整个人扎在墙角，她越想越觉得不对，蹑手蹑脚地想要凑近他，只走了两步就再次被他察觉。

“站住！别再靠近我！”他脸色苍白，喘着粗气。

她想起那本《魏岚日常爱好习惯笔记》：“不喜欢跟人挨得太近，尤其在陌生的密闭空间里，不能独自坐电梯……”

“你有幽闭恐惧症？”她再次试探着走近他，高举双手，“我不靠近，你冷静点儿，我知道一套呼吸方法，能让你舒服很多。你跟着我做，五秒吸气，五秒屏息，五秒呼气……”

他后背一僵，这次没有排斥，真的试着按她教的方式调息，吸气、屏息、呼气，吸气……喘息逐渐稳定下来。

“好一些了吗？”

他缓缓吐出一口气，点了点头。

见他状态好了一些，她走到门边，上下摸索门扇上的合页，又从货架底下捞出一把螺丝刀，蹲下卸门扇下方的螺丝钉，却卸不动，干脆麻利地站上桌子，想要拧下门扇上方合页上的螺丝钉。

他往她的方向瞄了两眼，试着扶墙朝她走去。

“你在干什么？”他问。

“把合页拆开能把门卸开。上面的已经拆了，就差下面的了，但螺丝锈了，拧不动。”她继续闷头拧螺丝。

“把门踹开吧。站高一点儿，好踹。杠杆原理你不懂吗？”他有些不耐烦地说道。

“我这不是想尽量保护好公司的财产吗，哪怕是门。既然你不介意，我当然可以。”

她拍了两下门，让外面的人躲开，狠狠踹了一脚门，门发出一声巨响，动了动，但没有开。她又踹了一次，还是没开。

“我能感觉到就差一点儿就能踹开，就差一点儿。”她有点儿泄气。

他闭着眼睛安静地试着吸气、屏息、呼气……他的喘息越来越稳定。

“我数一二三，咱们就一起？”她看着他。

“好。”

“一、二、三！”

轰隆一声巨响，木门应声而倒，她迅速用胳膊挡在魏岚的后背，旁边的桌子因为震动栽倒下去，刚好压在她的手上，疼得她哼了一声。

外面的众人被惊得安静了下来。

周亦霖最先冲过去扶魏岚起来，孙秘书跟上。

“没事吧？”周亦霖和孙秘书异口同声地问魏岚。

他没说话，自觉有些丢脸，黑着脸甩开周亦霖的手。

“这次算你救了我，暂时……暂时……”他看了看洪星星，嘴唇动了动，却没再说话。

洪星星咧着嘴活动了一下胳膊，像是听见了，又像是没听见。

有人说在成年之后的许多问题，都可以在童年找到病因。魏岚脑海中浮现出小时候的画面，记不清多少次了，只要他不听话，魏宝丰就会把他关进老旧的文件柜：“好好反省一下，想不明白哪儿错了，就不许出来。”

或许这就是他患有幽闭恐惧症的最初原因吧。

从储藏室出来后，魏岚办了两件事。他先让孙秘书给洪星星换了个工位，又拿了一张百夫长黑金卡，让孙秘书带给魏宝丰。

毕竟这是他的一点儿心意。

毕竟没有以前的魏宝丰，就没今天的魏岚。

洪星星穿上外套准备下班，扭头看到魏岚的办公室还亮着灯，敲了敲办公室的门。

“有事？”他问。

“我要走了，看看您还有什么吩咐。”

“哦。”魏岚看着她，却想不起到底该吩咐些什么，“那什么，储藏室的事，谢谢你。”

“不客气。”她回答得不卑不亢。

“手……没事……”他不知道要怎么继续问。

“还行，有点儿红。”她回答得爽快利落。

“为什么替我挡那么一下？”

“听实话？”洪星星问。

“实话。”

“虽然你这人很讨厌，但毕竟你身子骨单薄，万一被砸伤，谁给我发工资？我皮厚，结实，挨一下无妨。”

他没有说话。

“没别的事了？”

“下班吧，明天可以晚点儿上班。”

“‘晚点儿’是多晚？具体是几点？”她认真地问。

“……十点吧，十一点前都行。”他显然没有仔细想过这个问题。

“那我先走了，魏总您也早点儿休息。”

看着她远去的背影，他竟莫名地有点儿失落，想要喊住她，嘴巴张了张，又艰难地闭上了。

一个穿着连帽衫用帽子套住头的人，从刚刚下班的洪星星背后偷偷走近，刚要伸手蒙住她的眼睛，就被早感到背后有人的她的拳风吓得抱头蹲下。

她抓住他头顶的帽子一个大轮转拎住，扫堂腿蹚过去，一个小擒拿手把对方反手扣在手里。

连帽衫的帽子掉下来，露出凌听那张乖巧的脸。

“臭小子，又是你！”

“疼疼疼，星星姐，胳膊要断了！我专门等你下班，就是想给你个惊喜。”他笑着求饶。

她放开他。

“星星姐你太暴力了，这样可不好。”

“在部队里套招套多了，出任务也要动手，都是下意识的反应，你这细胳膊细腿，最好别从背后接近我。”她边说边轻快地往前走。

“我很强壮的好吗？我刚回国就办了健身卡。”他举起胳膊显摆。

她扑哧一笑，想到魏岚的话："每一寸肌肉都经过专业健身教练指点雕塑而出，纹理分明，线条紧致，纤秾合度，综合美感堪称千里挑一……你身边的男性，几个能有这样的身材？"男人是不是都有些自恋，尤其对自己的身材盲目自信？

她用嘲弄的语气说道："那你以后可以多试几次。"

他认输："我才不要作死！"

他一边说着，还一边往一旁挪了挪。她手疾眼快，拽着他的衣领与一位骑着摩托车的外卖小哥擦身而过。

"小心点儿！"

"星星姐！"凌听看着她，"谢谢你。"

"干吗突然这么客气？"她一头雾水。

"没事，就是想到小时候，别人欺负我，每次都是你帮我解围的。"

就是在那个窄窄的巷口，凌听一直记得，那时他才六岁，一群熊孩子围着他，非要他穿上小花的连衣裙。

"女孩子！小女生！凌听最爱哭……"熊孩子们七嘴八舌地嘲笑他。

彼时的洪星星还是个小胖妞，举着个鸡腿就冲了过来："谁欺负凌听呢？看我不坐死你们！"

熊孩子们作鸟兽散。

想到这儿，凌听大手一挥："星星姐，走，去吃炸鸡。"

不知道是不是受韩剧的影响，周围的炸鸡店如雨后春笋，两人选来选去，选了人最多的一家。

"果然还是食客多的比较靠谱。"他抓起一个鸡腿，大快朵颐。

她却还在翻看那本厚厚的《魏岚日常爱好习惯笔记》。

"在看什么？"

"工作文件，得抓紧背下来！"她仰头喝下半杯啤酒。

他继续找话题："上班第一天感觉怎么样？"

她没有听到这句话，却蓦地想起魏岚被关在储藏室时的窘态，下意识地笑了。

魏岚说什么来着，哦，"男女授受不亲""你怎么能三番五次对我动手动脚"。

见她不说话，凌听又问了一遍。

"挺好的，老板人也挺好。"她的手指划过一行字，"不喜欢刺激的活动，不喜欢极限运动"。

想起初次见面带着魏岚抓小偷时的情景，他在副驾驶座上被甩得大吐特吐的样子，洪星星耸耸鼻子，觉得好像确实有点儿对不住人家。

"你怎么了？有心事？"凌听十分不解，今天的她有点儿奇怪。

"没事。"

"你这表情可不像没事。是太难背了吗？我帮你看看。"说着，他便要拿她手里的文件。

"工作机密不许看！"她没好气地夺回文件，敲了一下他的头。

"不看就不看。"他嘴硬，"谁稀罕看这玩意儿。对了，我准备在润世集团附近找个实习生的工作，这样以后咱们就能一起上下班了。"

"真的吗？"她终于抬头，"太好了！"

她只顾着高兴，没注意到嘴边有残渣，凌听伸手想帮她抹掉，却被她直接大大咧咧地用纸巾擦了。

他的心里一阵失落，愈加怀念小时候了。

如果他们都还没有长大该有多好，他还可以在她面前示弱，被人欺负的时候大喊她的名字，如果她要走，就可以哭着打滚求她留下来。

可是现在大家都长成了懂事的大人，不可以随便掉眼泪，也学会了隐藏心事，再多的喜欢和心意也不敢轻易说出口，怕说了对方有负担。

他痴痴地看着她。

我能为你做的不多，也只能像小时候你曾对我的那样，难过的时候，陪在你身边，带你吃好吃的，给你擦眼泪，然后送你回家。

一旁的服务员将凌听痴迷的样子尽收眼底，不由得多看了两眼。那目光太灼热、太浓烈，他对面眉清目秀的女生，却把所有的心思放在了眼前的文件上，竟丝毫也未察觉。

真是遗憾。

夜幕下的城市车水马龙，一片繁华。魏岚敞着四面的车窗开车，风从窗外灌进来，他扯开领带，解开领口把衬衫拉松，感受难得的肆意。车载蓝牙此刻有来电提醒，是康叔。

“孙秘书刚刚送来一张无限额的百夫长黑金卡，你怎么不来看看？”康叔问他。

“公司还有一堆事，实验室事故也要调查，让他好好养着，花钱都从卡里走。”

电话那端传来魏宝丰的怒吼声：“行，翅膀硬了，刚转正就想拿钱打发老子了，老子养活他那么大还用他养活！”

“爱用就用，不用就丢。”

怒吼谁不会?

“不孝子……”魏宝丰被他的话噎了一下。

康叔问：“新入职的助理怎么样？你要注意安全，出入一定要带人。”

魏岚的脸色缓和了一些，还没来得及说话，听到老头儿又在喊：“我看洪星星那姑娘挺好的，好好待人家，多跟她处处。”

这话在魏岚听来就是洪星星是探子的证据了，一时间她的诸多表情，冲动的、诚恳的、装傻的……纷纷在他的眼前闪现。

“呵呵，老头儿，我看你还是关心自己吧。您单身多年，好不容易退下来了，不给自己找个老太太？要没有老太太，小姑娘也行，我不介意到时喊对方‘小妈’。”

“你……”还没等魏宝丰发火，他就抢先挂了电话。

前方亮起红灯，魏岚将脸埋在方向盘里。

老头儿为什么这么擅长激怒他呢？他想不明白。

每次他想要对老头儿好点儿，都会被老头儿接下来的态度激怒。仿佛心中隐藏着无数颗火种，他以为自己已经藏得足够好，谁也找不到、找不着。除了老头儿。

老头儿甚至不用找，只需要张开口说出任何一个字，那火焰便会自动燃烧。点着了，还觉得都是他的错，空留他独自灭火。

魏岚搓了搓脸，怕自己真的会睡着。身后突然有人不断按着喇叭。

绿灯亮了。

第四章

玫瑰骑士

或许要很久之后，他们才会发现，原来爱情的萌芽是从他们真正欣赏彼此身上的那些闪光点开始的。真正美好的爱情一向都不费劲，人常说事在人为，爱情却并不是，它更多的是一种自然而然的吸引和共鸣。洪星星在多年以后才想明白，在爱情来临之前，我们所要做的就是做好我们自己，然后等喜欢自己、自己也喜欢的那个人靠近自己。

在这个浩瀚的宇宙中，找到那个闪亮的人之前，首先要找到闪亮的自己。

微弱的灯光自窗对面的高楼处投射进来，照得整个房间昏昏暗暗的。银光闪闪的麋鹿角伸向两边，头顶上方是同样亮荧荧的银色时钟。幽静的夜里，只听到秒针走动的声音。在床上熟睡的魏岚突然惊恐地大叫，急促的呼吸声在这寂静的夜里显得格外突兀。

在那个可怕的梦里，同学、室友、邻家小孩儿的脸齐齐挤在他面前，他们凶神恶煞地说着：

“真把我当朋友了？傻，爷跟钱才是朋友。”

“装啥大尾巴狼，你最大的优点就是有个有钱的老爸。”

“呵呵，别谈感情，多伤钱。你爸给了那么多钱，我不关心你谁关心你？”

“蠢驴，真以为自己是天才？别逗了，没你爸的钱你就是堆狗屎。”

…………

他拼命地想躲开这一切，双手在空中使劲地挥舞着，魏宝丰却猛地出现在他面前，魏宝丰的声音，即便是在梦里，依然那么惹人讨厌。

“我看洪星星那姑娘挺好的，好好待人家，多跟她处处。”

呵呵，洪星星，果然!

无法缓解的窒息感将他死死裹住。模糊的视线中，他又看到了那道熟悉的身影逆光而来，那道身影周身蒙着耀眼的金色光圈。砰的一声，梦魇被不知哪里袭来的子弹击碎。

在几个枕头的包围中，魏岚忽地坐起，汗水淋淋，好一会儿才恢复平静。他的手中不知何时多了两颗弹壳。一颗是金色的，这是在非洲被恩人救时，他冒着生命危险偷偷捡来的。他将它珍藏至今。另一颗是他前日刚收到的那颗带血的弹壳。

那血早已凝固，之前醒目的鲜红色已经变成了暗紫色，不细看根本看不出来。也许那压根儿就不是人血，是猪血、狗血，甚至是番茄酱……谁知道呢，但该起到的震慑作用一点儿也没少。他更想找到捡来的那颗子弹的主人。

她到底在哪里？她可知道她是他无数个可怕的梦魇里，带他回到现实世界的唯一力量——那温暖、踏实、美好的力量。

他再没睡着，干脆打开电脑，处理几个文件，上午的视频会议定在了早上八点，时间刚刚好。

“迄今为止广交会上最大的出口中成药订单来自东南亚。所以我们对亚洲市场相当看好……从全国范围内的药企出口情况来看，从去年年底开始，来自欧洲和南美洲的采购商就纷纷减少了订单，相对而言，东南亚的客源十分稳定，订单总数略有上涨。”视频里，市场部经理拿着一沓材料，信心十足地汇报着工作。

穿着白色衬衫的女生接着说道：“如今首届世界制药原料展将在东南亚举办，咱们是不是也该申请一个展位，进一步开拓一下市场呢？”

魏岚眉头紧皱，对市场部经理说道：“以后不要让我听到‘略’字，我需要的是具体参数。”他又对那个女生说道，“展位当然要申请，东盟市场有六亿人，值得好好开拓。”

市场部经理尴尬地点点头：“是是是，我回去后一定……”

市场部经理话音未落，营销部经理已经急急催问：“公司的QW1项目什么时候结束保密期？听周总监说，最晚一年就能进入临床试验阶段，咱们是不是可以跟大客户提前透露一下消息了？”

“快了，少安毋躁。”

…………

结束电话会议，魏岚漫不经心地瞥向窗外，一架飞机正迅速地从湛蓝的空中飞过，留下一道长长的淡淡白烟。他默默地盯着窗外的天空，直到飞机消失。

人生在世，总要留些东西给后人的。

就像飞机尾后的白烟，或长或短，或浓或淡。

至少他是这么想的。

那，老魏呢？他……也这么想吗？

听说康叔每天守在特护病房里，严阵以待，吩咐门卫绝不许任何人打扰老魏休息。

有意思。

魏岚的办公室外不知何时多出了一个豪华工位，还用隔板圈出了个半封闭的独立空间，配备了崭新的台式电脑、平板电脑、耳机三件套。孙秘书正站在桌前，笑脸相迎。

“这是……？”刚上班的洪星星着实有点儿蒙。

“全是你的，洪特助。”孙秘书把一块刻着“特别助理洪星星”的名牌放在桌上。

“我才入职，就成了标杆，哈哈，这一行的标杆有些低呢。”她有点儿不自在。

“你可说错了，咱们小魏总只要最好的，从来不将就。”

“真的假的？”她刚想反驳，眼睛不经意地一瞥，发现工作桌前正贴着一张魏岚的照片，照片里的他眼神犀利、神色冷峻。

“这是……”

“哦，这是魏总特别嘱咐的，作为他的私人助理，你必须时刻接受他的审视。”

“这也太变……”洪星星的“态”字还没说出口，目光撞到孙秘书期待的表情，只好改口道，“变……变……便于我们时刻领会魏总的精神。”

孙秘书很高兴：“我就知道你会喜欢。”

喜欢个鬼！这么一个自恋狂、控制怪、神经病……当领导，谁高兴得起来？

她正嘟囔，魏岚进了办公室，大家纷纷起身行礼。孙秘书对她做了个加油的动作，紧跟在魏岚身后走了。

洪星星坐在工位上一抬头，就看到了桌前魏岚的照片，那犀利的眼神盯得她出了一身的鸡皮疙瘩。她看书，他盯着她；她拿手机，他盯着她；她喝水，他盯着她；她从包里拿出卫生巾，他仍然盯着她……真是忍无可忍。

她在包里翻了翻，找到根碳素笔，给魏岚画上浓浓的眉毛和络腮胡子，终于解气了。

嗯，顺眼多了。

魏岚独自站在办公室里，看到外面的洪星星正抓着手机发信息。

他想，她肯定是在给魏宝丰报告消息："报告董事长，我已经成功打入魏岚身边并获得赏识！"

他回到座椅里，十指交握托着下巴，并未留意到旁边有人递了杯咖啡过来，仍沉浸在自己的世界中，接过来喝了一口。接着，他意识到了什么似的，一扭头便迎上了洪星星那张带着谄媚神色的脸。

他一下子呛住了，咳嗽不止。

"魏总，你、你没事吧？"她手忙脚乱，想要拍他的肩膀，又犹豫着，最终缩回了手。

"下次进来能不能敲门？这是最基本的礼仪。"他好不容易才缓过来，非常狼狈。

"我敲了。您在里面不回应，我怕您又出现什么问题。"

"我能出什么问题？找我有事？"

"我已经背下了您的所有习惯！"她立刻变得朝气满满，"请魏总考核。"

他瞥了她一眼，拿起一份文件："我像是有时间浪费的人吗？"

"那我先出去了，您有事随时叫我。"

"回来！"

她满怀希望地蹦回来，中气十足地喊道："是！"

他被她响亮的声音吓了一跳，无奈地对她招招手。

“您吩咐！”

“刚上班是不是很兴奋？”画风突变，他变得出奇温柔。

她受宠若惊地点点头。

“那就好好地享受你的工位，没事不要进来吵我。”

“我就待在工位上，”她不是很明白魏岚的意思，“不用干别的吗？”

“对，好好坐着，爱干点儿什么就干点儿什么。”

“那不成，拿人钱财，替人消灾。咦？好像这么说也不对。不过我拿钱了就得做事，光休息怎么行？”

他被她逗笑了，站起身，非常自然地摸了摸她的头发。

“你现在是董事长特助，不是特种兵了，不用那么紧张，乖！”

洪星星：“……”

这！

她护住自己的头，目瞪口呆地望着他。

魏岚将她的反应尽收眼底。周亦霖那小子说得对：适当释放魅力……任你予求予取。他换上无限宠爱的语气：“出去吧！”

洪星星觉得自己是踩着云朵走出办公室的，呆呆地坐在座位上五分钟都没有搞清楚刚才到底发生了什么事情。

是她疯了，出现了幻觉，还是魏岚的身体被哪个博爱的灵魂占据了？

这要是跟孙秘书他们说起，他们肯定以为她神经病，犯了花痴，得失心疯了吧？

她想到了另外一种可能，难道是他被她打怕了，或者说被她的魄力彻底折服，开始采取怀柔政策了？

…………

从来不懂办公室斗争的她第一次觉得头疼。思来想去，决定以不变应万变，管他什么政策，少说话、多做事，肯定不会错。

凌听拎着爱心餐盒和草莓派走进大堂，见通道有门禁，正跟前台的工作人员咨询。孙秘书隐约听到他问洪星星，一时好奇，便多停留了一会儿。

她看看他手里的草莓派，又看看爱心餐盒："你是她男朋友？"

凌听脸一红，连忙摇头。

"你要是老实说，姐姐我就帮你把饭带上去。"她逗他。

他眯起眼睛打量着她，有点儿生气："原来你的目的是这个，我猜你都不一定认识洪特助。草莓派只要交给你，就分分钟进了你的肚子！"

他警惕地抱好盒饭和草莓派。

"真是可笑！"她不屑地看了他一眼，"你少以小人之心度君子之腹，本小姐会为了区区甜品做那种事吗？"

他哪里是嘴上饶人的人？他讽刺道："我是小人，你呢？谁知道你是不是君子？！说不定我是以小人之心度小人之腹呢？"

她气得跳脚："我还从没见过像你这样的人，杀敌一千，自损八百。为了骂我是小人，索性承认自己也是小人？"

"看不惯？嘻嘻，好巧，我也看不惯你。"他干脆打开草莓派的盒子晃了晃，"哎呀，这么好吃的东西，我必须亲手交到她手上，绝不能让他人染指！"

说罢，他拨通了洪星星的电话。

"星星姐，我给你带了午饭，就在你们公司楼下呢，下来拿一下吧。"

她正手忙脚乱："抱歉凌听，我正帮同事赶报表呢，现在没法下去，要不你放前台？"

“星星，我帮你带上去！”孙秘书欢快地凑过去对着电话喊道。

“美西？太好了，那就麻烦你了！”

挂了电话，凌听惊讶地看着孙秘书。

“我说了我们是密、友、关、系。”

她得意地伸出手来，他只得不情不愿地把盒饭和草莓派的袋子交到她手上。

待上了楼，听孙秘书吐槽完两人的交锋，洪星星大笑，边拆包装袋边说：“臭小子还挺有心，知道孝敬我了。”

“他是你什么人呀？”孙秘书在她身边坐下，八卦地问。

“你说凌听呀，我弟。”

“聆听？真文艺。长得蛮好看的。”

“凌厉的凌。好看吗？不过小时候确实有不少小女生追他，情书一摞摞地收。”

她打开饭盒，里面的蛋包饭加鸡腿做得很是精致。

“哇！卖相不错。这是他做的吗？”孙秘书舔着嘴唇问。

“是，他做菜特好吃，大厨水准，只可惜我吃过了。”

孙秘书的肚子发出一声咕噜声，洪星星见状，直接把吃的都推到她面前。

她本来还想推辞一番，但想到凌听那副嘚瑟样儿，索性不客气了：“既然你这么诚心诚意地邀请我，那我就不客气了！”

董事长办公室，魏岚脸色阴沉地翻着一份人事名单。人事部经理坐在魏岚对面，汗如雨下。

“你很紧张？”

“魏总乃人中龙凤，气场、威仪都是这个。”他讨好地竖起了大拇指，“我太崇拜您了，所以有点儿紧张。”

"擦擦。"魏岚把纸巾推给他。

人事部经理扯出几张纸巾："谢谢，谢谢！"

"放松点儿，也没别的事，就是想请教你一个问题。"

"请说。"

"王经理，你贵姓？"魏岚面带笑容地看着他。

他愣了一下："魏总，您这是……"

魏岚收起笑容，语气平淡地把问题重复了一遍。

"魏总，您就别开我玩笑了。"

"王经理，你贵姓？"魏岚这次的语气是冷的。

"我，我，"他不知道魏岚葫芦里到底卖的什么药，"……我自然是……姓王。"

"哦，姓王，原来你不姓高呀。"魏岚说着，就把一份人事资料甩到了他的脸上。

他战战兢兢地把掉在地上的资料捡起来，翻开人事名单，看到上面附在人名后的一溜儿备注"高某宗亲""高某姻亲""高某同学""高某同乡"……他想解释，嘴唇却哆嗦得说不出话来。

"你这个人事部经理做得挺好嘛，润世集团两年内招收员工六十人，其中二十九人都和公司的副总高松有关联，照这样发展，"魏岚向前一步，"我看咱们润世集团不如改成'高氏集团'算了！"

"魏……总，魏总我没背叛公司，这些人确实符合招收标准，我就，我就没驳高总的面子，但我真的对润世忠心耿耿，也从没给高总提供过任何消息，您新招的助理，高总打听了好几遍我都没说……"

"王经理，你工龄十年了，不懂什么叫本分吗？"

…………

大家看着人事部的王经理失魂落魄地从魏岚的办公室走出来，集体震惊。

蔡蔡更是慌慌张张地给高松发微信："报告高总，人事部的王经理被开除了。”发完，他赶紧删掉了对话框，生怕下一个离开的就是自己。

洪星星也有些提心吊胆。今天的魏岚着实奇怪，脾气阴晴不定，上午还摸着她的头发叫她乖，不用紧张，这会儿就把人事部经理开除了。凌听收到她的吐槽微信后醋意大发：“姐姐的头发我都没摸过。男人不会随便摸女人的头发，你们老板要么想利用你，要么是个变态。”

她满脑都是魏岚“摸头杀”的画面：“利用我？我也没什么可利用的呀。”

不知怎的，她想到了部队的警犬大宝，她也是这样摸它的，猛然一惊：“难道他把我当成了想训就训、想摸就摸的狗子？”

无耻！

她一堂堂退伍特种兵，为了钱，居然沦落到……她越想越悲愤，孙秘书见她这样，正要说话，魏岚打着电话从办公室出来，冲二人点点头，径直走了出去。

孙秘书急忙嘱咐道：“跟上去，魏总好像要去实验室，上次老魏总就是在那里出的事。”

洪星星一路偷偷跟着魏岚走过走廊，没想到他警惕性还挺高，时不时警觉地回头，幸亏她机敏地躲开了。她一路躲躲藏藏，终于跟到了实验室门口。只见他在门禁上刷了一下指纹，伴随着指纹机传来的“最高权限，开启”的声音，门禁自动打开，魏岚进入。

洪星星在门口探了探头，看门口的牌子“开发实验室”，又仰头查看四周的摄像头，鄙夷地咧了咧嘴。QW1号称高级机密，结果安的摄像头有好几处死角。这里要是发生点儿什么事，能拍到才怪。

周亦霖在背后不远处看着神秘兮兮的洪星星自言自语，刚想来个偷袭，却被她几招利索的动作拿下。她的左手直接卡住周亦霖的脖子把他推到墙上，右手顺势夺下他手里的手电筒。

“饶命！”他大叫。

“你是什么人？鬼鬼祟祟的！”她按开手电筒，明晃晃的灯光照在周亦霖的眼睛上。

他反问：“你又是什么人？”

“你给我老实点儿！”她举起手电筒作势要砸，忽然注意到他的胸牌“润世集团研发部项目总监周亦霖”，硬生生地收回了手。

“大水冲了龙王庙。喀喀，那啥，我是董事长魏岚的特别助理洪星星，这是我的胸牌。”她赔笑着，指了指自己的胸牌。

周亦霖脸色怪异地上下打量她：头发不过耳、皮肤黑、平胸、肌肉发达，行为又如此粗暴——他说：“哦哦哦，原来你是他的理想型。”

“什么理想型？”她一头雾水。

“就……我们魏总对女性有种特别的审美，”他在洪星星周身上下比画了半天，“你就……哎，不错不错，完全符合标准嘛……”

说着，他忽然伸手碰向她的头发，她下意识地横臂压住他的脖子。

“哎哎！疼疼疼！你误会了，我是看你……”他从她的头发上摘下一个脏东西，“喏，这里是无尘实验室！”

她一阵尴尬：“抱歉，条件反射，条件反射。”

实验室内，魏岚、周亦霖和洪星星大眼瞪小眼。

“我让你过来，你怎么把她带来了？”

周亦霖龇牙咧嘴地揉着脖子上的伤，根本无暇顾及魏岚的问题。

“孙秘书让我跟着您。”她给出解释。

“脖子是……？”魏岚终于留意到了周亦霖的脖子。

不问这句话还好，一问周亦霖就气不打一处来，反问道：“你那么有经验，不知道怎么回事？”

魏岚秒懂，难兄难弟，要不是洪星星在这里，他恨不得扑到周亦霖的怀里，终于有人懂他的感受了吗？

周亦霖给了他一个秒懂的眼神，又吐槽道：“有的女人是容易受伤的女人，而你洪大小姐，则是容易让别人受伤的女人。”

她不安地搓着手：“客气客气，哪有你说的那么好？这都是我应该做的。”

魏岚说：“……洪星星，你回去吧，这儿不适合你。”

她不为所动：“贴身保护您是我的职责。”

周亦霖见状，眯起小眼睛，起身凑到魏岚耳边，指着自己的脖子，小声劝着：“让她回去干吗，留下！她是特种兵侦察连出身，你看这身手敏捷的，查案肯定也比咱们两个书生强，你都出工资雇她了，不用白不用。”

不等魏岚回应，他已经自来熟地挽住了她的胳膊：“洪……洪少尉！少尉是吧，不瞒你说……”

洪星星打断他：“我已经退伍了，叫我‘洪星星’就好。”

“好，洪星星。是这样，”周亦霖不以为意，继续说道，“就在前几天，咱们公司实验室的一台仪器炸了，但不是意外，是人为。老魏总因这事重伤昏迷住院，至今还躺着。而润世集团投资最大、最重要的一个抗癌新药，代号QW1，现在处于严格保密阶段。但就在爆炸一事的当天，监控拍到有外人偷偷潜入实验室偷走了一个生物模型。”

他带着洪星星往实验室深处走去，魏岚没有阻拦，不疾不徐地跟在他们身后，慢吞吞地说道：“同一时间，我还收到了一封恐吓邮件，里面装着一颗带血的子弹。”

“这三起事件，背后的势力是同一个吗？”她问。

魏岚和周亦霖对视一眼：“不知道。”

“重要数据有危险吗？”

“没有。润世集团的重要数据都储存在云端，加密程序由我亲自制作。对方只偷走了一个生物模型。”

“生物模型？那是什么？很重要吗？”

魏岚和周亦霖带着她走向几层叠放的实验用塑料盒，里面有二十多只小白鼠，发出吱吱的叫声。

“这就是你们说的生物模型？”她吞了吞口水。

魏岚斜眼看看她，没吱声。

“你是不是害怕……老鼠？”周亦霖用轻不可闻的声音小心翼翼地问。

“我不怕，我在野外训练的时候还吃过呢！魏总你看，这只长得真漂亮！”

她说着，已经把它举到了魏岚面前，他吓得连退好几步，被迫拽住周亦霖的胳膊来稳定自己。

“洪星星，你把它放下！”周亦霖急得手脚并用，两手挡在前面，抬起一条腿跟她保持着安全距离。

她却提着老鼠的尾巴，在空中把老鼠荡来荡去。老鼠荡的方向正好冲向魏岚和周亦霖，吓得两人左右躲闪，魂飞魄散。

“放下！洪星星，你别激动，把它放下。”

“啧啧，你们俩大老爷们儿，居然害怕老鼠。”她笑个不停，“你们要是在我们部队，早就……”

周亦霖大叫：“住手，你给我住手！听见没有！”

“你这样劝她没用，”魏岚打断他，“洪星星，你手里那只老鼠值五万美金。”

“五万美金？”洪星星不笑了，手一僵，立刻小心翼翼地拎紧老鼠的尾巴。

周亦霖松了一口气。

“它不是普通的老鼠！你拿的那只叫K107，旁边的笼子里的是K108，都是进口的新一代单抗药物实验用鼠，每只身价五万美金。”

她惊呆了。

“它们每掉一根毛，都从你的工资里扣。”魏岚见这招有用，打蛇随棍上，继续吓唬她。

她干笑两声，终于虔诚地把老鼠放回了盒子里。

周亦霖冲魏岚悄悄竖起大拇指。

魏岚不敢对她动手，怒火又没地方发，此刻照着周亦霖的头就是一记栗暴。

“又不是我……”周亦霖觉得十分委屈。

魏岚说：“闭嘴。”

周亦霖哭丧着脸，夹在魏岚和洪星星之间。

三人来到爆炸的实验仪器处，爆炸波及范围并不大，仪器已经损毁，地上全是白色粉尘。洪星星捻了点儿地上的粉末，在鼻子前闻闻。

“氢氧化铝粉末，是最常用的原料药，库房里有大批存货。”魏岚道。

她在地上的白色粉尘中捡出半块锂电池，又抬头看了眼加热仪器，缓缓说道：“偷窃者伪装成实验人员混入实验室，把利用指纹倒模技术倒出的指纹膜贴在指尖上，骗过了门禁。潜入模型室偷盗实验模型，眼看就可以安全逃走，但这时老魏总来到实验室视察，无奈之下，他只好暂时躲进旁边的柜子。”

魏岚诧异地看了她一眼，继续推理道：“以老头子的习惯，门外至少还守着三个保镖。所以，嫌疑人打算制造混乱，好借机逃走。他从储存间拎了一小袋氢氧化铝粉末放入手边可以加热的实验仪器，又掏出口袋里的强光手电筒，将电池卸出来放入实验仪器，扭动加热按钮，然后再次躲入柜子。”

“实验仪器静悄悄地运转着，老魏总好奇里面是什么，于是走了过去。锂电池受热，内部发生热分解反应释放出大量气体，实验仪器突然爆炸，扬起大量粉尘，偷窃者借机逃走。”洪星星说道。

“所以，爆炸的时候，魏叔恰巧站在这台实验仪器附近！”周亦霖分析道。

…………

周亦霖仿佛见到了史密斯夫妇。

三人来到监控室，一起看监控视频，视频里，刚好放到爆炸发生的瞬间。看到魏宝丰受伤的整个过程，魏岚脸色阴沉，放在椅背上的手攥成拳头，青筋直冒。

洪星星低语：“我们会找出幕后黑手的！”她示意周亦霖把监控回放到最初。一个穿着白大衣实验服、戴着无菌帽和口罩的男人站在玻璃大门门口，看不清脸。

“邻近的监控都在爆炸中损坏了，关于犯人的影像记录只剩下这一帧。再放大就糊了。”周亦霖把定格画面放大到最大程度。

“三角眼，轻微驼背，眼角基本没有皱纹，三十岁左右，有颈椎病。头顶高度比门牌上端稍高……”她的语速很快，魏岚听得一阵失神。

“所以……”魏岚顿了顿，“门牌悬挂的中轴离地高度是一米六，门牌高十二厘米，所以他的身高在一米六六到一米七零之间。”

她给出新的线索：“体形偏瘦，体重在一百一十斤到一百二十斤之间。”

“这么说，嫌疑人范围一下子缩小了不少，只要是医药行业的人，早晚能找出来。”

“看他的耳纹。”她单独放大图像里人脸的耳朵。

周亦霖和魏岚异口同声地道：“耳纹？”

“对，就是耳骨的凹凸和形态，每个人的耳纹都不一样，类似于指纹，但更外化，更明显，凭这个就能辨认出谁是嫌疑人。”

“这耳纹也看不出什么不一样呀。”周亦霖的鼻子几乎要贴到电脑上了。

魏岚扭头看她，眼底浮现出一丝欣赏。

“魏岚，这人是冲着生物模型来的，又跟魏叔认识，肯定是同行呀！两周后的行业酒会让洪星星跟你去吧，说不定能把他揪出来。”

“好哇，带我去！”她分外兴奋。

魏岚看着周亦霖和洪星星理所当然的样子，眯了眯眼：“我是老板，带谁去酒会我说了才算。”

“那你带不带她？”周亦霖呆呆地问。

“不带。”

魏岚把注意力又放到电脑上，眼睛紧盯着放大的耳朵部位，眼眸深深。

周亦霖把魏岚拉到一旁，低声问道：“多好的大兄弟……大妹子，你为啥不带人家？”

魏岚反问道：“你是说，让我把老头子安插在我身边的眼线带去酒会？”

“卿本佳人，奈何为贼！”周亦霖感叹，“你爸到底从哪儿找来的这么个妙人？”

“她越妙，我就越不妙。”魏岚眼神复杂地看着洪星星的背影。

“不过这姑娘真不错，不像你说的四肢发达、头脑简单，人家的脑子挺好使的。”

魏岚把头扭回来，紧紧地盯着周亦霖：“你是觉得自己脖子上挂的彩不够多吗？”

周亦霖嘿嘿干笑，干脆走到洪星星身边，跟她一起看小白鼠：“这次去不了还有下次，你别难过。”

“难过？别逗了。你以为我想去？之前执行任务的时候我就潜入过一次酒会，莺歌燕舞，好不别扭。要不是工作，他求我我都不去。”她沉迷地玩弄着小白鼠。

“哎，你别玩它们了，这些可跟你吃的野外老鼠不一样。这里的每一只实验鼠，都为新药的研发做出了巨大的贡献，你要尊重它们。”周亦霖阻止她玩白鼠的手。

“制药界的烈士？”

“可以这么说。公司的宣传册你看了吧，润世制药的理念是质优、价廉，以便让人人买得起。”

她点头，这个自然是看过的。

“国内一些规模稍小的公司，比如嘉乐制药，日常药的利润比我们高一倍左右。而他们引进的第二代抗癌药，售价基本是我们预定价的两到三倍。”

“我听说了，他们引进的抗癌药执行国际联盟统一售价，国内的患者只能从他们手里高价购入药品。我知道的，现在普通家庭的人患上癌症，要卖车卖房甚至砸锅卖铁来买药续命。一旦谁家里有人得癌症，基本就得倾家荡产。”

周亦霖将声音压低：“咱们集团从国外高价引入QW1项目，开始涉足这个领域，为的就是做出普通人也负担得起的新型药物。这个项目就是魏岚一手主导发起的，整个项目的前期开发，他都是研发总监。”

她惊讶地看着远处正在写写画画的魏岚，显然这一点出乎她的意料。

“他？”

“对，我们润世如果真的成功开发出QW1，不知道要砸多少公司的饭碗。现在我们已经丢了一只实验鼠，这意味着我们在研究新一代抗癌药的事情，已经不再是秘密了。”

“我懂了。也就是说，魏总挡了别人的财路，所以随时可能有危险？”

周亦霖看向魏岚，眼中有敬意，也有担忧。

“咱这魏总，别看平时那个德行，他现在做的事，还真有点儿孤胆英雄的意思。”

远处的魏岚还在专注地写写画画，完全沉浸在他的小世界。

洪星星目光深邃地望着魏岚。

他感觉到背后目光的压力，转头，正遇上她充满正气的眼神。呵呵，又在琢磨我？他狐疑地白了她一眼，洪星星看着他那熟悉的白眼，也回报了他一个白眼。两人同时哼了一声，先后扭过头去。

三人从实验室出来时，夜已深，月朗星稀。周亦霖笑嘻嘻地提前走了，说要去酒吧见朋友。只剩下洪星星和魏岚时，她犹豫再三，终于开了口："魏总。"

魏岚不明所以："什么？"

"我听周总监说你在搞那个QW1抗癌药，这是好事，你好好干！"

"你这是在跟下属训话吗？"魏岚没好气地问。

"不，我的意思是，你干就是了。要是有人看你身单力薄欺负你，我帮你揍他们。"

他有些感动，却仍然保持着表面的骄傲："在你眼里我就这么弱？"

洪星星认真点头："是，甚至要更弱一点儿。"

感动迅速消散，他转身想走，她却拉住他的胳膊，仰着头。

"你看，这里，这里，"她的手指了头顶上方几处位置，"这几处监控，位置都有问题，如果我站在这里，监控完全拍不到我。我在来时查看了好几条走廊的监控，安装都有问题。"

他的脸上再次浮现出欣赏的神色。

"我建议联系安保公司的代表，重新布置监控线路。"她转过头来，看到嘴角带笑的他，一时有些不习惯。

"魏总，干吗这样看我？"

他那完全是一副欣赏自家狗子会握爪的表情。

只听他微笑着说道："雇你还算有点儿用。"

"嘁。"

…………

或许要很久之后，他们才会发现，原来爱情的萌芽是从他们真正欣赏彼此身上的那些闪光点开始的。真正美好的爱情一向都不费劲，人常说事在人为，爱情却并不是，它更多的是一种自然而然的吸引和共鸣。洪星星在多年以后才想明白，在爱情来临之前，我们所要做的就是做好我们自己，然后等喜欢自己、自己也喜欢的那个人靠近。

在这个浩瀚的宇宙中，找到那个闪亮的人之前，首先要找到闪亮的自己。

高尔夫球场，安石睿潇洒地挥杆，球进了。他悠闲地踱步到太阳伞下喝矿泉水。马三纲拿着一沓首页印有“嘉乐制药·内部机密”的生物实验报告走了过来。

“安总，正如您所料，这是携带人源抗体基因的实验鼠。”

“嗯。”

“报告上说，它已经产生了腹腔积液，是一只肝癌原位移植瘤模型。”

安石睿眉头一皱：“这么说，润世集团在开发的新一代抗癌药，已经进入了动物实验阶段？”

马三纲点点头，安石睿面色越来越沉。

“魏宝丰呀魏宝丰，这么多年了，你终究还是想压我一头。”

“以现在的阶段，到药品进入人体临床，少说也得一年吧。”马三纲试图宽慰他。

安石睿使劲把手中的矿泉水瓶捏到变形，说道：“那也得魏家小崽子领导的润世，能先活过这一年！”

洪星星带着保全部部长和安保公司的代表排查了整栋楼的监控摄像头安装位置。双方气氛融洽，尤其当她指点着各处安装位置的时候，安保公司的代表都心悦诚服地点头。

待她回到董事长办公室，大家已经下班离开，魏岚的办公室也没人。蔡蔡从外面慢吞吞地走进来。

“蔡蔡，你看见魏总了吗？”

“魏总应该走了吧。下午听他跟孙秘书说，好像要去医院看望老魏总。”

“哦，这样呀。”

洪星星本来想找魏岚汇报下今天的进展，看来只能等明天了。她匆匆拿起包准备回家，走前下意识地回头看了看董事长办公室，里边一片漆黑，她莫名地觉得哪里有些不对。她中午来董事长办公室跟魏岚汇报时，他衣帽架上明明挂着运动短外套和一顶棒球帽，而现在，衣帽架上的运动短外套和棒球帽都不见了，只留下了长大衣。

习惯笔记上没写他有晚上运动的习惯。他现在生活作息反常，着实奇怪。

他挡了别人的财路，所以随时可能有危险。而且，之前他还收到了一封恐吓邮件，里面装着一颗带血的子弹。

想到这里，她转身向外跑去。

公司大楼外，魏岚的座驾正疾驰而去。她只得从路边扫了辆共享单车，向着他的方向猛追。好不容易他的车被红灯拦住，车子缓缓停下。她在后面拼命地朝他招手，车内的人却毫无反应。隔着黑黑的遮光板，她当然看不到，车内的他拿着手机正在打电话。

“康叔，我看了事故那天的录像，想去看看老爷子。”

“这两天来探访的人太多，老爷有点儿累，已经谢绝探访了。”

“我看看就走，不跟他说话。”

“回家休息吧。”

“他……不想见我？”

“别多想。”

“康叔，您看着我长大，您说句公道话，我跟老头子僵着，谁的问题更多一些？”

魏岚终于忍不住了，问了这个问题。

电话那端的康叔沉默了几秒后，叹了口气。

就在魏岚以为他拒绝回答这个问题时，康叔悠悠地开了口：“你知道我跟我女儿很多年没见了，我没有一天不惦记她，有时候想想如果她能回到我身边，我大概会把能给的都给她。”

已过了下班高峰，并不堵车，魏岚这侧是红灯，而宽广的柏油路另两侧正是绿灯。一辆又一辆汽车飞快地驶过。魏岚目视前方，康叔的伤感传染给了他，他不由得鼻子一酸。

“魏岚，你们还小，不懂可怜天下父母心哪。”

司机问道：“要不要改道送您回家？”

“不，去医院。”

汽车一路疾驰，终于到了医院，魏岚却发现特护病房门口站着好几个保镖。他不以为意地继续走，却被保镖拦住。

“对不起小魏总，老爷谢绝探视。”

“也包括我？”

“是，您也不行。”

魏岚没说话，转身退出。刚出大门，他便蹑手蹑脚地溜到紧贴着墙的花坛外，老魏的那间病房，窗帘牢牢拉着，只露出一条缝隙，射出一道亮光。

107，应该是这间。遮得这么严，想看里面，好像只能爬窗户了。

他后退几步，深吸一口气，助跑、冲刺，动作一气呵成，最后一跃而起，接着……接着便狼狈地摔在了花坛里。

从哪里跌倒，就在哪里趴着，魏岚一动不动地趴在地上。

洪星星便是在这时找到他的。

“魏总！”

他被突然冒出来的洪星星吓了一跳，尤其她头上居然顶着一丛草叶，鬼鬼祟祟地从花坛里的一丛灌木后绕出来。

“你怎么在这儿？什么时候来的？”

“在你助跑的时候就来……”

“你都看到了？”魏岚打断她。

她点点头：“我其实没想……”

他从地上一骨碌爬起来：“够了！你说实话，老头子是不是根本就没受伤，是在装病？”

“我怎么知道？”

“你不是他派来的吗？今天你没跟他汇报我的行踪？”

“魏总，你这说的哪儿跟哪儿呀，我和老魏总压根儿没见过面！他没受伤住院干吗？”

“算了，就知道你不会承认。”

“什么不会承认？”她一脸茫然。

“你给我上去！”他有气没处撒，指着病房的窗户。

“爬窗户？”

他指着窗帘上方那条缝：“对，爬上去从那条缝里看看我爸在干吗。”

“没有能踩的东西，不好上去。”

“没有就想办法！你不是特种兵吗，就不会合理利用周围的环境吗？”

“好嘞。既然您这么坚持，那您就瞧好吧。低头！站稳，蹲好了！”

她不由分说，后退一步，一个小助跑，冲到他面前，不等他作出反应，一手按着他的双肩往下一使劲，他不由得扎了个马步，接着她迅速抬起一脚在他膝盖上借力，双脚稳稳地站在了他的双肩上，以迅雷不及掩耳之势扒上了窗户，抓着窗棂，从窗帘的缝隙里往里看。

他又惊又气，却不敢动弹。直到看到她带着泥渣的运动鞋底正踩在他的西装上，才小声说道：“你敢踩我……”

“嘘！”

洪星星透过那条缝隙往里看，病房里没人，床也是空的。

“里面没人，床是空的。”

“你看清楚了吗？”

“看清楚了，床上的被子一个褶儿都没有。”

“你再看看，人是不是躲在了柜子里？床底下有没有？”

“魏总，这间病房怎么看都没人住呢。而且您父亲有什么理由要躲起来呢？”

两人聊得正欢，有灯光闪过花坛，一辆车开着前灯开过来，照亮花坛的角落。他被光闪了眼，脚下一歪，洪星星从他的肩膀上滑了下来。

“啊！”

他仰面摔倒在草丛里，她想伸手去捞他没捞着，身体失去平衡，趴摔在了他身上，嘴唇从他的颊边擦过。

月亮高挂，皎洁神圣。星星眨闪，远在天边又近在眼前。

他先反应过来，抬起双手便想推开她，并未意识到自己的双手正按在某个柔软处，呆了几秒后，伴随着她的惊呼声，这才想起什么似的倏地缩回手。她冷不防没撑住身体，再次跌在他的怀里。

第五章

玫瑰骑士

牵线风筝呀牵线风筝，如果起飞时没有牵线帮你助跑，怎么飞得起来，怎么飞得高远？

我从来都只想当那个帮你助跑的人。

这线挣断与否，也从来都是由你不由我。

魏宝丰步履矫健，却无端地生出一种悲壮感。

“给你三秒钟，”魏岚别过头，“赶紧从我身上离开。”

洪星星手忙脚乱地正要爬起，巡夜的保安已经跑过来，拿着手电筒在两人身上照来照去，之前暧昧的氛围像是展厅里的玻璃橱窗被击中，哗啦一下碎掉。穿着黑色制服的保安被夜色下二人的姿势惊得语无伦次：“喂，你、你、你们干、干、干、干什么玩意儿呢？”

情急之下，她一个翻身猛地站起来，拉起他，低声说道：“快跑。”

他不明白为什么要跑，但眼看冲过来的保安大叔就要扯住他的衣角，她猛地一拽，他便不由自主地被带着向前狂奔。她一边跑，一边回头看他，月光洒在她的脸上，使她的脸看起来格外清秀。她利落的短发在空中飞舞，笔直的背飒爽清朗，像个冲锋陷阵的战士。他一时竟看得有些痴迷，任由她拉着他向前飞奔。

上一秒还沉浸在浪漫的迷失自我里，下一秒他便发现了自己的问题。他的体力在狂奔中很快耗尽，每跑一步呼吸便困难一分，只得甩开她的手停下来，弯着腰，双手扶在膝盖上，气喘吁吁。

“再坚持一下，保安大叔还在后面追着呢。”她担忧地看着后面越来越近的手电筒的亮光。

“不、不、不行了！”他徒劳地摆摆手。

洪星星看他实在体力难支：“那你别出声，做好准备，一会儿听我的！”

“哦。”此刻，因奔跑而急促跳动的心脏和翻滚的胃部，让他完全失去了挣扎力，任凭她做着各种决定。

她倒退两步来了个助攻，接着弯腰把魏岚打横抱起来，稳稳地向前跑过拐角，在路边一排半米多高的冬青丛边站定，继而搂紧他的腰，一跃而起，带着他扑进路边的冬青丛后，把他平放在草地上，低低地埋下头。

“调整呼吸，屏声！”她轻轻捂住他的嘴巴，小声说道。

魏岚还蒙着呢。

他怎么……就，就又被公主抱了？这个女人，是大力水手转世？还是说，她有抱男人的恶习？

该不会是……缺少父爱吧！

他堂堂七尺男儿，颜面何存？再过一会儿，她该不会……这荒郊野外的，尤其她力气这么大，气都不带喘地抱着他，还能跳过冬青丛，如果她要硬来，他完全没有还手之力呀。

唉，都怪我这多病多愁的身体。

他胡思乱想着。呸！怎么会想到贾宝玉和林黛玉。

他呆呆地望着她，紧紧地抓着胸前的衣服。不知怎么回事，他的思绪却飘到了二十年前。那时他还小，刚跑完四百米测验，虚脱地躺在学校的草坪上，身边围满了同学。

“嗯，是心肺功能过弱导致的呼吸紊乱。”校医用听诊器听完，说道。

围观的男孩儿发出了一阵阵嘲笑声。

“真是个弱鸡！”

“四百米就喘成这样，废物。”

“死不了的，走啦，别管他。”

…………

重重的脚步声打断了他的回忆。保安大叔举着手电筒，正沿着小路追来，他对着灌木丛乱照了几下，嘴里嘟囔着：“应该不会偷什么东西吧？唉，算了，估计也就是小年轻谈个恋爱。”

脚步声渐远，他拨开她的手，跪在地上，上气不接下气地喘着。

“你，你还好吧？”她的表情讪讪的。

他无暇理会她，兀自喘得厉害。

“还记得上次教你的五秒呼吸法吗？五秒吸气，五秒屏息，五秒呼气……再试试看。”

他只好按她教的方法调息，吸气、屏息、呼气，吸气……她同时用手捋着他的背帮他顺气：“听我的，你用全身的力气吸一大口气。”

他艰难地抬起头照做，吸到顶时，她再次捂住他的口鼻：“一，二，三，四，五，好了，呼气。”

或许是洪星星的方法真的有效，或许是她捂住他的口鼻拍后背让他顺气，那手心的力量让他像寒冬手脚冰冷的人钻进温泉，热气上涌，连疲劳都一扫而光。

“好多了。”

“你心肺功能太弱，肺活量小，还不会呼吸，所以跑两步就喘，以后得多训练……走吧。”

见他一动不动，她问：“生气了？”

“脚……脚麻了。”

“那我打电话，让司机过来接咱们。”她掏出手机。

“别，司机把车停在医院车库，有事先回去了。”他慢慢站起来，试着跺了跺脚。

医院的地下车库空荡荡的，放眼望去，只有魏岚和洪星星两人在并肩前行。或许是因为刚才的气氛太过于紧张，此刻两个人反而多出了一丝轻松，开始有一搭没一搭地聊着。

“刚才我想出去解释，你为什么拦着？”

“解释什么？您要给他们解释为什么不走正门非要爬窗户吗？而且，而且当时……”她顿了顿，脸腾地红了起来。

魏岚的眼睛与她对视，心倏地一跳，想起适才暧昧的画面，尴尬地撇开头去。

她的步子迈得极快，他不得不加快速度，勉强跟上。

“我现在真有一个理智的建议。”她严肃而认真地说道，“老板，您真该锻炼身体了。”

他不爽地瞪着她。

“喘成那样不该锻炼吗？一个大男人，身体素质这么差多影响生活呀。连逃跑都露怯，我来帮你训练体能，只要一年时间，包你……”

见她没有要收的意思，他直接把手机上的合同图放到她面前。

“这是，让我看什么？”

“你签的合同。第二十三条，乙方须对甲方所有的隐私保持沉默，并禁止在任何场合、任何地方进行评论。如果违反条例，甲方有权随时终止合同，并要求乙方赔偿精神损失费。”

她撇着嘴，瞥了他一眼，低头不再说话，默默地向前走。

见她终于老实了，他颇有点儿沾沾自喜，问出了心中最大的困惑：“你缺少父爱吗？”

洪星星不明所以。

“不是？难道……你恋爱过几次？”

她越发不解了：“从来没有。问这个做什么？”

他一副了然的样子：“哦，原来如此。我说你怎么那么喜欢抱男人呢。”

她猛地站住：“我？喜欢……抱男人？你什么意思？”

他怕她逼急了对着自己又是一顿胖揍，蔫蔫地侧侧身，往外站远了些，嘟囔了一句：“我才认识你多久，都被你抱了好几次……”

说着，他又觉得太扭捏，明明觉得扭捏的应该是她才对。

“哈哈哈哈哈哈哈哈，”她终于反应过来了，笑得不能自已，“你该不会，哈哈哈哈哈……你觉得我在占你便宜？”

他费解地皱着眉头：“你笑什么？”

她终于止住了笑：“你可能想多了，你要是不说，我都忘记你是个男人了。”

“你……”他一怔，旋即气得跳脚，“工资是不是不想要了，义肢是不是不想要了？”

对，她差点儿忘记他老板的身份，赶紧改口："没有没有老板，您是我见过的最有男子气概的男人了。呵呵呵，我刚才说的是反语，对，反语。我被您的魅力深深吸引，身不由己地就……救人心切，出于对您的关心和爱护。对对对，关心和爱护，才几次忍不住抱您的。"

被您的魅力深深吸引？

关心和爱护？

洪星星想抽自己的脸。

魏岚也呆住了。

两人大眼瞪小眼，都想要迅速换个话题。

他加快步子朝前走，她紧紧跟上。

见她贴得越来越近，他不爽地道："我告诉你……我和他人交往的安全距离，一向是五十厘米，你、你、你、你离我太近了，要保持……"看到她立刻跟他拉开了一米的距离，他补充道，"……也不用这么远。"

她犹豫着向前迈了一步，魏岚看见她头上沾了一片叶子，像是发现了新转机，朝她勾勾手指，她又迈了一步，他又勾勾手指。

她耿直地摇摇头，不再靠近。

他一把拉过她，把手伸向她的头部。

她的表情一僵。

又来了。

他把叶子从她头上摘下来，晃了晃，逗她："你心里都在想什么？"

她立刻后撤到安全距离，弯腰鞠躬："嘻嘻，我能想什么？谢谢老板。"

他扑哧一声笑了，迈开步子，找到汽车按钥匙启动。她主动朝主驾那侧走去，却被他一把拉回来，推到副驾驶座那侧。

呵呵，还想开车带他飞奔当亡命徒？那样的经历他这辈子都不想再体验一次。

她一副不情不愿的样子。

他假装没看见。

别人开车开得太快，她是飞车飞得太低。

他一手扯过安全带系好，踩下油门，车子驶出停车位。

和医院的环境大不相同，此刻城市的喧嚣尚未退去，马路上车流如梭，各色霓虹灯在街边闪烁，一派绚烂之景。

“我送你回家，你家在哪儿？”魏岚双手扶着方向盘，注视着前方。

“不用麻烦了，送我到前面随便哪个地铁站都行，公交站也行。”

“地址？”他坚持。

手机铃声响起，他随意地看了一眼，发现是他给魏宝丰的那张百夫长卡的消费短信提醒。

“魏总，您这样开车不安全，开车不能看手机。”

“你就想跟我说这个？”他瞪眼。

“那倒不是，您父亲，老魏总为什么要躲着您？”

“你又知道了？”对她的怀疑，他始终无法消除。

“您不从正门进，偏从窗户偷看，也不确定屋里有没有人，怎么看都像是要把躲起来的人找出来。”

“已经找到了，正在欧洲享受呢，喏，刚才的消费短信就是。”他对着手机努了努嘴。

“您说老魏总？他没受重伤吗？”洪星星一脸惊讶。

“演得还真像。”魏岚加快了油门。

即便到了欧洲，住进了最好的医疗休养机构，魏宝丰依然没有信心战胜身上的癌细胞。他就是做这一行的，虽然不是前沿医生，但这些年和抗癌药打交道，见过的、听过的实在太多了。他唯一欣慰的是，精神头还行，也不敢再有过多的期望了，生命尽头，无非就是想和儿子和好，和儿子亲近，能多给儿子出一份力就出一份力，哪怕儿子并不领情。

魏宝丰拿着一杯咖啡，在街上边走边接电话。

“怎么没在房间休息，又跑出去啦？”康叔在电话那端关切地问。

“趁着还能溜达，赶紧溜达溜达，一治疗起来，不知道又要躺多少天。”

“我会盯着QW1项目进度，让他们能多快就多快。老爷，你要有信心。”

“我想得开，急是急不来的，天要留人，我就能撑到新药开发出来，天不留人，该走的就走，没什么舍不得的。”

“哦，对了，魏岚今天想去医院看你，被下面的人拦住了。”

“应该也瞒不住了。好在我趁着爆炸的事装病卧床，逼着他选了个助理。希望这小子不会又变卦，这样岂不枉费了天上掉下来的星星吗？那丫头从头到脚都是臭小子的理想型，过了这村就没这店了。”

康叔应允着：“我会多看着的。”

“唉，我是管不了咯。”魏宝丰凄然一笑，“能管他的人，看来已经出现了。”

魏岚那臭小子总是盼望着风筝的线可以挣断。

牵线风筝呀牵线风筝，如果起飞时没有牵线帮你助跑，怎么飞得起来，怎么飞得高远？

我从来都只想当那个帮你助跑的人。

这线挣断与否，也从来都是由你不由我。

魏宝丰步履矫健，却无端地生出一种悲壮感。

洪星星的家在一楼，带个小院，铁质的护栏上错落地挂着些花花草草。院子靠左的围栏下摆着一套白色的户外桌椅，上面支着一把遮阳伞。地面上铺着红色的方砖。小院不大，外墙也因多年的日晒雨淋而显得破旧，但在路灯的映照下，倒是显得格外简单素净。

魏岚的车在洪家门口停下。

她下了车，却没有走，倚靠在车门上，说道："对了，刚提的，我帮你训练体能，你觉得怎么样？"

他把车窗直接升了起来，没理她。

她倔起来谁也拦不住，伸手把副驾驶座的车门拉开，又坐到车里。

"洪星星，你到底想干什么？"

"我六点去你家找你，我们锻炼一个小时，你一天都会精力充沛！"

他不气反笑："我才发现，你不应该当助理，屈才了，你应该去健身俱乐部做销售，就你这死磕的劲儿，业绩肯定是里面最好的。要不然，我给你调个部门？"

她并不气馁："我是认真的！再说，成功人士都每天健身，您不健身怎么行？"

他拍拍自己的胸口和胳膊："我这身材像不健身的吗？我是不想跟你练！告诉你，我的教练肌肉可……"

她默默地举起自己的胳膊，把袖子撸至肩膀处，亮出她闪亮亮的肱二头肌、肱三头肌。

魏岚："……"

"比专业，我可没怕过谁。你也别自卑。虽说你现在身材不够看，只要跟我训练一个月，虽然赶不上我吧，但肯定能改善很多。"洪星星一脸自信地说道。

"我，自卑？"他恨不得掐死她，"我身材不够看？哪儿不够看？你看哪儿了？”

“我这说的是实情，”她瞄着他，上上下下扫视了一遍，“都看了。怎么着？”

“行，行，你可真行。”他说不过她，怒吼道，“我给你开高薪，就是让你这么羞辱我的吗？”

她赔笑道：“魏总，我不是羞辱您，就是觉得不该让不专业的健身教练浪费您的时间。”

这话说的倒是实情。

见他的脸色有所缓和，她接着说：“魏总，您就信我一次。其实很多人入伍时身体素质也就一般，经过长期的刻苦训练，才拥有了过硬的身体素质。真的，我们以后一天就一个小时，一个月后看效果，行不行？”

她的眼神专注又热切，他仿佛又听到了自己扑通扑通的心跳声。为了掩饰尴尬，他狼狈地看向别处，提醒自己尽量不与她对视，心里却还是颇为犹豫。

她乘胜追击，抓着他的胳膊：“想想您给我开的高薪，不能白给呀！多用用才划得来！”

“撒手——注意身份！”他别扭地甩开她的手。

她这才意识到自己抓住了他的胳膊，连忙撒手。

“那我们，达成共识了？”

他隐约觉得，如果他坚持拒绝，怕是今晚都回不了家。这么想着，他想起一计：“明早六点半，你要是能找到我家，我就跟你训练。”

她还没来得及高兴，他又补充道：“不许询问别人，也不能跟踪我，用你在部队里练出来的本事找到我家的地址，能做到我就跟你练。”

她刚刚燃起的希望之火，眨眼间就要熄灭。

“明早六点半！你只有这一次机会！”他比出“六”的手势晃了

晃，接着收起笑意，“下车！”

她默默下车。

他一脸得意地启动车子，副驾驶座的车窗却又被她猛地拍响。

“又想干吗？”他没好气地放下车窗。

她通过车窗把一沓纸塞进来：“今天找您本来是想说这个的，我跟安保公司的代表已经聊完了监控线路的改装思路，需要您确认一下他们才肯出具体方案。”

他翻着手里的纸：“知道了，回吧！”

她头也不回地进了家门。

魏岚迅速地翻看了一遍图纸，行家一出手，就知有没有。如果按照洪星星的改装方案，甚至实验室外面倘若哪家住宅楼、居民、商户发生问题，遭遇监控死角，需要配合警方的，实验室都可以填补所有空白。

他正看得入迷，副驾驶座的车窗又被人敲响：“怎么又回……”

这次敲车窗的人是洪大军，发现有人将汽车堵在家门口，他十分不爽。

“你这人怎么停车的？”

魏岚有些惊讶地看着这个精神矍铄的老头儿，视线停在他空荡荡的袖管上，顿时猜到了他的身份。原来这就是洪星星她爸，老爷子脾气可够大的，怪不得培养出了这么个“硬核”的闺女。

魏岚赶紧隔着车窗挥手笑着致歉，启动车子，向外驶去。

魏岚把车子停好，边走边给周亦霖拨打电话，电话响了半天，才被接起来。

魏岚开门见山地问道：“喂，你说有没有可能，是我误会洪星星了？”

周亦霖不接他的话题，自顾自地说道：“1865年，德国化学家凯库勒在做梦时梦见一条蛇咬住了自己的尾巴，醒来后提出了著名的苯的环形结构。也就是说，没有那个梦，就没有后来德国有机化学的发展。”

他听得一头雾水：“发神经呀，你跟我说这个干什么？”

“大哥，我是想提醒你，现在已经很晚了！如果不是你这通电话，我现在应该也已经在做科学梦了，没准儿醒来也能来一个震惊世界的突破呢。”

“好吧，大科学家，我真诚地向你道歉。”

“能感受到你的真诚才怪！你这大半夜的打电话就聊洪星星，不像你的性格呢，你是不是……”周亦霖从床上坐起来，八卦地问道，“你是不是看上人家了？”

“别瞎想。我只是觉得她……跟以前我爸收买的眼线不太一样。”

“那是，人家是特种兵，满大街都不一定能找到一个，素质当然不一样。”

魏岚走进家门，把钥匙放到玄关的柜子上，换鞋进屋：“那照你这么说，她非要给我当什么健身教练，也许是有别的目的？”

“健身教练？这个不好说，可能就只是单纯地为你好，也可能是想拉近和你之间的距离，好趁机向魏叔汇报。甚至可能是想趁机嫁入豪门，做董事长夫人，都不好说。”周亦霖有些疑惑，“你白天不是还很欣赏她吗，现在怎么就变了？你大半夜打扰一个科学家睡觉，就为了咨询个女人的问题，不夸张地说，你这种行为是对祖国科学资源的极大浪费。”

又不谈恋爱，大半夜问这种无聊的问题，他才没兴趣。

“可我是科学家的老板，”魏岚理直气壮地说道，“我还是能把科学家开除的老板。”

“啊……魏总，”他的声音变得慷慨激昂，“我一点儿也不困了，真是神奇。您还想说什么随便说，我洗耳恭听！”

“所以我该答应洪星星的训练计划吗？”

“你不是已经跟她说了，只要她能找到你公寓的地址，就让她帮你健身吗？”

“她怎么可能找得到，知道我公寓地址的人只有你、康叔，还有老头子，连孙秘书都不知道。”

“我对你可是绝对忠诚的！”周亦霖在电话那端举手做出保证的姿势。

魏岚给自己倒了一杯水：“这么说，如果她找不到我家，就说明她真的不是探子？”

“但如果她找到了你家，那她是探子这事可就坐实了！”周亦霖提醒道，“你希望是哪个结果？”

“我希望是……”他心里一阵矛盾，“算了，算了，不跟你说了，睡你的吧。”

“魏总，别呀，我这刚提起精神……”这次轮到周亦霖不乐意了。

“明天再说吧，快做你的科学家梦去吧。”

“行，别忘了咱们的策反战略第四条，第四条哈，‘当她急着跟你献殷勤，希望能一举得到你的信任和看重时，就是戳穿她真面目的……’”

魏岚不由分说地挂断了电话，沉默地坐到了书桌旁，但也只是发了那么一小会儿呆。他觉得与其这样浪费时间，不如去做些有用的事情。

他打开电脑，场景熟悉得像回到了小时候，当别的小朋友都在睡时，他还在努力地学习。

六十分、七十分、九十分、一百分……他就这样靠着自己的努力，一点儿一点儿地进步着。

“我要让所有人知道，我魏岚绝不是他魏宝丰的傻儿子。”

可怜的小魏岚。

如果时光可以倒流，他真想拥抱那个小小的拼尽全力想要证明自己的他。

唉，辛苦了。

现在的我，很感谢你，感谢你做出的一切努力。

你没有辜负自己。

想到这里，他的心内一阵苦楚，拿出晚上洪星星给他的监控改装图，认真地看起来。

要知道，有时候我们把自己的事情做好，才是对他人最大的反驳。

童年的孤独，加上之后十几年的独居生活，使魏岚擅长与工作相处，与研究相处。这一晚，他一直忙到凌晨三点多，才把当日的工作做完。与洪星星的约定，就像周亦霖问的那样，他是希望她来还是不来？所有犹豫的答案，很可能都是不方便说出口的那一个。他当然不希望她来，至少那可以证明，她不是魏宝丰派来的。

不知过了多久，刺耳的门铃声响起。

“谁呀，大早上的，催命吗？”他极其烦躁地翻了几次身，把枕头挡在耳朵上，继续大睡。他以为那铃声响了几次便会停下，没想到对方非常执着，仿佛那手放在门铃上就没松开过。

铃铃铃，门铃一直在响。

他从床上坐起来，抓过旁边沙发上的睡袍，披在身上，慢腾腾地走到门口，开门看到了一身运动装备的洪星星。

“魏总早！”她元气满满。

他揉了揉双眼，确认自己不是在做梦。

刹那间，他的脑中仿佛有成千上万张无形的标签“探子”“卧底”“奸细”“走狗”……向洪星星冲去，顷刻间将她掩埋。

他没说话，直接摔上门。

她果然是魏宝丰找来的奸细，他本来不该抱希望的。

他沮丧到了极点。

他本想不搭理她，回去再睡上一小会儿的，奈何门铃一直响。

他只得再次把门打开："谁让你一直按门铃的？"

"咱们约好了六点半晨练的！愿赌服输，您得听我的！这都六点三十二了，浪费两分钟了！"她伸出电子手表晃了晃。

他嘲讽道："只等两分钟就叫'浪费'？你这样大牌的健身教练我怎么敢用？"

"行行行，我错了，第一天难免有抵抗情绪，我理解。您慢慢收拾，我在门外等着。"

他哐的一声把门关上，吓得她猛地向后退了两步。

时间一分一秒地过去，她等得有些倦了，抬手看了看时间。

半个小时过去了，他该不会去睡回笼觉了吧？

她站到门口，指尖还没完全碰到门铃，门就开了。

"怎么，不耐烦了？"他已经穿戴一新地出现在门口，盯着正要按门铃的她。

她笑笑："没有。现在户外的温度正适合晨练。"

"等一下，在训练之前，你先告诉我，你是怎么找到我家的？"他怀着最后一点儿希冀等着她的回答，始终不愿相信她是老头儿的探子。

她不明白魏岚为什么古里古怪的，待他问出这个问题后，她觉得简直是在侮辱她。这有什么难的？只要稍加推理就能找到嘛。

《魏岚日常爱好习惯笔记》里记载，魏岚讨厌把时间花费在路上，只要在路上的时间超过三十分钟，他就觉得是犯罪。所以他住的地方肯定离公司也就是半小时左右的车程。

昨晚她在地图上用圆规以公司为圆心画了一个半径为五厘米的圆。确定了大致范围后，又想起之前检查他的轮胎时，发现车轮上有细微的红土，市区都是柏油路，不可能有这种红土，据她所知，只有北边的宏图路正在施工，有类似的红土尘，所以范围进一步缩小到北边。

她用笔在刚才那个圆上以北的位置，又画了一个圆，目标范围内就只剩下了九个小区，但能符合魏岚这种身份、地位的高档小区，只有两个。其中“夜来香帝景豪庭”小区从名字上就已经被淘汰掉了，那么就只剩下现在的这个了。

找到小区之后，接下来的事情就简单了。他喜欢网上购物，她跟小区里的快递小哥说“我来帮忙拿一下魏岚的快递”，就这样搞到了具体房间号。

听完洪星星的分析，魏岚目瞪口呆，半晌才反应过来：“你就靠这个确定了我家的地址？”

“这个嘛，倒也不全是！”她摸了一下耳朵。

“说。”

“我……其实，”她嘻嘻笑着，“是看你朋友圈知道的！”说着，她掏出手机，调出他的一条朋友圈，下面是清晰的地址定位。

魏岚：“……”

她没发现他的情绪变化，还在兴高采烈地说：“魏总，你下次在家要发朋友圈的话，尽量别定位，这样不安全。”

太丢脸了，他简直想找个地缝钻进去，于是赶紧转移话题：“行了，怎么练？”

“先热身。”她以为他的起床气还没消，不再多话，慢慢地在前面带跑，他则跟在后面。

林荫道两侧的树木茂盛挺拔，枝条在空中摇摆、左右相交，似挽着手形成一道好看的拱形。阳光透过缝隙，星星点点地洒在地上，一派清爽的绿色。她一会儿跑在前面，一会儿转过脸来倒退着看着他跑，动作轻盈得把他比得像头笨重的熊。他一开始还跟着她的节奏慢跑，渐渐地变成了慢走。她恨铁不成钢地扯着大嗓门儿让他跟上来，引得路人纷纷侧目。

他觉得非常丢脸，死撑着又跑了一段距离。她看他呼吸有些紊乱，心知当然不能求快，于是放慢步子："要是实在撑不住，就休息会儿吧。"

他却把这当成了讥讽，不但没停，反而加快了速度，直至跑到路边的一棵大树旁才停下来，大口大口地喘着粗气。

还算有点儿骨气。

她暗笑，从背包里拿出一瓶水，拧开瓶盖后递给他："运动之后，喝水要慢，要小口。对，先喝一小口，用我教你的方法调整呼吸，很快就能平静下来。"

他一把推开她："离远点儿，保持安全距离。"

她又靠过来："那不行，我还得保护你。"

"笑话，我需要你保护？"他挥挥手，"等我休息一会儿再来！"

两人正拌嘴，后面传来巨大的引擎声，她下意识地回头，只见一辆摩托车正朝魏岚狠狠撞来。说时迟那时快，她猛地往前扑，靠着前胸的力量将魏岚顶出，摩托车与她擦肩而过，他却仰面撞在路边的一棵大树上，疼得直咧嘴。

她顾不上照顾他，初步判断应该没什么大碍。抓人更重要，一秒钟都没犹豫，她像猎豹一样追着摩托车绕过林荫道的拐角，朝另外一条热闹的马路上奔去。

马路上人来人往，摩托车骑手不得不放慢速度。洪星星趁机加速追上，在路人惊诧的注目礼中，飞起一脚把摩托车骑手从车上踹下来，摩托车滑出十几米远，骑手倒在地上，头盔盖子摔开一半，露出一张稚嫩的娃娃脸，摩托车骑手像是只有十五六岁。

"小孩儿？"洪星星愣住，刚才下脚太重了。

看她犹豫，摩托车骑手抓住机会，踉跄着逃进人流。她本想继续追赶，看到倒在一旁的摩托车上挂着牌照，后座还挂着个头盔，眼睛一亮，跑得了和尚跑不了庙，不怕找不到他。

她开着摩托车找到魏岚，大致说了经过。

“没抓着？”他有些意外。

她摆头示意：“你放心，他跑不了。来，上车。”

“你让我上这个车？”

“对呀，上来，我带你去吃早餐！”

他摇摇头，逃避似的向后退了一步：“这种交通工具，安全性和平稳性都达不到我的要求……”

她果断地跨上摩托车，准备离开：“行，那你一个人跑回去吧，反正也就半个多小时，跑快点儿的话，还能赶上给公司开晨会。”

“哎哎哎，好吧。我又没说不坐。”

他极不情愿地喊住她戴上头盔，可怜巴巴地坐在摩托车后座上，双手扶着车尾的扶手，努力把身体往后仰，企图跟她保持距离。

“抱住我的腰。”

她威风凛凛地踩下油门，摩托车发出一声沉闷的引擎声。

“不用！”他十分抗拒。

她摇摇头，一踩油门，他尖叫着抱住她的腰。

“说了让你抱住我的腰！”

他固执地放开：“我说了不用！”

前方亮起红灯，她猛地刹车，惯性使然，他猛地前冲直趴在洪星星的背上。

两人都有些脸红。

终于到了早点铺。电子蒸炉上热气腾腾的蒸笼摞得有十几层高，老板和老板娘在店内一个忙着盛粥，一个忙着蒸包子、取包子，蒸笼前排成一个小长队。洪星星把摩托车停好，指着店内一张空着的桌子，让魏岚过去坐下，她去排队。

等她把包子和粥买回来，他还拿着一沓餐巾纸在擦桌子，桌上经年的油泥混着灰尘，怎么擦也擦不明净，他还嫌弃得直甩手。

“魏总，吃吧，这包子趁热才好吃。”她催促道。

他十分嫌弃地说道："这桌子不知道多久没擦过了，你看看这餐具，湿漉漉的，一看就没经过紫外线消毒，我怕食物中毒。"

她伸手把他面前的两屉包子拿起来摞在自己的两屉上，拿起一个便是一大口："这家可是有名的老字号，回头您可别后悔。"

不知道是她大口吞咽的吃相实在让人觉得那包子过于好吃，还是包子本身的香味引出了他的馋虫，咽了几次口水后，他终于放下面子，但仍嘴硬："算了，来都来了。"

他夹起一个包子盯了半天，犹犹豫豫地咬了一小口，喉咙不可控制地发出嗯的一声。

"味道如何？"洪星星期待地看着他。

他没说话。嘴巴有两个功能，除了说话，还有吃。

此刻，他只保留了第二个功能。

风卷残云般把两屉包子都消灭了，他又把她没吃完的那屉拉了过来，拦住她夹包子的手。

"我要记录一下这顿饭。"说着，他还打开手机摄像头，用不同的角度拍着笼屉里的包子。

"也是，魏大少爷第一次吃这种街边店，当然要发朋友圈显摆一下自己与民同乐的风度啦。"

"胡说，我才不发。这种店、这种食物，跟我的朋友圈风格不符。"

"行，您高大上，我们升斗小民哪能入您的法眼？"她翻了一个白眼，低头继续吃。

他新奇地拍着店内的一切，见她正闷头吃得带劲，偷偷将镜头对准她，手指按向拍照键，她猛地抬起头来，吓得他差点儿把手机掉到粥里。

"拍我呢？"她拿起餐巾纸擦了一下嘴角。

"嘁，自作多情，谁会拍你？"

"不是最好。"她抹了抹嘴，"吃完了吗？可以走了。"

他站起来跟在她后面，点开相册，看到刚刚偷拍她的那张照片花了一团，心里有点儿莫名其妙的失落感。

吃了饱饱的一餐，魏岚的心情好了不少，美食果然具有治愈人心的作用，不管那小贼是故意还是不小心，先找到了再说。洪星星找了在车管所工作的昔日战友，查到摩托车属于“张氏摩托车行”，两人决定直接过去打听租车人信息。

魏岚不以为意地道：“直接问不就好了，实在不行给他点儿钱。”

“租车行有保护顾客隐私的责任，你直接问，谁能告诉你？再说那孩子一看就未成年，租摩托车给他是违法的，老板肯定不会承认呀。”

“那怎么办？”他没想到这么复杂。

她捏着下巴，把他从头到脚打量了一遍，计上心来，奸笑地看向他。

“你想干吗？”他防备地把手放在胸前。

“一个小小的计谋。”她笑。

几分钟后，魏岚哭丧着脸看着镜子里的自己。

“非得这样吗？”他的头上缠着纱布，纱布上面隐隐约约有被血浸湿的痕迹。

“不打扮成车祸受害者，租车行的老板是不会说出客户信息的，你信我。”说着，她又抓起他的一条胳膊垫上夹板，用纱布缠了起来，缠完后拿起一根绷带，把胳膊给他挂在脖子上，做出骨折的样子。

“完美，走吧。”她带着打扮成车祸受害者的他找到张氏摩托车行。

那是一间很小的店面，里面摆放着几台新旧不一的摩托车，配件随意地散落在地上，杂乱得很。

“二位是想租车还是买车？”老板迎上来，态度殷勤地问道。

她指指店外停着的摩托车：“这辆红色的DX800，有印象吗？”

老板看了一旁的魏岚几眼，警觉地问：“您是怎么个意思呢？”

“就这辆车，被你的店租出去了，结果把他撞成了这个样子，脑震荡，左胳膊骨折。”

“就算你老公被撞成这样，可你有什么证据说是我们租的车撞到的呢？”老板摆出一副无赖的姿态。

她从手机里调出一张照片：“跟我耍赖是吧？这是车管所的证明，不用我提醒您，您也知道有牌照的车在车管所可都是有备案的吧。至于是不是这辆车撞的，可太巧了，出车祸的地方正好有交通监控摄像头，要不要我现在报警，让警察调出来给你看看？”

老板立刻换了一副“有事好商量”的表情：“别呀，报什么警？是这样的，把大兄弟撞成这样我也很难过，不过冤有头债有主，你们应该找那个租车的人。”

“对嘛，这才是解决问题的态度嘛。那你好好想想，把车租给谁了？”洪星星给了他台阶下。

“在我们这儿租车的人太多了，我记，记不太清楚了……”车行老板又开始玩弯弯绕。

“哼！记不清了？”她指着魏岚一身的伤，嚷道，“脸，你看看，已经毁容了；头，你看看，里面的血迹还没干呢；胳膊，你看看，已经断了。不多说，我们光医药费就已经花了三万了，你记不清楚把车租给了谁……”

她一巴掌拍在桌子上，桌角立刻折了一块：“就你来赔！”

老板被吓得呆住，直冒冷汗。

魏岚也被吓了一跳，不由得倒退两步。

她冲他挤挤眼睛，意思是“姐们儿这演技不错吧”。

他不置可否地撇撇嘴。

“姐，姐您别冲动，我好像，好像想起来了！”老板说着，从抽屉里拿出一本租客资料，递给她，“大哥大姐，我就是个开车行的，什么交通肇事可跟我没半点儿关系呀。”

“只要找到了正主儿，当然跟你没关系。”她用手机拍下需要的那页，带着魏岚走出租车行。

“您放心，出去往左拐走一条巷子就是网吧，租车的冯阿弟整天在那儿打游戏，一找一个准儿！”车行老板讨好地送他们出门。

两人走出一段距离后，对看一眼，不约而同地大笑起来。

她帮他摘下绷带，卷成一团，随手塞进路边的垃圾桶。

网吧里劣质烟草的味道混合着泡面的酸爽，让魏岚颇为不适。

洪星星走到网吧的前台和网管低语了几句，网管在柜台后面指着不远处的一张沙发。她直接走到沙发边，看见那个小男孩儿戴着耳机睡得正酣。

她直接把耳机从他头上拽下来，用力拍了拍他的脸：“别睡了，给我起来！”

冯阿弟从梦中惊醒，一眼就看见两人，吓得一抖，下意识地弹起来想逃跑，却被面前的桌腿绊倒，扑通一声跪在了魏岚面前。

“跑？你往哪儿跑？”她卡着脖子将他强行按在沙发上。

“我错了，我错了，人是我撞的，别打我，别打我，别打我！”冯阿弟求饶。

“说吧，是谁让你袭击我们的？”

冯阿弟早见识了洪星星的手段，吓得魂都丢了一半，哪敢不说实话：“我没见过那个人，都是网上联系的，给了我两千块钱的定金，说事成之后给剩下的，说撞得越狠，给的钱越多。结果，我这……根本就没成事。”

“你们在网上只用文字联系？”

“他给我打过一次语音电话。不过应该用了变声器，声音听着怪怪的。”

“他给你的钱，是通过什么方式付的？”

“充的游戏币。”

“后来又给你钱了吗？”

“我没成事不敢骗他，回来就如实说了，他就再没联系我，也没说把定金要回去。”冯阿弟把脸埋在手心里大哭，看不出是不是在演戏，眼泪倒是直往下掉。

“对不起，我太穷了，爸妈不管我，我饿，再不弄点儿钱就连网吧都不让我住了，心一横，就想赚点儿快钱，其实早上我真开车到了你跟前，我压根儿就不敢撞，脑子一蒙就踩刹车了……”

洪星星对着魏岚点点头：“他说的是真话，他撞过来的时候车速并不快，不然我们也不会那么轻松就躲开了。”

“求你们原谅我，不要送我去派出所……”冯阿弟对着魏岚痛哭流涕。

“好了，这次的事情我可以不再追究，也不会送你去派出所，别哭了。”

冯阿弟愣愣地抬起头，脸上还挂着泪。

“冯阿弟，你跟那个人语音的时候，发现他有什么特点了吗？比如口头禅之类的，或者身边有没有其他人？”

他想了想，摇头：“都没有。哦，不过我们语音的时候，他那边有个电话打进来，他给挂了，铃声特别熟。”他笨拙地哼起来。

洪星星跟着哼歌，努力地回想：“真的很熟。”

“你们在学校是不是都不好好上音乐课？”魏岚推了洪星星一下，“小学就教过，《摇篮曲》。”

“哦，对，《摇篮曲》。”她释然，“就是这个调调。”

从逼仄的网吧里出来，洪星星爽快地提出要求：“魏总，带我去参加周总监说的那个酒会呗。”

“不！”他拒绝得干脆利落。

“魏总，我推断冯阿弟的幕后主使很可能会到场，我去帮你找人！”

“我自己也能找，制造实验室爆炸的黑手的身高、体重、耳纹，我已经记下来了。”

她面色凝重地说道：“可还有指使冯阿弟的人呢，万一他们在酒会上再出阴招呢？”

“你真的担心我吗？”他盯着她的眼睛，一步步逼近她。

“当然，你雇佣了我，”她没有丝毫退让，迎着他的目光，语气坚定地说道，“我必须为你的安全负责。”

“你说实话，早上你找到我家的地址真的那么简单？”

她轻笑：“这事很难吗？你要是愿意听的话，我还能讲更多你的信息。比如三天前那场会议你迟到了，你的解释是前一晚跟日方的朋友有一个商业会议，结束得太晚。但从你前一夜微博小号的发言来看，那晚你恐怕是追了一宿的《海贼王》吧？”

他大吃一惊：“你怎么知道我的微博小号？你入侵我的网络？”

“嘁，还用得着入侵，给你大号点赞最频繁的那个号，很明显就是你的小号，那种欠揍，哦，不不不，骄傲的语气，和你一模一样，只要不是个瞎子都能看出来好吗？”

魏岚：“……你闭嘴！”

聪明反被聪明误？

他只觉得她把自己的智商侮辱得够够的了。

“这样吧，如果你能再完成一个任务，我就考虑带你去！”他硬生生地憋了一个借口。

“什么任务？”她一脸期待地问道。

第六章

玫瑰骑士

你看能不能这样，以后跟我在一起，你尽量别动手，直接用语言表达。否则……咱也不至于有这么多误会，对吧？

孙秘书踩着高跟鞋，抱着一大摞文件，手里还抓着两个移动硬盘，艰难地从魏岚的办公室走出来。洪星星见状，赶忙放下刚接好的咖啡，迎上去帮忙。两人一起把一沓沓厚厚的文件放到洪星星的办公桌上。

孙秘书叹着气说道："这是老魏总参与的所有会议的会程记录，这是公司用车的行车记录仪记录，这是公司员工的打卡记录、用餐记录、员工……魏总说，让你按照时间、月份和部门整理一下，然后归类，最后整理成电子文件存档就可以了。"

她茫然地盯着自己的办公桌："呃……但这么多文件，全部弄完估计得半个多月。"

"限期……"孙秘书迟疑着道，"五天！"

"什么？五天？魏总说的？"

孙秘书为她鸣不平："还不是因为魏总他不想让你去酒会，才这么难为你。"

喊，真是孩子气，她没想到魏岚会玩真的。她转头看向董事长办公室，发现他透过百叶窗，正得意地看着她。她干脆伸手做手枪状，闭眼瞄准，对着他便是一枪，嘴里念着"bang"！

他不怒反喜，越发得意了。能把洪星星气成这样，说明他赢了。

这就算为曾经频频挨她揍的肉体报仇了。

连周亦霖也觉得魏岚此举荒唐、幼稚："不想带她去酒会你就直接拒绝，没必要这样刁难她吧？"

自从见识过洪星星的本事后，她一被分配点儿啥任务，他就觉得杀鸡用了牛刀。

"刁难她？这锅我可不背，路都是她自己选的。"魏岚嘴硬。

"说实话，我现在都有些动摇了，也许我们搞错了，她真的不是你爸派来的探子。"

他笑着看向窗外："再观察观察。"

"你今天好像心情格外好，是因为看到洪星星也有焦头烂额的时候吗？”

“实验室安保监控改建方案，”他没理这茬，拿起一份文件丢给周亦霖，“你也看一下，毕竟你是负责人。”

周亦霖拿起文件，贼兮兮地往外退：“不会被我说中了吧，你对洪星星有意思？我跟你说，故意刁难喜欢的女生，那可是幼稚的小男生才会做的事。”

“滚！”

魏岚从桌上的果盘里顺手捞了个苹果砸过去，周亦霖手疾眼快地接住，对着他挑衅地啃了一口，溜了。

正午的日光白晃晃地照进魏岚的办公室，茶几上的花瓶里插着一早新送来的花束，一只小型窃听器就黏在它的底侧，任谁都没有发现。从润世大楼的顶端向远处望去，城市的景色尽收眼底。孙秘书趴在天台玻璃围墙的木质横栏上，一脸愁容。

她本以为来了润世就能清闲度日，每天在办公室看看帅哥养养眼，好好当个花瓶，没想到却成了魏宝丰父子俩中间的夹心饼干，早知道就不该答应爸妈到他们生意伙伴这里来工作。每天躺在家里睡个美容觉，购购物，追追星，才是她这个小公主该过的生活。

自己到底是哪根筋没搭对，才会答应老魏总，帮他监视小魏总的？

昨天她向小魏总汇报工作时，听他那意思，是把洪星星当成老爷子的侦探了。

孙秘书十分愧疚。这么久以来，她给老魏总打魏岚的小报告，没有一丝恶意。他们父子二人有隔阂，虽然这有点儿极端，但都是出于父亲对儿子的爱。她不知道这对父子间的隔阂是如何产生的，也不知道换她是老魏总，对处处排斥自己的儿子有没有更好的做法。

可如果让洪星星替自己背了黑锅，她良心上又会过不去。

她思来想去，只有向老魏总请示了。

“魏总，”她颇为委屈地说道，“情况有些紧急，小魏总误以为洪特助是您的眼线，专门布置了一大堆琐碎无聊的工作刁难她。如果不解除他的误会，对洪特助很不利。”

魏宝丰嗤笑两声：“我还以为什么大事呢，年轻人之间有点儿摩擦很正常。小孙，这种小事就不必向我汇报了！”

“但是，我真的很内疚！”她停顿了一下，终于说出了自己的目的，“我没办法再帮您做事了。”

魏宝丰显然没把她的拒绝当真，耐心劝道：“只差一点儿我儿子就回不来了，我不能再失去他。小孙，我只不过是个半截身子入了土的可怜老头儿，算我求你帮我这个忙。”

纵横商场多年的老魏总居然以这样哀求的口吻求她，她哪里还忍心再拒绝？

“你有没有想过，”见她没坚持，魏宝丰问道，“为什么他不欺负别人，只欺负洪星星呢？”

“什么？”

“告诉你一个秘密，洪星星是魏岚的理想型。”

她惊讶得张大嘴巴，发出一个无声的“啊”字。

“为了八卦，你也得给我做下去。”

如果是这样，那，说什么她都要留下来！小魏总和洪星星？

她连连点头：“辞什么职，没有没有，完全没有。您等着我胜利的消息吧！”

还有什么比八卦更让人有干劲儿的？挂了电话，她恨不得大半夜的马上就去上班。为什么一天才工作八个小时？为什么就不能采取二十四小时工作制呢？即使吃住都在公司，她也不会介意。

办公室八卦，那是比追星更能让她快乐的事。

想到这里，她满血复活。

面对魏岚的刁难，洪星星一分一秒都不敢停下来。分类、归纳、总结、做表、存档，每一步都细碎而烦琐。即使崩溃，也绝不能放弃，她一次次给自己鼓劲。她越这样，孙秘书越觉得愧疚，一会儿给她倒杯水，一会儿给她送零食，一会儿给她捏捏肩，还在她工位前放了一盆小花，她越是报以感激的微笑，孙秘书就越不安。

“星星，来喝杯咖啡提提神。”看她打了个哈欠，孙秘书又送上咖啡。

“呵，还真是姐妹情深呢。”魏岚不知何时站在了她俩背后，阴阳怪气地说道。

孙秘书听出他语气里的不爽，有些不知所措：“魏总，我们……那个……”

“既然感情那么深，就一起加班吧。”他说完，气呼呼地转身走了。

“姐妹情深也要生气？这是个什么情况？”洪星星真是不懂。

孙秘书自然明白，他这是在气她和洪星星走得太近，但是说好的理想型呢？喜欢一个人就先欺负她？

这不是小学生才干的事情吗？

但她也只能装傻：“对呀，魏总这是怎么啦？”

洪大军在市场里转来转去，想着晚上给闺女做点儿好吃的。最近星星加班辛苦，他狠狠心买了两斤牛肉。物价飞涨，要不是有国家照顾，他真未必能生活得这么滋润。当他拎着牛肉和买好的土豆大步流星地走着时，有个推小车的年轻人经过，车上的钩子挂住他手上的袋子，土豆滚落一地。他嘟囔着“也不看着点儿”，赶紧弯腰去捡。

一位穿着时尚的五六十岁的女人看到，迅速过来帮忙。她瞥见洪大军一侧空荡荡的袖管后，并未像其他人那样露出诧异的眼神，只是轻柔地叮嘱道："市场里人这么多，以后走路可要看好了。"说着，她便把手伸向他，"给我呀，袋子！"

他赶紧照做。

她把土豆都捡起来放到袋子里，最后细心地打上一个结递过来。

"谢……"洪大军说不出地感激，"谢谢。"

"不用谢，举手之劳。"

那女人说完，转身向菜市场内走去。

他看着她优雅的背影，竟一时有些发愣。

凌听拎着保温桶，看着黑漆漆的润世大楼只亮着的那么几盏灯，正要进去，刚好撞见孙秘书从里面出来。

冤家见面，分外眼红。

"怎么又是你？"他问。

"我可是辛辛苦苦陪你姐姐一直加班到现在的贴心朋友，对我客气点儿。"孙秘书骄傲地挺胸，见他的目光落在她的胸牌上，脸一红，"往哪儿看呢？无耻！"

"孙美西，董事长秘书。哦，你就是那个变态老板的秘书。"

"变态老板？"

"就是魏岚。告诉他，以后再敢摸星星姐，我绝对不会放过他。"凌听故意痞里痞气地说道。

她丈二的和尚摸不着头脑："什么？魏总摸过……洪星星？不可能。"

"怎么不可能，星星姐亲口告诉我的！"

"什么？连这种事她都告诉你了？"

"那是，我俩啥关系？哼，那个姓魏的，别让我见着，我星星姐的头发岂是他说摸就摸的？”

她松了口气：“哦，只是头发而已呀。”

“只是头发而已？你这女人怎么那么轻浮，女孩子的头发可以随便摸吗？”

她觉得他不可理喻，转身要走。

“哎，等等，那个帮我刷个门卡，我要给星星姐送饭上去！”

无奈，她只好帮他刷了门卡。

魏总真的摸了星星的头发？她边走边回想凌听刚才说的话，“摸头杀”？天哪，老魏总说的居然是真的？星星果然是小魏总的理想型。

她想起有一次洪星星和她聊天，说如果找了男朋友，一定好好保护他。如此女友力爆棚，再想想魏岚那弱不禁风的小身材，孙秘书觉得他俩确实还挺合适。

凌听上到董事长办公室，发现办公大厅空空的，只有洪星星一个人还在工作，心疼极了，赶紧递上手里的餐盒。

洪星星早就饿得肚子咕咕叫了：“幸亏你来送饭，我一天都没好好吃饭了。”

他翻看着桌上的文件：“这就是那个变态刁难你的工作？”

“这怎么能叫刁难呢？我在整理的过程中，还是可以学到很多新东西的。”她边吃边解释。

“明明就是那个变态刁难你。算了，看在你的面子上，我不跟他计较。”他扳过她的电脑迅速操作起来，“等我帮你编个程序自动归类。”

她欢喜地道：“还有这东西？”

凌听噼里啪啦一顿操作，没多久敲下回车键，屏幕上的文件居然真的开始逐个打开，检索、录入，进度飞快。

“真的可以自己整理呢，这也太厉害了吧！”洪星星叹为观止。

凌听得意得冒泡："也不看看咱是干什么的。"

看着程序里的进度条，预估还要好一会儿才能完成，他无聊地在办公区转来转去。当看到一张公主风的工位上摆放着几个玩偶时，他随意地拨弄了两下。

"这是孙秘书的工位，是不是很可爱？"

"那个女人？"

她一巴掌拍在凌听的脑袋上："什么'那个女人'，你俩刚才是不是又吵架了？怎么教你的，要尊重女性！"

"我一向很尊重女性好不好，是她不讲理。"他争辩。

"你是在说孙秘书不讲理吗？"她拿起孙秘书桌上的相框，"你给我好好看看，她多可爱呀，软软的、香香的，长得漂亮，脾气又好。是个男人都会喜欢她的。"

他撇嘴："我就不喜欢！相比较而言，我还是喜欢姐姐这样的！"

她抬手做出要打的动作，他慌忙护住脑袋："星星姐，手机给我。"

"干吗？"

"职场守则第一条：加班必须让老板知道。不然这班就算白加了。"

他抓过她的手机，点开朋友圈，对着外面咔嚓一拍，编辑，发布。

"哼，诡计多端。"她夺过手机看了一眼，想删，被他抢了过去。

"无所谓，反正老板也不会看我的朋友圈。"她任由他把手机握在手里。

"星星姐，你累死累活必须让你老板知道，不然这班等于白加了……"

两人正有一搭没一搭地聊着，她突然紧张地盯着电脑屏幕，用鼠标把进度条拉到更往前的位置，画面上正有个干扰信号。

“这是什么？”她警惕地问凌听。

他靠近观察了一会儿：“好像是电磁干扰引起的小雪花，我们在大微机教室上课时偶尔也会干扰一下，因为机器多。”

“这是公司用车的行车记录仪，哪来这么强的电磁干扰？”

“公司用车，谁用的车？”

她立刻查看视频的文件夹编号，对照着手里的一份用车编码名单：“是魏总。”

也就是说……

两人对视了一眼，同时倒吸了一口凉气。

阳台落地窗的视野极好，魏岚刚忙完手头的事情，书和资料还没来得及收起。周亦霖那充满魔性的声音回荡在他的脑海。

“不会被我说中了吧，你对洪星星有意思？”

这个家伙真是阴魂不散。

魏岚心烦意乱地拿起手机，点进洪星星的头像，随手翻了翻她的朋友圈，目光顿时被她刚发的朋友圈吸引。配图他非常熟悉，是董事长办公室的窗户，配文：加班之夜。

他扭头看向窗外，真是笨，就不知道找几个人帮忙吗？

润世公司会议室内气氛凝重，长桌两侧坐满了公司各部门的负责人。与会者都能看出今天小魏总心情不太好。果然，会议一开始，魏岚便直奔主题。

“关于上周抽检分工厂生产部产品未达标的事，几位相关责任人全部降职处理，分工厂厂长引咎辞职。事件报告已经下发到各个部门了。各位还有意见吗？”

一阵沉默。

部门领导甲偷偷看了一眼高松，他捂着鼻子咳嗽了一下，领导甲会意，马上发言：“他们确实做得过分，但处理会不会严重了些？毕竟这几位也算是对公司有过贡献的人……”

魏岚等的就是这句话，冷眼扫过去：“贡献？是的，贡献几张只知道吃饭的嘴！今天大家都在这儿，我再说一遍：以前润世是什么样我不管，但既然现在我接任了，那么一切就得按照我的规矩来。”

领导乙：“那魏总……您的规矩……是……？”

“很简单，润世……”他停顿几秒后，朗声说道，“不养废物！”

这话说得太直接，也太难听，众人面面相觑，气氛格外紧张。

高松此刻慢慢站起来，没有任何征兆地大笑着，继而巡视整个会议室，慢慢鼓起掌来，那掌声清脆却又格外突兀，见所有人错愕地看着他，他才仰了仰下巴，眯眼笑道：“魏总果然年少有为，做起事来雷厉风行，我相信润世在你的带领下，肯定会再创辉煌。”

“谢谢高总。”魏岚装作欣慰的样子点点头，“今天开除的人好像都是出自您的门下，我还担心您会不高兴呢。”

“怎么会？魏总也是为了企业着想。不过……”高松顿了顿，“年轻人不能总玩火，万一引火烧身那就不好了。您身娇肉贵，可得多多保重。”

他感受到高松语气里的各种明枪暗箭，并未接招。自从人事部的王经理被解雇之后，他早有计划要剪掉高松安插在公司的各个羽翼。

“多谢提醒。”他连微笑都懒得敷衍，起身离开。

高松脸上的笑容随即隐去，没有顾及其他人在场，把文件夹重重地摔在桌子上。

电梯到达负一楼，远远地，魏岚便看见洪星星蹑手蹑脚地靠近了他的汽车。不知道她又要玩什么猫腻，他担心打草惊蛇，往柱子后面躲了躲。只见她手里不知道拿了个什么东西，围着车子上下挥舞着，又弯下腰把那东西探来探去，直接伸到车底。

他冷笑着从柱子后面走出来，在车旁停下。他不打算给她反应的时间，弯腰伸手便要抓她的脚腕，这次绝对抓她个现行。没想到她早有防备，双腿绷紧，使劲一绞，直接夹住他的手，继而用力一抽，他当即失去重心，一张帅脸直直地磕在了地上。

洪星星没想到偷袭自己的人会是魏岚。

“魏……魏……”她结结巴巴地说道，“我……我……我没想到……”

还好伤不重，擦伤了额头，但也微微渗着血，关键那额头的主人看上去状态比较差，一副生无可恋的样子瘫在后座。

她不敢再多说什么，从包里掏出随身携带的医用酒精棉片，小心翼翼地替他擦拭伤口。

一片低气压。

半晌，魏岚道：“以前我是一个坚定的唯物主义者，从来不相信命运。但是遇到你……我才发现，我错了。”

她不敢出声。

“原来冥冥之中，有些人、有些事、有些结局真的是命中注定，你越想逃，就越逃不掉。就像我和你——”他正了正身体，咆哮道，“我上辈子到底造了什么孽，才认识了你！你真是我命中注定的克星！”

她绞尽脑汁寻找着合适的词：“……呃，那个，魏总，也不能全怪我。您当时也不说话，站在车后面怪吓人的。我以为来的是个坏人，现在是非常时期，我……我……做事必须小心谨慎。”

他翻个白眼：“别瞎扯了，交代吧。”

“什么？”

“还嘴硬，我告诉你，你的探子行为已经暴露了，把东西交出来。”

“什么东西？”

“还跟我装傻！”他伸手便去抢她身后的探测器。

她躲了一下：“你要这个干吗？这是我自己组装的，不结实，你别给我弄坏了。”

她被他逼至跑车车窗一角，两人四目相对。

魏岚咬着牙说道：“我命令你交出来。”

“你要它干吗呀，给你没用！”

“行，洪星星，你是不见棺材不落泪呀！”

两个人你争我抢，她一下没抓稳，他趁机抢过探测器，后脑勺咣当一声磕在了车窗上。

洪星星：“……魏、魏总，我真不是故意的。我是想保护你……”

“你保护我都能把我伤成这样，要是不保护我，我得惨成什么样？洪少尉，洪大小姐，只要你离我远点儿，我就能很安全。”他捂着头，“到底给还是不给？”

她正要回答，身后的探测器突然发出嘀嘀嘀的响声。

“找到了！”她有些兴奋。

他不解：“这是……？”

“反追踪设备。”

她从储物盒里拿出一张停车卡，一下把卡掰成两段，中间露出一个微小的芯片。

“果然如此。魏总，看，跟踪器。”

他表情凝重地问：“这究竟是怎么回事？”

“我整理文件时，”她拿着芯片仔细看了看，“发现了一个奇怪的现象，你用的那辆公车的行车记录仪的视频画面会闪现干扰，在熄火的时候也有。”

“可公司公车的记录仪是没有附加卫星定位系统的。”

“我知道，所以这种干扰很不寻常。我怀疑有人在车里装了跟踪器，但我听说你很久不用公车了，所以就来查查你的私人车辆，果然。”

“所以，你鬼鬼祟祟地对着我的车摸来摸去，就是为了这个？”

“嗯。”

像卸下了千钧重担，他心中一阵轻松：“这么说，我最近的行程都被人监控着？”

“放心，我会保护好你的。”

“呵，保护我？”他指了指自己的额头。

“误会误会。”洪星星摸着脑袋，十分难为情地说道，“你看能不能这样，以后跟我在一起，你尽量别动手，直接用语言表达。否则……咱也不至于有这么多误会，对吧？”

他不置可否，深深地看了她一眼，打开车门下车。

两人走在地库里，气氛沉重，谁都没有说话。

“魏——”

“洪——”

两人同时开口，又同时闭嘴，这是他们第一次有这样的默契，两人忍不住都笑起来。

“你是老板，你先说。”

“……你的侦察能力还凑合。看在你今天有功的分儿上，昨天给你布置的任务不用做了。”

“那你同意带我参加酒会，让我帮你找到坏人了？”她的眼睛越来越亮。

“你为什么比我还着急抓人？”

“因为你……是个，是个好人，我要保护你。”

他笑着说道：“我还是第一次收好人卡……”

“我认可你的理想，”她低声说道，“也认可你的专业能力。所以我是真心想保护你，让你平平安安地坐在这个位置上，完成新药研发。当然，还有一个原因。”

“什么？”

“你老是把我当探子。不管我怎么解释、怎么努力，你都不肯相信。现在我只有一个办法可以证明自己，那就是帮你抓到真正的间谍。”

似乎被她的真诚打动，他沉默了一会儿才答：“好吧，我同意带你去酒会。”

她张大嘴，笑得眉眼弯弯：“太好了！谢谢老板。”

现在的形势比她想象的要严峻一些。

车内，她一条条地帮他分析着：“收买冯阿弟的人和导致实验室爆炸的人还没查明白，车又被人装了跟踪器……看来，你的仇家有点儿多。”

魏岚启动汽车，看她整个人眉飞色舞的，忍不住问：“能高兴成这样？红猩猩？”他故意减慢语速，最后一个“猩”字还加了重音。

洪星星歪歪头，隐隐觉得他这次叫她的名字带着股说不清道不明的意味。幼稚！又搞小学生那套把戏，他应该不知道，凡是叫她外号“红猩猩”的人，再没在她眼前出现过吧？

她摇摇头：“围栏。”

魏岚愣了几秒，怒道：“你说什么？红猩猩！大猩猩！”

“围栏围栏围栏围栏围栏。”

“大猩猩大猩猩大猩猩大猩猩大猩猩！”

如此几个回合后，还是她先闭的嘴。看在他今天受了伤的分儿上，让着他点儿好了。难得叫个名字能那么开心，就当是误伤他后给的赔偿。

魏岚透过百叶窗看到洪星星和孙秘书手牵手去洗手间，莫名觉得那个手牵手的状态让自己特别不爽，低头给周亦霖发信息：“我助理跟我秘书走得太近怎么办，居然还手牵手。”

“给女生一点儿空间，为她们的友谊干杯不好吗，魏总？”周亦霖回他。

“干杯？我现在只想把杯子砸在你的头上。”

“那就拆散她们。”

“怎么拆？”

“利益诱惑、挑拨离间或者威胁、绑架，这些你都看不上的话，那就只剩一条，”周亦霖忍俊不禁，“把助理发展成女朋友，让她一辈子陪在你身边。”

魏岚翻了个白眼，没再理会他。

孙秘书邀请洪星星一起上洗手间，着实让洪星星有些受宠若惊。她从小被一群男生当哥们儿，整日里和那些男生勾肩搭背，从来没有享受过小女生间甜甜的友谊。一起去洗手间，那下一步岂不是就要分享彼此的小秘密了吗？

等到孙秘书开始对着镜子补妆时，洪星星便好奇地看着。她从来不知道，原来女生的包里有那么多的瓶瓶罐罐，仅仅是口红，孙秘书就带了六管。每管口红的造型都特别独特，深黑晶亮像颗子弹头的，印着烟花图案珠光宝气的，粉艳艳半透明的……她惊呼：“你该不会把家里的口红都带来了吧？”

孙秘书笑着说道：“星星你可真单纯。我家少说也有百余……”她闭嘴，歪头看了看洪星星，“星星，你不会没化过妆吧？”

她点点头：“没有，看起来好难。”

“我给你化一个！”孙秘书抓起化妆包便欲开工。

“可是正上班呢……”她有点儿期待，又有些犹豫。

“很快的！我给你化裸妆，别人只会觉得你变美了，但我保证，绝对没人看出来你化了妆。”

她的皮肤极好，虽然比一般女孩子的肤色偏暗，但满脸胶原蛋白，孙秘书飞快地给她涂了一层精华水，打了个自然偏暗的粉底液，轻轻压上干粉，又轻轻地帮她刷好睫毛，口红选了女王的权杖那款淡珊瑚红。

孙秘书越看越满意，洪星星当然不是美女，但自有一股同性无法企及的英俊与帅气。平日里孙秘书只觉得她帅得将周遭的男士都比下去了，此刻化好了妆，她的五官越发棱角分明了，悄悄地多了两分快意潇洒。看得孙秘书心中的小鹿开始乱撞。

没想到，此时洪星星突然长叹一声：“唉，敌暗我明的局势太危险了，探子就潜伏在魏总身边，看不完心里不踏实。”

听到“探子”一词，孙秘书吓得手一哆嗦，口红差点儿涂歪：“谁呀？”

“还不能完全确定，需要看视频找证据。”

“哦。”孙秘书很快掩饰住自己的惊慌，假装继续认真地给洪星星涂口红，“好了，照照镜子吧，好看……你需要帮忙的话随时找我。”

“和危险擦边的事不适合女孩子做，还是我们来吧。”

“你也是女孩子呀。”

“我怎么能一样？我就没把自己当女孩子过，我爸都把我当儿子养的。”她摸了摸孙秘书的头发，真是又柔又顺。

洪星星继而对着镜子，左摇摇头，右摇摇头，嘴巴抿了又抿，很是新奇。

回工位的路上，孙秘书向她普及口红的色号，说是叫什么验男色。对，检验“直男”的颜色。“直男”看到这颜色不会想到是口红。如果能想到，要么不是“直男”，要么就是喜欢她。拉倒吧，还不都是商家的噱头？这颜色别说男人，女人都看不出来。

她似懂非懂。

二人回到办公室内，魏岚盯着洪星星看了好几眼，目光落在了她的嘴唇上："化妆了？居然还涂了口红？"

真是太阳从西边出来了，她化了妆当然并不难看，但依然把他吓了一跳。

只是洪星星万万没想到，魏岚居然看出她涂了口红。

孙秘书怎么说的来着？

哦哦哦哦，对，看出她涂了口红的，要么不是"直男"，要么喜欢她。

她呆了半晌，发现一个惊天大秘密呼之欲出：天哪，难道他不是"直男"！

毕竟当过特种兵，经历了太多的大风大浪。她迅速调整自己的状态，虽然有些意外，但……没关系，她暗想，魏总，不论你的性取向如何，我都会好好保护你的。

她正心惊肉跳时，便听到了他颇为严厉的声音："以后少化妆，多用点儿心思在工作上。"说罢，他随手把一份酒会名单扔给她，"需要你做的事情：一、掌握这些人的所有资料，包括性格、喜好和家庭状况，有社交账号的话，也要概览一遍，最好背下来。二、根据公司大事记，还有你看过的各方合作记录，在脑海里把这些人的关系理顺。"

她郑重地接过新任务，大致浏览了一下，名单虽然有些长，但对她来说是小意思。

见她没出声，他揉揉眼睛："三、记清楚这些，初步筛选最近几起事件的可能嫌疑人，酒会上我们当场验证。"

"好！"她精神奕奕，"保证完成任务。"

自从上次在菜市场见了丁玲，洪大军买菜的频率就比以往高了很多。他的心思又活络了？洪星星懒得去想这些，到了这把年纪，管他呢，跟着自己的心走就是。他想去菜市场就去，他想见谁，她就跟着他去见。

傍晚，他一如既往地出门买菜，刚进超市，就在货架旁看到了昨天帮自己捡土豆的那位女士。他还没想好怎么开口，对方就看到了他。

“是您呀？”她先开口打了招呼。

“您、您也来买菜？”他迎上去，心情变得十分愉快。两人挑挑拣拣地一起买完菜往回走。

“自我介绍一下，我叫丁玲。”

丁玲，这名字真好听。

“我、我、我、我叫洪大军。”

她被他结巴的样子逗乐：“其实昨天我一眼就看出来，您是军队里出来的。”

“是吗？”

“在军队里待过的人，那气质和身板都跟别人不一样。人挺拔，看着也年轻。”

他被夸得有些不好意思，连连摆手。

“我老伴儿也是个退伍军人。”

他心里一阵失落，笑容僵在了脸上：“哦，那、那挺巧。”

她还想说话，一个六七岁的小女孩儿从小区门口跑出来，抱住她。

“姥姥，姥姥，我们快回家吧，动画片要开始了。”

这个岁数了当然儿孙满堂，他居然期望对方和自己一样单身。

“这是您外孙女？小姑娘可真可爱。”

她没来得及回话，就被外孙女叽叽喳喳地拉着走进了小区，只得仓促地挥挥手。

他摇摇头，拎着袋子神情落寞地走了。

客厅里黑漆漆的，只有电视还闪着亮光，洪星星打开灯，发现洪大军正孤零零地坐在沙发上。

“爸，你看看这个相亲旅行团怎么样？凌听拿给我的，说您准高兴。我给您报名，您出去散散心？”洪星星递过去一张海报。

听到“相亲”二字，老头儿把海报一扔，中气十足地吼道：“不去！”

她不知道老头儿哪里来的邪火，劝道：“您也该再找个对象了，您看隔壁的王大爷，人家最近都三婚了。再看看您，相貌、能力哪点比不上王大爷，怎么就不能在这方面上上心？我可是一直盼着有一个后妈呢，您……”

老头儿不由分说地站起来，哐的一声把卧室门关上：“谁爱去谁去，反正我不去。以后少跟凌听玩。”

她被他吼得莫名其妙，呆呆地站在门口。

第七章

玫瑰骑士

或许是因为从来没有被好好地爱过，所以在情感的表达上魏岚总觉得隔着一层所谓的自尊，一方面它成全了自己的体面，可另一方面，也变成了……变成了一种约束。

人和人之间如果想要拥有一段良好的关系，谄媚没有用，讨好也没用，唯一的办法就是拥有可以和对方相匹敌的实力，洪星星再次印证了这句话的正确性。

周亦霖对她改进的安保方案非常满意，再次为她的个人魅力所折服。之前的安保方案，呵呵，对不起，就是坨屎。高手一出手，就知有没有。

他算是明白了，找到一个得心应手、做事情远远超出你期待值的好下属有多么重要。凭什么魏岚有，他却没有？所以当他收到人事部发来的简历时，第一眼便相中了凌听。两人见面后，一拍即合，闪电般签了劳动合同。

拥有了，便忍不住想要炫耀。女人如此，男人也大抵相同。跟魏岚炫耀时，他把凌听夸上了天：百年难遇的编程天才，还是数据统计分析方面的专家。魏岚很是不屑一顾，直到他说约了洪特助，才有所松动。只可惜周亦霖本来是为了炫耀凌听，没想到那小子临时有事，放了他的鸽子。

地点就定在公司附近的居酒屋，居酒屋不大，装修却很别致。周亦霖最喜欢他家墙上挂着的浮世绘版画，走道里挂着一溜红蓝色的鲤鱼旗也很有情调。洪星星到的时候，周亦霖和魏岚已经进了最里面的包间，正靠窗而坐。

周亦霖挥手示意她随意坐，便开始点菜："一份牛小排、一份盐烤秋刀鱼、一份鹅肝寿司……"

"差不多了吧，咱们就三个人……"听到"鹅肝寿司"时，洪星星的心已经在滴血，看到魏岚和周亦霖都望向自己，只好承认，"好吧，我钱没带够。"

"魏岚，你这助理也太有意思了，还担心钱不够。"周亦霖被她的耿直逗得哈哈大笑，就连魏岚也意外地看了她一眼。

"难道不是AA制？"

"放心吧，有老板在，怎么可能让你这个助理买单？"周亦霖把菜单推到她面前。

“想吃什么你自己点。我在酒会上的安全还需要你多费心，这顿饭当然是我请。”魏岚把菜单递给她。

她又问：“你们真的让我点？”

“点！”魏岚不觉得这件事有什么需要再确认的。

她等的就是这句话，一撸袖子：“那我就不客气了。老板，这个，这个，还有这个，这三个不要，剩下的一样来一份。”

周亦霖哑然失笑：“真行。”

她摆摆手：“唉，不行，你们这儿菜的分量太少了，我们三个人，那就每样都来三份吧，男士吃得多。”

“别别别，我的那份不要，我吃不下。”周亦霖赶紧阻止。

“我的那份也不需要，”魏岚也赶紧阻止，“只给这位小姐上三份就好。”

周亦霖调侃道：“魏岚，你是不是虐待过她，她这是几个星期没吃饭了？”

“就她这一身蛮力，我能虐待她？她不虐待我就谢天谢地了。”

她装作没听到。

等到服务生将菜陆续上齐，她没心没肺地招呼他俩：“你们也吃，别光看着我吃。这家店的菜品是真的很好吃，就是菜量少了点儿，一小碟里就俩虾球，想分都没法跟你俩分。”

“人家这叫精致。总不能让店家拿个大盆来装吧？”在魏岚的印象里，女生不都是轻启樱桃小口优雅地吃，怕沾上唇膏，吃了没几口便放下筷子，娇滴滴地说着“哎呀，今天吃得实在太多了”吗？

“怎么不能？我们在部队的时候就是用盆吃的，吃饭还得快，动手稍晚一点儿菜就会被人抢完……”讲起昔日的部队生活，洪星星倒是分外想念，说着说着，眼睛不禁有些湿润。

魏岚会错了意，想象了一下这个画面，再看向她时，多了几分同情，叫来服务生：“这位小姐刚才点的，再各来两份。”

周亦霖嚷：“魏总还真是心疼洪特助呢，这么大方。”

她吃得正心花怒放，隐约听到周亦霖似乎在欺负魏岚，忙着护主，一时语速快过脑速，说道：“我们魏总就是心疼我、护着我、爱着我，羡慕了？忌妒了？”

周亦霖傻眼了。

魏岚愣了几秒，脸红到了脖子根。

偏偏洪星星还没反应过来，递给魏岚一串鸡脆骨：“来来来，魏总，您也吃。”

“心疼你，护着你，爱……爱着你？”油滑如周亦霖，在这种情况下也变得结结巴巴了。

她这才后知后觉地发现自己失言，肉含在嘴里顿时吐也不是，继续嚼也不是：“你们俩关系那么好，周……周总，魏总怎么可能喜欢我，喀喀喀，我的意思是，你一定知道魏总的性取向吧？”

魏岚为了掩饰自己的尴尬，正拿着洪星星递给他的烤串往嘴里放，闻听此言，一扦子直接扎到了脸上。

周亦霖大惊，眼睛瞪得像铜铃：“……魏岚什么性取向？你的意思是……”

洪星星沉重地点点头：“所以，就算我对魏总有心，可是强扭的瓜不甜嘛。”

周亦霖：“……”

魏岚要疯，他哪里知道自己仅凭一支口红就被人断定了性取向。

他是不是有病，大晚上的，加班不快乐吗？游戏不好玩吗？在家里随便追追美剧不舒服吗？到底是因为什么想不开才会跑来跟这两人吃饭？

这么想着，魏岚干脆凑过头去，几乎要挨到洪星星的脸：“呵，所以，你听谁说的我喜欢男人？”

“孙秘书呀。”洪星星脱口而出。

“好大的狗胆，平时工作不认真也就罢了，还恶意造谣，诬蔑公司领导的形象。”魏岚气得不知道说什么好，干脆把酒瓶子一摔，“明天我就直接开了她。”

“不不不不，不是的，”洪星星这才意识到自己出卖了孙秘书，赶紧为好友解释，“就是那天我涂了验男色口红，她说如果有男性看出来，那么那个男性要么不是‘直男’，要么……”她猛地收口，心突突地狂跳，难道魏总是“直男”，所以……他喜欢她？

他喜欢她？

她摇摇头。

周亦霖开始还扶着额头强忍笑意，此刻连掩饰都懒得做了，左看看右看看，笑得合不拢嘴。

有生之年，他看到魏岚谈恋爱？

公司今年的福利居然给得这么早。

幸亏他今天出来了，不然这么一出好戏哪里找？

魏岚瞪他一眼，问洪星星：“要么怎样？”

“要么，呃，要么……”洪星星结结巴巴的，不敢看他的眼睛，“呃……”

“我觉得你是没抓住重点。”周亦霖捏捏魏岚的脸，被他伸手打开。

“滚，少碰我。”

“哎呀，你还急了。想不想我帮你？”他冲魏岚不停挤眼。

魏岚怔住。

“星星啊，一闪一闪亮晶晶，满天都是小星星！”周亦霖一边唱，一边问，“你刚才说什么来着？”

小星星被他唱蒙了：“你说什么？”

“你刚才说，‘就算我对魏总有心，可是强扭的瓜不甜嘛’……”老奸巨猾的周亦霖抿了口清酒，缓缓说道，“你看，现在问题来了，我百分之百地跟你保证，咱们魏总‘直’着呢。所以，你俩并不涉及强扭的瓜不甜的问题。”

魏岚：“……”

洪星星：“……”

“闭嘴！”

终于等到滚烫的脸温度降下来，魏岚坐立难安，怒道：“你是不是吃错药了，拿我和洪星星开涮？要是有时间，你还是想想QW1招标的事吧，明天我要看到正式的项目提案。”

她顿觉宽慰，向魏岚投去感激的一瞥。

“我们公司在开发新药的消息已经外泄，嘉乐制药跟我们竞争多年，肯定已经在做准备。两条路，一、保守路线，把这件事糊弄过去。”他喝了几口味噌汤，继续说道，“二、先发制人，把水搅浑，开发布会宣布新一代抗癌药物QW1就在我们润世，同时宣布招标一家制药公司入股，共同开发。动作快的话就能让QW1于明年春季进入临床试验。”

“我觉得第二条更好。”她似乎已从刚才的窘态中出来，抽出纸巾擦了一下嘴，“嘉乐制药的那些人，肯定正在拉帮结派，想联合做第二代药物的公司，一起把润世搞垮，其实说白了都是为了利益。能入股润世，就等于抢下了一半新药的市场，这是多大的一块蛋糕？”

魏岚赞许地点点头：“和我想的一样。”

“心灵相通。”周亦霖又起哄。

魏岚在桌下狠狠地踩了他一脚，疼得他龇牙咧嘴，再不敢得寸进尺。

“用一个大鱼饵让他们起内讧，二桃杀三士，这也是战术。”洪星星补充道。

“没错。”魏岚颔首。

周亦霖觉得自己太亮了，做出一副被酸到的样子：“我去下洗手间。”说完，他便往外走。

服务员把烤好的肉串端上来，洪星星继续胃口大开地吃着。

“魏总。”

“嗯？”他的语气里不自觉地多了几分温柔。

“你鼻尖上有东西。”

他摸了摸鼻子：“还有吗？”

她指指自己的鼻子，他又摸了一把，鼻子上的薄荷叶却依然贴在上面。她干脆站起身来，向他的鼻尖伸出手去，偏偏服务生推着酒车送酒，不小心撞到了洪星星的椅子，她一个趔趄，一掌击在了魏岚的鼻侧。

“哎！”魏岚一阵鼻酸。

“啊，那个，那个，”她结结巴巴，简直不敢看他的脸，“魏总您没事吧？对、对不起呀。”

他抬起头，果然有血从鼻孔中流出：“没事……一跟你见面就会受伤，已经成定律了。刚才没受伤我心里还有点儿忐忑。现在好了，踏实了。”

她被臊得满脸通红，一手把他的头抬高，一手扯过桌上的纸巾帮他处理。

周亦霖从卫生间回来时，看到两人闷头喝酒，适才暧昧、彼此欣赏的氛围全无，实在觉得奇怪。

“魏岚，你的鼻子……”他终于发现了异常。

洪星星越发局促不安了：“都是我不好……魏总他……”

“就是突然流鼻血了，没有为什么。”魏岚没让她说下去。

“哦？”周亦霖敏感而警觉地看着他俩，眼珠滴溜溜地转。奈何他再三挖掘，二人始终闭口不谈。

三人从居酒屋出来时，夜已深，风吹在身上清冷至极，带着些许寒气。魏岚脱下外套想从背后给洪星星披上，没想到她反而唰的一下脱掉了外套。

“呵，吃得我都热了！”

他尴尬地收回了拿衣服的手。

“魏总，你也吃热了？”她回头，看着他手里的外套。

“嗯……挺热的。”他装模作样地甩着手里的外套，眼睛看向别处，还使劲儿给自己扇风。

“是是是，我也热了。”周亦霖看着魏岚，憋着不让自己笑出声。

“我送你回去吧？”魏岚望向洪星星。

“不用！我家离这儿就几百米，我走走，消消食儿。”说着，她大大咧咧地摆摆手，蹦蹦跳跳地向家的方向走去。

“唉，失落、难过，我都看不下去了。”周亦霖看着魏岚当场被晾在原地，说道。

“说什么呢你？”

“我的魏少爷，你对洪特助的关心，我可是看得明明白白，你就别骗自己了。”

“这叫绅士风度，我对女人都这样。”

周亦霖不置可否。

一阵凉风袭来，魏岚打了一个巨大的喷嚏，赶紧穿上外套把自己裹住。周亦霖借着酒意大步跳着向前，魏岚则有些怅然地回头，看着洪星星离开的方向久久不动。周亦霖跳了两步发现他没跟上，大声叫道：“别看了，人已经走了。还不承认喜欢人家，魏岚，你这个人太无趣了！”

魏岚甩开他：“你喝多了！”

他不依不饶地又趴上魏岚的肩膀：“我是喝得不少，可我是性情中人，不像你，无聊，难得出来聚一聚，一口都不喝。”

“我不爱喝酒。”

“老同学这么多年了，我还不了解你吗？每次聚会都端着架子，说不爱喝，其实是不敢喝！你喝点儿，只要喝一点儿，你想不明白的那些事，就都明白了。”

魏岚苦笑两声，没再说话。

或许是周亦霖的怂恿，或许是自己太寂寞，魏岚回去后什么都不想做，电话也不想接，他不知道自己怎么了。他默默地披着睡袍，给自己倒了杯酒。他其实也就一杯的量，又是喝闷酒，酒劲上来得极快，没多久整个人就晕晕乎乎的了，头热，全身也热烘烘的。

说不清楚为什么，魏岚的手不可控制地拿起茶几上的手机，直接拨了洪星星的手机号。

“喂？”洪星星的声音。

“喂？”他像鹦鹉般重复了一遍她的话，身体前倾，晕乎乎地按下挂断键，自己却并不知道，“没事，我就是……”

我就是，想听听你的声音。

“喂，魏总，魏总听得见吗？”电话被挂断，洪星星一头雾水，立刻回拨。

“洪星星，我现在认为你是一个认真、诚实、聪明的员工。”他每说一个词，就用手指敲一下手机屏幕。

“呃，”她好脾气地听着，“谢谢魏总的肯定。”

“但作为女人呢，你粗鲁、暴力，又没有女人味，跟别的女人都不一样。”他说到最后一句时，手指恰巧点到了挂机键。

她举着手机，看着屏幕上的“通话结束”几个字，火冒三丈。

“什么意思？打电话过来就为了骂我？”

她回拨过去，电话刚接通又被挂断。

没几秒，又响。

“洪星星——”他迷迷糊糊地叫她。

“魏总，大半夜的，您打电话来就为了骂我？”

“我不骂你，因为……”他傻笑起来，“有时候你还挺可爱的。”

“魏总，你，喝酒了？”

“嗯，喝了一点点。”他顿了一下，继续醉醺醺地叫她，“洪星星——”

“我在听。”

“洪星星——我胃疼，想喝粥——”他像是受了天大的委屈。

他说完话就又将电话挂断了。

洪星星呆坐了几分钟。

为了钱，忍了。

送。

对，纯粹为了钱。

她一路打车来到魏岚家，按门铃没人开，又使劲敲了半天门，他醉眼蒙眬地站在门口，虽然行动还算正常，但神态与平常迥异，颇为憨态可掬。

“你要的粥，还热着。”她举起手里的包裹。

他嘿嘿一笑，伸出拳头撞了一下她拎包裹的手。

“干什么？”她奇怪地看着他。

“你好，兄弟！”说完，他又没完没了地傻笑。

接下来的魏岚，仿佛开了一场国际友人见面会，先是说了一段英语，撞拳碰胸，接着是一堆洪星星听不懂的德语，又开始没完没了地行贴面礼。中间夹杂着无数次的开门，关门，再开门，关门。他最后说了一段不知道什么意思的法语，两手捧着她的双颊，便直接要行亲吻礼——

洪星星看着他的头一点点低下来，马上就要贴在自己的脸上，吓得花容失色，奈何醉后的他手劲大得出奇，也许是完全没有提防带来的慌乱，她只得急急伸手挡在脸前，那吻终是稳稳地落在了她的手心里，急促而冰凉。

她吓得说话都有些哆嗦：“魏总你冷静！都是中国人，咱们用母语交流行吗？”

他总算松开了她，轻松地一甩头，讲着法语邀请她进去。没等她进去，他便把门关上了。

她狂按门铃，这次她直接把砂锅粥塞到他手里：“拎稳了，这是你要的粥，我走了！”她刚转过身，手就被他牵住了。

“洪星星——”他叫她。

“你认出我了？”

他微笑着，憨头憨脑，喜气洋洋的，拉着她的手往门里拽：“你进来，刚才来了好多朋友，进来一起喝酒。”

好多朋友？

她抽手把他推进去：“魏总你喝多了，喝了粥早点儿休息吧。”说完，她迅速地帮他把门带上。

还好赶上了最后一班公交车，洪星星挤进最后一排，最里面还有一个座位。有刚刚下班的年轻情侣坐在前座，两人分享着一副耳机。不知道听的什么歌曲，时而两人默默对视，时而女生钻进男生的臂弯，哧哧地笑。

洪星星微笑，又有些向往。

翌日早上。

洪星星按照往常约定的时间来到魏岚家门口，这次他开门的速度比以往任何时候都快。她只等了两分钟，就看见蓬头垢面顶着眼罩和一只耳塞的他闭着眼出现在门口。

她紧跟着他进门，沙发前的桌上放着两个空酒瓶，还有两碗没喝完的粥。她在客厅等了半个小时，也不见他出来，只好自己进去找。她推开卧室半掩着的门，看到他正睡得四仰八叉，还打着呼噜。

洪星星被这呼噜声引得忍不住也打了个哈欠。

她当然不知道他又做梦了。

睡梦中的他并没有那么惬意，他梦到自己独自站在一片空旷中，戴着眼镜、穿白大褂的周亦霖反复在他的梦中闪现。

“患者魏岚，请问你最近是否感觉心神不宁？”

“偶尔。”

周亦霖突然消失，接着又在另一个地方闪现。

“患者魏岚，请问你是否对她投入了过多关注，有时甚至还会梦到她？”

“有过。”魏岚一惊，转向周亦霖的方向。

接着周亦霖又消失了，紧接着又在靠近他的地方闪现，他不得不再次面对周亦霖。

“患者魏岚，听说你有拒绝与人亲近的病史。当你面对她的时候，有没有感觉这种症状减轻了，或是消失了？”

魏岚一愣，想起自己与洪星星的几次亲密接触，从最初关在储藏间内的不适，到在冬青丛下躲藏时近到鼻尖挨鼻尖的距离，以及总是无法自控地想要走近她……

周亦霖拿起听诊器，贴近魏岚的心口，魏岚的心跳怦怦作响。

“确诊！”

说着，周亦霖举起印有洪星星头像的大牌子，对着魏岚唱道：“你陷入了爱情……”

巨大的音乐声响起，周亦霖的形象一个变两个，两个变四个，很快便变成大军，把魏岚包围住了。魏岚恐惧地站在中央，不知所措。

只见千百万个周亦霖在喊：“爱情，爱情，爱情……”

魏岚从惊恐中挣扎着醒来，跌坐在床边，出了一身冷汗。

周亦霖这个鬼东西!

魏岚按了按太阳穴，脑海中浮现出的都是梦境里满屏的周亦霖举着洪星星头像的牌子。他使劲摇了摇头，把噩梦般的画面赶出自己的脑海。

这个梦实在荒唐至极。无论如何，他都不会喜欢那个暴力狂。甚至，在他的眼中，她跟男人没有什么区别。也许是过多接触，让他的大脑产生了误会?

他披上睡袍，搓着头发走出来，一眼看见洪星星正在洗手间洗手。

“早上好。”她提醒自己忘记醉态下的他昨晚的所作所为，像往常一样正常地跟他打着招呼。

“好。”他回完，顿时觉得不对，猛地后撤一步，关上门，又再次推开。

“嗨。”她依然站在刚才的地方。

他裹了裹浴袍，确认不是在做梦，问道：“你怎么进来的？”

“魏总，我六点半就来了，是你下的令，也是你亲自开的门。”她指着墙上的麋鹿挂钟，“想起来了吗？”

他如梦初醒：“……想起来了，好像确实有这么回事。昨晚……”他说到一半又停下，头要炸开般疼，周亦霖曾说，他喝高了就像撒欢的小狗，对谁都非常热情奔放。

“昨……昨、昨晚怎么了？”她想起昨晚那个因她遮挡而落在手心的吻，有些慌乱。

“昨晚我记不清了，脑子乱糟糟的。”他拍拍脑门儿。

她庆幸他并不记得昨晚发生了什么，否则今天见面着实尴尬：“没事，记不清没事，你就是喝得有点儿多。”

“我……”他使劲回想着，却仍是徒劳，“我没……没做什么……什么……过分的事吧？”

“没有没有没有。”她连连摆手，为了掩饰自己的窘态，极力否认着，“哈，呵呵，那个、那个，你什么都没做，没给我没完没了地打电话，当然也没有强吻我……”

他的脑袋嗡的一声炸开：“你、你、你说什么？强……吻？”

短暂的沉默后，她掩饰般大笑：“哈，没，我说错了，什么都没有，我送了点儿粥就走了。”

她别过头不看他。

屋里此刻变得极其安静。

他一点儿印象也无，又不敢再问，怕再问下去把她惹怒了又臭扁他一顿，只好装作没听到。

末了，还是洪星星打破尴尬：“呃，那个，等你时我没事做，把客厅打扫了一下。”说罢，她又指了指餐桌上的早点，“桌上是你要的包子，我打电话让他们送来的，那家有外卖。”

“我还要了包子？”

她没来由地有些火大：“你每次喝完酒都断片儿吗？自己不知道自己几斤几两，喝什么酒？”

这话说得其实有些过，见魏岚一副“认打认罚”的样子，她又有些心软：“不过你喝醉的样子还挺可爱的。”

“什么？”他怀疑自己听错了。

“没、没什么。”洪星星不想继续关于他喝醉的话题，“今天还锻炼吗？已经十点了，看你今天的状态，估计也够呛。不如明天再练？”

他点头同意。

看着他一副宿醉的憔悴样，她又说：“三天打鱼、两天晒网的，也不是个办法，还是得天天坚持，早点儿让你变壮一些。”

他顿觉不爽：“肤浅，你就这么喜欢四肢发达的男人？”

“健康又壮实的男人谁不喜欢？”

又拿这个歧视他，转移话题谁不会？他不服气地问：“背完宾客资料了吗？酒会现场的逃生路线弄明白了吗？”

“都弄明白了。”

“做实地考察了吗？”他故意刁难。

她呆住：“……这个，呃，还没有。”

“酒会现场情况复杂，你用会场平面图规划逃生路线，纯粹是纸上谈兵。不把现场情况勘察清楚，一旦碰上突发状况，你根本来不及反应。”

见她不吱声，他更加理直气壮了：“作为我的助理，这点儿小事都做不周全。如果我遇到生命危险，这个责任，你担待得起吗？”

她确实认为自己犯了大错，在部队时，教官讲过，“每次执行任务，都必须事先勘察地形，考察逃生路线，确保万无一失。不然就是把生命交到敌人手里！是对自己，对战友，对军人身份的不负责”。

她懊悔地捶捶自己的脑袋，她已经害得老洪没了一条胳膊，绝不能因为疏忽再害了魏岚。

见她的反应这么大，他往她旁边站了站，语气柔和地说道：“明天上午，我让孙秘书找一身合适的衣服给你。”

“什么衣服？”

“参加晚宴的礼服。”

“我有衣服。”

“像你穿成这样，根本进不了宴会厅的门。”他上下打量了一番她的夹克、牛仔裤和运动鞋，摇摇头。

“你们这种阶级的人是不是都习惯以貌取人？”

他忍不住抬手拍了拍她的头：“社交礼仪而已，什么阶级不阶级的。”

她不自觉地躲闪了一下，还是被摸到了。她想起在车里被他揉头，坐在他的脚上，看他做仰卧起坐的样子，赶紧扭头看向窗外，生怕他看出端倪。

这一切落在他的眼中，他只依稀觉得她似乎不太高兴。

把话说重了？

从提逃生路线后，她就一直不高兴，早知道就不说了。

不对。他心念一转：我是老板，我爱说什么说什么。他气哼哼地转过身，不再看她。

幸好他还有周亦霖可以倾诉。

魏岚向他大倒苦水："我对她好像太苛刻了，酒会现场宾客云集，疯子才会在那种场合动手，何必故意刁难她呢？我是不是应该宽容一点儿？"

电话那端的周亦霖语气生硬地说道："你要是觉得于心不忍，就去道歉嘛。"

"凭什么是我道歉，我才不做不符合身份的事！"

"我说魏总，请问您到底是什么心理，看到人家高兴了就非要找碴儿欺负一下，看到人家不高兴了又心疼，您多大了，八岁？唉，本来兄弟是要出去跟女朋友约会的，看在你这么苦恼的分儿上，一起吃晚饭吧？"

"不去。"一想到洪星星的那句"健康又壮实的男人谁不喜欢"，魏岚就倍感不爽。

"你都不问问我，女朋友是谁，什么时候交的？一点儿都不关心我，太让我难过了。"没想到魏岚对自己的感情生活一点儿都不感兴趣，枉费他准备了一堆话，等着魏岚打破砂锅问到底的。

"哦，"魏岚迟疑了几秒，问道，"你女朋友是谁，什么时候交的？"

"没劲，没诚意。不说这个，你不吃晚饭，准备去哪里？"

"健身房！"电话那头的魏岚晃了晃手中的蛋白棒。

一直以来，洪星星觉得自己都过着一种随时候命的生活，对生活里突如其来的问题，她也早已习惯冷静处理，而不是事先抛出一堆情绪和牢骚。对此，她也不知道好还是不好。

应该是好的吧，她安慰着自己。人生不如意之事十之八九，做好分内事就好，家人和自己健康无事就好，其他随缘。只是前一晚被魏岚折腾了大半夜，昨晚老洪又发烧，洪星星放心不下，发微信向魏岚请假。

收到信息的魏岚皱着眉头想了半天。在手机上打下“出什么事了”，打完他又删掉，再打下“什么时候回来”，打完他又删掉。或许是因为从来没有被好好地爱过，所以在情感的表达上，魏岚总觉得隔着一层所谓的自尊，一方面它成全了自己的体面，可另一方面，也变成了……变成了一种约束。

他不知道洪星星家里是真的有事，还是生气耍小性子此刻不想见他。思来想去，他只得按下桌铃，向孙秘书请教。

“你们女生是不是心理特别脆弱，很容易生气？”

“这要看情况了，得看什么事，跟谁。”孙秘书一向心直口快。

“是这样，我有一个朋友，他呢……对他的一个助理说了一些重话，结果助理第二天就没有来上班。是不是我的那位朋友伤害到了助理呢？”

孙秘书假装听不懂，心中暗笑：“魏总，我能问问您的那位朋友具体说了什么话吗？人身攻击？无理辱骂？”

“那不是。”他摆摆手。

“不会是脏话吧？”

“怎么可能！”他立刻否认，“我的那位朋友就说了一句‘作为我的高级助理，这点儿小事都做不周全’。”

“就这样？”

“是她先做了一件冒犯了我朋友的事。当然了，我朋友没有那么脆弱，为了让她反省，我朋友就关心了一下她工作的完成度，说了这句话。她消沉了一整天，今天还请假了。”

“哦，我已经了解了。放心吧。以洪星星的性格，她不会受伤，只会更努力。而且，她昨天下班后还去了举办酒会的酒店现场调研，我陪她去的。看她的样子，特别把您的安危放在心上，她请假是因为她爸爸发烧加急性肠胃炎，听说是吃火锅吃的。”孙秘书扬扬手机，“她一早就跟我说了。放心，等忙完了她肯定会来上班的。”

没想到孙秘书如此通透，彻底跟他摊牌。

魏岚意识到自己的失态，矢口否认：“我说的是我朋友的事，你扯洪星星干吗？算了，你先出去。”

孙秘书一出门，忍了多时的笑终于绷不住了，扑哧一下笑出声来，这两个人……似乎哪里有点儿不一样了。

本以为魏岚只是逗自己而已，医药界的酒会，还要穿得跟明星走红毯似的，不是搞笑吗？洪星星本不以为然，没想到他说的是真的。

第二天，孙秘书兴高采烈地拉她进了休息室。

休息室的简约落地镜前，一整排小礼服挂在衣架上，她对品牌并不了解，只是光看质地便知道价格不菲。下面一层是根据她的鞋码早已备好的几双高跟鞋，在旁边深绿色的边柜上摆放着几件精心挑选的配饰，嵌着珍珠或彩钻。

“这是……去晚宴要穿的礼服？”她小心翼翼地摩挲着黑色小礼服的边角。

“对呀！这几件都是魏总选的，你快试试。”孙秘书强行给她戴上头纱、发饰，拿着一条吊带小黑裙在她身前比了比。

“不要吧。”她十分抗拒，“这也太华丽了，完全不是我的风格。”

“哎呀，星星，你要有自信，你都不知道自己身材有多好。”孙秘书又从衣架上拿下一条露肩小黑裙。

“不行不行，我……我有肩周炎，露肩会加重病情。”她越发抗拒了。

孙秘书又从衣架上拽下一条露背裙。

“这后背露成这样，不会着凉吗？”

这次是一件深V礼服，她为难地在胸前比了比：“这都露到这儿了，不行，不行。”

“你这么保守吗？要不咱们试试这件高领的？”

“倒不是这个问题……”洪星星摘下头上的发饰，“说实话，我上一次穿裙子已经是二十年前的事了，这些我真穿不惯，而且我也不会穿高跟鞋。”

“员工守则第五条是什么？”孙秘书瞪圆了眼睛，理直气壮地问她。

“董事长的字典里没有三个词：不行，不会，不知道。”

“员工守则第五条增补？”

这个办法肯定有用，孙秘书坚信。

“如果董事长布置的任务超出你的能力范围，那么，请努力学习，挑战自我。”她对答如流。

“背得很熟嘛，那加油哦。”孙秘书见奸计得逞，笑着指着一架子小礼服和高跟鞋，做了个加油的手势，“星星，努力学习，挑战自我！”

“呃……”

“魏总交代了，让我一定把你打扮得像个女人，漂漂亮亮的。”

“像个女人？他什么意思？”

“哎呀，魏总的意思……反正他原话就是这么说的。你等等，我再去找点儿首饰给你搭配一下。”孙秘书跑出休息室。

洪星星此刻只觉得魏岚这是在报复她，看着满屋子的礼服郁闷无比。穿着这种东西走路，比部队里的平衡木训练还要难。更不要提那一双双各种款式和颜色的，不低于十厘米的高跟鞋。

最终，她选了一件露得最少的晚礼服，小小的V领，重点是过膝，颗颗珍珠点缀在腰间，不夸张却也不落俗套。

孙秘书在试衣间的帘子外不停地催促着，比自己试礼服还要兴奋："怎么样？"

"不怎么样。"

"你别光说，出来我看看。"

"美西，我……能不能不出去？"

"不行，快出来，你不出来我就进去了！"

"好吧，等一下。"她的声音闷闷的。

帘子里片刻响动，洪星星拉开帘子出来，魏岚恰巧在此刻进入，看着眼前穿着一袭黑色小礼服的她，像是时间停止般，整个人呆在了原地。

她的皮肤本就偏黑，平日里又喜欢穿着肥大的T恤，他从未想过那肥大的T恤下居然有着如此完美的身材。裹在小礼服裙里的她，肩背越发挺直，脖颈线条优美细长，像只高傲的黑天鹅，如此光芒四射。

她像是踩着晨曦的日光，金灿灿地站在他面前。

第八章

玫瑰骑士

洪星星满脑子想的都是魏岚刚才发火的样子，两个人过去也不是没有过针锋相对的时刻，但他像今天这样勃然大怒的情形还是第一次。难道人和人之间一旦有了真情谊，就会彼此消耗、彼此折磨吗？

其实只不过是一件礼服裙，但对洪星星来说，却像是常年征战的将军脱去了战袍，将自己的背露给敌人。此刻感受到魏岚灼热的目光，她越发如芒在背，不自在地整了整裙摆。

“您不是在开会吗？”孙秘书心中了然，却故意装傻，“您是特意过来……”

他结结巴巴地解释着：“是，我……其实是来接个电话，没想到她……”等意识到自己并不需要解释时，他瞪了孙秘书一眼，“我这不是怕酒会上给我丢人吗？形象设计这块我必须亲自视察……”

他终于将目光收回，语气淡淡地问道：“就这件了吗？”

口是心非！

孙秘书吐吐舌头，赶紧示意洪星星在他面前转一圈。

她生硬而尴尬地拎着裙角转了转。

“拉链。”魏岚指指洪星星的后背，尴尬地把视线移向一旁。

“哦哦哦。”孙秘书赶紧跑过去，挡着洪星星拉好拉链，抬手间瞥见她后背上那道狰狞的伤疤，触目惊心。

孙秘书迟疑了几秒，把她往他面前推了推，邀功似的问：“还不错吧？”

他不知道自己今天怎么了，隐藏在内心最深处的某个柔软处突然被一个人发现，她甚至轻轻用手摸了摸，又进去躺了躺。带着沉重、舒服、亲密而甜蜜的触感，他还没有想清楚是要紧紧抓住，还是先进行驱赶，那个人就已经悄悄溜走，连同她带来的触感转瞬即逝。

面对洪星星无辜的眼神，他慌乱地避开她的眼睛，仿佛看哪里都不顺眼：“肩膀没打开，手也没放对地方。你是去参加酒会，不是去跟人约架。还有……这个站姿太不优雅了。”

洪星星越发不知所措了。

孙秘书赶紧帮忙解围：“这些都是小问题，魏总，您别急，我来帮她调。”

洪星星没说话，只觉得累，比她上战场还要累。她想甩掉这十厘米的高跟鞋，重新回到地球。她歪歪扭扭地走向沙发，重心不稳，整个人向前栽去。魏岚手疾眼快地抓住她的手，她晃了晃，稳稳地定在他面前。

两人一高一低，魏岚看着自己手中洪星星的手背，两人的姿势像是要进行吻手礼。

孙秘书目瞪口呆。

他慢慢松开她的手，语气淡淡地说道："如果勉强，换个低跟儿的。"

她不动声色地回答："好。"

他头也不回地逃了，心脏扑通扑通跳个不停。

直到他的背影消失在门口，孙秘书才小声问洪星星："他生气了？"

洪星星不是很懂。

晚上回到家，洪星星把自己摔进沙发，懒得动。

洪大军和凌听走过来，见她一脸疲态，二人围过来，端茶倒水。

看到凌听也在家里，洪星星吓了一跳。他一向嘴甜，见洪星星问自己，跟小狗似的撒着欢儿站到洪大军身后，一边给老头儿捶肩，一边说："我这不是来孝敬孝敬洪叔的吗？给洪叔做做饭，陪着洪叔聊聊天，尽一尽我这做晚辈的义务。"

洪星星瞪大眼睛，给了老头儿一个眼神，意思是"不是说让我离他远一点儿吗"。

老头儿迅速领会了女儿的意思，只是嘿嘿笑。

"马屁精。"她伸了个大大的懒腰，终于闻到阵阵香味，顺着香味奔着餐厅走，餐桌上的食物着实丰盛——红烧鸡翅、清蒸鲈鱼、小炒肉，更有三道凉菜、三道青菜，甚至还有个排骨汤。

她食指大动，抓起一块鸡翅便扔到嘴里，惹得老头儿大喊："洗手去！"老头儿更是走过来拿筷子打她的手，"还有客人在家，能不能有点儿吃相？”

她边嚼边跑到洗手间洗手，坐到餐桌边时吐掉骨头，这才说：“都过来坐，开饭开饭。”顿了顿，她又说，“凌听哪算什么客人？”

凌听笑眯眯地挨着她坐下：“是呀叔叔，我不是客人，您可千万别跟我客气，我就是您的半个儿。”

他是洪大军看着长大的，父母不在家时，整天就赖在洪星星家蹭吃蹭住的，不过家务活儿也没少帮着干。

凌家父母常开玩笑让凌听叫洪老头儿干爹，半个儿当然并不为过。只是他这里说的“半个儿”，与洪家父女理解的“半个儿”并不是一个意思。

女婿自然也是“半个儿”，洪家父女自然没往这里想。

老头儿看她筋疲力尽的样子，十分诧异：“怎么累成这样了？”

“试礼服。”洪星星狼吞虎咽。

凌听一听，顿时精神了：“礼服裙？”

“你，穿裙子？”老头儿大笑，整栋楼都要抖三抖，“谁拿你爹我的命威胁你来着，逼你穿裙子？”

她并没有开玩笑的力气：“不想穿也没办法，都是为了工作。”

“快让我看看。”老头儿说。

“孙秘书给我照了照片，就在手机里，等我先吃饱。”

两人的手飞快地朝洪星星放在餐桌上的手机伸去，你争我抢，最终老头儿占了上风，问洪星星：“密码是什么？”

她郁闷地放下筷子，拿过手机调出照片。

“天哪，这也太漂亮了吧，星星姐。”凌听惊呼着，忍不住伸手滑下一张。

“这都啥礼服，衩开得这么高？还有肩膀、胸前怎么露这么一大片，不舍得用布料？穿那么少不跟裹毛巾一样吗？”老头儿没法接受。

“这已经算布料多的了，你是没见其他那几条。”她在胸前和后背各比画了一下，“这往上，这往下，啥都没有。还有，”她又一拍桌子，继续说道，“下面还带一圈跟蚊帐布似的那种花边！”

凌听笑了：“你说的是蕾丝蓬蓬裙吧？”

“对！就这个！孙秘书说好看，我愣是没屈服，最后选了这条布最多的！”

布最多的，这句话也就她说得出来。

凌听忍不住纠正道：“星星姐，你记住，穿上裙子可不能这样拍腿。还有，不要叉开腿坐，双脚要并拢，不然不雅观。”

“行了，这些今天孙秘书都冲我唠叨一天了，回来你又唠叨。唉，穿个裙子怎么这么多规矩，累。”她吃饱喝足，背靠着桌椅，瘫坐成一团。

“臭小子说得对，你到底是个姑娘，不能老把自己当大老爷们儿！之前是爸爸疏忽了这点。”老头儿迅速跟凌听统一战线，意识到自己不能再将闺女当儿子养了。

“行了，我穿什么还不都是你闺女？再说我都二十多年没穿裙子了，还有那高跟鞋，简直是受刑。”

“挺好看的，星星姐你当兵这么多年身板特别直，穿上裙子超有气质，出去绝对秒杀一片浓妆艳抹的姑娘。”

“有那么好吗？”她抿抿嘴唇，被人夸漂亮总是开心的。

“好，怎么不好，我闺女好看着呢！随我。”老头儿也挺高兴。

她琢磨琢磨，点点头：“这么说，魏总的眼光还挺好？”

凌听警觉地竖起耳朵：“谁，魏总？这裙子是他选的？”

“也不是，孙秘书陪我选的，但是，是从魏总事先选好的一堆里挑的。”

“你们老总还管这事？”凌听狐疑地问，“你不是说你们老总特别忙吗？怎么这么点儿小事他还操心，是只管你，还是别人都管？”

她怔住，好像魏岚并没有管孙秘书穿什么，也没有管其他女同事。

但，也许是因为她是他的女伴吧？

老头儿也在旁边听着，她不想引起误解，便点了点头。

凌听嘟囔道："要我说，你们老总肯定不是什么正经人，女员工穿什么都管。"

她假装没听到，继续拨弄着她的手机，凌听越想越觉得不妥："星星姐，这裙子露得这么多，穿出去不合适，不庄重！"

"是吗？你刚才不还说漂亮吗？"她疑惑地盯着他，"不过，我自己也是觉得太露。"

老头儿皱眉琢磨了几秒，也跟着附和："是露得有点儿多，衩开得这么高，搁我年轻那会儿都得被骂伤风败俗。"

"而且这裙子的款式其实也不怎么好看，太……那啥了。"凌听继续否定魏岚的眼光。

"可是魏总说要遵守社交礼仪，必须穿礼服正装。要是不穿这条裙子，我实在没别的衣服了。"洪星星说道。

凌听灵机一动："我有呀，而且我保证星星姐同样可以达到魏总的要求，还能闪亮全场。"

"你？"洪星星半信半疑，"你能比魏总强？"

"当然！"凌听信誓旦旦地说道。

"也对。"洪星星想了想，从找工作投简历到帮着自己写程序整理资料，凌听确实挺靠谱的，便决定再信他一次。最最关键的是，穿魏总准备的高跟鞋，显然贼抓她更容易。

晚宴从黄昏时分开始，作为业内的翘楚，润世集团自然备受瞩目，再加上QW1项目的外泄，更是将润世的被关注度推到了最高。魏岚刚一到酒店大堂，就被等在那里的媒体一顿狂拍。

魏岚保持着完美的站姿和表情，看向不同的镜头，微笑着对媒体点头示意，配合他们报道前的拍摄。接受完闪光灯的洗礼，他便徐徐走向宴会厅，身着简约小礼服的孙秘书赶紧快走几步跟了上来。

“洪星星怎么还没到？”魏岚问。

“刚才她联系我了，说快了。”

他在签到表上龙飞凤舞地写下自己的名字，踏入宴会厅的大门，沿着红毯向内徐徐走去。厅内一片骚动，在场的女性纷纷转过头。

“这就是润世的新任董事长，真是年轻有为。”

“魏岚吗？前不久刚从美国回来的那位？”

“嗯，听说比他爸老魏总有魄力多了。”

…………

他强忍着内心的得意，微笑着跟大家点头示意，正准备接受女孩儿们更汹涌澎湃的热情，没想到她们嗖的一下从自己身旁跑了。

“好帅，也太有型了吧！”

“啊啊啊啊，爱上了爱上了！”

“我愿意！”

尖叫声声声入耳，魏岚意外中又有些鄙夷，这些女生，变心比变脸都快，难道是合作方请来了哪位明星助阵，但好像并没有这个计划。在女孩儿们的包围中，他看见了他从未见过的洪星星，拨开人群向他走来。

她并没有穿他选中的那件礼服裙，而是简简单单地穿了件黑色高领打底衫，配清清爽爽的白西装。利落的碎发淡淡遮着眼睛，她的眉毛并不像其他女生那样精致地修过，浓密且粗犷，就那样肆意地生长着，越发显得英气逼人。她应该是全场唯一没有涂唇膏的女生，带着军人独有的飒爽英姿，比男生干净明朗，比男生帅气张扬。看到他，她扬起嘴角，笑容明媚得像是给了他一整个春天。

她在他面前站定：“抱歉，我来晚了。”

魏岚从紧张的屏气凝神中回过神来，结结巴巴地问：“你、你、你、你的礼服裙呢？”

“我觉得这套衣服似乎更符合保镖的形象，你觉得呢？”

“这不是符不符合的问题，关键那是我特意为……”他话锋一转，“特意让孙秘书给你选的。你居然没穿，这让……这让孙秘书怎么想？”

她好像从来没有想过这个问题，迟疑着道：“没关系，孙秘书那么善解人意，肯定会理解我的。”

旁边的孙秘书举了举小手：“我想，我爱上星星了。星星，我愿意！我愿意！”

魏岚瞥了孙秘书一眼，刚要反驳，就听见有人大喊“她在那边”。

另一群女孩儿也冲了过来。

洪星星被她们的狂热吓到，想躲却又找不到地方。

“这边，这边。”孙秘书拽着她就往冷餐台那侧走去。

慌乱之中，洪星星紧张地叮嘱魏岚：“魏总，你先帮我挡一下。”魏岚怀疑自己听错了，他郁闷地站在原地，直到兜里的手机振了一下，是她发来的信息：“口袋。”

他摸了一下西服胸前的口袋，里面有一个微型耳机和一个袖扣麦克风。

她的声音从耳机中传来。

“魏总，我们分开行动，避免打草惊蛇。”

“你穿得这么招摇，现在只怕连聋子和瞎子都惊动了。”他还在气刚才的事。

她一时语塞，倒是旁边的孙秘书看不惯地插嘴道：“我们星星天生丽质，怪谁？”

他无语。

孙秘书在冷餐台上夹起一块小点心，姿态优雅地抿了一小口，洪星星与她并肩而行，顺手从侍者的盘子上拿下一杯香槟，眼神却无比锐利地打量着身边的每一个人。

“三个重点嫌疑公司中，凯贝利制药、冯氏制药的负责人已经到场，嘉乐还未到场，尚未发现符合特征的人。”借着酒杯的掩护，洪星星抬手与魏岚通话。

“继续观察。”魏岚从侍者的托盘上拿下一杯红酒，与迎面而来的各位宾客举杯致意。

洪星星和孙秘书在厅内走动，不时有人对着她们低头私语。孙秘书见状，故意挽起她的胳膊，享受着周围人的艳慕。洪星星顾不上她们的谈论，注意力都放在寻找目标人物身上，这时，在会场打电话的马三纲进入了她的视线。

身高、脸型、耳纹、长相特征符合。

马三纲手机的锂电池型号也符合。

“魏总，一号嫌疑人，嘉乐制药董事长助理马三纲，确定。”她看着马三纲，嘴角浮现出一丝冷笑。

“干得漂亮，嘉乐的老总还没现身，他的助理倒先来了。”魏岚结束与嘉宾的谈话，向旁边走去。

“在你的两点钟方向，穿灰色条纹西装的就是他。”

他的眼神锁定马三纲，马三纲正在跟一个中年男人搭话。

“魏总，正在与他说话的是冯氏制药的市场部经理黄东海。”她想起酒会资料里他的名字。

“您是，冯氏的黄经理吧？久仰。”

魏岚大步走上去，马三纲在看到他的那一刻眼神慌乱，但立刻掩饰了过去。

“您是魏总？我在新闻上看到过您。没想到魏总还听说过我，荣幸之至。”黄东海与他举杯，“这位是嘉乐公司的马三纲马助理，很能干的一个年轻人。”黄东海松开握住魏岚的手向他介绍。

“哦，马助理你好。”

“魏总，幸会。”马三纲身子微躬，伸出双手，热情地与他握手。

他有意试探：“呀，马助理怎么脸色不太好？”

“噢，昨天加班加到比较晚，可能没休息好。”

“得注意休息呀马助理，休息不好做事就很容易出意外。我们公司之前有个实验员，就是因为没休息好，结果做实验时没注意，差点儿把实验室弄毁。”说着，他握了握马三纲伸来的手。

马三纲冷汗直冒。

“哦，魏总，我先去接个电话。”马三纲的电话响起，解了他的围。

洪星星盯着马三纲，实验室爆炸案的嫌疑人找到了，可是买凶伤人的人就那一个线索，该怎么找呢？

马三纲打完电话，转身向外走去。洪星星赶紧上前几步，躲在楼梯口注视着他的行动，他回头看了一眼，她刚想躲闪，就被人一把拉住胳膊拽到了墙后。

是魏岚。

他推开她差点儿攻击他的右肘，小声说道：“楼下出了楼梯口有根柱子反光，你想被发现吗？”

“布局都记在这儿呢，”她指指自己的脑袋，“我会小心。那边酒会的事，你不管了吗？”

“和几个目标客户都聊过了，回去让市场部的人跟他们谈。”

“刚才马三纲在场边讲电话，神情不对，说不定又在谋划什么坏事，得跟上他。”她自然地拉起他的手腕，向下走去。魏岚不由得一阵脸红，任由她拉扯着自己。

二人刚到楼梯中间，一阵高跟鞋的声音由远及近地传来。

“特殊情况，委屈一下。”魏岚抓起洪星星的胳膊把她推到墙角，想装情侣掩人耳目。

她与他心有灵犀，就在他抓起她胳膊的那一刻，她同时扳住了他的肩，来了个一百八十度大转弯，把他“壁咚”到了墙上。

“嘘。”没等他说话，她竖起食指率先做出噤声的动作。他愣愣地看着她的脸，急促的呼吸声让一切看上去暧昧无比。伴随着咔嗒咔嗒的高跟鞋声，礼仪小姐看见角落里状似在亲热的两个人，立刻用资料挡住半边脸，加紧步伐向下跑去。

两人跟着马三纲来到负一楼，顺着走廊往里走，储藏室旁边的房间里传来一阵断断续续的说话声。两人交换了个眼色，压低头部，蹑手蹑脚地靠近房间想要听清里面的声音，屋内的说话声却戛然而止，男士皮鞋的踢踏声响起，有人往外走。她意识到不妙，拉起他准备躲进旁边的储藏室，没想到昨天还打开着的储藏室的门却紧紧关闭着。

她只得带他从走廊尽头的防火门溜走，却怎么也推不开。脚步声越来越近，情急之中洪星星发现冷库的门开着一条小缝，拉着他躲了进去。

魏岚打了个冷战：“这儿是冷库！”

“情况和我昨晚勘察的不一样，也许是准备酒会时用品太多，放在了储藏室，所以上锁，经常开着的防火门里面应该也被杂物堵住了。”

那熟悉的皮鞋声传来，两人慢慢躲到冷库的架子后面，脚步声在冷库间门口停住，洪星星和魏岚紧张得大气都不敢喘。这时，门外那个人的手机响了——悠扬的《摇篮曲》。

二人瞪大眼睛，魏岚立刻站起来想去查看，被她强行拉回来。隔着厚厚的门，两人忽然听到咔嗒一声。

“不好！”洪星星跑到门边检查，用力拉了拉门，脸上划过一丝惊讶的表情，冷库的门果然从外面锁上了。

魏岚掏出手机准备求救，手机像是被屏蔽了般，一格信号也无。

洪星星苦笑着道：“怕是中了别人的计策。”她倒也没慌，四下里翻找着，居然被她找出了一截钢筋，照着门便砸了一通，希望能被外面的人听见，回应他们的却只有砸门的回音。

他沮丧地晃着手机，仍是徒劳。

“虽然没信号，但好在这里现在还不算太冷。”洪星星话音刚落，他便感觉后背的衣服和皮肤好像分了家，冷气嗖嗖往上冒。

“现在我们有两个选择：一、保持体力等人营救；二、寻找工具，但这个逃生门我不确定能弄开。”

“坐以待毙不是我的风格。”他走到货架后面，找出钳子和改锥，“试试吧。”

她点点头，接过他手中的工具。

魏岚就坐在她斜后方的集装箱上，看着她聚精会神的侧颜，尽管他努力地控制着，但呼吸依然变得局促，鬓间和额前开始有冷汗渗出，眼前也开始阵阵发黑。

奈何洪星星使出全身力气，锁仍是纹丝不动。感受着越来越多的冷气，她不禁连打了几个喷嚏，转身看他时，发现了他的异样。

“你怎么样？”她问。

他艰难地摇摇头：“还好，就是太冷了。”

“这扇逃生门好像被人动过手脚，我打不开。恐怕我们要在这里待上一会儿，等人营救了，你撑得住吗？”她蹲下来扶住他。

他闭着眼睛点点头。

她看了一圈四周，从墙边搬出一架折叠梯，放在冷库室内机的下面，拿着扳手登上梯子，对着室内机的风扇狠狠砸下去，风扇很快停止了转动。

“室内机暂时不制冷了，温度会慢慢上来一点儿。外面的库管如果检测到冷库温度不对，肯定会来查看。”她下了梯子，在门口的集装箱旁坐下。

他也慢慢挪过去，紧挨着她，又刻意保持了一点儿距离。感受着身边这个男人越来越急促的呼吸声，她没有犹豫，脱下西装外套，盖在他的身上。

“你干吗？”魏岚推开。

“帮你保持体温。”他把衣服扔给她，“我一个大男人，岂不是……”

“男人就该照顾女人，你那套老古板思想我听得耳朵都起茧子了。”她温和地解释，把上衣重新盖在他身上，“我比你身体好，在低温环境能撑更久，所以我把衣服给你是最优解，再说，你昏倒了我还得把你扛出去，更麻烦。”

“……”

他紧了紧西装，没再反驳，向她身边又凑了凑。

孙秘书是第一个发现情况不太对的人，她四处查找，却始终不见魏岚他们的身影。而周亦霖，正和一个穿着红色礼服的女生聊得火热。

孙秘书急忙走过去问，也顾不得向对方自我介绍：“周总监，你看见魏总了吗？”

“他没和洪特助在一起吗？”周亦霖不以为意。

她只得再问其他人。

看见高松从楼梯口方向走过来，孙秘书赶忙打招呼。

高松一改往日阴森森的脸，不知道今天有什么开心事，他看起来喜气洋洋的。此刻听到孙秘书的询问，他不自然地从身边服务员的托盘上拿过一杯香槟，这才开口：“你说小魏总？我来晚了，今天都没见着他。”

“谢谢您，那我再找找。”

孙秘书扭头看了高松一眼，又看了看他来时的楼梯口，怀疑地向楼梯口走去。

时间一分一秒地过去，魏岚闭着眼睛靠在洪星星的肩上，意识渐渐模糊。

“魏总，你还醒着吗？”洪星星每隔几分钟就问他一次。

“嗯。”他的声音渐弱。

她动了动肩膀：“别睡，千万别睡。咱们来聊聊天吧。”

“别……吵。”

“不能睡。这样，你跟我说说公司业务啊、发展前景什么的。”

他耷拉着脑袋，靠在她的肩膀上没说话。

“你知道吗魏总，”洪星星抓住他的死穴，下了一剂猛药，“今天我看到了一个特别帅的男人，比你都帅！”

“怎么可能？”他猛地睁开眼。

“真的，不仅帅，而且特别有男人味，有八块腹肌，而且是会动的那种，超性感！”见有效果，她继续激他。

他反唇相讥：“你确定那是肌肉，而不是一整块肥膘？”

“魏总，”她笑，“不能你自己练不出肌肉，就觉得所有人和你一样吧。”

“我怎么练不出肌肉？是你根本不用心训练好吗？”他不服。

“我不用心训练？是你三天打鱼，两天晒网。我教过这么多学员，就你是最差劲的。”

他与她越吵越激烈，两个人都气鼓鼓的。

…………

不知道过了多久，他开口了：“谢谢你，洪星星。”

“怎么突然谢我，刚才不是还惹你生气了吗？”

“我知道你是怕我睡着，故意刺激我……你知道吗？你让我想起了一个人。”

“谁？”洪星星扭头。

“我也不知道她的名字，不过，你很像她。”魏岚的气息越来越弱，“那时候跟现在一样，我以为要死了，她突然出现。是她救了我……”

“魏总！不是，你说什么呢，什么要死了，醒醒！”她看他昏昏欲睡，焦急地晃晃他的肩。

“啊？”他模糊的视野里，她的脸逐渐糊掉。

她犹豫了几秒，也只是几秒的时间，扬起手，照着他的脸便是一巴掌，继而高声叫着：“魏总！魏岚！魏岚，你醒醒！”这一巴掌她用了五分力，他的脸上很快有了红印，但他似乎并没有完全清醒过来，嘟囔着：“……轻点儿，疼。”

“魏岚你听我说，千万不能睡，不能睡。”她把他抱起来靠在集装箱上，掐了掐他的人中。

短暂的清醒后，他又开始昏睡。

“魏岚，你听我说话，千万要保持清醒，听我说话！魏岚！”

他没有反应，没有呼吸。

她果断地搬起折叠梯，狠狠地向冷库的门上砸去。

从小到大，一个父亲可以给女儿很多东西，漂亮的衣服、好看的洋娃娃、精致的小靴子、五彩的气球和各种形状的糖果……可是洪星星的父亲不一样，他差点儿把命搭在她身上。

对洪大军的愧疚像是颗种子，在她的心里生根发芽，并没有随着时间的冲刷而转淡，相反更加枝繁叶茂。

洪星星自问从未做过任何亏心事，除了洪大军，不需要对任何人感到愧疚。只是从这天起，让她觉得愧疚的人，又多了一个。

看着病床上昏睡着的魏岚，她非常难受。今天她差一点儿就害了他。

临近中午，病床上的魏岚终于悠悠醒来。

她焦急地半跪在床边：“魏总，你可算醒了！咱俩被人锁在酒店的地下冷库里，你还记得吗？”

他点点头。

“后来我砸门的声音引来了厨师，我们才及时得救。医生说，你主要是身处低温环境，低血糖引起了短暂昏迷，没有大事，输完液就可以回家了。”

“哦。”

原来如此。

“对不起，今天没能保护你的安全，是我的失误。不管有什么处分，是要扣工资，还是要开除，我都认了！”她自责地鞠了一躬。

“这是干吗？”魏岚被她的反应吓了一跳，“我，我也没说怎么你。”

“作为你的贴身助理，害你身陷险境是严重的职业事故。魏总，请你责罚！”

“没什么可责罚的，别鞠躬了。”他摆摆手。

她依然保持着鞠躬的姿势，他伸手示意她起来，见他手上的输液针头开始回血，她赶紧从架子上抽出一根棉签按在魏岚的输液针眼处拔掉输液针头，动作一气呵成。

“你忍一下，我没法放手。”她用手按着针眼上的棉签，防止出血。

他应了一声。

孙秘书端水进来，看到眼前洪星星和魏岚执手相望的一幕，正要悄悄退出去，病房门咔嗒一声响，两人一起扭头看她。

“咦，奇怪，怎么医院里这么热，是不是中央空调没开呢？还得去检查一遍，真麻烦……”孙秘书边说边后退，大眼睛高频眨动，没等两人反应过来，就已经离开房间，带上了门。

他俩笑着收回视线，默契地对视了一眼，又同时像被烫着了一样分开。

“魏总。”她看着他。

“嗯？”

“你跟医院也太有缘分了！我怎么觉得你住院比在公司的时间都久呢？”这个世界上，还有人比她更会破坏气氛吗？

他没接茬。

“你这个身体也太不行了，看着倒是体格强壮，可就是个空架子，成年男性很少有你这么……”看着他脸上露出杀气腾腾的假笑，她又连忙解释，“我没别的意思，主要是我记得韩剧里面像这种经常进医院的男性，到最后都会身患重病。你要不要去做个全身检查？”

“你想说我像那些身患绝症的男主角是吧？”他气得抽回被她按着的手，低吼一声，“出去。”

“哎，怎么说急就急呢？”她果断地抓过他的手，重新放在他回血的手背上。

“我再说最后一遍，洪星星你给我出去。”他好像是真的生气了。

她不敢再坚持：“好好好，你别生气。那我真出去了？你自己按着点儿。”她放开他的手，溜了出去。

他气呼呼地躺在病床上闭目养神。

真是哪壶不开提哪壶，在她的眼里，他就那么弱吗？

洪大军端出一锅热腾腾的甲鱼汤，一勺勺地盛进手边的保温桶。

“别光盛汤，多放点儿肉。”洪星星在一旁眼巴巴地盯着。

“你倒怪护着你老板的，你老爹为了熬这锅汤，在厨房蹲半天了，也没见你心疼一下。”

她拉着老头儿的手晃了又晃：“爸，这次老板受伤住院，我是有责任的，送个汤算什么？况且，人家给我开了那么高的薪水，整整六十万呢！”

老头儿听到钱也没有很高兴：“有空关心老板不如关心关心你的终身大事，老板又不能当对象。我觉得凌听那小子挺好的。”

老头儿自从吃了凌听那顿饭，拿人手短、吃人嘴软，昔日里不怎么靠谱的凌听，此刻倒成了他恨不得捆着洪星星嫁过去的好女婿。

“爸，您能不能有点儿军人该有的操守？”她正色道，“人家不就是给您做了顿饭吗？这要是请您在大饭店撮一顿，您还不得把我卖了？”

老头儿干笑两声：“我这不是怕过了这村没这店吗？再说人家小伙长得挺帅，和你又是一起长大的，知根知底，做得一手好菜，相妻教子……也是可以的。”

相妻教子？

“您也说得出口，像话吗？”她不气反笑，“老爷子，在我心里，凌听就跟我亲弟弟一样，我要是跟他在一起，那就是乱伦。”说着，她就从他手里捞过保温壶和盖子，亲手拧上，乐呵呵地向医院奔去。

剩下老头儿一人蒙在原地，乱伦？

怎么……怎么着就乱伦了？

汤的香味弥漫在整间病房。魏岚凑近保温桶闻了闻，神情陶醉。

“好香。”

洪星星赶紧盛了满满一碗递给他。

孙秘书赶忙收拾病床上的小餐桌。她拿起一摞资料放在床边的柜子上，刚要把笔记本电脑合上拿下来，不经意间瞥见了屏幕上的文件《有关QW1公开招标提案的增补》，心中一惊，很快掩饰了过去，合上笔记本电脑。

“还是烫的，趁热喝。”洪星星把碗放在魏岚面前的小桌上。

周亦霖看着眼馋，凑近：“好香呀，我也要。”

“休想。”魏岚白了他一眼。

“这壶就一个碗，没法给您盛，不好意思呀，周总监。”洪星星赶忙解释。

“没事，我用壶喝也行。”周亦霖嘻嘻哈哈地故意气魏岚。

“滚！”

病人最大。周亦霖也不恼，笑嘻嘻地一边低头看着手机，一边往外走，没走几步又折了回来。

“又怎么了？”魏岚疑惑地看着他。

周亦霖挤挤眼睛：“你出来一下。”

他疑惑地走出病房。

“邮件你收到了吗？”周亦霖把手机递给他。

“这是什么？老头子要临时召开董事会？关于QW1的未来发展方向……怎么没人通知我？”

“我打电话问了魏叔，他知道了我们要给QW1公开招标的计划，很生气。”

“谁告诉他的？”他简直不敢相信，自己刚做的计划，连周亦霖都还没看呢，魏宝丰怎么就知道了？

“不知道。”周亦霖摇摇头。

魏岚用手扶着额头，思考了一会儿，像是下了非常大的决心，说道：“下午的董事会我会按时到场，亲自和他交涉。”

周亦霖惊喜极了：“你想好对策了？”

“嗯。”魏岚的语气同以前一样镇定和果断。周亦霖放心了。

可当魏岚走进病房，面对着洪星星时，却是另外一个样子。

“干吗这么看着我？”她吓了一跳。

“洪星星，你做过很多打破我做人准则的事，我从没有责怪过你，我对你可以说非常宽容，甚至爱护，但你是怎么对我的？”他尽量让自己保持理智，声音并不高。过往两人相处的每一个细节，都在他的脑中翻滚。

她不明白他为何迅速变脸：“我怎么了？”

“好，既然你还装傻，那我就有话直说——”他走近几步，几乎要挨到她的鼻子，“我给你最后一次机会，坦白告诉我，你是魏宝丰派来监视我的吗？”

她倒退两步：“这，我不是早解释过了吗？”

“坦白。我不喜欢别人骗我。”

“我没什么可坦白的。”真是莫名其妙，她说，“我都不认识老魏总。”

“是吗？那为什么，关于QW1公开招标的事，我只告诉了你和周亦霖，提案都是我自己在做。但老爷子现在知道了，立刻就要召开董事会反对我。谁给他打的报告？”

“我不知道，但至少我能确认，我没有。”

“你没有，周亦霖不可能报告，你的意思是我自己跟魏宝丰打的报告？”

“我不知道，但如果你愿意，我会协助你查明这件事。”

“这句话我听你说过很多次，每一次我都找理由说服自己相信你。但这一次，证据都指向你，没有第二种可能。洪星星，你还有什么好解释的？”他猛地一拍桌子，一个不稳，小桌上的汤碗哐啷一声滚到地下，发出刺耳的响声。

她低着头，没再说话。

他最讨厌她这一副不再辩解也绝不承认的可怜样：“你装可怜给谁看？滚，我不想看见你。”

她仍没有说话，捡起地上的汤碗，在他的注视下默默地走出病房，直到遇到孙秘书，也没心情回应孙秘书热情的打招呼声，径自走了。

看着她的背影，孙秘书顾不上去追，走到病房门口敲了敲门，轻轻推开：“魏总……”

孙秘书还没来得及问为什么，魏岚就扔了一个枕头出来。

“滚！”

洪星星满脑子想的都是魏岚刚才发火的样子，两个人过去也不是没有过针锋相对的时刻，但他像今天这样勃然大怒的情形还是第一次。难道人和人之间一旦有了真情谊，就会彼此消耗、彼此折磨吗？此刻她坐在车里，越想越难过，越想越委屈，眼泪不受控制地顺着眼角缓缓流下。她赶紧把脸转向窗外，生怕出租车司机在后视镜里看见自己的窘态。

她从不怕有误会，怕的是，有了澄清的机会时那个人却不肯听……或者，再没有机会听。

润世最近发生了那么多奇奇怪怪的事件。

“实验室爆炸案”“摩托车手事件”“冷库遇险”“QW1方案泄密”……招招狠毒，不能再有一点点闪失。这些事件之间一定有着某种联系，只有尽快搞清楚，才能解除她的嫌疑。如果洗不清也没有关系，当务之急是找出幕后的那个人，让他没有机会再做出伤害魏岚的事情。

她觉得自己有点儿窝囊，为什么魏岚对她一点点信任都没有，甚至那样羞辱她，这一刻，她一心想着的还是那个自己要保护的人。

翌日，魏岚脸色苍白、神色阴郁地走进董事长办公室，周身都带着低气压。

洪星星站起来想要跟他打招呼，却被无视。

“去找周总监拿方案。”他吩咐孙秘书。

“好的。”孙秘书赶忙应允。

“你过来！”魏岚站在办公室门口，回头指着洪星星。

她赶紧跑过去。

“我分析了从我入职前到现在润世发生的几起事件，它们至少来自三方不同的势力，并不像你认为的那样，都是老魏总的责任。我能确定我没有对任何人泄露QW1的方案，周总监也没有，那么魏总，我认为你应该排查其他渠道……”她的语气又急又快，生怕他不再给她任何解释的机会。

“想听我的分析吗？”他决定说得更重一些，“从爆炸案到威胁信，都是老头子自导自演的，目的就是让我接受你这个所谓的‘高级助理’，也就是真正的眼线。之后你为了消除我的怀疑，又策划了几次‘危机事件’彻底得到我的信任，走进我的生活。你的目的达到了，满意吗？所以老头子给了你多少钱？我给双倍。”

这样吗？

她好像没听懂他说的话似的，表情木然，接着倒退了两步，失魂落魄地看着他，问道：“你是这样认为的？”

“不然呢？你接近我不就是为了钱吗？双倍不够的话，还可以加，你的忠诚值多少，开个价。”他极尽刻薄地说道。

“你能冷静一下，听我的分析吗？”她拼命克制着自己的情绪。

“我很冷静。”

他站起来，整了整西装，向外走去，她小碎步紧跟着。

“还跟着？这么闲的话，去把储藏室里的杂物搬到楼下东北角的仓库去吧，电梯就别用了，影响别人上下。什么时候做完，我什么时候听你说话。”他在门口站定，面无表情地说道。

“我做完了，你就听我说话？”

“是。”

“好。”

洪星星没再解释，深深地看了他一眼，转身朝储藏室跑去。

孙秘书默默地看着洪星星弯腰推着两个大箱子朝楼梯间移动，刚伸手上去帮忙，就被她倔强地推开了。

魏岚站在楼梯间的门口，看着洪星星搬着箱子向下走，心中五味杂陈。

“魏总，要搬运的杂物太多了，她……”孙秘书企图给洪星星求情。

“如果你心疼她，可以去替她搬。”

孙秘书怯懦地低了低头，她何尝不想，如果不是怕自己暴露，她早就去了。

“准备开会。”他整了整领带，向会议室走去。

会议开了不到五分钟，销售部经理刚展示完PPT，窗外一道闪电，接着雷声滚滚，暴雨倾盆而至。他边听会议报告，边焦虑地朝窗边瞥了一眼，她正在雨中抱着一个大箱子，艰难地往仓库移动。

暴雨早已浇湿了她的全身，头发更是湿漉漉地贴在脸上，从他的视角看，她那坚毅的面孔却一成未变。

仿佛有根长长的、尖尖的针，以闪电般的速度在魏岚的心上迅速扎了一下。

狠狠地。

深深地。

一下，又一下，继而开始搅动，不分上下左右。

他想让她停下来，松开的手指又迅速合拢握成拳。

如果一切是我所预想的那般，没关系。

我都可以原谅你。

因为，因为那……是你。

不论你有着什么样的隐情，不论你曾经出卖过我什么。没关系，都没关系。只要你一个道歉，我便无所顾忌，抛下所有犹豫和不快，大步向你走去。

洪星星，你真的一点儿也不明白我的心意吗？

第九章

他此刻欢快得只想唱歌。

一闪一闪亮晶晶，满天都是小星星。

挂在天空放光明，好像许多小眼睛。

心理学家说，做父母的要学会放手，让孩子去独立，让孩子受伤，让孩子成长。要保持孩子作为一个独立的人所应该有的各项权利，以及保持与他的界限，不越界。是的，人和人之间，不论是多么亲密的关系，夫妻、父子、朋友……都是有界线的。

道理魏宝丰都懂，可是他不知道，那条线到底在哪里。

他对魏岚百般示好，偏偏魏岚半分情都不领。想为魏岚出谋划策，扫清障碍，付出一切他所能付出的……可魏岚只觉得他是在控制，在贬低、轻视、怀疑自己……

在魏岚说最狠绝的话时，魏宝丰也不是没想过干脆赌气不管魏岚，只不过可怜天下父母心，他宁可魏岚恨他，也不愿意冒哪怕一点点的危险而失去魏岚。

康叔点开手中的平板电脑，径直走到魏岚身边："老爷要求以视频的形式参与本次会议。"

魏岚瞥了一眼视频中表情严肃的魏宝丰，没有理会，直接宣布："今天的会议就到这里。公开招标这件事已经定下来，不会再有变动，各位董事如果有相关建议，请尽快向我提交方案。"

"你！"视频那端的魏宝丰气呼呼地瞪着镜头，"任性！"

"现在可由不得你发表意见。"魏岚直接关掉了视频通话。

康叔无奈地摇摇头："你要体谅你爸的苦衷。"

康叔不知道该说些什么来化解魏岚对魏宝丰的怨恨。

魏岚可不吃这一套："别以为我不知道老头子假装身体不好，他就是想用道德绑架让我听话。"

"少爷，很多事不能光看表面。你认为的事实不一定就是事实。"

"事实是什么我很清楚，他根本就不信任我。这回知道我要给QW1项目招标后，根本不问我的想法，直接下命令否定。"他越说越气，"有时候我真怀疑，我到底是他的儿子，还是他的对手？噢不对，就算是对手，也会互相了解。可他连这点都做不到。"

“老爷他一直在试着了解你。”康叔当然明白魏岚再也不可能像小时候那样哄几句，安慰几句，就会点头，乖乖听话。

“了解我？他知道我的口味是偏咸还是偏淡？他知道我难过的时候听什么歌，开心的时候喝什么酒？不，他都不知道。他只想知道我的动向，好掌控我——康叔，我承认他是一个很成功的企业家，把润世做到今天这么大，他确实很成功。但我绝对不承认他是个称职的爸爸。”

魏岚越说越委屈，鼻子竟然一酸。今天这是怎么回事，他竟然失控到像个没长大的孩子，要哭鼻子了。他迅速转过头去，稳了稳自己的情绪：“这次他反对招标，我以为他会亲自到场，至少我们能面对面、敞开心扉地谈谈，没想到他只是开了个视频。”

“他的确有自己的事要忙……”康叔欲言又止，摸摸鼻子，“不过他反对招标，也是有考量的。树大招风，也是为了你的安全，他已经在考虑是否把这个项目出售了。”

看来完全没有谈下去的必要了，魏岚想尽快结束今天的对话：“该说的我都说了，您回去后，把我的想法都告诉老头儿吧。告诉他，不要打着为了我的安全的旗号，从而对我进行控制。花了那么多钱把项目引到国内，又投入巨额资金，还有时间成本——我绝不同意出售。QW1是我的心血，这么做又把我置于何地？他有一点点尊重我的感受吗？康叔，这次招标我势在必行，如果他一定要反对，让他自己来跟我谈。”

康叔还想说些什么，魏岚摆出了一副送客的姿态，他只好起身告辞。

办公室外，孙秘书神情黯然地趴在桌子上。

“小孙这是怎么了？”康叔心情正压抑，看到孙秘书，忍不住拿她打趣。

“您自己从窗户往外看看吧，也是时候告诉老魏总了，星星都被折磨成什么样了。”

康叔朝楼下望去，看见洪星星正吃力地扛着一个大箱子，踩着雨水向仓库的方向走去，她早被淋成了落汤鸡，却没有一丝慌乱，就那样行走在雨中，脚步稳健，背影如此孤单，却又如此倔强。康叔在忍不住心疼的同时，也在心底暗叫了一声好。

孩子们陆续长大，老家伙们总要陆续退出历史舞台。

康叔的心里涌起一股难以名状的忧伤。

疾驰的汽车里，魏岚那些过激的话，康叔没办法在电话里说出口：“阻止QW1对外招标是不可能了，少爷已经打定主意，就算您回来也无济于事，您还是好好养病，走一步看一步吧。”

魏宝丰刚接受完医生的检查，虚弱地躺在床上，此刻听到康叔的话，不甘地问：“不能再劝劝了？”

“您刚才也看到了，他让您说话吗？老爷，不如您放手，润世既然交给了少爷，就相信他，年轻人有他们的想法。QW1对外招标虽然是险着，但险中求胜也是个好主意。”

“这是下下策。”魏宝丰虽然早已料到儿子的态度，但仍抱着侥幸心理。

“还有一件事，”康叔说，“少爷现在认为洪星星是您派的探子，罚她淋雨搬货。您不是让孙秘书安了监听器吗？可以听听少爷跟我说了些什么。只怕……您之前认为的好姻缘，要跟洪星星本人一样成落汤鸡了。”

落汤鸡？什么落汤鸡？

魏岚小的时候，魏宝丰也不是没有想过要做孩子最好的朋友，做一个好爸爸，成为魏岚最信赖、最爱戴的人。

可是他每次试着靠近魏岚，魏岚就躲。这么多年，两人的关系更像猫和老鼠。躲也就罢了，也不知道是哪里来的怨恨，几岁的孩子的眼神让人看得心里发慌。

他点开手机，连接监听器，一句句听着里面的内容：

"我到底是他的儿子，还是他的对手？

"我承认他是一个很成功的企业家……但我绝对不承认他是个称职的爸爸。"

…………

每句话都像一记重锤，狠狠地砸在魏宝丰的心上，痛得他老泪纵横。

大家都是第一次做父母，为什么自己就做成了这个样子？

他的心里有自责，有愧疚，有懊悔，更多的是不解。

或许是因为这场大病，心底的那些最本能的愿望都浮了上来，魏宝丰想和儿子亲近，想吃，想睡，想不痛，希望想亲近的人都在身边。

魏宝丰侧躺在床边，整个人陷入了回忆。

他这一生，也曾被人痛骂、谄媚、羡慕，甚至被人当成榜样无上膜拜。年轻时他想要的东西，也都一一得到了，想实现的理想，也都一一实现了。或许在世俗的标准里，没有比这更成功的事，可是又有谁知道，他为此失去了什么。想到这儿，他的心里一阵酸楚。

如果命运可以给他重来一次的机会，他愿意拿一切去换，换儿子一个快乐的童年，换一段和儿子和谐相处的时光，换一个健康的身体。可是，能吗？

魏岚拨开百叶，看到董事长办公室的灯都关了，也没看到一向都比自己走得还晚的洪星星，心中一阵失落。

"跑得倒快！账还没算完呢。"他还在嘴硬。

一道黑影闪进董事长办公室，往洪星星的工位走去，竟是孙秘书。他这才发现，原来洪星星正趴在工位上，头上还盖着一块大毛巾。

“星星，星星。”孙秘书晃着她的胳膊。

他上前拉开孙秘书，做了个嘘的手势，揭开毛巾，见她睡得正酣。

“你先回去，一会儿我把她送回去。”

孙秘书窝着一肚子火：“魏总，星星在雨里淋了一下午，完成了您布置的所有任务，即使那些并不是她该做的。”

他理亏，低着头没吱声。

“我只是把真相说出来。星星是个好员工，她不该受到这样的对待。”不等他回应，孙秘书拿起桌上的包一甩，赌气走了。

储藏室内空无一物，地上一尘不染，冒雨搬完东西后，她还没有忘记清扫一番。他心疼地拿起毛巾，想把她的头发擦干。没料到熟睡中的她扒拉开他的手，不耐烦地换了个趴着的姿势。她是在装睡，还是真没醒?

他从旁边的花盆里拽下一片叶子，蹲下来，在她脸上扫来扫去。她耸耸鼻子，又酣然睡去。

好像哪里有点儿不对，他伸手摸了摸她的额头，果然有些烫。顾不上想别的，他俯身抱起她，刚抱至半空，就一个趔趄差点儿摔倒，他深吸一口气，扎稳马步又试了一次，总算成功抱起。他抱着她小心地走着，不知怎么了，总觉得如果她醒着，估计又要嘲笑他了。

“魏岚……”她的脸正贴在他的胸口处，双唇对着他的颈窝，呢喃着不知在说些什么。

“嗯？”他放慢脚步，应了一声。

“热。”

“再坚持一下，我马上送你回家，我认识个不错的医生，一会儿通知他在你家会合。”

她没有回答，嘟囔着什么，又迷迷糊糊地睡了过去。

一路摇摇晃晃的，总算把她抱上了副驾驶座。她终于晕乎乎地睁开了眼，侧过头来看着他。

他解释：“你发烧了，我现在送你回家。”

她挣扎着想要解开安全带：“不，我不能回家。”

他试图按住她乱动的手，哪知道一切都是徒劳，即便是高烧中的她，也能轻易地挣脱，接着啪啪啪给了他三个耳光。他脸上一阵火热，捂着脸蒙在原地。

这熟悉的滋味，老配方，他觉得踏实了。

难道他真的有受虐倾向？

她似乎并未意识到自己的暴行，弹了弹手：“我要回家……但不能回，老洪，老洪会担心。”她迷迷糊糊地又躺回副驾驶座的椅背上，表情比被打耳光的他还要委屈。

天大地大，病人最大。

他默念了几句：“你乖乖坐好，我带你回我家。”

她没提出异议，乖巧地闭上了眼睛。

他正想把她的座椅放倒，背后冷不丁传来一声大吼。

“魏岚，你放开她！”

他诧异地回头，发现周亦霖不久前招的小奶狗从不远处跑来，怒气冲冲地对着他。

“你带她去哪儿？”

忽略掉他粗鲁的态度，魏岚耐着性子回了两句：“她发烧了，我带她去看病。”

“什么？发烧了？我看看！”凌听紧张地凑到她身边去看躺在副驾驶座上的洪星星。

他打开凌听伸出来的手，关上了车门，说道：“行了，行了，我照顾她就够了。”

“我能照顾好她，不用你插手！”凌听也奓毛了，伸手去拉车门。

“你怎么照顾？让她坐你的摩托车淋雨去医院？”

“你还好意思跟我谈照顾，要不是因为你，她能成这样吗？”凌听一把抓住他的衣领，“我跟星星姐一起长大，以她的身体素质，感冒发烧两三年都不会有一次。她当你的员工才多久，你就把她折磨成了这样？”

“我……”他自知理亏。

“你布置的任务她都会拼了命地去完成。任务即使命，这是她从军队里带出来的习惯。你从一开始就在刁难她，偏偏她就是傻，一根筋，以为只要努力就能得到你的肯定。我真后悔没有早点儿劝她辞职！”凌听越说越气。

任务即使命？

只要努力，就能获得肯定……

很多年前，魏岚也是这样认为的。

“有什么事，等她好了再说。我的错，我会亲自跟她道歉。至于你，”他关上车窗，发动引擎，“在她淋雨搬货的时候没有找我伸张正义，现在也没有资格指责我。”

他的内疚之情升至顶峰，但秉着输人不输阵的原则，强撑着面子罢了。

车内传来一声使劲的吸鼻子声，凌听放开魏岚的衣领，跑到车门边紧张地看着洪星星。

“别吵了……我，我好困。”

“你先带她去医院，这些账我们慢慢算。”凌听心疼地服软，看病重要。

魏岚带着敌意深深地回看了凌听一眼，发动座驾，把凌听远远地甩在了后面。

这个小奶狗好像是个不小的威胁。

不过，魏岚凝视着洪星星的脸，威胁？不存在的！

车外夜色阑珊，魏岚半分流连的心思都没有，只想着快一点儿把她送到家。

副驾驶座上的她歪着头面对着窗外的夜色沉沉入睡。

魏岚心想，她哪儿有那么瞎，在他和凌听之间，她会选凌听？

她要是选凌听，呵呵，他就在润世当着所有员工的面吃屎。

周亦霖在魏岚的家中等候多时，等看清魏岚抱着的人是洪星星时，惊讶不已。

“这这这……什么情况？你火急火燎地让我叫医生来你家，居然是为了她？”

“废话少说，医生呢？”他的手几乎要折了，咬牙坚持着。

“还有十分钟到。”

在周亦霖接二连三的追问中，他懒得解释，先把她抱进卧室盖好被子，又换了一块新的热毛巾搭在了她的额头上，终于停下来喘口气。

“魏岚……”她迷迷糊糊地开口。

他赶紧凑近去听。

她仍然没醒，只是不停地说着胡话：“你……怎么不信我呢？”

因为发烧，她的身体忽冷忽热，她一会儿蜷缩着身体，一会儿又疯狂地踢着被子。

“你给的钱，真多。我当然是因为钱非要来……来润世的。”

周亦霖屏住呼吸。

“老魏总的人，是什么人？好好赚钱多快乐呀，为什么要……监视……”

魏岚默默地帮她掖被角：“我信你，我都信你。”

很多时候，我们只相信我们眼睛看到的、耳朵听到的。我们选择我们愿意相信的，而不是深入地去挖掘事情的真相。看着洪星星那张因为高烧而红扑扑的脸，他自责不已。

即便被他折腾得发着高烧，在梦中她依然没有谴责他，更多的是想要解释。而他呢？不但没有信任，还像个孩子似的赌气，简单粗暴地让她搬重物，在精神上诬陷她，体力上惩罚她。还有比他更浑蛋的人吗？

他总是怨恨魏宝丰对自己的不理解和不信任，却没想到自己也……也变成了那样的人。

任务即使命。

比起自己的难过和痛苦，洪星星是受伤更严重的那个人。她容忍着他的暴戾、猜忌，三番五次保护他，救他于水火之中，而他……给了她什么呢？

他想起那天他怒吼着冲她发脾气，还有暴雨中，她坚毅的脸。

他紧握住洪星星的手，贴向自己的脸。

——星星，对不起。

客房内，医生动作麻利地给洪星星拿药。

周亦霖和魏岚站在门外小声聊天。

“我这次是不是做得很过分？”

“你做的这哪叫过分呀？”周亦霖难得见他也有悔恨的时候，忍不住调侃，“简直惨绝人寰。”

“唉，我也没想到她居然这么倔强，非要死扛到底。”

“废话，她可是部队里面出来的，部队里面的那些家伙一个比一个骨头硬，你让她服软，还不如杀了她。”

他被周亦霖说得哑口无言，连连叹气。

“刚才凌听说要离职。”

“那就让他走。”

“放他走？那实验室那边的数据分析怎么办？你当二十岁的计算机天才跟超市里的大白菜一样，一抓一大把吗？”周亦霖提醒他。

“你怎么跟他说的？”他意识到自己确实有些意气用事。

“他面试时我问他为什么来润世，他说因为洪星星在润世上班。今天他神经兮兮地说无论如何都要辞职，我问他：‘洪星星还没辞职，你走了她怎么办？’他立刻说不辞职了……”周亦霖看着魏岚一脸不爽的样子，卖关子道，“我还在想凌听为什么对洪星星这么好，后来才知道，原来他们是姐弟。”

“姐弟？”

“不过不是亲的，你也知道这种姐姐弟弟、哥哥妹妹的关系，大多数时候都包含着喜欢的成分。”

“跟个八婆似的，他喜欢你，行了吧？”这种时候还跟自己卖关子，魏岚忍无可忍。

“你这表情，是吃醋了吗？哟哟哟，这还是那个亚洲冷面男神魏岚吗？居然学会了吃醋，我一直觉得你只有在吃饺子时才会吃醋。”

“我吃饺子时也不吃醋。”他气得半天憋出这么一句。

“你现在面临的难题并不是凌听，而在那里面。”周亦霖指了指房间里的洪星星。

“怎么讲？”

“你说，如果一个人全心全意保护老板，三番五次救了老板的命，但结果老板不仅不信任她，还对她百般刁难，甚至各种体罚，你觉得等她醒来，第一件事会做什么？”

“你是说，她醒来后会打我？”他双手交叉，护在胸前。

“那倒不会。”周亦霖拍拍他。

“哦，只要不打我，别的无所谓。”

周亦霖简直被他的傻气给气到了：“你就没想过她会辞职？”

“对哦。”他愣住了，越想越恐慌，“我要怎么留她？”

“我怎么知道？”周亦霖往沙发上一瘫。

魏岚赶紧坐到他对面，一脸诚恳地对着自己的爱情导师承诺道：“我会对她好。真的，再也不会做对不起她、让她受委屈的事了。”

“哎哟，我说兄弟，你对我说有什么用？你得对洪星星说才行。”

“我对着她说不出来。”魏岚顿时气馁。

“怎么对她就说不出来了，她是消声器，还是你中了诅咒？说声对不起很难吗？”

他欲言又止。

“好好好，我知道骄傲如你魏少爷，‘对不起’这三个字有千斤重。可这件事的确是你错了，你误会了她，还对她施加了不恰当的体罚。你总要给个交代吧？”

“她没说要离职。”

“真要等到她提出离职的时候，你觉得以她的性格，你能留住她吗？”

“给她加钱呢？”他眼前一亮，“她好像很缺钱。”

“不是什么都能用钱买到的。人家曾经是少尉，思想情操高得很，你这都不尊重人权了，人家干吗留下忍受你的坏脾气？”周亦霖快要被他整崩溃了。

“多少能忍？”

“八十……嗯，起码一百万吧……”周亦霖不自觉地说出这句话，待反应过来，气得砸了他一拳，“哎呀，都说了这不是钱的问题！你要学会尊重人。”

“我很尊重人，公司里每个员工的名字我都叫得出来，跟他们说话也从来都很客气，不是吗？”

“那你对洪星星呢？”

“我……”

“看吧，明明喜欢人家，偏偏就对人家不好。你对公司的其他员工都很有礼貌，唯独对洪星星不一样，每次都是直呼其名。你知道吗？你的行为逻辑特别像……”

“像什么？”

“像个低龄儿童。碰见喜欢的女孩儿，就骂她，拽她的小辫子，还往她的书包里放毛毛虫。”

“周亦霖！”

“我这可是逆耳忠言，让姑娘淋雨搬货，你活该单身一万年。”

“我，我是让你来批判我的吗？”他急急地看着周亦霖，“你倒是给我出个主意呀。”

医生从客房出来：“没什么大碍了，多给她喂水，然后多休息……”

周亦霖赶紧从沙发上坐起来，准备送医生回去。

魏岚一把拉住周亦霖，可怜巴巴地说道：“好兄弟……帮帮我。”

周亦霖推开他：“你先跟她道歉。诚恳地、发自肺腑地道歉，否则天王老子也帮不了你。”

魏岚本以为找周亦霖说说心里会好受一点儿，没想到此刻他的思绪更加混乱了。要想办法留住洪星星、要跟她道歉，他一一盘算着，虽然和周亦霖已经聊得足够多，但好像内心的感受连万分之一都没有表达出来。

难道，这就是喜欢一个人的感觉吗？

经历了这些天的种种，确认自己的心意是很容易的事情。任何琐碎的事情，都想要说给她听，再微小的表情、动作，都能琢磨上半天。她……也会这么想我吗？

他一向是心理活动远远高于口头表达的，那些在脑海里不知道徘徊了多久的话，要如何说出口？真如周亦霖所说，他活该单身一万年？

如此体贴入微地照顾一个人，对魏岚来说还是第一次。他一会儿摸摸洪星星的头还烫不烫，一会儿给她换一块新毛巾，一会儿把水拿到她嘴边，问她渴不渴。也许是吃了药的原因，她并无反应，一直睡得很安稳。

漆黑而漫长的夜里，魏岚握着她的手，孩子似的念叨着："我不准你辞职，你要是想休息我就给你两天假，下周上班也行，我绝不扣你的工资，别生我的气好不好？"

她睡得格外香甜。

"对不……对不起。我跟你道歉了，你醒了可要原谅我呀。"他终于说出口了。

熟睡中的她无意识地转了下头，拿后脑勺对着魏岚。

"不原谅？"

她又转了个脸朝上。

"原谅？"

她又咂巴咂巴嘴，没有要醒的意思。

…………

折腾再三，他决定给她发一封电子邮件。

现在就发，开头他都想好了。

"尊敬的洪星星……"

不是说我侵犯人权吗？这样很尊重人权了吧？

坐在电脑前的他满意地点点头，继续写道："这是一封诚恳的道歉信……"

够诚恳吧？

…………

不知过了多久，洪星星迷迷糊糊地睁开眼，顿觉不对劲，枕头、被子摸上去的质感都不是自己的，她猛地坐起来，赫然看到魏岚坐在地毯上，靠着床边，抱着笔记本电脑已经睡着。

墙壁上的挂钟正指向凌晨四点。

她用力拍了拍头，试图拼凑起整个事件的经过：她发烧了，然后魏岚要送她去医院，她死活不去，又怕回家后老洪担心，然后他就带她来了他家，还请了医生来给她输液。

好像是这样的。

这算什么？赎罪？

犹豫了几秒钟，她悄悄起身，轻轻抽出魏岚怀里的笔记本电脑，正要放到茶几上，却无意中看到了上面的道歉信。

“尊敬的洪星星，你好！这是一封诚恳的道歉信，本人魏岚，为给你布置的不恰当任务道歉，以老板的身份，也以朋友的身份。请你读完邮件后谅解我，并务必按时来上班……”

仿佛有根羽毛在她的心上扫了又扫，痒痒的。

她拿起床边的毯子轻轻地盖在他的身上。

那是一个很累却又十分短暂的梦。

魏岚梦到自己一个漂移把车子停在楼下，风一般冲进大楼，寻遍各处却始终不见洪星星的身影。

“洪星星没来吗？”他抓住孙秘书问。

“谁？”孙秘书一脸疑惑。

“洪星星！洪助理，她的工位就在——”他说到一半话停了，因为他发现他手指的地方根本就没有工位。

“洪星星走了？”他看向别的员工，大家也都一脸疑惑。

“您一直在说的这个洪星星，到底是谁呀？咱们公司没这个人呀。”孙秘书问。

她，消失了……她消失了。

他仿佛跌进了深渊，不断下坠……

“星星，别走！”无止境的黑暗中，他大喊一声，慢慢醒来。

他看了看盖在自己身上的毯子，发现她已经离开了。电脑正放在一边的茶几上，屏幕上还是邮件发送页。回想起刚才的梦，他心生畏惧，来不及换衣服就冲出门，却正好与抬手准备敲门的洪星星撞上。

“早！”她的笑容着实灿烂。

“你，你没走？”他有些发蒙。

她扬了扬手里的包："我一睡醒就起来了，回家拿东西去了。"

"你，你不走了？"他迟疑几秒，还是问出口了。

"魏总，你让不让我进去？"她仍是笑，露出洁白的牙齿。

他此刻欢快得只想唱歌。

一闪一闪亮晶晶，满天都是小星星。

挂在天空放光明，好像许多小眼睛。

…………

见他没有反应，她抬脚进门，一把把他推到墙上。

"喂喂喂，你干什么？自重！"他吓了一跳，用力挣扎起来按住洪星星的手，"冷静一点儿，我知道你恨我，但你不能这样报复我，你是一个女孩子，要珍惜自己……"

"唠叨什么呢你？转过去站好。"她又一掌把魏岚按到墙上。

"洪星星，我警告你不要乱来，我有私人律师，我会保留起诉你的权利……啊，疼！"

"嘘，别说话！"她把一个奇怪的探测仪贴在他的屁股上，左右移动，接着说道，"幸好，你身上没有跟踪器和窃听器。"

"你一大早返回我家，就是为了这个？"

"你身边出了个眼线，虽然对方是你父亲的人，不会构成大的危险，但我作为贴身保镖，有责任排查你身边所有的不可信因素。"

她又进屋，把整个屋子检测了一遍。

"整个公寓很安全。"

"昨天的事……你不生气了？"

"你不是道歉了吗？我还生什么气？"

他愣住了："我道歉了？"

"对呀。"她微笑着，想到魏岚还未发送的道歉信，轻咳了两声。

"哦，你知道我道歉了就好。"看来她是睡着时听到了自己的道歉，他胡乱地猜测着。

“对呀，你这种死要面子的人都愿意对我道歉了，我就不生气了。关于老魏总的眼线，我有个怀疑对象。”洪星星想起了蔡蔡对魏岚的格外关注。

“谁？”

“我还不能确定。我们合作吧，来个引蛇出洞，把这个间谍挖出来。”

周亦霖热衷于给所有的事件起一个奇怪的名字。

魏岚皱眉：“‘锄奸行动’这个名字也太夸张了吧？”

“不要在乎这些细节。”周亦霖摆摆手，“为什么我会让大家看这些，就是希望你们可以从这些间谍前辈中摸索到一些规律，也就是谍战的核心。”投影仪上是一堆谍战片的混剪，周亦霖信誓旦旦地说道。

“请问，谍战的核心是什么？”魏岚和洪星星面面相觑，不知道他是何用意。

“这个问题问得好，仔细看下面一组照片。”周亦霖调出一组图片：“007”和美女，阿汤哥和美女，伯恩和美女，总之都是间谍加美女的组合。

两人一头雾水。

“真是朽木不可雕也！每个成功的间谍，都有一段假扮情侣的经历。这么明显你们都看不出来？就说余则成，没有翠平和他假扮夫妻，他能胜利吗？”

“所以你的意思是……？”洪星星皱着眉头，还是有些困惑。

“我的意思是，魏总要想在这场谍战大戏中获胜，就必须找个人和他假扮情侣。”

“行了，别扯淡了，说点儿靠谱的。”魏岚以为周亦霖又在胡闹。

“经过眼线传到魏叔那儿的消息，能让他乱阵脚的只有两种：一、公司大变动；二、魏岚的感情大八卦。”周亦霖严肃地伸着两根手指。

“魏总的生活除了工作还是工作，哪有什么感情八卦，难不成要找人来演戏假装谈恋爱？”她并不知道自己已经自投罗网。

周亦霖双手一拍：“对，所以我才说让魏总找人和他假扮情侣嘛。”

“这个主意好是挺好，可找谁呢？”她在脑中开始搜索合适的人选。

周亦霖和魏岚对视一眼，同时看向她。

洪星星一惊：“都看我干吗？”

“你懂的。”周亦霖对着她抛了个媚眼，“等我剧本。”

她只得向魏岚求救，万万没想到他却故意转头不看她。

她并不知道，背对着她的魏岚已经强压住内心的狂喜，不断冲着周亦霖偷偷竖大拇指。

她只是感觉周亦霖突然喜气洋洋的，不知道他为什么那么开心。

飞速行驶的汽车内。

魏岚和洪星星各自看着手中的剧本。

魏岚一页页地翻看着：“这个周亦霖是不是入错了行，干个工作磨磨叽叽，写剧本倒是挺快。”

她看着副驾驶座上周亦霖写好的剧本，忍不住读了起来：

“魏岚，我们分手吧！”

“星星！这是为什么？你难道不喜欢我送你的那套海景别墅了吗？你难道不喜欢和我一起上午去英国伦敦敲钟，下午去法国巴黎喂鸽子吗？”

“我喜欢，我都喜欢，可是……我们不合适。”

“哪里不合适？我可以改。”

“改不了的。”

“不，相信我，可以改的。”

“我们血型不合适。我是B型血，而你，居然也是B型血。”

“这不是挺合适的吗？”

“不，如果我们有了孩子，你有没有想过他会成为什么？”

读到此处，她大笑：“2B吗？”

他也忍不住大笑起来。

“这都什么乱七八糟的？”洪星星问。

“照着演一场就好了。”魏岚好像并不反感。

她觉得还是有些问题：“但周亦霖给的这个英俊老板和美女助理的虐恋剧本太狗血了，老板做人没原则、脾气差、为人两面派，还缺乏素养，除了颜值高，一无是处，美女助理凭啥喜欢他？”

他脸一黑：“凭他是老板，她就必须喜欢他。”

“这样没道理。”她反驳。

“我是老板还是你是老板？”他下车疾走两步，把她甩在身后。

她莫名其妙地看着他，不知道他为什么又生气。

“您说得是。好吧，就按这个剧本来。”她终于服软。

他像个孩子似的喜笑颜开：“这还差不多。”

六月的天，魏岚的脸。

“希望真的管用吧。”她无奈地看了看他。

“应该有用吧，”他低下头，“我太了解老头子了。一旦他发现我身上有什么他不知道的秘密，当即掘地三尺。只要间谍按老头子的指示打开盒子，里面的摄像头就会当场记录那个间谍的罪行，咱们就等着瓮中捉鳖吧。”

她清清嗓子：“好。”

魏岚办公室里的监听器最近一直收不到任何信息，魏宝丰估计是又没电了，一大早就催命似的连打了三个电话让孙秘书去换电池。

孙秘书越想越烦，却又不得不钻进董事长办公室。

没过两分钟，他的电话又打过来了："怎么还没换好？"

"正在换，马上就好。"孙秘书又急又慌。

电池换毕，孙秘书重新放好窃听器，刚准备离开，办公室的门从外面被打开，她无处可躲，转身蹲藏在魏岚的办公桌下面，惶恐之下，连和魏宝丰的电话也忘了挂断。

"你怎么了？"一进办公室，魏岚就开启了表演模式。

"有点儿想吐。"洪星星赶紧配合地干呕两声。

"想吐的话吐这里。"演戏演全套，他拿来垃圾桶。

孙秘书蹲在办公桌底下，一时震惊得忘了自己的处境："想吐？"

"难受，想吐又吐不出来。"她不断干呕着。

"唉，都怪我，我应该让你在家休息的。"他轻轻拍着洪星星的背，想起昨日她淋着雨搬东西，懊悔之情使他更加入戏。

"这件事我应该负责。"

"负责？想吐？天哪，难道……"正在监听的魏宝丰捂住话筒，激动得热泪盈眶，"我要抱孙子了，我要抱孙子了！"

想起昨天的事情，魏岚道歉的态度真实诚恳："都是我不好，我太不照顾你的感受了。"

"没有没有，是我自己不小心。"

"你要相信我，我不是有意的。我带你去医院。"他神色严峻地拉着她便往外走。

"魏总！你别紧张我了，我没有记恨你，你也不用对我心怀歉意，特意对我这么照顾。这样不好。"说到这儿，她又是一阵干呕。

"于公于私我都要负起责任，你……你可是我的……你可是我的贴身助理呢！我不照顾你照顾谁？"

魏宝丰气得干跺脚："傻小子，怎么还是助理？"

“又不是什么大事，我真的不用人照顾。”她再次婉拒。

“怎么不是大事？你怀的可是我魏宝丰的孙子！”魏宝丰完全忘了自己是在偷听，恨不得迅速连线。

“你吐成这样，反应还是很大的。要不要我买点儿辣的，你吃了好出出汗？”

“辣的？你们到底有没有常识？给孕妇当然是要买酸的了！算了算了，酸儿辣女，酸儿辣女。”魏宝丰急得一头汗。

“不用了。对了，明天还要一起晨跑，别忘了。”

“好，明天你再教我打一套军体拳，一些俯卧撑、仰卧起坐，你也给我示范示范。我总感觉自己的动作不太标准。”

“好。再加一个负重越野吧！”

魏宝丰一掌把手机拍到桌子上，恨铁不成钢地冲着话筒大吼：“好什么好，你们俩这是在拿我孙子的命开玩笑！”

蹲得太久，孙秘书的脚越来越麻，跟蚂蚁钻进裤子般难受，她想动一动，没想到刚一挪脚，就扑通一声跪在了地上，手机滑出来，正好跌在魏岚和洪星星面前，电话里魏宝丰的怒吼他们听得一清二楚。

“美西？”洪星星怎么也想不到那个人会是自己的好姐妹。

孙秘书战战兢兢地从桌底站起来，艰难地抻着腿，扶着桌子，一步一步地走出来，要多尴尬有多尴尬。

“您还有什么想说的吗？”魏岚指着茶几上的窃听器问视频里的魏宝丰。

“喀喀，那什么，小岚，我的确让小孙帮我打听了一些事情，但我关心的都是你的安全和你的个人幸福。作为一个父亲，我这……我这都是为了你好。”

魏岚失望地闭上眼睛。

又来了。

这么多年，魏宝丰打着为他好的旗帜对他进行控制，俨然已经成为习惯。

电话里的魏宝丰比魏岚还生气："……你们反而利用我的关心来设计我，害我白高兴一场。"

不可理喻！魏岚看着低头不语的孙秘书："你走吧，这件事到此为止。"

他的语气平缓，却有着毋庸置疑的冷漠和拒绝。

孙秘书没有解释，相反，她感到了前所未有的轻松。这一天早就应该到来了，不是吗？

洪星星眼睁睁地看着孙秘书办理了辞职手续，抱着私人文件箱从办公大厅离开。

二人是同事，亦是闺密，她很担心自己与孙秘书会从此断了联系。可是现在求情，好像时机不太对，只能等魏岚消消气。

见洪星星一副心不在焉的样子，魏岚问："在想什么？六神无主的。"

"担心她失业会难受。"她抬眼，丧丧地看着他。

他拎起桌上的监听器："从她答应做老头子的眼线那天起，就该知道会有这么一天。"

"……我知道魏总你公私分明，可是……"

"在这件事上，我没办法手下留情。洪星星，我以后会信任你，但我有一个小小的要求。"他顿了顿，"不论发生什么事情，请你只站在我这边！"

只站在你这边？

这是什么意思？

她看着他的眼睛，他的睫毛长而密，褐色的瞳孔深不见底，有着太多她不曾了解的东西，也有着她以为自己永远看不透，却慢慢依稀看透的清朗。

第十章

玫瑰骑士

“可你不是……那个……不喜欢跟人亲密接触吗？要不……”她看了看周围，“别勉强，来，那边有棵树。我扶你过去。”

“别说话！”他说。

她晃了晃身体，轻轻地拍了拍他的后背。

对润世来说，每个员工都是这台精密仪器上的齿轮，任何的停滞、断裂都有可能影响它的正常运转。或早或晚，或大或小的问题罢了。孙秘书的离开，虽然不至于给这台精密仪器带来什么大的影响，但作为最临近魏岚的齿轮，自然要接收更多的指令和任务，以此来保证它以往的转速。

康叔已经在很努力地筛选合适的人选了，想要确定下来还需要一些时间。但魏岚等不了了，他从康叔送来的资料里面，迅速地定下了一个姓陈的年轻人，硬件条件够硬，名牌大学毕业，有大企业文秘类的工作经验，最主要的是和魏宝丰没有半点儿纠葛。

“忠诚，绝对的忠诚”是他这次选人的重中之重。

但显然，洪星星不这么想。

“真的不能让美西回来吗？”她几乎是在哀求，“魏总，她真的、真的已经知道错了，求您再给她一次机会吧。”

魏岚不为所动：“洪特助，我希望你能够明白，不是我对孙秘书有意见，是她自己触犯了行业底线，这是原则问题。”

“她其实也是好心，抛开这点不说，毕竟她在工作能力上确实很优秀，而且不必再有磨合期不是吗？”她想打感情牌。

他有些生气，不明白她为什么这么执着：“我知道你俩关系不错，但你现在可有点儿公私不分了，不要让个人感情影响工作，就像你在部队时不能让私人情绪影响执行任务一样，懂吗？”

她却追问：“如果有一天我做错了事，触碰了你的底线，你也会立刻开除我吗？”

他一怔，没想到洪星星会提出这样的问题，正不知如何回答时，眼睛瞥见办公桌上的笔记本电脑，一把将它推到她面前：“赶紧把表格做完，用我的邮箱发给供货商。”

她只得接过魏岚手里的笔记本电脑，点开邮箱界面，一眼就看到了那封让她心潮起伏的道歉信：

“虽然你入职以来，我们的相处不算愉快，但还在我的忍受范围内，希望也在你的忍受范围内。夜深了，希望你睡得好，希望你的风寒快些好起来。你之于我的意义，不仅仅是一个优秀的员工，更是一个重要的……呜呜呜呜呜呜。”

他本来是想岔开话题，让她不要过于纠结孙秘书被开除的事情的，没想到她会一字一顿地读出来，一边读，还一边看他：“正好想问你，这个‘呜呜呜呜呜呜’是什么意思？”

“呃……”

小学时家里来了客人，魏宝丰经常一把抓过他：“来，给叔叔朗读你们的课本。你不是，不是校广播员吗？”当时的那种不被尊重的愤怒和大人无意的轻视，他怨恨已久，没想到她居然能让这种感觉重现。

他咬着嘴唇：“就是……呃，就是呜呜呜呜呜呜……的意思呗。”

写这封邮件时，因为照顾正发高烧的她，他几乎一整夜没合眼，写着写着眼皮打架，张嘴睡了过去，手指在W键上按出了“呜呜呜呜呜呜”，经过不过如此简单。只是那“呜呜呜呜呜呜”里真正想要表达的东西，此刻面对着洪星星，他怎么也说不出口了。

“至于吗，写封道歉信这么委屈？我才是受害者好吧。”她狐疑地看着他。

“行了，别看了，快关掉。”

她不情不愿地答应着：“还有，最后一句你还没写完，说，我是重要的什么？”

“你是一个……一个，对，”他不安地搓了搓手，“当然是……最，最重要的员工……”想了想，他又赶紧补充：“没有‘之一’。呃，不不不，之一、之一。”

多么好的表白时机，怎么就……扯到最重要的员工上去了，还“之一”……他懊悔不迭，乱中出错，口不择言地道：“你不是要下班了吗？可以走了。”

没想到她并没有执着地追问下去，甚至更像是平时见面打招呼那么随意，问出口不过是客气，至于答案，不重要的。

听说可以下班了，她瞬间起身，转眼便背着包闪人。

他恨不得抽自己一巴掌。

洪大军的四十五岁生日过得朴实而简单，凌听将乖小子演到底，送了他一副超实用的运动版蓝牙耳机，高科技产品把老头儿哄得着实开心。

看着老头儿和雷老板心无旁骛地研究着蓝牙耳机，凌听又拿出一副粉色的运动手环递给洪星星。

“干吗送我这个？”她不明所以。

“开运手环。你不是说前一段时间工作不太顺心吗，戴上这个一定能事事顺利。”怕她不肯收，他故作嫌弃地说，“充话费送的。我不喜欢这种颜色，便宜你了！”

“谢啦！你终于也懂事了。”她接过手环在凌听的肩上捶了一拳，“戴着还挺合适。”

明明是特别准备的礼物，却偏要装作漫不经心的样子，不论高冷男神还是天才少年，在喜欢的人面前，似乎都变成了胆小鬼。

这对情侣手环可是找大神加持过的，月亮的力量能把两个人连在一起。

也许很幼稚，那就幼稚吧。

人在不确定之时，谁没有过将希望寄托于神灵的时刻？凌听摸着自己袖子里掩藏着的另一只蓝色配对手环，想起售货员那副神神秘秘的样子，依然信服得不得了。

所谓好兄弟，就是那个可以随时找你，随时把你从被窝里拉出来聊天、喝酒、打游戏的人。

咚咚咚。魏岚把门敲得震天响。

周亦霖晕头转向地拉开门把手，吓得睡意全无，直接关门。

“你敢关门薪水就减半！”魏岚立刻把胳膊挡在门框上。

“用一半的薪水换个清净，值。被你随叫随到也就罢了，我人生的最后一片净土你休想涉足！”周亦霖推开他的胳膊。

“我明天就让人事部招聘新的项目总监。”

…………

周亦霖的态度马上来了个一百八十度大转弯，把家门拉开到最大幅度：“说什么呢魏总？这一片净土专门为您打扫干净，就等着您的莅临，快请进。”他边说边点头哈腰地把祖宗迎进来。

“今天洪星星问我，她对我是一个重要的什么。”魏岚往沙发里一坐，开门见山地说道。

“这是一道送分题呢。你怎么回的？”周亦霖满怀期待地问。

“我说她……呃，我说她，是我的一个……一个……”

周亦霖期待地看着他。

他艰难地开了口：“重要的……员……员工。”

扑哧！

周亦霖双手抱拳，十分佩服地说道：“您老人家生生地把送分题变成了送命题，你之前就没追过女生吗？”

“没有，都是女人追我的。”

“唉，谦虚，谦虚点儿行吗？你要是这么聊天，咱可就把天聊死了，你到底还要不要我这个恋爱导师教你了？”

“要，请继续。”他的态度是诚恳的。

“你就问，周末有空吗？她要是说有，你就说‘出来吃个饭吧’。然后吃饭时你就拿着玫瑰花跟她说，‘我喜欢你’，就这么简单。”

他仰着头，脑补了一下这场景，很快否定：“不行，太没面子……我说不出口。”

“魏大少爷，你再矜持下去她就被别人抢走了！对她有兴趣的男人可真不少，市场部的小张、质检部的小吴，”周亦霖忍住笑，继续胡说，“对，最有竞争力的还是她那个弟弟，凌听，人家可是三天两头往她家跑，和她爸处得那是相当好，没准儿过两天人家家属马上就将他扶正了。你呢，机会都到嘴边了，生生发展成员工……”

一提到凌听，他迅速妥协：“我错了！我错了！我要立刻展开追求，快教我，来点儿实际的。”

“鉴于你的理论知识过于薄弱，我决定推荐你使用这套教程。”周亦霖从墙角拉过一面小黑板，“恋爱入门宝典：从白痴到情圣。自古以来，想讨女孩子欢心，无非是八个字。你知道是哪八个字吗？”

“不知道，我也不需要知道，平时都是……”

周亦霖生气地敲黑板：“这位同学请注意，你跑题了。”

“请继续。”

“那八个字就是‘投其所好，送其所要’！”

“不对。你平日里用的招数不是‘没脸没皮，死缠到底’吗？”他有点儿困惑。

“你懂什么，我这是因材施教，懂吗？”

“……好吧。投其所好，送其所要！然后呢？”

“你知道女人最想要的是什么吗？”

“钱。”他无比确定。

周亦霖一怔：“哎呀，你这样说……倒也没错。但是洪星星可不是一般女孩子，光用钱是打动不了她的。”

“那怎么办？”

“浪漫！没有哪个女孩子抵挡得了浪漫的诱惑。比如，你可以约她出来吃饭。找家餐厅，要最豪华的那种，人均消费贼高，观景卡座，旁边还得有现场乐队制造气氛，饭后再安排人放烟花，烟花最好是特制的，能在空中打出‘洪星星，你就是我生命中最亮的那颗星’

的那种。女人绝对立刻投降！总之，整个约会过程越浪费、越铺张越好。”

“这样？那没问题。那我约她是发信息好，还是打电话好？”

“看魏总心情。”初见教学成果，周亦霖轻松了不少。

“都不好，不够有创意。”他托着下巴想了一会儿，“这样，我派司机直接去接她，以工作邀约的名义，这样她就不得不来了。这样既保全了我的面子，又可以给她一个惊喜。”他的脸上露出得意的神色，“等司机接她到了目的地，下车一看，豪华餐厅，浪漫约会！”

魏岚闭上眼睛想象着，身穿西装的洪星星帅气地搂着他的腰，伴随着浪漫的圆舞曲，他们跳起华尔兹。

“不对，反……反了。”是一身白裙的她搂着他的脖子才对。他继续陶醉在幻想之中，甚至忍不住在心底默默地夸奖了一番，魏岚呀魏岚，你果然是个制造浪漫的高手。

…………

“你知道吗？你现在笑得像个一百三十斤的傻子。”周亦霖看他一脸陶醉，忍不住打断。

“最近增肌有成效，我一百三十五斤了。”脑中旋转的华尔兹，让他格外心平气和，连带着对周亦霖的态度都像个和蔼可亲的父亲。

挑衅，呵呵，谁怕谁？现在无论你们说什么，都是出于对我的忌妒。

周亦霖懒得跟他多说，宽容地拍拍他的肩，留他一人在客厅，继续沉迷在幻想之中。

为了约孙秘书吃这顿饭，洪星星是下了一番功夫的，想到她家里有两个还在读书的弟弟，妈妈也没有工作，洪星星便越发替孙秘书焦虑了。她要是直接拿钱给孙秘书，会显得唐突和冒犯，凭空说些安慰的话，又解决不了根本问题，求魏岚让孙秘书回去已然不可能，自己给孙秘书介绍工作，她又没有那样的人脉。

她左思右想，不得其法。还是洪大军有经验，提议买购物卡，这样起码可以解决一些日常开支，咱小老百姓，谁家的柴米油盐不是个大花项呢？她觉得很有道理，洪大军就是靠得住。

明明是件极小的事情，老头儿被女儿夸得浑身舒畅。

孙秘书看着洪星星递过来的购物卡呆了好几秒，鼻子有点儿发酸。

职场当然是有友谊的——当你们之间不存在利益关系时。在职场里摸爬滚打了几年，孙秘书从未想过能交上什么朋友，彼此看着不厌烦已经很难。哪儿来的赤诚以待？

单纯如洪星星，自然不会了解各类时尚品牌，孙秘书身上价值不菲的衣服、首饰、鞋子，在她眼里自然没有那些世俗的标榜作用。

见惯了职场的虚情假意，此刻孙秘书看着手里的那堆卡和自己从来不会去逛的那个大众消费超市的名字，有种想哭的冲动。

“星星，我真的要哭了，”孙秘书握住她的手，“购物卡你拿回去，这都怪我一直没跟你说明白我家里的情况，害你误会了。”

她不再隐瞒，把家里的状况一五一十地说了出来，甚至包括怎么去的润世，怎么一时心软做了魏宝丰的眼线。

“没想到你家里条件这样好，”洪星星尴尬地摸摸头，“不过这样我就放心了。”

孙秘书怕她失落，主动要了点儿东西：“可以把你手上的手环送我吗？粉粉嫩嫩的，我好喜欢。”

既然凌听说是充话费送的，估计也没什么特殊的含义，但开运的寓意还挺好，颜色也适合孙秘书。她如蒙大赦，自然看得出孙秘书的意思，赶紧摘了手环递给孙秘书。

两人亲亲密密地逛了一下午，孙秘书才将她送到楼下，又敲定了下次见面的时间，正依依不舍地准备告别时，洪星星的手机铃声响了，一个陌生的号码，她正要接，对方却直接挂断了。

一个身着黑衣的男人循着铃声，来到她面前："请问是洪特助吗？"

洪星星直视着他："我是。"

"魏总让我来接您去开会。"

"周六开什么会？"孙秘书眉头紧锁。

洪星星也同样觉得奇怪，打电话给魏岚确认，电话那头的他神神秘秘的，只让她跟着司机，别的"无须多问"。

她只得上车，与孙秘书挥手告别。

"A21977……"孙秘书看着这部车牌号陌生的车子越发觉得蹊跷了，赶紧给康叔打电话。

"康叔，魏家名下有车牌号是A21977的黑色轿车吗？……什么，没有吗？"她更紧张了，"您确定？可那车也绝对不是公司的，公司的每一辆车我都见过。开车的人把星星接走说开会，我觉得不对劲，就让司机跟着这辆车，现在这辆车就在我前面，但给星星打电话打不通，其他的方式也不行……现在怎么办？"

知道已经接到洪星星之后，魏岚赶紧从另一端出发，前往预定地点。秘书打扮的西装青年开着车，他坐在后座，打开座位中间的储物格，看到里面放着冰川矿泉水和锡罐咖啡。

"魏总，都是按您的喜好准备的。"开车的青年从镜子里观察着他的反应。

"嗯，陈秘书，你做得不错。"

"魏总，您叫我'小陈'就行。白橡树西餐厅，预计十五分钟到达。那边接洪小姐的车预计二十分钟到达。"

"好。"

他点点头，不再说话，思绪早已飘向约会现场。

浪漫的帷幕掀起，在他的想象中，他已经与洪星星相对而坐，觥筹交错间，两人深情相望，接着他打一个响指，美味佳肴布满餐桌。继而小提琴琴声响起，悠扬的音乐中，一束玫瑰花刚好落入他的手中，接着便是今晚的重头戏——告白。

“洪星星小姐，请问你愿意与我共浴爱河吗？”

“愿意！愿意！我愿意！”洪星星感动得热泪盈眶。

窗外烟花乍现，餐厅里的所有人起立鼓掌祝福。

一切都是那么完美。

想到这里，魏岚拧开手中的咖啡喝了一口，微微颔首，很是满意。

看到他喝下咖啡，适才不断献殷勤的陈秘书诡异地看了他一眼，嘴边露出不易察觉的笑。

没一会儿，魏岚沉沉睡去。

洪星星发现车子并没有向公司开去，问道：“咱们这是去哪儿开会？”

“魏总说到了您就知道了。”黑衣男回。

这样吗？

她打量着车里的环境，镜中的黑衣男面色冷峻，话极少。她问了几句，他便零零星星地回几句，一个字都不愿意多讲。他的手指骨节粗大，隐约能看到厚厚的茧，而眼神露出的精光，完全不像是司机或者助理、秘书出身。

“洪小姐，手边有饮料。”察觉到洪星星在看他，他谦卑地笑着，适才的精光倏然不见，她几乎怀疑刚才是自己的错觉。

“谢谢，我不喝饮料。”

“也有矿泉水。”

黑衣男从后视镜注意到她低头摆弄着手机，并没有喝水，眼神微变。

“我手机怎么没信号了？坏了？”

“您别着急，这边车流量大，信号不好。”黑衣男悄悄往里踢了一下脚下的信号屏蔽器，生怕被她发现。

“师傅，之前没见过您呢，您什么时候来润世的？”她盯着司机的后脑勺，若有所思，继而拿起矿泉水拧开，从后视镜里观察黑衣男的反应，刚把瓶子放到嘴边，接着又停下，看她并没有喝下，黑衣男果然变得有些焦躁。

“哎，能不能找个地方停一下，我想去洗手间。”她问。

黑衣男垂下眼帘，加快了车速：“马上就到了。”

“到哪儿？”

“魏总说了，要对您绝对保密。”

车子到了一个红灯路口停下，不能再等。

她猛地抬起胳膊伸向前座，黑衣男还没来得及做出反应，就已经被她用臂弯狠狠卡住了脖子：“说，你是谁？魏总在哪儿？”

黑衣男面色骤变，挥手从脚边掏出甩棍向她的脸上挥去，她一把抓住，索性用甩棍把他的脖子卡在车座上：“说，你是谁派来的？目的是什么？”见黑衣男闭口不言，她拿起那瓶她没喝的矿泉水，“里面下药了？”

黑衣男没有回答，她怒道：“不说就歇着吧。”说罢，她一手捏着黑衣男的下巴让他张开嘴，一手拿着水瓶往他嘴里灌。几秒钟后，黑衣男双眼一翻，昏了过去。她把他推到副驾驶座，纵身挤进前排。

怪不得没信号，这么高端的屏蔽器都用上了。她把车子靠往路边，随手将信号屏蔽器扔进路边的绿化带。车上的导航手机，路线指向白橡树西餐厅。不对，西餐厅在市里，往前走是出城的路。她赶紧调取搜索记录，上一个目的地是“家和汽车旅馆”，在偏远的市郊。看来是这条路……她果断踩下油门。

魏岚醒来时发现自己已经被人带到了一家汽车旅馆，双手双脚被绑在轮椅上，房间内有几个绑匪，一个拿着枪正对着自己，另一个在窗口望风。这帮家伙身手敏捷，所以洪星星也被……

他的心怦怦跳着，情况似乎有点儿不妙。

本来站在窗口望风的绑匪甲谨慎地拉上窗帘走过来："联系不上三号。"

"不会有什么事吧？听说他那个女保镖身手了得。"那个号称"陈秘书"的人极为谨慎。

魏岚听到这里，瞳孔放大。

"身手再好也只是个女人。三号可不是吃素的，他一棍子下去，那力道，她脑壳立马开花。"绑匪甲不以为意。

"你们想要什么，可以跟我提！"魏岚打断二人的对话，拳头紧紧握着，指甲嵌进肉里，"你们说一个数目，我一个电话，管家立刻送现金过来。我不会报警。你们想要车也没有问题。作为交换，你们不能伤害我的人。"

绑匪甲和陈秘书相视而笑，并没搭理他。

"你们的目标是我，冲我一个人来。"

绑匪甲不屑地哼了一声："听听，你儿子还挺把自己当回事。"

魏岚拿起手机，视频那端的人竟是表情凝重的魏宝丰。

"爸！"魏岚大惊，"你们到底想要什么？"

绑匪甲烦躁地使了个眼色，陈秘书撕下一块胶布便想贴魏岚的嘴。

"魏董，要看的你看到了，人在这儿，完好无损。不过等一会儿还是不是完好无损，我就说不准了。"

魏岚在陈秘书手里奋力挣扎着，直到魏宝丰大喊："住手！你们对他要客客气气的，否则我用性命保证，麦先生想要的东西一定拿不到。"

陈秘书停下手："麦先生说，转让合同已经发到你的邮箱了。"

"我正在打印。"魏宝丰说。

魏岚脸色惨白，原来对方想要的是这个。他想起康叔说过，老头子正在考虑将QW1项目转让，嚷道："康叔说你要出售项目，就是跟这个麦先生有关，对吗？你不让我公开招标也是这个原因？"

绑匪甲低着头把玩手中的枪，却故意把枪口对着魏岚的方向。

魏宝丰立刻喝道："魏岚，闭嘴！"

绑匪甲笑嘻嘻地说道："我来告诉你。麦先生想要这个项目，魏董呢，迟迟不愿意点头。一方想买，一方不想卖，怎么办？那我们就只好委屈委屈魏家少爷了，一点儿小苦头，一点儿小警告嘛。"

原来如此。

魏岚的脑海中一一闪过过往发生过的种种事件，摩托车袭击、实验室爆炸、冷库被困……似乎都在此刻找到了答案。

绑匪甲用额头抵住魏岚的额头："没想到你们父子俩是软硬不吃，当没事发生过！"他的手枪在手指上旋转了一圈，"昨天还公布了招标方案，招什么合作伙伴？还当项目在你们家手里，当麦先生的话是放屁呢？"

魏宝丰的心悬到了嗓子眼儿："对不起，是我的疏忽！转让QW1这件事我一直是有诚意的，只是没跟儿子商量好。"

"那现在商量好了吗？"

"不用商量！QW1的项目处置权在我手里，我来签字。"魏宝丰说道。

"这就对了。"绑匪甲满意地收回手枪。

视频中，有人从魏宝丰身后递给他一沓合同，魏宝丰翻到合同结尾落笔签字，把合同贴近摄像头。

"我签好了。"

"那就按麦先生的要求，传真给他吧。"

魏宝丰面色凝重，担心即便传过去了，他们也不会那么轻易地放掉魏岚。

"你放心，我们一收到麦先生的回复，就放你儿子回去。"

魏宝丰看着电脑那端的魏岚耷拉着脑袋，恐惧和绝望捶打着他的心。

相比起儿子的性命，QW1，甚至整个润世，又算得了什么？或许是因为这场突如其来的大病，他想通了很多事情，过去那个霸道、专横，甚至刻薄的自己渐渐消失了。

魏宝丰一次次感受着孤独和冷清，或许是创业太艰难，让他发自内心地害怕，怕魏岚再和他经受同样的事情，于是拼命地逼迫魏岚独立，逼迫魏岚坚强，父母不是靠山，只有自己强大了，人生才可以顺顺利利地往下走，否则就要处处受制于人，处处艰险重重。整个润世上上下下几千名员工的生计寄托于此，他怎么可能把它交给一个不成器的人？

秘书轻轻推开病房的门弯腰走进来，躲避着摄像头，在斜前方对着魏宝丰出示手机上的文字：传真地址在马来西亚，但不是吉隆坡，是东边海域的离岛，短时间内无法追踪。

魏宝丰的脸上露出一丝愁容，他又瞄到手机的最后一行写着：康管家回复已经报案，警察在赶来的路上。他这才稍稍松了一口气。

“愣什么呢，抓紧！”视频里，劫匪甲对着魏岚的脑袋抬了抬手枪，威胁道。

“把合同传真过去吧。”魏宝丰拿起合同递给秘书。

洪星星来到家和汽车旅馆附近，从车内仔细地观察了一遍周围的环境，谨慎地把车停在汽车旅馆几十米外，躲在隐蔽处张望。

“星星，你还好吗？”孙秘书的电话。

“美西，你在哪儿呢？”

“我一直跟着你的车……”

“美西你听着，远远停车别靠近，以免打草惊蛇，赶快报警，魏岚应该就在汽车旅馆。”

一个望风的匪徒发现了洪星星，她跳出去，三拳两脚直接把对方制服在地，逼问道："说，魏总在哪儿？"

"在、在里面。"望风者跪在地上，疼得龇牙咧嘴。

她迅速爬上楼，向后倒退几步，小跑着撞开大门，一记狠狠的下劈击中闻声而来的陈秘书的头部，不知道是她的力量太大，还是陈秘书太弱，陈秘书晃了晃，整个人昏厥在地。绑匪甲见状，慌忙扣动扳机，她侧身避在门板后，成功躲过。

魏宝丰看见视频内的乱象，腾地站起身来，冲着身后正在发传真的秘书大喊："快，撕下来。"

秘书愣愣地不明所以，魏宝丰冲上去，一把撕掉了传真机的签名页。

万幸，还没传过去。

魏宝丰握着手里的半张纸，迅速回到视频前，焦急地看着里面的战况。

"把枪放下，不然我毙了他。"绑匪甲后退几步，用枪口抵上魏岚的太阳穴。

洪星星迅速拉过昏迷的陈秘书，从他的腰间摸到一把枪，同时对准绑匪甲。

"别放！他不敢杀我！"魏岚对着她大喊。

绑匪甲一胳膊肘打在魏岚的脑袋上，打得他耳边嗡嗡作响，半天没有抬起头。

"你别动他。"她双手高高举起，做投降状，慢慢弯身把枪放在地上。

绑匪甲喝道："踢过来！"

她把枪踢到绑匪甲的脚边，绑匪甲心头一松，千钧一发之际，她却从兜里摸出一把飞刀甩出去，飞刀稳稳地穿透绑匪甲的手腕，绑匪甲大叫一声，枪应声落地。她一个箭步冲上去，把枪踢开，拉过魏岚的轮椅，一把推出门外。轮椅受到外力，载着他在楼道口停下，只留她一人与房内发狂的匪徒生死搏斗。

魏岚晃晃被砸得嗡嗡直响的脑袋，迷迷糊糊中，看到一旁保洁车上的洁厕剂，强忍着头部的剧痛，咬牙解开捆在手上的绳子，拎下一瓶放在膝上，艰难地把轮椅滑到门口。

里面的洪星星正踹开一个劫匪，他抓住机会，把洁厕剂扔给她，她一把接住，对着劫匪乙的眼睛一顿猛喷，趁着劫匪乙惨叫的工夫，她把魏岚往远处一推，死死地拉住门把，拦住里面的劫匪。

魏岚趴在保洁车上，终于找到一把剪刀，奈何那绳索是坚固的钢丝绳，剪了半天，连个划痕都没有。

“快！”她死死拉住门把手，与里面的绑匪抗衡着。

“好了吗？”

“剪不开！”

他急得满头大汗。屋内抓狂的绑匪冲着门就是一枪，子弹穿透门板飞出来，吓了她一个激灵。

“撑不住了，就这样吧。”她抽开一只手，一把夺过他手里的剪刀别住门闩。

“走你！”她推起轮椅上的魏岚开始狂奔。

身后的门哐的一声被踹开，劫匪跌跌撞撞地追出来。

“别开枪！杀了他，你什么也得不到。”她停止狂奔，站在轮椅后大喊。

走廊尽头有人拦住了去路，枪口再次对准了魏岚的脑袋。

绑匪惊喜地叫道：“麦先生！”

被称为“麦先生”的人把枪口从魏岚身上挪开，狞笑着调整枪口：“既然他不能死，那就你死。”

她眼睁睁地看着麦先生的手指扣动扳机，说时迟那时快，她纵身使劲一推，魏岚连人带轮椅从楼梯滚下，伴随着他的一声大喊“星星”，整个轮椅斜飞侧翻，带着他在台阶上哐啷啷翻滚。他一头栽在地上，鼻尖一阵阵发酸，头越来越重，不知道是因为流血，还是因为伤心过度，身体自动启动了应激保护机制，居然感受不到任何疼痛。

一声巨响，子弹擦着她的鼻尖打进她面前的门柱。

一枪不中，又是一枪。

远处警笛大作。

麦先生将枪口对准她，准备开第三枪，危急时刻，她从二楼破窗跳下。

“星星！”魏岚看着她一个翻滚，帅气地落地，又惊又喜。

她站起来，顾不上被玻璃插得血肉模糊的膝盖，一瘸一拐地把魏岚从轮椅下面拉出来。

“放下武器！重复一遍，放下武器，把双手举起来！”

一大队警察涌入旅馆，匪徒四散而逃。洪星星一瘸一拐地从地上爬起，把魏岚从地上拖起来。

“星星！魏总！”喜极而泣的孙秘书和康叔朝两人冲过来。

“你流血了。”魏岚看着蹲在地上给自己解绳子的洪星星，心中满是劫后余生的侥幸和惊恐。

“不要紧，皮外伤。”

他站起来，身体向前倾去抱住她。

“魏总，你这是——”

被吓坏了吧？她犹豫了几秒，安慰地拍了拍他的后背。

他脸颊微红，睫毛垂下，小声说道：“腿麻了。”

“可你不是……那个……不喜欢跟人亲密接触吗？要不……”她看了看周围，“别勉强，来，那边有棵树。我扶你过去。”

“别说话！”他说。

她晃了晃身体，轻轻地拍了拍他的后背。

太煞风景了。

魏岚冒出一股无名火。

她静静地站在原地，任由他把自己抱得更紧。

“这样就好。”他疲惫地在她耳边小声喃喃，“星星，我想以后一直这样。”

“什么？”她仍是一头雾水。

“一直和你在一起。”他轻轻地说着，下巴放在她的肩膀上。

微风吹动她耳畔的发丝，她一时有些发愣。

“一直……在一起吗？”

他说的“在一起”，和她理解的“在一起”，是……一个意思吗？

懵懵懂懂之中，她喃喃地问：“为什么？”

“等我……等我睡醒就告诉你，为……为……什么。”

他脚下一软，昏在了她的怀里。

魏岚从昏迷中醒来，只听到周亦霖惊喜地叫着：“醒了，醒了……医生，魏岚醒了。”

“洪星星呢……”魏岚虚弱地看着一群围在身边的人，唯独没有她。

医生仔仔细细地检查了一遍，说道：“您的情况目前已经稳定，注意休养，脑震荡过后最好卧床休息一两周。以魏先生您进医院的频率，可以考虑把这间病房常年包下来了。”

“谢谢医生，给您添麻烦了。”他盯着周亦霖，“洪星星呢？她怎么样了？”

周亦霖还没来得及回答，一旁的孙秘书不卑不亢地说道：“星星刚做手术缝合了伤口，让我来看看你。看来没什么大事，那我回去了。”

她说完，便转身离开了。

“……我还没让她走呢。”他的表情讪讪的。

“英明神武的魏总，你都把人家开除了，还想使唤人家？”周亦霖摆明了看热闹。

"我去看看洪星星。"魏岚强撑着想站起来。

"你先歇会儿吧。关于绑架案，老爷有些事托我告诉你。"康叔拦住他，"那些人受雇于一家有外国背景的制药公司——旺达生物。"

魏岚只得重新躺下："我听过这个名字，导师说，在老头子买下QW1之前，他们也曾出价，是很有实力的竞争对手。"

"之后他们私下联系老爷，想买走这个项目。我们千辛万苦争取来的项目，老爷当然不愿拱手让人，直接拒了。后来你去小药厂视察时被绑，老爷就怀疑是他们的报复。"

"可法治社会，生意是生意，不能明抢吧？"

"这家制药公司的背景远超我们的想象，其背后的势力是东南亚财团，涉足各类暴利产业，他们的新目标是朝阳产业——新药开发。"康叔一一细说。

周亦霖在旁边听得目瞪口呆："天哪，这也太夸张了。"

"如果他们能做到全球范围内的高价垄断，利润率不比黑色行业低，而且……这钱完全合法。"魏岚终于明白了对方的险恶用心。

"对。老爷不敢得罪他们，就口头上拖延时间，低调推进QW1的开发。"康叔看着魏岚，语重心长地道，"这次，是你公开招标太过高调，才惹祸上身。老爷管着你，其实也是担心你的安全。"

魏岚沉默了一会儿："就算早知道会发生今天的事情，我的决策依旧不会改变。康叔，您就别帮他说话了。"

"我谁都不帮。这次的事件，警方抓了他们一个重要联系人。明面上他们肯定暂时不敢造次，恐怕会有不少阴招。毕竟，QW1这个项目诱惑太大了。"

康叔看魏岚丝毫没有体会到魏宝丰的用心，无奈地摇摇头。

"那就申请完专利后直接把制药工艺公开。反正我们要做的是平价，谁也别想多赚钱。"魏岚早有打算。

"那咱们前期投入的开发成本怎么收回？"

“所以说申请完专利再公开，谁比照生产就给咱们付专利费，聚沙成塔，早晚能回本，就是周期长点儿。”

“老爷，您听到了吗？少爷其实想得很周全。”康叔掏出手机，开了免提。

魏岚看着康叔手机里的通话人，简直要气笑了：“老头子又偷偷摸摸？”

“我直接给你打电话，你可能什么都不会跟我说吧？”电话里传来魏宝丰沉闷的声音。

“那好，我能引进新的合作伙伴共同开发了吗？这样也能早日度过瓶颈期。”

“旺达生物只是一个联系人落网，离倒台还早着呢，你不要冲动。”魏宝丰担心他年轻气盛，会再出事。

“旺达生物这种黑公司，如果以为用那些下三烂的手段就能吓倒我们，那也太天真了。”

“反正我是管不了你了。”魏宝丰气哼哼地说道。

“我从前不怕，现在更不会怕。再敢对我们伸爪子，来一双我剁一双。”他霸气地说道。

“老爷，咱们少爷长大了。”康叔看着充满杀气的魏岚，露出欣慰的表情。

魏宝丰静默了一会儿，不自在地吼了一句：“总算有点儿男人味了，好好养病吧！”

“听到了吗？你有男人味了。”周亦霖笑。

“你想说什么？”

“真有男人味的那个人，给了你不少正面影响！我去帮你谢谢她。”周亦霖生怕他灭了自己，冲着他抛了个媚眼，溜了。

康叔被眼前的两个年轻人逗得忍俊不禁，很快脸上又换上了愁容，但迅速隐去，显然有什么事瞒着魏岚。

洪星星坐在病床上乖乖地喝着汤。雷老板坐在一边的凳子上，对着洪大军道：“小星星真是坚强。从她腿里取出来的玻璃片那叫一个多呀，我都不敢看。”

“看着吓人，其实不严重，都是皮外伤。”她不以为意。

“说了多少次让你注意安全，皮外伤就不疼了？”洪大军又心疼又生气，“爸爸知道你一向是个对自己要求严格的战士，不管是退伍前，还是退伍后，但你更是我的闺女！以后别什么事都往上冲，犯不上为了那个魏总把命都搭上。”

“就是就是，何况那个魏总还总是欺负你。”凌听赶紧帮腔。

“什么欺负，别瞎说。打击犯罪，维护正义，可是我们军人的优良传统。我那可是在救人呢！”

女儿一撒娇，再硬的硬汉，也变得软塌塌的了。洪大军举手投降：“真是个皮猴子。”

“小皮猴，你多喝点儿汤，我专门挑的个儿大的王八，用白瓷盅给你炖了仨小时。”雷老板忍不住插嘴。

她放下汤：“这汤喝得我热烘烘的，感觉一下就复原了。哎，送我去看看魏总呗？”

“看什么魏总！让他来看你！”凌听一脸不乐意。

“他坐轮椅从楼梯上摔下来，肯定缺胳膊少腿的，当然得我去看他了。”

“孙美西刚说过他没事，你忘了？”

“那也得看看，毕竟是我老板……”见说不动凌听，她直接向孙秘书求助，“美西，帮个忙，推我过去。”

孙秘书下意识地看了凌听一眼，看到他正在恶狠狠地盯着自己，赶紧扭头不再看他，走到床边扶洪星星起来。

凌听气得要命，却也只能过去搭把手。

孙秘书扶着洪星星坐上轮椅，手腕上戴着的粉色手环从袖子里露出来，凌听眼神一怔，看到洪星星空荡荡的手腕，又瞪回了孙秘书，惹得孙秘书莫名其妙。

洪星星刚出现在魏岚的病房门口，魏岚便腾地坐了起来。

他曾经被两个女人救于危难之中，一个只留下了一道模糊的侧影，好似天边的明月，只能望着那片皎洁，却无法接近，另一个就是洪星星。

幸好，此刻洪星星就站在他的面前。

“珍惜眼前人”，他的心中突然冒出这样一个念头。

周亦霖给孙秘书使了个眼色，孙秘书自觉地跟着他退了出去，只留下默默相对的两个人。

“你——”两人同时开口。

“你先说——”两人又同时停住。

两人都忍不住笑了起来，四目相对，呼之欲出的暧昧，仿佛燃着的炭火。

第十一章

玫瑰骑士

说什么度日如年，简直就是度秒如年。魏岚想着一定要给自己多找点儿事情来做，人在忙碌的时候，感觉时间会过得更快一点儿。最初分分秒秒都是折磨，慢慢地，即将见面的欢喜冲走了最初的焦灼，心底渐渐生起一种叫作期待的东西，每一分每一秒，都被它占据着，无法再顾及其他。他的心里仿佛被植入了一个闹钟，嘀嗒嘀嗒地响着。

饱受爱情折磨的人，最能感知时间的流逝。

医院的病号服套在魏岚的身上，裤腿短出一截脚踝的长度，居然并不难看。他的脚踝清瘦白皙，有种男模的骨感。他当然没有觉察到这点。此刻，他正纠结着是否要告白。

就在此刻吗？

如果不说，还会有比这更合适的时机吗？

可是，如果说，两个人都挂着彩，没有丝毫的浪漫可言。

说与不说在他的内心拧成两股力量，势均力敌。

洪星星并不知道眼前的他有着怎样的心路历程，见他又是一副欲言又止的样子，直接打破沉默："你先说。"

"谢谢你。"他焦灼的目光依然停留在她的脸上。

"职……责所在，应该的。"

见面之前觉得有千言万语已经满到了喉咙，它们翻滚着、拥挤着，几乎要不受控制地自己跑出来了。可真的见了，仿若有个不可战胜的庞然大物，让千言万语纷纷做了逃兵。

又是尴尬的沉默。

终于。

"你的伤还疼吗？"两人又异口同声。

洪星星在床边坐下，拉了拉椅子："我的都是一些皮外伤，没关系，倒是魏总你，你本来身子骨就弱，又……"

"哪里弱！你看，我明显感觉到胳膊比以前壮了。"他抬起胳膊，晃了晃拳头。

"你胳膊那不是壮，你那单纯的是摔肿了。"

魏岚："……"

今天果然不是个适合告白的日子。

他深深叹息。

仍是她打破沉默："你之前说想和我在一起，是……"

被她这么一问，他突然想起自己在昏倒之前的确说过等醒了要给她一个解释。

“为什么？对，为什么？这……是一个问题。我暂时……还、还没想好。”他含糊其词地回她，心脏又开始扑通扑通地跳个不停。

“这样啊。”她的语气里有不解、失落、犹豫……

“也不是。”他越发觉得，自己比想象中的还要在乎她、依赖她。

洪星星的眼睛里再次燃起小火焰：“那是哪样？”

没有音乐，没有鲜花，没有惊喜，没有浪漫，穿着病号服，对着轮椅上的她，就这么……表白？

还是算了吧。

“我只是觉得跟你在一起很开心，很有安全感。”这次，他似乎进步了一些，是一个中规中矩的答案。

“那你……这是肯定我的工作了？”她的心里多少有些失落，果然没有什么特别的意思，但很快她又心大地笑了，“我是你的助理，能让你有安全感，是对我工作的认可。”

对工作的认可？

什么鬼？

不行，要忍住，要给她个惊喜。不行，我忍不住了！

魏岚脑子里的两个小人在打架。

“你当然不只是我的助理，也是我很在意的人……我……”后面的话卡在喉咙里，他狠狠地掐了一下自己的大腿，你个胆小鬼。

“你的意思是，已经把我当朋友了？”她听着他不明所以的答案，试探地问。

他点点头，又摇摇头：“不只是朋友。”

“好兄弟那种？”

唉，她又误会了，他敷衍地点点头，始终无法说出真实的想法。

“干吗这么看我？”

表白表成这样，再往下也不知道该怎么扳回了，他索性换了个话题：“对了，袭击咱们的人已经被抓了，是一家叫旺达生物制药的跨国公司的重要联系人，警方已经开始追查，应该很快就会有进展。”

“太好了，总算能暂时安心了。”

她放松地往轮椅后面一靠，闭上眼睛，伸了一个大大的懒腰，一副恬静的模样。

他情不自禁地伸手想去摸她的头发，她却突然睁开眼，本能地一躲，他尴尬地干笑两声，落空的手顺势搭在了自己的头顶，胡乱地摸了两把。

“离开润世之后，过得怎么样？”周亦霖和孙秘书站在门口有一搭没一搭地聊天。

“压力很大。投了那么多简历都没有动静，我爸说再找不到工作，就得回家继承公司了。”

“天哪，好羡慕。你是没投对简历，投对了胎。投对了简历，你可以得到一份好工作；投对了胎，你可以不工作。”

被开除后她过得很是压抑，难得被周亦霖逗得大笑不已：“讨厌，又拿我打趣。”

“孙美西！”

孙秘书并不知道凌听是来找她质问手环的事情的，脸上露出连自己都没察觉的欣喜，大步迎上去。

“找星星是吧，她在和魏总说话呢，你稍等一会儿。”

“我来找你。”他一把抓住孙秘书的手腕，“说，手环哪儿来的？”

手环？

难道他以为手环是别的男人送的，所以在吃醋？所以，自己不是单相思？孙秘书觉得自己的脑袋晕乎乎的，心内一阵欣喜，故意说道：“对，就是你想的那样，是定情信物，帅哥送的！”

“哦，帅哥送的？”他冷笑一声，“哪个帅哥？”

“干吗这么关心我的私生活？”她挣脱他的手腕，“小朋友，难道你对我——”

“对你怎样？喜欢你？”

她没想到会被反撩，唰的一下红了脸，结结巴巴地道：“我、我可没说。”

“喜欢你——”他话锋一转，“是不可能的。我只是想说，这个手环一点儿也不适合你，你戴着显得你的手特胖，别戴了。”说完，他就气呼呼地走了。

“你！”

这个凌听，什么时候变脸这么快了？

她丈二和尚摸不着头脑，愣愣地盯着自己的手腕。胖？哪里胖？

车子行至魏岚家门口，周亦霖快速跑到另一侧扶住魏岚。

“康叔，能查一下陈秘书是怎么到我身边，人事部怎么招的人吗？这事太蹊跷了。”

康叔一脸愧疚地说道：“唉，不怪人事部，怪我，是我从人事部递上来的几份简历里选了他，没想到他会被收买。”

魏岚眉心一动，眯眼打量着康叔：“这不怪您，洪星星不也是这么被招来的吗？那就不查了，公司的事，以后还要您多费心，我先进去了。”

周亦霖紧紧地跟在魏岚身后，此时说道：“孙秘书亲自送洪星星回家了，会帮着安顿一下，后面也会让医护人员定时去换药。”

“多送点儿补品，把我吃的、喝的都给她送一份。”魏岚一听到洪星星的名字就无意识地傻笑。

“你清醒一点儿，这补品里还有活血壮阳的东西，”周亦霖坏笑着道，“你送给洪星星，是嫌她还不够爷们儿吗？”

“呃……是我疏忽了，那你安排人去买些适合女性的补品送去吧。”

周亦霖痛心疾首地摇摇头：“唉，你这个喜新厌旧的家伙，还记得你那个天神一般的把你救下的救命恩人吗？你还专门去打听人家，怎么着，这么快就见异思迁了？”

魏岚的脑海中再次闪过那个模糊而又熟悉的身影，回来之后，他的确去过政府部门打听营救小组的消息，但出于保密，工作人员只答应代为道谢，并未透露任何信息给他。

“闭嘴！你如果当着星星的面乱说，以后就别想有绩效奖金和年终奖。”他把剩下的一半橘子塞到周亦霖的嘴里。

“我不说——我可是有分寸的人——”

“救命恩人于我是恩情。洪星星于我……”他笑笑，脑海中闪过洪星星可爱的样子。

“是爱情。”周亦霖看他一脸傻笑，忍不住调侃，“上司和助理这种人物组合，一听就是妥妥的奸情。”

魏岚笑笑，没再说话。

爱情的小草已经萌芽，他期待着它长出更多嫩绿的叶子，努力地向上长，甚至，可以开朵小花。随便什么颜色都可以，不开也没关系，执着地、肆意地生长也很好。

如果不是因为这次受伤，洪星星怕是一年也难得有这样清闲的时刻。这两年，她已经习惯了东奔西走的日子，找工作，赚钱，看着银行卡上的余额一点点变多，又因为生活中的各种琐事而耗尽。

如果不是因为遇见魏岚，怕是再过个三五年她也未必给父亲装得起那么贵的义肢。英雄失了用武之地，也终究会陷进生活的牢笼，每日睁开眼，要面对的也不过是普通百姓的七大件——柴米油盐酱醋茶。

格斗、枪械、高精尖仪器、电子化练兵、追踪、反追踪……于千万人之中，成为一个特种兵女兵，绝不是能打、抗造、四肢发达就可以的，这背后还需要强大的知识体系来做支撑。可是，回到这太平盛世，都变成了一身虚置。说起假药工厂，她的心里不是没有恨意，被它摧毁的不只是自己的抱负，更有父亲的自信和健康。

微信窗口弹出来一句话，洪星星赶紧点开，发现消息来自周亦霖拉的小群，里面只有他、洪星星和孙秘书三个人。

“某人工作大半天了，觉得头晕还不停，谁劝都没用。”

周亦霖又发来一张魏岚的工作照，照片中的他正揉着太阳穴，手边堆放着一摞文件。

“他是小孩儿吗，怎么不听人劝？”洪星星皱眉。

周亦霖@孙秘书：“我趁机劝他让你复职，他同意了。”

孙秘书瞬间闪现，接着是一串欢乐的表情包：“太好了，我又有工作了。”

这姑娘也是直来直去的人，之前洪星星还担心她过于要面子假装不愿意回来。

没想到她这么痛快。

有人给台阶，就要及时走下来。

“恭喜呀美西，太好了。”洪星星开心极了，可一看到他的工作照，又颇为不快。

“魏总，你要注意休息，不要总是工作。”她忍不住发了条微信给他。

“你在关心我？”

他喜上眉梢，火速打下这行字，想了想，又觉得轻浮。他看到屏幕上方显示对方正在输入中，索性删掉，等着看她接下来会说些什么。

“脑震荡过后如果调养不好，会增加患老年痴呆的风险。”

“洪星星！”他气到直接用语音回她，“你到底会不会说话？我这样的天才怎么会患老年痴呆？”

“那好，天才请回答，一个人去医院看病，医生让他看开一点儿。请问他得了什么病？”洪星星秒回。

“抑郁症？”

“不对，是斗鸡眼。”

魏岚：“……”

洪星星："这样简单的问题都答不上来，还好意思自称天才，赶紧去睡觉。"

她还知道玩套路了。

他笑："意见采纳！你在做什么？"

"吃饭。"她拍了张爱心汤和病号饭的照片发给他。

"我的呢？"

"没人能给你送。"她半天才回。

"我派人去取。"

"好吧。"

他得寸进尺："一天三顿。"

她问："只要午饭、晚饭行吗？早饭没什么好吃的。"

他想了想，回了一个简短的"可"字，以自己都很鄙夷的姿势甜蜜地把脸埋到了枕头中。

魏岚人生中第一次感受到一粥一饭的幸福，以往他是不屑于这些事情的，没有什么美食是不能花钱买到的，买菜、做饭，岁月静好，那是无所事事的人给自己的平庸找寻的安慰罢了。有这个时间他不知道可以做多少正经事，即使每天只花一两个小时在买菜做饭上面，对他来说也是种莫大的浪费。可是就在吃到洪家那些家常菜的那一刻，他才终于明白，自己的人生因为过度地追求高效和自律，已错失了太多的美好。

他是可以选择更高效的人生，可是一粥一饭是灵魂的养料，它从胃里慢慢滋养到心里，继而生出一种强大的信念感。好好吃饭，好好睡觉，越是艰难的时候越应该如此，正是这种信念感，支撑着无数的普通人，度过了人生中一次又一次的困境。人和植物一样，要从土壤中汲取力量，一粥一饭便是我们赖以生存的土壤。

“每次都装这么满，洪星星当她是在喂猪吗？”周亦霖帮魏岚打开饭盒，酸溜溜地说道。

“你懂什么？装得越多，就代表爱得越深沉。”

“打住，你还是等我吃完之后再发表你的爱情宣言吧，不然我会恶心得吃不下饭。”周亦霖帮魏岚把碗筷摆好，又给自己拿了一副，“吃不了的先夹给我，你这两天总剩饭，太浪费了。”

他护住饭盒。

周亦霖惊呆：“知道什么护食吗？狗！过河拆桥的狗！”

“我愿意当狗怎么了？你有意见？”

某些人自从单方面热恋后，脑子就坏了。

周亦霖拨浪鼓似的摇头：“没，我哪敢有意见？你再考虑考虑不？分我点儿！咱不是患难好兄弟吗？你不是还得靠我这个恋爱导师吗？不然下次你再找我帮忙，我可不管了。”

“好吧。”他十分吝啬地拨了个边角给周亦霖。

“这就对了，又不是洪星星亲自给你做的，别小气，再来点儿。”周亦霖伸手去抢，往自己碗里划拉了一大半。

“将来她会给我做的。”他懒得和周亦霖斗嘴，脑海中闪现出洪星星穿着围裙的画面。

“何止呢，她不但会给你做饭，还给你生了一对龙凤胎，啧啧，儿子白胖白胖的，女儿大眼睛萌萌哒，你说，叫什么名字好呢？”

对呀，叫什么名字？

这确实是个难题。

“儿子是吧，叫……魏……”

周亦霖笑得肚子疼：“我看儿子就叫‘魏什么’，女儿呢，就叫‘魏大米’！”

随着周亦霖的爆笑，他也跟着傻乎乎地笑起来。

只是，委屈的是，送了十天饭，他却连她一面都没见到。

他在孙秘书的朋友圈下面看到了洪星星的点赞。

“拜托，你也只是个轻微脑震荡，又不是脑瘫，你怎么不去探望为你壮烈负伤的员工？”周亦霖说。

“可以吗？”他狂喜，“那我亲自去会不会见到她爸？现在这个阶段，去见家长太快了吧？”

“你就没想过，洪星星没那么喜欢你？”周亦霖有心杀一杀他的威风。

“怎么可能？她遇袭时最先紧张我！”

“毕竟你是老板，你给钱嘛。”

他没心思吃水果了：“……她平常陪我运动，还和我一起吃饭。”

“你是老板。”周亦霖以不变应万变。

“有求必应，随叫随到！”他有急些了。

“你是老板。”

“关心我、保护我。”

周亦霖拍拍胸脯：“你是老板嘛！”

“她真的一点儿都不喜欢我吗？”他泄气了。

“她的心意，你得自己去问她，或者问问她的好闺密，女孩儿之间在这种事情上是没有秘密的。”周亦霖看着他失落的样子，又变得不忍心。

“真的吗？那让孙秘书来一趟。”

哈，现在轮到孙秘书了。

周亦霖暗笑，魏岚谈恋爱，不能总让他折磨我一个人。凭什么可着我这一只羊薅羊毛，总得让孙秘书也尝尝被薅的滋味。

对再回到润世，孙秘书有过期待，正当她心中那点儿残存的希望就要破灭的时候，魏岚的电话打了过来。在润世的这段时间，是她一生中最快乐的几段时光之一。和睦的同事关系、游刃有余的工作内容，甚至交到了最好的朋友，这一切都让她觉得自己过往的生活从来没有像上班时那么丰富和充实。

买买买，然后陷入巨大的虚无之中，消费带不来真正持久的快乐，还是要实现自己的价值，还是要创造，还是要体会更高级别的快乐。

她这么想着，站在魏岚的面前时，内心多少还是有些忐忑不安的。

“孙美西，你之前虽然做过一些错事，但我决定给你一次改正的机会。”魏岚板着脸，不希望因为自己的邀请而让她过于得意。

“谢谢魏总，我保证以后再也不做间谍、探子了……那接下来你需要我做什么？”她兴奋不已。

他直截了当：“当间谍。”

“好的。”爽快地答应后，孙秘书简直不敢相信自己的耳朵，“什么？”

“我知道你和洪星星私交很好，那，你知道她喜欢什么样的男人吗？”看她还没反应过来，他接着说道，“你别误会，作为老板，了解一下助理的情感状态，这样方便给她安排工作。万一她比较孤单……”

“哦，她不孤单吧。”孙秘书想起有次跟洪星星视频，凌听在里面各种嘚瑟，脱口而出，“凌听整天跟她在一起，一下班就去看她，给她做各种好吃的，你这几天吃的晚饭都是凌听做的。”

什么？饭是那小子做的？

魏岚恨不得把饭从嗓子眼儿里抠出来。

“星星她爸也很喜欢凌听。”她在他心口又插了一刀。

“他俩……”他犹犹豫豫地问，“不是姐弟吗？”

“人家是青梅竹马……”孙秘书小声嘀咕了一句。

“不用再说了，孙秘书，我要你找机会打听她对凌听的想法。”

“呃……你的意思是……”

“凌听那小子一看就不靠谱，怎么能照顾得好洪星星？”

孙秘书想起凌听说自己的手胖，不由得愤怒地说道：“是的，那个凌听根本不靠谱！”

“对，万一他俩在一起了，岂不是毁了你闺密人生最大的幸福？你怎么能忍下去？”

两人同仇敌忾，说到激动处，更是止不住地频频点头。

魏岚并没有注意到，孙秘书的左手不安地紧攥着，他只是继续给孙秘书洗脑：“你能完成任务吗？”

她摩拳擦掌：“必须完成。”

“明天你先代我去看望她。”

她几乎欢欣雀跃地答应了：“好！”

孙秘书拎着魏岚给的大包小包，站在洪星星家门口时，手指已经被勒得通红。

开门的人果然是凌听，一开门，他便阴阳怪气地问：“又来蹭吃蹭喝了？”

孙秘书见怪不怪，麻利地把东西拎进厨房：“魏总让我拿来的，星星呢？”

洪星星听见孙秘书的声音，赶紧翻身下床，孙秘书探头进来，两人撞个正着。

“你醒啦？”孙秘书一脸喜色地道。

“哦，美西，快进来，快进来。”她拉孙秘书坐到床边。

“魏总让我拿来好多东西。山竹、杧果，还有海鲜，我帮洪叔拎进厨房了。”孙秘书指了指外面的厨房。

“天天往我家送东西，冰箱都放不下了。”

“他说是为了感谢你的出院礼物，”孙秘书靠近她，小声地讲道，“但据我个人推测，还有第二重原因。”

“什么？”

“他心里有你呀！”

洪星星想起魏岚在病房里跟她说的话，自信满满地道：“嗯，我知道魏总把我当兄弟。”

“当兄弟？”孙秘书难以置信地望着她。

“你也不敢相信吧？我也很意外他会拿我当兄弟。”

“我……怎么觉得……魏总是喜欢你……”孙秘书坚信自己作为女生的直觉。

“怎么可能，不可能。”洪星星拍了拍胳膊，“我们平时就哥们儿一样相处的，而且魏总还说过我没女人味，他怎么可能喜欢我？”

她这么一说，孙秘书倒是不那么确定了。

老魏总也说过洪星星就是魏岚的理想型，自己的直觉也从来没有出过错，估计是洪星星会错了意吧？

孙秘书决定帮她测试一下。

“来，星星，我问你答。”孙秘书拿起手机，搜索了一圈相关测试题，迅速点开，“喜欢一个人的几种表现，我们对照一下。”

休病假的日子着实无聊，洪大军和凌听两人恨不得不让她下床，难得孙秘书过来，两个女生可以说说心里话，洪星星着实开心。

孙秘书已经开始念了：“会对你嘘寒问暖。”

“这个真没有。”她回想了一阵，摇摇头。

“会主动找你。”

“这个确实有，不过只是在干活儿的时候，想健身的时候，这几天想点菜和想要加餐的时候。”

孙秘书继续往下读：“会秒回信息。”

洪星星点开她和魏岚的对话框，翻了翻，发现他每次回复都与她的信息间隔了很久。

“笨嘴拙舌说不出想说的话……”

“魏总骂我的时候嘴皮子别提多利索了。”她抢答。

“和你在一起，会变得别扭和拘谨。”

这次，两人一起把头摇得像拨浪鼓，魏总从不把自己当外人。

“不让你熬夜玩手机。”

她亮出手机里前天晚上她和魏岚的聊天记录，凌晨一点，他发来一串信息：

“我想吃包子。”

“你睡了？”

“怎么睡这么早？”

两人尴尬得谁也没说话。

“总想哄你开心……”

…………

孙秘书泄气地关掉手机页面：“算了，这都是什么破题嘛，不准。”

“所以我就说你想多了嘛，魏总对我就是兄弟情。”

“好，”孙秘书暗自责怪着老魏总，都怪他老人家错误地引导了自己，“以后我再也不拿这个逗你玩了。”

其实，洪星星对魏岚也谈不上有多么喜欢。可当孙秘书通过这样的方式，来“确定”他对她的情意不是喜欢时，她居然发现自己的内心还是会失望的。

“魏总不是一般人，他的喜欢可能跟别人不一样。”孙秘书苦笑着帮他辩解，语气弱得没有一点儿说服力。

一直在门口偷听的凌听，此刻推门进来：“变态的喜欢，千万不能要。”

洪星星抓起手边的枕头砸过去：“小屁孩儿，有你什么事？”

孙秘书看着凌听委屈地抱着枕头站在门口，无声地笑了笑。

魏总喜不喜欢星星不好确认，但星星不喜欢凌听倒是可以确定了，孙秘书心里一阵窃喜。

她既为魏岚高兴，也为自己高兴。

魏岚百无聊赖地坐在沙发里，和洪星星已经十几天没见面了，这简直就是一种折磨，旁边的黑胶唱片里流淌出欢快的曲子，他烦躁地站起来换了一张。

“我的身体已经好了，你的身体怎么样了，大概什么时候回公司上班？”

是洪星星发来的微信。

哈，一定是她听到了我的召唤。

他欢喜极了：“那就明天吧。”他必须秒回。

“明天，可明天是周末呢，你不多休息一天吗？”她提醒道。

“那就后天。”

他生平第一次如此痛恨周末。

说什么度日如年，简直就是度秒如年。魏岚想着一定要给自己多找点儿事情来做，人在忙碌的时候，感觉时间会过得更快一点儿。最初分分秒秒都是折磨，慢慢地即将见面的欢喜开始冲走了最初的焦灼，心底渐渐生起一种叫作期待的东西，每一分每一秒，都被它占据着，无法再顾及其他。他的心里仿佛被植入了一个闹钟，嘀嗒嘀嗒地响着。

饱受爱情折磨的人，最能感知时间的流逝。

周一到了公司，魏岚恨不得单独把洪星星关在办公室，分分秒秒都和她黏在一起，可偏偏进来汇报的人一拨又一拨，冲撞着他的相思。好在他看向她的每一眼，都像吃了蜜糖般甜蜜，聊以慰藉。

再次回到润世，孙秘书别有一番感慨。职场人个个都猴儿精猴儿精的，魏岚当初到底为何开除她，现在又为何请她回来，没人能够搞清楚。但风水轮流转，示好总比树敌强。

应付完那些虚情假意的同事，孙秘书便一头扎进了洪星星的办公区。

“星星，说点儿知心话呗。你喜欢什么样的男人？我是指，男女的喜欢。”

她要先搞定魏总吩咐的事。

“怎么问这个？”这不像她的工作风格，洪星星纳闷儿。

“呃……那个……这不，我总觉得凌听喜欢你。你没看出来吗？”孙秘书心虚地摸摸鼻子。

“凌听？什么鬼？他还是小孩儿呢，别闹。”

孙秘书点点头，很好，这正是自己想要的答案。

至于喜欢什么样的男人，洪星星的脑海中不知不觉地浮现出魏岚的脸，拥抱自己的，在车上熟睡的，说要和她一直在一起的……

“星星！”孙秘书在她面前晃晃手。

“什么？”她心中一跳，格外心虚。

“问你呢，你不喜欢凌听，那你喜欢什么样的男人？”

“我不喜欢凌听也不见得就喜欢别人呀，我怎么知道喜欢什么样的？”她慌乱地收拾着资料，遮掩自己的紧张。

“你想一想嘛，凭感觉，你愿意跟什么样的人在一起？”孙秘书想着魏岚的嘱托，不依不饶地问。

“你想干吗？”她警觉地瞥了孙秘书一眼。

“帮你参谋呀！毕竟事关我们星星的初恋，我要好好把关。”

“你就别八卦了，反正我不喜欢年纪小的。”

“难道你喜欢大叔类型？”孙秘书抱着打破砂锅问到底的心情，“嗯，年纪大的男人确实很有魅力。”

她有些为难：“倒也不是。比我大个一两岁，稍微成熟一点儿就行。”

…………

大个一两岁就能成熟了？

躲在门后偷听的魏岚忍不住冷笑，男人是不是成熟不能只看年龄，要看阅历和责任心，比如我，这个洪星星是猪脑子吗？

只听孙秘书说道：“这你就不懂了。男人嘛，年纪大的成熟稳重，年纪小的天真可爱，二十五六岁的男人既不稳重又不可爱，还最爱嘚瑟。”

“是吗？”这个问题她倒是从来没有想过。

孙秘书一副很懂的样子：“你不如考虑一下姐弟恋？不找凌听可

以找别的弟弟嘛，白天小奶狗，晚上小狼——”

“咯。”门外传来一声咳嗽声。

孙秘书从门缝里瞥见魏岚的身影，赶紧改口：“不过我刚才说的都俗了，我们星星自然要选个不俗的，比如……比如，像咱们……咱们……魏总那样的。”

洪星星一惊，没想到她会直接说魏岚，吓得赶紧捂住她的嘴：“魏总？”

孙秘书赶紧压低声音：“魏总比你大一岁，年纪轻轻事业有成，颜值在线，气质迷人。而且他狮子，你白羊，绝配呢。”

“你不去婚姻介绍所工作真是他们的损失。别胡说，我跟魏总……我，我跟魏总，你知道的嘛，我们可是好兄弟。”这话说得极其心虚，她赶紧岔开话题，“好了，我的事你别操心了。”

“那行，不闲聊了，干活儿，干活儿。”

“君子坦荡荡，小人……”每次提起蔡蔡，办公室的人都会忍不住想起前面那句话，小人什么样说不清楚，但蔡蔡说话总是阴阳怪气、含沙射影，好像有一种神奇的气质，让人忍不住联想到这句话。

“我找下凌听。”蔡蔡在实验室门口溜达了半天，瞅准了凌听不在里面。

门口的实验员转身向里面走去：“稍等，我去帮你喊他。”

趁这机会，他一步迈进实验室，将手机数据线连在实验室的电脑上。

凌听从里面出来，看他在用数据线充电，伸手便要拔。

“哎，你干吗？”蔡蔡拦他。

“非实验员不能私自连接实验室的电脑，这规定你不知道吗？”

“谁连电脑了，我就充个电。我手机开不了机了，你让我充一下。”

“规定就是规定。”凌听推开他，强行把充电线拔掉。

“哟，什么意思，当我是来偷窃机密的？当我是贼？”

是不是贼不确定，至少来者不善。凌听看着他阴阳怪气的样子，没好气地问道：“你找我有事？”

“本来有事，现在没了！”

他转身想走，被凌听拉住：“你找我到底什么事？”

“我手机不小心被我格式化了，小赵她们让我找你，我就想修个手机却被当成贼，我可不敢高攀让你修手机！”

“都是同事，凌听也不是那个意思。”帮他找人的实验员赶紧打圆场。

“那就算了，反正我也不是专业修手机的。”凌听白了他一眼，转身离开。

“呸，谁稀罕让你修。”他甩甩头，一步三晃地往外走。

周亦霖从门口瞅着蔡蔡走远了，才从里面走出来。

“你说他用的是这台？”周亦霖看了看蔡蔡充电用的电脑。

“对。”凌听检查着电脑程序。

“好端端地来找你修手机，不大对。你把实验室的电脑都查一下，看有没有问题，从主机开始。”

“是。”两人同样觉得事有蹊跷。

洪大军已经适应了退伍后的生活，过去的事他不提、不想，一门心思过眼前的日子。身体健康，闺女孝顺、听话，又有了份好工作，他还有什么好愁的？每日侍弄侍弄花草，养养鱼，买买菜，给闺女做点儿好吃的，有闲工夫了锻炼锻炼身体，到小区公园看人下下棋，日子过得也算惬意，没什么好愁的。

婚姻大事？缘分不到，给自家璞玉再找块石头，得不偿失，洪星星这次受伤，倒是让他想开了。

今天超市的菜不错。

洪大军推着购物车，远远地看着丁玲走了过来。

她大方地微笑着。

“好巧，可有些日子没见着您了。”洪大军说道。

“感冒老不好，所以最近就没出来溜达。”

“现在好点儿了吗？”洪大军问。

“好了。”丁玲的购物车里放着两根白萝卜、一瓶酱油，还有几盒酸奶。

两人边走边聊天，洪大军问：“怎么从来没见您先生陪您一起买菜？”

她神情黯淡：“……几年前去世了。”

“唉，我这嘴，真是，对不起，惹您伤心了。”他很是愧疚。

“没事，没事。”

两人从超市出来他开始绞尽脑汁地想话题，想要留她多聊一会儿。

碰巧遇到社区的志愿者，给了他们两张海报，丁玲盯着海报看了一会儿：“是老年交谊舞队的宣传报。听说这个舞队挺不错的，附近小区的中老年人都爱去跳。”

这不正是雷老板他们那支舞队吗？他赶紧抓住机会：“我认识他们领导。”

“真的呀？我一直挺想学的，但没个朋友做伴。”丁玲有些意外。

“我呀！我就是这交谊舞队的，他们领导、老队员我都认识。”吹牛版老洪上线。

“我就怕我不会跳，惹人笑话。”

洪大军把胸脯拍得咣咣响：“我教你，包在我身上！”

为了庆祝自己复职和洪星星康复，孙秘书别出心裁地搞了个以

“庆祝洪特助康复”为主题的员工聚餐，特意拉上了魏岚。一群人来到“杨二嫂烤羊腿”要了个包间，把两张桌子一拼，风风火火地恨不得把整张菜单点个遍。没一会儿服务生小哥便端着烤得嗞嗞响的肉串上来了。

老板在场大家拘谨得很，谁也不敢说话，整个聚餐的氛围尴尬至极。

“魏总，我敬您一杯。”洪星星心里清楚，大排档、烤羊腿、撸串，这样活色生香的日子离他的生活太远了。

他端起杯子，看了看她，与她碰杯。

“魏总，我也敬您一杯。”蔡蔡也站起来了，魏岚只好再喝一小口。

“您这喝得太少了。这样，我三杯，您一杯行不行？”有些人一沾酒，就像变了一个人，劝起酒来像个无赖。

“魏总……魏总对麦芽过敏，不能喝太多。”魏岚正欲端起酒杯，洪星星就伸手扣住了他的杯子。

“对麦芽过敏？”蔡蔡半信半疑地看着她。

魏岚也被这个别致的理由惊了一下。

他是酒量不好，可什么时候开始对麦芽过敏了？

“魏总的习惯我都背下来了，”她对着大家说道，“他对麦芽过敏，咱们就别敬他了。”

他明白她的用意，温柔地望着她，配合着她的谎言，淡淡地道：“工作做得不错，值得表扬。”

“魏总的习惯我也背下来了！哎呀，看我这猪脑子忘了，我的错。魏总，啤的我来。”蔡蔡谄媚地仰头干掉自己面前的扎啤，又把魏岚的啤酒倒进自己的杯子，一饮而尽。

没想到一向不够有男子气概的蔡蔡喝起酒来这么豪气，大家欢呼鼓掌，这才终于有了点儿会餐的气氛。

孙秘书的目光在魏岚和洪星星之间转来转去，终于开口了：“光喝酒有什么意思，趁今天聚会人齐，咱们玩游戏吧，真心话大冒险怎么样？”

“好！”小赵兴奋地举起手。

“举双手赞同！”酒喝得太急，蔡蔡忍不住打了个气嗝。

“真心话大冒险？那是什么？”洪星星好奇地问。

“就是聚会游戏，星星你没玩过吗？”孙秘书看魏岚一脸懵懂的样子，明白没玩过的不止洪星星一个，她提了提气，摆出一副“开讲了”的姿势，“那我就来好好给大家讲讲真心话大冒险的玩法。就是大家轮流抽签，抽到短签就要选是真心话还是大冒险。选真心话的，大家可以问他问题，他必须如实回答。”

孙秘书对魏岚眨了眨眼睛，坏笑着说：“有时候，你会从游戏里知道对方的心意哦！”

必须给孙秘书加个鸡腿！

他精神百倍地道：“好！就玩这个！”

“哦……”大家一起对着他起哄。

“抽到大冒险的，”孙秘书举起手机，展示大冒险的转轮，“就在这上面抽一个冒险项目，大冒险是最有可能促成情侣的游戏！”

“快来！快来！”大家已经迫不及待了。

孙秘书举起一堆串签，让大家轮流来抽。

“谁的最短？真心话还是大冒险？”孙秘书对着在场的人问。

“我，”洪星星亮出自己的短签，“我当然是选大冒险啦。”

“好，我们就给星星安排真心话环节。”孙秘书起哄。

“你们想知道什么，问吧。”她一副大无畏的样子。

“那什么，既然魏总也在场，我们不妨让魏总来问吧。”孙秘书对着他使了个眼色。

魏总呀魏总，我也只能帮你到这里了，剩下的机会你可要好好把握哦。

“问什么都可以吗？”他问。

"游戏规则就是这样的，魏总您放心问。"孙秘书转头看洪星星，"魏总问什么，星星你都要如实回答哦！"

"我洪星星没什么不可告人的事，只管来问！"她大方地把手机放在桌子上。

"那我问了……"他看着她，"你……"

"说！"

他迟疑地张了张嘴："你……今天的工作报告写完了没？"

众人："……"

孙秘书狠狠地抓着自己的手机，一副恨铁不成钢的样子。

这是什么蠢问题？

呵呵，工作报告写完了没，你咋不问太阳有多高，星星有几颗，河里的蛤蟆几条腿呢！

孙秘书愤愤地看着魏岚，只好再次为他创造机会。

"下班时间不谈工作，魏总问的问题太简单了，不能算数。不能让星星这么容易过关，下面由我来问：洪星星同学请听题，你是否有过男朋友？"

"母胎单身二十四年。"她非常骄傲。

"咦……"大家一脸难以置信的表情。

"特种部队里帅哥那么多，都那样，那样……"小赵简直都要气哭了，"你选择单身？你还是人吗？要我，我就全要。"

"有喜欢的人吗？"孙秘书步步紧逼。

"没有。"

魏岚的心里一阵失落。

"工作太忙了。"洪星星补充。

"那喜欢什么类型的，要说得具体点儿，我们给你参谋参谋。"小赵插话。

好问题！孙秘书和魏岚同时赞赏地看向小赵。

"嗯……"洪星星一时不知该如何说起。

“长得帅总要吧？”孙秘书试探地问。

“帅不帅的我倒不在乎。”她继续思索着。

“高智商？”

“我反倒觉得，笨点儿的男孩挺可爱的，高智商的容易自恋。”

魏岚：“……”

高智商也有错吗？

这是真心话？这难道不是“哪儿疼往哪儿戳专场”吗？洪星星这是打算避开魏总所有的优点吗？

魏岚不满地抿了一口酒。

小赵提醒洪星星：“你这要求太低了。”

“谁说的，我要求可高了。要谦虚、踏实，还要……”

小赵打断她：“那外表呢？身材呢？”

“都不重要，身手好就行，能打过我就行。找个男朋友，‘铁人三项’的成绩还没我好，说不过去吧？”

“你这要求确实高。”

小方、小赵、小姜三人吓得缩着脖子，摇着头，向后仰了仰。

“哼，”魏岚撇撇嘴，嘲讽道，“这种要求，还能继续单身二十四年。”

“哪里哪里，”她笑着摆摆手，“我部队里的好多兄弟都符合。”

魏岚：“……”

孙秘书看魏岚的脸色越来越青，赶紧招呼大家继续抽签。

“真心话吧。”魏岚把短签扔在桌子上。

大家看他黑着脸，一副不爽的样子，几个员工你看看我，我看看你，谁也不敢先问。

“我来问吧！”洪星星一掌拍在桌子上，一副视死如归的表情。

真的勇士，敢于直面暴躁的老板，敢于正视阴晴不定的上司。

大家暗自竖起了大拇指。

“星星听我一句劝，别惹魏总，挑个简单的问，就问他刚才吃了啥。”蔡蔡凑到她的耳边小声嘱咐。

“就刚才我回答的问题！魏总，你喜欢什么样的女人？”她并未采纳蔡蔡的建议。

“我现在单身，没有喜欢的人，喜欢的类型——长发到腰，性格温柔，知书达理，三围90、60、90……不能太凶，不爱动手，不痴迷‘铁人三项’……太多了，就不在这里浪费大家的时间了。”

都是洪星星的反面。

她想，他果然是在拿我当兄弟！

她冷冷地看着魏岚，没有说话。场上的气氛越来越古怪。两人剑拔弩张，惹得其他人大气都不敢喘。

孙秘书再次救场：“那个，大家赶紧玩下一把！”

大家齐齐点头。

又是洪星星。

她无奈地举起手中的短签，在桌子中央的手机上按了一下，大转盘停在“喝交杯酒”上。

小方读出屏幕下方的小字：“和上一轮的玩家喝交杯酒。”

“你们俩赶紧的。”孙秘书暗笑，不然这个局白攒了。

终于到了今晚的重头戏。

“魏总不能多喝，我来！”蔡蔡站了起来。

这个没眼力见儿的。

“坐下。”魏岚一把把他按回椅子上。

“我干了，你随意！”魏岚凝视着洪星星，摆好交杯姿势。

“你我兄弟一场，来吧！”

能把交杯酒喝得这么霸气的，众人还是第一次见。

大家恨不得双手抱拳：长见识了。

魏岚重重地在洪星星的杯子上碰了一下，一饮而尽。他再抬头看她时，只觉得眼前乱晃，砰的一声，倒在桌上不省人事。

孙秘书只得招呼着一群人，呼啦啦地把魏岚推到洪星星怀里，让司机快点儿开车，速度快得让洪星星觉得像有什么圈套似的。一路上他依偎在她的肩头，倒是很乖巧，不像是喝醉了的样子。可他到家下了车，一见风，整个人就都变了，就跟酒劲是被风吹起来的一样。

“别动，干吗呢？”他一动不动地趴在她的肩头，胡楂儿在她的颈边蹭来蹭去。

“你才别动，扎……”她把他往旁边推了推，把脖子从他的下巴边移开。

“我渣？明明是你渣！”他的语气听上去就像在撒娇。

“我渣？”她蒙了。

“说什么不想谈恋爱，欺骗感情，始乱终弃……”

“我欺骗？欺骗谁了我！”她无奈。

“我以董事长的身份命令你，马上开始谈恋爱，马上找对的人恋爱。”他抓住她的肩膀猛晃。

“命令我？你还有权力命令我谈恋爱了？”洪星星哭笑不得，“再说，我找谁呀？”

迷迷糊糊中，他痴痴地笑了，仿佛看见她正一脸柔情地看着自己，声音像是从很远的地方传来的，悠长而绵软。

“你，你找……”他醉得失去了意识，一头栽在她身上，一个“我”字生生地被吞了下去。

她无奈地把手放在他的腰上，手忙脚乱地把门打开，一步步把他拖进门去。

她从冰箱里找出柠檬，切了几片，把柠檬片丢到杯子里，又倒入一半热水、一半矿泉水，试了试，温度正好。她把魏岚从沙发上捞起来，扶他坐好喂他喝柠檬水。

“酸。”他迷迷糊糊地推开杯子。

“不酸不解酒。”

“我不，我要甜的。”

“没有。”

他勾勾手，示意她靠近：“洪星星，你头发短，不温柔，不知书达理……”

“你要是再骂我，我可就走了呀。”

“别走！”他一把拉住她的手，“我想说，你不是喜欢强壮一点儿的男人吗？告诉你，我现在……也有胸肌了。”

“是吗？”她扫了一眼他的胸部。

“练了两个星期……我觉得很有成效，不信你摸摸。”他把她的手按在自己胸前。

“行行行，知道了，知道了。”她想要把手挪开。

“嘘，你听。”他一脸神秘地把她的手放在自己的心脏处，“我的心跳，是不是很快？”

“应该是喝酒引起的心脏不适，你的酒量是真的差。我记得你家有个私人医生的，他的电话号码是多少？”她不明所以，担忧地数着他的心跳。

“唉，洪星星，你是真傻还是假傻？”

“我又怎么啦？”

“就你那个择偶标准，也就能找到跟你一样的傻大个儿！找不到，根本找不到我这样的霸道总裁。”

她气得直笑：“你这样的霸道总裁也不喜欢我这样的呀。”

“对，跟我一样优秀、帅气的男青年，我是说，如果有的话，肯定不喜欢你这样的。除了……除了……”他猛地开始干呕。

“得了，魏总，我的终身大事你就别操心了。”她赶忙拉过垃圾桶，轻拍着他的后背。

终于把魏岚放到床上，帮他解开领带，脱掉鞋，摆正睡姿，盖上被子。

不过他这次的睡姿倒是挺斯文的。她俯下身来，仔细看着魏岚的脸，鼻子好高，睫毛也好长，皮肤比女孩子还白，跟部队里的兄弟们比，倒是很……很别致。

她赶紧摇摇头，让自己清醒一点儿。

她正要走，他翻了个身，被子被踢到了地上。

她只得回去，捡好被子，俯身帮他盖好，没想到熟睡中的他突然伸手揽住她，她毫无防备地一头栽倒在他的身上，嘴角磕到了他的嘴角。

她面红耳赤地看着他，不知道此刻他到底是真睡还是故意。

苏小懒 著

玫瑰骑士

The Knight of the Rose

[下册]

青岛出版社
QINGDAO PUBLISHING HOUSE

第十二章

玫瑰骑士

不知道是不是每个人的感情世界都是一样的，越想理出一个头绪，越容易走进盲区，越想看清对方的真心，就越不可自拔。时时刻刻被所谓的自尊夹击着，不敢多说，不敢多问，只能靠着对方的点滴表现，在无数个不眠的夜里反复猜测和拼凑。

他喜欢我。

他不喜欢我。

回顾洪星星目前二十四年的单身生活，部队女兵少之又少，她整天在男人堆里，却连个动心的人也没有。昨晚和魏岚那个突如其来的唇角相交的吻，她无法确定性质，更无法确定自己的心意。

她从未喜欢过一个人，更未品尝过恋爱的滋味，对眼前这种不能确定的感情，既无法从中获取那份该有的甜蜜感，又不敢向任何人咨询。

爱情于她来说，一直是奢侈品，她从不敢奢求。可，万一天上的哪路神仙心疼她，准备砸一个给她呢？

第二天清早，洪星星纠结地站在魏岚家门口，像做贼一样，好像那个吻是自己偷来的或者她霸王硬上弓夺来的。问？不问？做了半天心理建设，她终于鼓起勇气敲响了那扇门。

很快，门打开，魏岚蓬头垢面地站在门后，看都没看她一眼，转身返回卧室。

她呆呆地望着他的背影，也对，大家都是成年人，幼稚的是她。

误会嘛，是她太过在意这件事。

魏岚不知何时已经四仰八叉地躺下，继而又侧过身，手撑着头，凝视着她："洪星星，我问你，你给我如实回答。"

她的心一颤："嗯，你问。"

"昨天晚上……你是不是又打我了？"他皱着眉头揉了揉脑袋，"我总感觉脑袋好疼，昨晚是你送我回家的，除了你我也想不到别人会打我……"

她咬着嘴唇："打你？你真的不记得了？"

"记得什么？"他拍了拍被子，仔细观察着她的表情，"哦——我就说肯定是你！"

她气不打一处来："昨晚可不是我打的你，是你喝多了自己拿头往树上撞的。"

"可是好端端的，我为什么要撞树？"

"谁知道，可能是做了什么亏心事，愧疚难当，自己惩罚自己

吧。”活该！

渣男！

什么都不记得了？

他看上去，似乎……不像是装的。

“我是真的什么都想不起来了，真不该喝酒。”他懊悔地拍拍脑袋，往后一挺，抓起被角往脸上一盖又睡了过去。

她看着他蒙在脸上的被角，后槽牙磨得咯咯响。

早上的一场大雨，让整个天空变得干净了不少，周亦霖心情愉悦，特意在西装的胸口处别了一枚帆船胸针。

“我跟你汇报下工作，高松往实验室的电脑里放了木马病毒，凌听已经把它找出来并改写了程序，到了原本的触发时间，木马病毒会反向攻击原本的信息接收端，让其变成蓝屏。”周亦霖打了个响指，表现出一副大获全胜的样子。

“为什么不直接准备假的系统文件，让木马病毒在预设的触发时间里拷走，而假的系统文件里夹带一个能无痕共享屏幕的后台监控程序呢？”魏岚眯着眼，“这样可以看看高松他们要系统文件是自用还是转卖，转卖给谁。”

“好主意！”周亦霖如获至宝，“但听起来很复杂，操作起来难吗？”

“对我这个天才来说不难，对凌听……就不一定了。”

“你要是觉得不难那他就没问题，我觉得他比你当年厉害。”见魏岚正恶狠狠地盯着自己，他赶紧解释，“人家才二十岁，还是个孩子，不能夸一下吗？”

“问他要什么奖励？”魏岚直接埋头于工作中，貌似不经意地问。

“不用问，我知道！”周亦霖扑到他的办公桌上，“让他能自由来往董事长办公室看洪星星，他就是为了跟她在一起才来润世上

班的。”

“狼崽子！休想！”他猛地把笔拍在桌子上。

“哎哟，我的魏总，不经过考验的爱情怎么能叫真正的爱情？一个优秀的对手，更能烘托你的情真意切嘛。”

“滚滚滚……”

周亦霖一脸窃喜地溜了。

孙秘书回归后，休息室又恢复了往日的热闹，每天闹着要洪星星教她防身术，其他人也跟着起哄。

“答应她吧洪特助，我们也好跟着学几招呀，求你了。”

她实在躲不过，谦让了几次后只好同意。

“你要这样……再这样……这样……然后坏人就会……这样……”她刚示范了几招，门口就传来了重重的咳嗽声。

“你这是准备在公司开武馆吗？”魏岚走进来，休息室内顿时鸦雀无声。

“我看大家很热情，就想随便教大家一两招防防身。”她赶紧松开孙秘书的手。

“走，陪我锻炼去。”他招招手。

“好好练。”她紧追几步，同时不忘回身用手比画着刚才的动作。

“你和魏总也要好好……‘练’哦。”孙秘书笑嘻嘻地指着他的背影，别有深意地说道。

两人一前一后很快到了健身房。

标准的姿势，一样的套路。他摆出一副胜券在握的样子，自己好歹是个男人，就不信赢不了她，结果几个回合下来，次次都被她碾压。

“再怎么说我也是你老板，能不能给我点儿面子，起码让我输得好看一些？”他累得气喘吁吁。

“我教你的这些，是让你用来防身的，不是让你用来好看的。”

她的语气颇为淡漠，似乎哪里有些不对。

魏岚手托着腮："那也不需要这样整我吧？是不是因为我以前对你不好，所以你现在趁机报复？"

呵呵，就跟你现在对我多好似的。

她一副公事公办的样子："我们部队里有句话，'平时训练多流汗，战场才能少流血'。魏总，我也是为你的安全着想。不然万一遇到危险怎么办？"

"不是还有你吗？"

"那如果哪一天我不在你身边了呢？"

"不存在这种情况。"

"为什么？"

"我不准你走，你就不能走。不管你到哪儿，我都要把你抓回到我身边。"他孩子气地别过头。

"好了，我就打个比方，你那么严肃干吗？继续练习。"

刚才的那句话，像是影视剧里男主角说给女主角听的甜蜜的情话，她脸红了。

休息时间，他大口地喝着水，看着身边同样仰头喝水的她，蓦地想起周亦霖先前质疑过的，或许她根本就没喜欢上自己。

"我……有个问题。"终是没忍住，他问。

话一说出口，他便觉得后悔。

时机不对。如果现在问她，这个场合，这个装扮，她会不会觉得他是在耍她？这一秒问了，说不定下一秒他就会被她打到吐血。

"你说。"

她简短地说了这两个字，等他继续发问，没想到他一直装傻充愣地看着她。

这个眼神，没错，就是这个眼神。

她直愣愣地瞪着他，这家伙肯定又要耍自己了。

冷静，冷静，洪星星你给我冷静，别动手。

她慢慢将手舒展开，放进裤兜。

终于，她听到魏岚问："你、你到底……喜不喜欢我？"

"什么？"坐在运动垫上的她正要起身，冷不丁听到这句话，脚下一打滑，跌坐了回去。

"……的发型？"他心里一惊，赶紧改口。

什么鬼？

洪星星佯装没事般重新站起来，认真地盯着他的发型："不喜欢，傻里傻气的。"

是否定的回答。

他不甘心地又说："什么？这么肯定？要不你再重新考虑下？"

"比珍珠还真。"

她拍拍自己的脸，强迫自己不要被他的言行所干扰，重新摆好姿势："没别的事的话，今天咱们再学一个防身技能就结束训练。"

他气馁地站起来。

"当你被歹徒掐住脖子了怎么办？"她把他的双手搭在自己的脖子上，双手从他的双臂掏进，在他的眼睛上示意，"你要把手从中间掏进去，攻击他最脆弱的地方——眼睛，然后两肘下压让他放开手。来，你试试。"

说罢，她又回头指着身后的墙："像这种背后有墙，或者其他支撑物的情况下，你可以把对方推上去，更好借力。"

他点点头，准备开始。

"一、两手从下往上掏。"她假意掐上他的脖子。

他照做。

"二、抠眼睛，对，往后推。"

他用两手蒙住她的眼睛把她向后推到墙上。她的唇就在面前，这个暧昧的距离伴着突如其来的心跳声，他一时怔住。

"下一步呢？抬肘下压，做呀。"她不明白他为什么停下来。

他定定神，正准备做下一步。后面架子上的瑜伽球突然滚落，重

重地砸到他的背上，他一个重心不稳连球带人向前倒去，一个蜻蜓点水般的吻落在了洪星星的唇上。

又来了。

洪星星目瞪口呆，忽听得魏岚大喊一声：“瑜伽球！”

他怀里抱着个瑜伽球，满脸通红。

她被这突如其来的吼声吓了一跳，下意识地回道：“什么？”

“刚才瑜伽球从架子上掉下来了，砸着你的脸了！你、你没事吧？”太尴尬了，好在他是个小机灵鬼，及时地让瑜伽球背了锅。

“有吗？”她摸了摸自己的鼻子。

“那就好。哦，对了，我突然想起来晚上还有事，约了人开会，我得走了。”他落荒而逃。

他只忙着溜，到了停车场才想起车钥匙忘了拿，只好折回去取，刚摸到更衣室柜子里的车钥匙准备离开，凌听清脆的声音便传了过来：“星星姐，你在吗？”

她愉快地回应着：“快帮我把器材归位，等会儿免得麻烦阿姨了。”

“魏总那个烦人精走了？”

凌听一边帮她收拾瑜伽垫，一边说着魏岚的缺点。

“魏总那人一看就自恋、傲慢，哪儿像我这么亲和、帅气、萌萌哒！”

“你不了解魏总，他只是自尊心比较强而已。”她帮他辩解着。

“脾气不好。”

“他是完美主义。”

“总是把自己搞进医院。”

“他身体是比较虚弱，我会督促他好好健身。”

魏岚躲在门外偷听，听见她每次都维护自己，怒气减半。

“周总监说他特别任性、幼稚。”

“别听周总监的，他才任性、幼稚，魏总只是理想主义。”

洪星星，我没看错你，你这么维护我，肯定是心里有我。不枉我……不枉我对你一番真情实意。他欣慰地笑了。

只听凌听又说："这么维护姓魏的，星星姐，这可不像你平时的作风呢。你是不是喜欢他？"

魏岚心头一紧，竖起耳朵。

"怎么可能？他人不错，不讨厌。唉，说来也愁，"她不想再聊下去，"我教他防身术，就那么简单的几步，他就是记不住。"

又是掀腿压颈又是顶膝锁喉还有什么击腹别臂，哪里简单了？怎么可能那么容易记住？他为自己鸣不平。

"我带的少儿班，孩子们倒是一遍就能记住！"

"哈哈哈，那他也太笨了。"

"不是笨，是身体协调性特别差，差到像是一种天分，也挺神奇的。但这不是他的错，他已经很努力了！"

"我记得你说过，他体能也特差。"

"以前体能差，最近经过我的特训稍微好点儿了，俯卧撑一分钟能做三十五个。"

三十五个半！魏岚在心内默默纠正。

"那不是你小学六年级时的水平吗？"

"是呀……臭小子，拿我和魏总比，不是在欺负人吗？他又不是专业的。"

"那是，他怎么能和星姐你比？"

二人嘻嘻哈哈地往外走，魏岚赶紧躲进邻近的房间避开他们。

雷老板正在客厅教洪大军跳舞。洪星星猛一见到，着实吓了一跳。

太阳打西边出来了吗？

什么，老头儿要教一位女士跳舞，所以主动热情地开始学起了跳舞？

家里还有可能添双筷子……这变化也太大了吧？

洪星星和雷老板一唱一和，老头儿毫无招架之力，满脸通红，借口要去厨房盛汤，闪进厨房。

“嘿，老洪这口风可够紧的，我居然一点儿没发觉。那个丁阿姨，家里什么情况？长什么样？带来家里，我也替他把把关……”

雷老板还没来得及回答，门铃响了。

洪星星看着门口拎着两箱礼品的丁玲：“您是……？”

洪大军拿着汤碗懒懒地投去一眼，看到丁玲的脸，瞪大眼睛，一时不知该如何是好。

“星星老师！”一个女孩儿从丁玲身后跳出来，紧紧地抱住洪星星。

居然是武术培训班的钱梅梅，洪星星一脸惊喜。

“您好，我是梅梅的姥姥，我叫丁玲，上次的事情，多亏了您，今天是特地带她上门来道谢的。”

洪星星赶紧把她们让进门，一边打量丁玲，一边冲洪大军挤眼睛。

老头儿的品位着实不错。

一屋子人嘻嘻哈哈地坐在沙发上聊天。

丁玲看到沙发上放着的旅行社的宣传彩页：“哎，这不是我想报名参加的那个旅行团吗？”

“是吗？那去吧，让我爸也去，这样您二老一路上互相也有个照应。”贴心小棉袄洪星星名副其实。

“是呀是呀，”雷老板附和，“我们老人不能老给孩子添乱。对孩子的事业呀，爱情什么的都是耽误。”

“我是想出去散散心，可是梅梅没人照顾，走不开呀。”丁玲有

些为难。

雷老板不由分说地替洪星星应下："这好办，跟星星呗，星星最喜欢孩子了，是不是？"

"是是是，我特别喜欢梅梅，放心交给我吧。"她赶紧附和。

"太好了，我要跟星星老师一起睡。"钱梅梅开心大喊。

洪大军感激地看着女儿。

养兵千日，用兵一时，世上只有小棉袄最最好。

见丁玲松口，她说道："丁阿姨，那我去打个电话，让旅行社先给你们留个位置。"

丁玲看了看洪大军，见他微笑着点头，便笑着应下了。

雷老板找了个借口告辞了，洪星星拉着钱梅梅进卧室玩，刻意把机会留给了洪大军和丁玲。

钱梅梅看着卧室里洪星星穿着军装的照片，惊得哇哇大叫："星星老师，你也太帅了吧？"

"那是，也不看看老师是……"

魏岚的视频电话打断了两人的聊天。

"哎，魏总，你那边怎么黑乎乎的？"她不解。

钱梅梅好奇地凑过来看，洪星星指着视频里的魏岚解释："那边的人是我老板。"

"你好，黑乎乎叔叔。"钱梅梅盯着黑乎乎的屏幕打招呼。

洪星星乐了。

"什么'黑乎乎叔叔'？"他打开了车灯。

"哇，叔叔你好帅。"钱梅梅马上改口。

他得意地笑："你明天有没有安排？没安排的话晨练照旧。"

"这孩子是我以前的学生，我周末要照顾她两天，你介意带她一起晨练吗？"

"没事，不介意。"

"那行。那明天晚点儿吧，我怕孩子起不来。"

“星星老师，我能起来。”钱梅梅要强地说。

“连孩子都比你积极，那明早直接去公司的健身房晨练吧，八点怎么样？”

她比了个“OK”的手势，两人迅速敲定好时间。

健身房的瑜伽球已经被高高收起，魏岚想象着那天两人的亲吻，不禁傻笑。

“魏总？”洪星星带着钱梅梅进门时，正看到他对着墙笑出声。

他闻声转过头来，傻笑凝固在脸上。

“星星老师，这位帅叔叔的笑容怎么和杨杨一样呀？”

“杨杨是谁？”她低头看着钱梅梅。

“杨杨是我的同学，他脑子得了病，很多小伙伴都欺负他。他的笑和叔叔一样，叔叔的脑子是不是也有病呀，需不需要去医院？”

魏岚：“……”

“那个，童言无忌。”她尴尬地笑，“你别放在心上。认识一下，这是我以前的学生，也是邻居家的孩子，叫钱梅梅，今天正好给你当陪练。”

“这么小的孩子，给我当陪练？”

“星星老师，你别难为帅叔叔了，一看他就不是我的对手。万一被我打倒他会很难堪的，我们练武的人不能欺负弱者。”

魏岚彻底被激怒了，转身对洪星星说道：“行，陪练是吗？就她了！”

只是一分钟后，他便后悔了。

先是格斗，他被钱梅梅一计装委屈诈了个正着，狠狠地中了她的招；接着是体能，魏岚已经趴下，她还在精神抖擞地做着深蹲，九十九，一百……最后是游泳，魏岚体力不支，下去扑腾了两下就爬了上来。

“差点儿要了我的命！”他抹了一把脸上的水，忍不住感慨，引

得洪星星和钱梅梅大笑不止。

平时被洪星星三番五次地打到住院已经足够丢脸，现在她居然又弄来一个小屁孩儿羞辱他。

生无可恋。

他郁闷地裹着毯子，仰倒在泳池边。

董事长办公室的小姑娘们很迷国内的综艺节目《脱口秀大会》。孙秘书最喜欢的是脱口秀演员杨笠。据说，在一次演出时，杨笠被追问，为什么没有男朋友时，直接反问对方："你为什么不上清华，是因为不喜欢吗？"

大家看得哈哈大笑。

魏岚不解。

对他来说，考上清华还是很容易的。

可找女朋友，绝对比考清华难多了。努努力加上智商够用，他轻轻松松就能迈进清华的大门。可找女朋友呢，他只觉得自己越努力，洪星星离自己就越远。

周亦霖笑得流眼泪，干脆建议他直接约洪星星吃饭、出去玩，创造工作之外的相处机会。

这个建议比之前提的任何建议都要靠谱。

他准备这次训练结束后便开始践行，靠着抗揍的耐力终于熬到了训练结束，心底的愉悦感飞速腾升。

"运动使我快乐。"他大喊，引得洪星星和钱梅梅纷纷侧目鄙视。

洪星星牵着钱梅梅走在前面，回头发现魏岚落了单，停下等他。

"看什么看，往前走！"他走姿僵硬地跟在后面，就像拖着一条残腿。

"星星老师，他腿酸走不动，我有经验。"钱梅梅捂嘴偷笑。

"我腿不酸，我体力很好的。"为了力证清白，魏岚使劲往前走了两步，但僵直的腿出卖了他，每一个动作都夸张又滑稽。

终于坐到主驾驶位上，魏岚舒舒服服地叹了口气，把腿伸直。

他打起精神，刚想张口就被洪星星打断了："要不我们回家吧，家里有个凌听叔叔还想找我们……"

他迅速抢过话头："梅梅，你有没有什么想吃的东西，我请你。"

"嗯，吃什么呢？"小女孩皱着眉头，眼睛亮亮的。

"离这里步行两公里内有家还不错的餐厅，法餐，大厨是蓝带出身；还有家日料，他们家有空运过来的海胆，味道不错。"他期待地看着两人。

"我……"洪星星犹豫。

"我想吃糖葫芦、臭豆腐，还有串串！"钱梅梅几乎要蹦起来了，一一数给魏岚听。

洪星星和魏岚愣住。

"不可以吗？"钱梅梅刚才还亮晶晶的眼睛变得黯淡无神。

"可以！可以！看看导航怎么走。"

只要能一起吃饭，别说吃臭豆腐，让臭豆腐吃他他都不介意。

他开心到飞起。

洪星星没有看出他的小心思，清楚他不吃路边摊，还有点儿为难，一直道歉。

魏岚善解人意地说道："没事，孩子都不喜欢宅在家里，喜欢玩，咱们带她吃点儿好吃的，玩一玩，再找个地方看个电影什么的，最后晚上一起吃饭。"

"你要陪我们一天吗？"洪星星大惊。

"反正今天也没事，就勉为其难带你们玩一天吧。"

"好耶！"钱梅梅欢呼。

魏总也有如此温暖的一面?

看着钱梅梅兴高采烈的样子，洪星星不自觉地咧着嘴角。

美食街上人挨人，大家龟速移动着，伴随着摊主花式的叫卖声，旋转、躲避、抬胳膊，他每一步都走得异常艰难。

“你是不是很少这么出来走动?”洪星星看他与别人擦肩而过时会怕碰到别人而大幅度地闪躲，觉得颇为好笑。

“嗯。”他在人群中躲来躲去。

“放松一点儿，不用这么紧张。”

“嗯。”说着，他又夸张地闪开了一个与自己擦肩而过的路人，引得路人好奇地瞩目。

“你对安全距离还是这么敏感吗?”

“嗯。”他把注意力都放在了躲闪上，好像自己是别人脚下的小动物一样，一不小心就会被踩扁。

“还以为你最近好了很多呢。”她想起最近两人在格斗时的样子。

“只是对你而已。别人，还是离远点儿好。”他脱口而出。

她呆呆地看着他，欲言又止。

只是……对我，而已吗?

不知道是不是每个人的感情世界都是一样的，越想理出一个头绪，越容易走进盲区；越想看清对方的真心，就越不能自拔。时时刻刻被所谓的自尊夹击着，不敢多说，不敢多问，只能靠着对方的点滴表现，在无数个不眠的夜里反复猜测和拼凑。

他喜欢我。

他不喜欢我。

魏岚，你……对我是真心的吗?

自己对魏岚……又是什么情意呢?洪星星有点儿茫然。

这时，钱梅梅兴高采烈地指着前方卖糖葫芦的小摊贩：“糖

葫芦。”

洪星星站在摊贩旁买了三根糖葫芦，一根给钱梅梅，一根给魏岚。

“我不要，黏糊糊的。”他迟疑地看着糖葫芦，没有接。

“那你先帮我拿着。”她把糖葫芦递给他。

他嫌弃地躲开，她急了：“拿着！”

他只好接过。

好像跟他想象的约会完全不一样。

他找了个机会，躲在路边给周亦霖打电话紧急求救。

“糖葫芦是老北京的传统小吃，你别说你没吃过。”周亦霖略带嫌弃地问。

“我……我听说过。”他一脸诚恳地答。

“真不知道你的童年是怎么过的，我都替你难过。”周亦霖叹了口气，明白了他的焦虑，“你今天难得放松一下，就别太拘谨，放开玩，想吃什么就吃什么，不过提醒你一点……”

魏岚明显紧张地点着头，一边打电话，一边不自觉地吃起了手中的糖葫芦。

“吃糖葫芦时，不能穿太贵的衣服。”

“为什么？”魏岚话音刚落，一滴糖滴在了他的西服衣角上，“我明白了。”

他欲哭无泪。

“帅叔叔，快过来！”钱梅梅边喊边跑过来，拉住他的衣角，拽着他和洪星星一起向前快步走去。

“要这个。”钱梅梅指着娃娃机里面的娃娃喜笑颜开。

“想要叔叔可以给你买。”

“不，自己夹出来的才好玩。”

“能有多好玩？”他一脸鄙视地看着娃娃机。

帮自己喜欢的人出谋划策，到底图什么？为了成全他的幸福？为了让他死心然后转头来爱自己？还是只为了讨他欢心，找共同话题？

纵使聪明如孙秘书，在此刻也难以理出个头绪，或许都有吧。第一次和凌听单独吃饭，餐厅的那不勒斯小夜曲无论放得多么合乎心意，也难以掩盖她心底的紧张。

“喏。”凌听把菜单递给她。

二人手指相碰，孙秘书垂下眼帘，凌听的眼神也不自然地躲闪开。

“今天的主题菜我都点了一遍。你看还有什么想吃的，我们再加。”

“已经够了，怎么想到请我吃饭？”

“本来想请星星姐来吃的，但他跟魏岚出去了，说中午也不回来。好不容易订到位子，不来吃很可惜，所以请你来陪我吃。”

“好吧，谢谢你找我来，早听说这家不错了，一直没过来。”看凌听没什么心情，她追问，“你很郁闷吧？”

“本来想带她去白房子看看的，算了，她不去是她的损失。”

“什么白房子？”她有些好奇。

“哎，给你看。”他拿出一张明信片，上面印着白色海滩和白房子的照片。

“白沙湾？”她一眼认出。

“你去过？”

“没有，我在电视上看到过。”

“哦，”他的眼神又黯淡下来，“我特别喜欢这儿，沙子干净，水质又好，而且游客少，很安静。星星高考完的那个暑假，我们曾经有个约定，要去那里给她过十八岁的生日，可还没到她生日，洪叔叔就把她送去了新兵训练营。”

“所以你们没来得及去？”

“嗯，”凌听点点头，“这是她十八岁的时候我们约定过的地方，那时候想给她过生日。现在，我想在那里向她告白。”

“告白？会不会太突然了？”

“准确来说，是求婚。”凌听掏出一个小盒子，打开，里面有一枚小钻戒。

“求、求婚？”她被惊得心颤。

凌听却认真地点了点头。

“你才多大呀，想什么呢？”她觉得简直荒唐，忍不住冷笑一声，又觉得这样不合适，赶紧解释，“对不起，我不是笑话你，我只是……”

“没事，其实我也觉得挺可笑的。但是与其把星星姐交给魏岚那种不靠谱的男人，不如我来照顾她。我想带她去美国，在拉斯维加斯领证，然后在花园草坪上举行婚礼。她肯定不喜欢婚纱、礼服那些拘谨的衣服，所以我们可以穿……穿迷彩服、牛仔服、皮夹克结婚。”凌听说着说着，被自己逗笑了，笑着扶额，“我知道，发生这些的概率大概是万分之一。”

“可是，”她把筷子放在筷架上，“那你有没有想过，如果她……”

“如果她拒绝了我，我就提前结束实习。毕竟，我的专业跟润世也不算对口，没什么留下来的理由了。”

她伤感地看着他收起钻戒，说道：“也对，你还要回去读书。”

在洪星星看来，魏岚身上有一种难以言状的气质，在此之前，她还不知道该怎么表达，但是此刻她终于找到了那个合适的词语，那就是“紧绷感”。无论何时何地、做什么，魏岚身上总是带着一种紧绷感。哪怕是像今天这样本该轻松愉悦的日子，他面对着一台娃娃机，也丝毫不能把它只当作玩而已。

他上百次地推动拉杆，想要游刃有余地控制那台机器。想赢的心和与生俱来的掌控欲，都让他无法彻底地放松。

“我已经用尽了工科理论和概率理论，怎么还是夹不到娃娃呢？”刚才还对娃娃机嗤之以鼻的他，此刻俨然变身成了娃娃机狂魔。

“星星老师，帅叔叔是不是从来没有玩过娃娃机呀？”钱梅梅看着他疯狂的样子，问她。

“可能是吧。”她揽过钱梅梅的肩膀，两人同情地看着他疯狂地摆动杠杆抓住娃娃，娃娃马上就要到达出口了，啪的一下又掉了，他扼腕叹息，抹一把汗，又继续。

“我看网上说，夹娃娃一靠商家的良心，二靠玄学预感。”洪星星劝他。

“我就不信这个邪了。”

他掏出手机扫码付款，整整一大盒游戏币被推到面前，他伸手一抓，钱币从指间流淌的感觉颇为奢靡。

…………

终于，三人脖子上都挂上了一串小娃娃。他却依然不依不饶，拉着两人到一个大娃娃机前，指着里面的大娃娃说：“要这个！”

他再次陷入疯狂的抓娃娃活动中，一次次投币，又一次次失望。

洪星星和钱梅梅抱臂看着他一心扑在娃娃机上，等得哈欠连天。

“我看，还是给他买一个吧？”钱梅梅说。

他看着娃娃跟自己失之交臂，手里的游戏币却早已投掷一空。他失望地转身，却发现洪星星和钱梅梅早已没了踪影，他奋力搜索着她们的身影，一只大型玩偶突然从后面捅了捅他的胳膊。他猛地拨开，那玩偶又捅了捅他，转头却见洪星星抱着一个大娃娃，比他刚才想抓的那只还要大、还要萌。

“送你的，接住。”

“对呀，帅叔叔，这是星星老师特意给你买的。”

他伸手从洪星星手里接过娃娃，眼中闪过孩童般的羞赧，她却已经转身拉起钱梅梅，红着脸向前走去。

这是她送给他的第一份礼物。

他抱着大玩偶，在人群中紧追不舍，旋转、躲避、转个圈圈……

他的动作依然既滑稽又夸张。

但，并不讨人厌。

第十三章

玫瑰骑士

每个被伤害过的人，都有权利选择不原谅，不是吗？
即便对方是自己的父母。

钱梅梅越玩越兴奋，看到路边有袖珍KTV，拽起魏岚和洪星星就往里钻。洪星星和钱梅梅两人你方唱罢我登场，把军歌唱得高亢嘹亮。

魏岚站在旁边面带笑容，机械地鼓着掌，脑中想的却全是洪星星。他的脑海中已经谱写出了两人从深情凝望，到甜蜜亲吻，再到十指相扣共同跌倒在洁白床单上的浪漫大戏。

“走吧。”洪星星看他还一脸傻笑地站在原地，催他。

“去哪儿？”

她边追钱梅梅边回：“江边。”

晚风习习，城市的夜色倒映在江面上，呈现出一片绚烂之景，船下江水粼粼。江船上的灯光伴随着摇曳的江面，将她的侧脸衬托得迷人又有风情，他一时看得有些呆住，惹得她更不自在了。

“小时候，我爸忙于工作，从来没有这样带我出来玩过。”他触景生情。

“现在出来玩也不迟。”

“今天与其说是陪梅梅玩，”他抓了抓钱梅梅的小手，“不如说是你们陪我玩，我从来没有这么开心过，像是把以前没玩的都补了回来。”

时间要是可以一直停留在此刻就好了。

“看，烟花！”钱梅梅喊着。

两人应声抬头，顺着她手指的方向，只见一簇簇绚烂的烟花正在空中盛放，美得梦幻。

“小时候我们院旁边有一户邻居，自家也有院子，特别喜欢放烟花。初一放，十五放，赶上节日也放，”洪星星仍仰着头，舍不得眨眼，“一堆小孩儿就趴在他们家院子外面往里看，可漂亮了。我们都说，这家人的日子多幸福呀。以前，小时候，我妈在的时候，我们家过年也放。”

她沉浸在回忆中，眼睛像是蒙了一层雾，有些缥缈，却又如此

真实。

他犹豫着。

似乎，似乎没有比这更浪漫的时刻了。

“我，喜欢，你。”他嘴唇颤动，做最后的练习。

“魏岚？”看他自言自语，她疑惑地问。

突然被她打断，他嘴一瓢，语速快过脑速：“你喜欢我？”

“什么？”她彻底蒙了。

钱梅梅不明所以：“星星老师，你喜欢帅叔叔？你喜欢他什么？”

她结结巴巴地说道：“我、我不知道。”

“哈哈哈哈，我就是跟你开个玩笑，看把你吓的。”他假笑着说道。

“呃……”她干笑两声，“是有点儿吓人。”

他快哭了，还是商场厮杀更让人痛快。

他愤愤地走向另一端。

“帅叔叔——你别抛下我们——”钱梅梅大喊。

他放慢脚步，远远地望着两人，等着她们走过来。

“星星老师，我还从来没有见你笑得这么开心过呢。”

“有吗？”她不自觉地摸了摸脸。

“星星老师，你喜欢帅叔叔吧？”钱梅梅人小鬼大，凑在她耳朵边悄悄地问。

“不不不！哪儿有？”她吓得连连摆手。

“但帅叔叔喜欢星星老师哦。”钱梅梅皱了皱鼻子，“我有直觉。”

“还你有直觉，你个小毛丫头懂什么叫直觉吗？”她笑着刮钱梅梅的小鼻梁。

“我当然懂，一个人的眼神是不会说谎的。以前妈妈看爸爸的时候，她的眼神就和星星老师看帅叔叔一样呢。”

完了，有那么明显吗？她赶紧绷住，把眼神从他身上收回来。

江面上偶尔传来几声汽笛，马路对面的商店播放着热门金曲，三三两两走过的人群各自热聊着，三人都有点儿舍不得回家。

两人一人一只手牵着钱梅梅溜达着往回走，一对骑着单车的情侣从他们身边经过，女生忍不住羡慕："这一家三口可真浪漫！"男生嘿嘿笑了两声："要不然，我们今晚就……"

洪星星和魏岚下意识地对视一眼，又不好意思地迅速移开视线。

钱梅梅仰头眼巴巴地看着两人，说道："我爸妈离婚了，我跟着姥姥，你们要是想当我的爸爸妈妈，可以跟我姥姥商量。"

洪星星脸一红，伸手捂住钱梅梅的嘴巴，不让她继续说下去。他假装没有看到洪星星的窘态，望着前面，心内却一阵窃喜。

叔叔没白喂你那么多好吃的。群众的眼睛终究是雪亮的。看看！在路过的人眼里，他们就是幸福的一家。

他一直把她们送到家门口。

"星星老师，要不你让帅叔叔也进来陪你睡吧。"小机灵鬼钱梅梅看着谁也不舍得先转身而默默对视着的两个人，说。

"不要胡说。"洪星星面红耳赤。

魏岚泪流满面，这孩子咋这么懂事，必须加个鸡腿！

比周亦霖靠谱多了。

孩子果然是感情的增进剂，他们总能感受到最真实的情感，却又不会像大人那样遮遮掩掩，减少了许多沟通成本。要是大家都能像孩子这样真诚表达，或许人和人之间就可以少走很多弯路了。

"不是，我以为老师不进去，是怕黑不敢一个人睡呢。我一个人不敢睡的时候，有个人在身边我就不会怕了。"小机灵鬼看着他，"帅叔叔，你会保护星星老师的吧？"

"小孩子不懂事，那我先进去了。明天见。"洪星星逃也似的快走了两步。

"明天见。"

小院的门缓缓关上，洪星星看着他的身影逐渐消失在门外。

“洪星星——”看着门缓缓关上，他忍不住喊她。

“嗯？”钱梅梅已经帮他做了助攻，再不告白似乎太窝囊了。

他终于鼓足勇气，上前一步：“我喜欢……”门彻底关上，一个“你”字被挡在了门外。

他失落至极，犹豫着刚要抬手敲门，电话便响了。

“喂……什么？”

不知道电话里的人说了什么，他已经顾不上她的反应，匆匆回到车上，转眼消失在夜色中。

如此暧昧的一个夜晚，洪星星倚着门板，回想着魏岚刚才的话，紧张又期待地把门打开，可哪儿还有他的影子？

她气鼓鼓地站在门口，颇为失望。

高松和蔡蔡紧张地盯着眼前的电脑，一个倒计时的进度条正在唰唰地闪动。

“这就是国本，马上就能到我手里，有传国玉玺在手，什么老皇帝，什么狗太子。”高松阴森的目光让蔡蔡不禁打了个寒战，“我摄政王一根指头就能让他们下半辈子吃沙子。”

进度条走完，屏幕上的木马程序开始传递资料。

“他们知道资料被拷走了吗？”蔡蔡问。

“当然不会，但我专门给他们留了个彩蛋。”他打开标着“QW1”的文件夹，里面是排列整齐的实验数据文件。接着，他亲昵地把电脑揽在怀里，“老子好爱这个高科技时代，只要有技术，老子就有全世界。”

电脑另一端的周亦霖看着屏幕里欣喜若狂的高松，迅速将视频分

享给了还在家中的凌听。

大晚上也不让人消停，这个高松着实可恨。

“咱们准备的假数据都被拷走了，不枉费我在实验室加班盯着电脑。”

凌听问：“他在干吗？”

屏幕上的监视程序后台显示着高松那边的电脑操作，他把拷走后自动压缩的后缀为“.tar.bz2”的文件编辑成超大附件，发给了一个邮箱地址。

反植入程序已经启动，周亦霖很满意，只是不知道高松把资料发给了谁。

“监控后台可以自动录屏，回头查查地址。”凌听若有所思地说道。

他旁边的孙秘书突然入镜：“好厉害，你们是共享屏幕了吗？”

“凌听，你跟孙秘书在一起？你们干吗呢？”周亦霖凑近摄像头。

“我看看刚刷的漆干了没有。”她心虚地起身。

“我家里的一处旧房子年久失修，需要刷漆，请她来帮帮忙。”凌听看着她离开，转头对周亦霖说。

“刷漆？”周亦霖惊讶，“我听说孙秘书在家可是娇生惯养的，连碗都没洗过，你使唤人家帮你刷漆？”

“我和美西是……好朋友。”凌听有点儿不自在，怎么话题就绕到了这里？

“都开始叫‘美西’了，可以嘛！哎，我招你进来是看中了你的计算机水平，没想到你泡妞的技术也这么高超，先是骚扰董事长助理，现在又把董事长秘书都撬走了，我看再……咦？怎么回事？监控后台要闪退？”

电脑上的监控后台闪了闪，又闪了闪，很快自动关闭。电脑瞬间蓝屏，屏幕上出现显示防火墙破解的红色进度条，进度飞快。

"这是什么？"

"完了，防火墙要崩溃！拔电源！快拔电源！"凌听大喊。

周亦霖惊慌地扑过去拔掉电源，惊恐不已地问一旁电脑里视频上的凌听："怎么回事？"

"是病毒！他们的木马程序里还有延迟激活的病毒。"视频里的凌听同样一脸惊恐。

"哦，原来这就是高松刚才说的彩蛋。"周亦霖伸手把领带拽开，他同样被惊出了一身冷汗。

董事长办公室里充斥着慌乱、紧张和一股凝重的气氛。

孙秘书悄悄拉过洪星星，正告诉她实验室出事的事情。周亦霖从实验室里出来，差点儿和她撞个满怀。

周亦霖看着洪星星手中的咖啡和三明治："给魏岚带的？"

"嗯。"她点点头。

"他工作的时候不吃东西，三明治给我吧。"他去抓她手里的三明治，她猛地往后退了几步。

明抢不行，他改走可怜路线，指着自己充满红血丝的眼球："看到没？十二个小时没合眼，都是为了你们家魏总。现在我吃他一口三明治怎么了？"见她不为所动，他两手放在脸上，做大哭状，"你们天天秀恩爱我也就不说了，能不能可怜一下我们单身人士，喂我们一口狗粮就那么难吗？"

"谁秀恩爱了，八字还没一撇呢好吗？"她顾不上和他逗乐，"到底怎么了？"

"这次是我们轻敌了。我们原本的计划是，假装没有发现木马程序，将计就计制造假数据故意让对方得逞，混淆视听。可没想到，木马程序在启动的同时，也在计算机端里植入了病毒，拷完数据就直接

摧毁防火墙，开始破坏系统文件。”他吃着三明治描述事件的经过。

“很严重吗？”

“幸好魏岚做的加密系统足够强大，又及时断了电。病毒只清空了储存在外部硬盘里准备公开招标用的实验视频。但这意味着要重新准备资料，招标会要推迟至少一个月。”

“你们忙了一夜吧？”她松了口气。

“我还好，魏岚一晚没睡，水都没喝几口。他这人就是这样，工作起来不要命，谁劝也不听。你都不知道他刚接手公司那一个月……”他意识到不对，又闭上嘴，眼睛盯着她手里的咖啡。

她笑笑，把咖啡递到他面前，他满意地端起来闻了闻，却没有喝。

“魏岚刚接手公司的时候是代理董事长，老魏总给了他一个月的观察期，看看他做出的成绩再决定是否转正。”

“这压力也太大了。”

“岂止大？简直爆棚！每天他都在忙，有时在家看资料看到早上，有时在公司刷大夜。他办公室的沙发，”他指了指里面，“还有实验室里的沙发，他都睡过。”

“白天还要照常上班？”

“当然了！还要神采奕奕地上班。一个董事长，要是打不起精神，员工的面貌能好吗？”

“怪不得他身体那么差，累也累垮了。”她若有所思地说道。

“所以魏岚一正式接任董事长就进了医院，还误打误撞地认识了你，第一次见面就被你打了一顿。”

她尴尬地遮着脸：“我是真的不……”

他笑，不再揶揄她：“这就是缘分。别看魏岚平时一副云淡风轻谁也不在乎的样，但实际上他为了这个项目是真的拼了。你来了以后，他才开始试着放松。所以，我还得替他谢谢你。”他将手里的咖啡还给她，“我就闻闻味儿，别心疼，端去给魏岚吧。”

她被他说中心思，挥起拳头晃了晃："谁心疼了？别乱说话，信不信我揍你。"

他大叫："过河拆桥，女人太可怕了。会功夫的女人更可怕。"

她没再搭理他，端着咖啡去找魏岚。十几个小时没睡觉吗？难怪他整个人看上去沧桑了不少。

"魏总？"她把咖啡递过去。

魏岚这才发现她。

"要不要睡一会儿？"

"招标会被迫推迟了。"他抿了一口咖啡，"这件事一天不尘埃落定，我就没法放下心来，最近要加班了。"

"工作再忙也要注意身体，明天的训练……"

"取消吧，好多事呢。"

"那……好吧，我先去忙那边，晚上再过来陪你们一起刷夜。"

他似乎没听到，并没有回答。

他甚至连她什么时候走的都不知道。

他看着屏幕上的新闻，"润世父子争权""润世新上任董事长实为傀儡""医药豪门内斗"……充斥着各大门户网站、社交媒体，看来对方真的急了。

他烦躁地关上网页。

康叔此时发来一条微信："晚上回家吃饭吧，看看老爷。"

魏岚脑中闪过嘴脸各异的董事叫他"小魏总"的画面，明白过来，这一切他们怕是也插了一脚，故意煽风点火，制造舆论，恶意造谣。换成以前，他大可以不理，谣言终会不攻自破，可现在偏偏是招标的重要时期，实验室又出了这样的事情，不去倒显得他怕了。

"一个人并不是生来要被打败的，一个人可以被毁灭，但不能被打败。"海明威的《老人与海》，他看了无数遍。是的，打败他的那个人，还没有出生。有种的，放马过来。

魏宝丰要见自己，着实把洪星星吓了个够呛。尤其老魏总要求，不能让魏岚知道。回想起魏岚对老魏总的态度，她不敢贸然相见，奈何老头儿非常执着，她只得同意。只是一路上她总觉得自己像个叛徒，孙秘书就是前车之鉴。

她想好了，一见面就要告诉他老人家："您找错了人，就算您给我五百万……"她咬咬牙，当然也不会同意的。

幽静的茶室内，魏宝丰似乎猜到了她的心思，开门见山地道："我知道你是魏岚最信任的人之一，有件事想交给你。"

"什么事？"

"我想，我想让你帮忙拉近一下魏岚和我的关系。"

"不是把魏岚的一切行动汇报给您老人家吗？"她愣住了，"不需要我监督他的一举一动，再事无巨细地报告给您？我是不会出卖他的。"

魏宝丰见她对魏岚如此忠心，露出满意之色："你放心，我今天来，不是以润世前董事长的身份，而是以一个父亲的身份来见你。我不让你做别的，只想让你劝他回家看看，臭小子一直不肯回家看我。"他揉揉额头，"一个父亲想见儿子，这个要求不过分吧？"

"您……您可以直接上去看他呀。"

"他不高兴我去。除非不得已，我不会去的。"

这父子俩，脾气倒是一样倔。

她松了口气："可是我说，他不见得听我的。"

"你说，他会听的。"他的话别有深意。

"您和他之间，是不是有什么误会？"

"不是误会，是仇恨。魏岚恨我。"

她不知道怎么劝能让老头儿好受一些："其实，不论发生过什么矛盾，父母和孩子之间都不会有过不去的坎儿。"

一直生活在父爱之中的她，完全没办法想象魏氏父子之间到底会有怎样不可调和的矛盾。

“我们现在哪儿像是父子？就像上级和下级。除了公事，别的他都不乐意跟我聊。唉，年纪大了，这把老骨头入土之前，不知道还能见他几次。”

老头儿越说越凄凉，眼看着眼眶发红，拿纸巾不住地抹着眼睛。

洪星星哪里知道老狐狸是在她面前演戏？他想让她帮忙缓和自己和儿子的关系是真的，但还不至于在她面前流泪。他觉得这么做做样子，这个善良的姑娘应该不会拒绝自己。

她果然同情心泛滥，不住地给他递纸巾，还帮着臭小子解释：“魏总这两天特别忙，等他忙完了一定会回家看您的。我……我尽量找机会试试。”

他满意地点点头。

健身房内。

人在思维混乱的时候做两件事可以减少做出错误决策的概率，一个是睡觉，另一个就是运动。既然想不出更好的解决方案，魏岚索性听从洪星星的建议，把自己关进了健身房，缠好护手，戴上拳击手套，对着沙袋就是一阵猛练，不一会儿就汗如雨下了。

“歇一会儿吧。”她把毛巾递给他，“心情好一点儿了吗？”

他点了点头，拧开手中的瓶装水。

“看来是不好，我陪你练练？你随便打，我只防守，不还手。”

“我可不可以理解为这是你对我的羞辱？”

“我这是给你机会打我，来，把我以前惹毛你的份额都讨回来。”她张开双臂，试图让他把心中的积闷发泄出来。

“我才不上当呢，洪星星。你现在就像一株张开网的猪笼草。”

“猪什么？”

“猪笼草，会捕猎虫子的那种植物，假装无害诱敌深入。”

“说得那么夸张！”她笑，手心向上，把手放在膝盖上，“来，猪笼草让你试试。”

他小心翼翼地用食指碰触她的手心，她猛地抓住他的手腕，往前一拉，两个人几乎要贴上了，他剧烈的心跳声还没来得及停止，一个转身被她摔在地下，拿手肘背扼住喉咙。

“三分！”她欢快地放开他。

他呆了几秒，敏捷地翻身蹲起，和她保持距离，摆好迎战姿势：“洪星星，这就是你说的不还手？我说得一点儿没错，你就是猪笼草！”

“我这只是防守动作，要不我再下手轻点儿，让着你？”

“不用！”他不服。

“又三分。”

魏岚：“……”

他就不信这个邪了。

他瞪着她再次爬起来，继续与她缠斗，她逐渐露出期待的目光。几个回合后，她的眼睛越来越亮。

“居然能让我觉得累，魏岚，你真的进步很大。”

以前虽然每次都是她赢，但这次她确实感觉吃力了不少。

“都是你的功劳。”他大口喘气。

她不好意思地挠着头：“这都是我应该做的。”

她居然觉得他是在肯定她的工作！魏岚气结。

两人练得满头大汗，她大大咧咧地向后一仰，直接躺在运动垫上，闭上眼睛。

他就坐在旁边看着她，呼吸渐渐平稳。有个毛衣的毛毛落在了她抖动的睫毛上，他刚伸手想帮她拿下，手还没碰到她的睫毛，她猛地睁开眼：“嘿，再来！”

接着，她一个鲤鱼打挺坐起来，砰的一声撞上了他的脑门儿。

“啊！”他发出一声惨叫。

“对不起，我不是故意的。”她手忙脚乱地跑到健身房门口处，从小冰箱里拿出冰敷带按在他的头上，“我……我，我就是想给你打打气，再……再来打一场。”

他苦笑：“我在你这儿挨的疼还少吗？早就习惯了。”

“那……心情好点儿了吗？”

“好了很多，谢谢。”

这话是真诚的。

冰敷带上有细密的小水珠溢出，顺着他的额头往下滴，她小心地用手擦干：“魏岚，刚认识时，我觉得你不近人情，装着、端着，心里有话憋死也不说出来，我看着都难受。相处之后吧，觉得你还挺可爱的，也会开玩笑，虽然偶尔开得不是那么好。你不完美，缺点挺多的，比如——”

“停，这段跳过，我‘玻璃心’，听不得这些。”他正美滋滋地接受着她的赞扬，越听越觉得不对，这走势并不像是要继续夸下去。

“你看，都会自嘲了，这不是很好嘛！你看你的眼睛。”她指着旁边的镜子。

他凑过头，照镜子，顺便整了整头发：“我眼睛怎么了？”

“你比以前开心多了，连周总监都看出来了。”

“你只看见了开心吗？”他同样看着她的眼睛。

“还有什么？”

他故作深沉：“还有无穷无尽的魅力。”

“唠！”她假装要吐的样子，气得他将她的双肩扳回来，强迫她看着自己。她奋力挣扎着，二人闹了半天，她终于收住大笑，抬起眼睛。

四目相对，两人同时停止笑声，气氛在这一刻变得暧昧无比。

停顿几秒，两人触电般缩回手。

“看见你这么有精神我就放心了。”她站起身。

“你担心我？”

“你是我的老板，我不担心你担心谁？”

这答案太无趣，他欲言又止。

“有空回家看一看，说不定心情也能放松下来。”她貌似不经意地看看他，没头没脑地来了这么一句。

“你见过老头儿了？”他怔住，怀疑地盯着她。

“不是，我——”

“他是怎么给你洗脑的，把你变成了他的说客？”

“劝你回家看看，只是我的真心话。”她的目光并未回避。

“说，他是不是找你了？”

“是，但是——”

“他让你劝我回家，顺便监督我的一举一动，你答应了？”

“不是，我——”

“那你现在是在干什么？你以为你能左右我吗？”他双手握拳，气得青筋暴起，“我真够傻的，还以为你真的在担心我，想让我开心。”

她越发解释不清楚了：“我是在担心你。”

他轻蔑地点着头，目光里是愤怒和懊悔，也许还有更多她尚未识别出的东西。

他没再看她，披上外套往外走。

她拽住他的胳膊：“魏岚，我也有家人，我知道一个温暖的家对一个人来说意味着什么。不管你们之间发生过什么矛盾，血脉都是永远割不断的联系。你独自背负着多大的压力我都看在眼里，为什么不肯退后一步，让家人做你的后盾呢？”

他停下脚步：“你以为你是谁？凭什么替我做决定？凭什么给我这样那样的建议？”

“我只是，”她怯怯地说，“我只是不希望你独自面对这么大的压力，而且你爸真的很想……”

“够了！你希望？你是我什么人？你该不会是，”他终于控制不

住地怒吼道，“忘记了自己的身份吧？”

她第一次见到他如此愤怒的表情，不禁呆住。

“我……”她强压住自己几乎控制不住的眼泪，好一会儿，才低声说道，“是，你说得对。我算什么呢？我……不过是你的助理，是你的……保……保镖。”

大步朝前走着的他后背一僵，脚步一滞，但也不过只有几秒，很快便消失了踪影。

橘黄色的灯光和舒缓的钢琴曲，让整个西餐厅看起来格外静谧。魏岚坐在靠窗的位置，出神地望着窗外，盘中的菜品丝毫未动。周亦霖坐在他对面，焦躁地用叉子扒拉着盘中的沙拉。

“上一秒还你侬我侬，下一刻就唇枪舌剑，你们这也太跌宕起伏了。”

“我也不想和她吵。”

“到底为什么吵架，你不喜欢她了？”

魏岚不屑于回答这个问题，如果不喜欢了，怎么可能是现在这副样子？

“她很好，但我们，我总觉得……没办法靠近彼此。”

“为什么？你俩是……刺猬？”

“你少给我抖机灵，”他痛骂，“没看我这会儿正难受吗？”

“我看是你不正经。你看看这张——这够不够靠近？”周亦霖拿出手机，伸到魏岚面前，上面是实验室的长椅上洪星星和魏岚相依而眠的照片。

他急得伸手去夺：“你什么时候拍的？”

“就前几天实验室刷大夜的时候。动物和人类都是在极度信任的人身边才能入睡。你们的姿势，出卖了你们的关系。”

“姿、姿势？”魏岚怀疑他又在胡扯。

“呃，位置，呃，也不对……总之就是这张图片，显示出你们两

个人，内心其实是对对方非常依赖的。”

“依赖又怎么样？”他出神地看着面前的水杯，“前一段时间有她陪在身边，我可能是过得太开心了，都忘了在遇见她之前的生活是什么样了。可老头子去找星星，一下子把我拉回了现实。”

原生家庭带来的困顿，是每个人都绕不开的坎儿。

周亦霖明白了他的纠结和失落，眼神中多了几许同情。

“我和星星像两个世界的人，我们没办法相互理解。看她的性格你就知道，她的家庭一定很幸福。”

“听她提过几句，她和她爸是战友，关系像哥们儿一样。”

“无忧无虑地长大，高中毕业就进了部队，环境很单纯，做的事情也很单纯，有人关心，有人爱，她的世界太美好了。所以，她理解不了我的很多感受，也理解不了我跟老头子的关系。”过了半晌，他说，“是我配不上她。”

周亦霖心里一阵钝痛。

每个人心里都有属于自己的大大小小的不自信，纵使像魏岚这样一出手就可以碾压整个润世的青年才俊，也逃不过这一点。周亦霖有点儿难过，想来自己遇到的困境也不过是小事了。

小时候，大人们总喜欢说“等你长大了就知道父母的苦心了”，却并不知道那些藏在心里的伤害，有时候就像自己窗边摆放的那只超人手办一样，表面上它是那样光洁、完整，可那些断裂的地方，哪怕经过了专业人士的修补，还是有一道长长的裂痕。

这像极了魏岚和魏宝丰的关系，哪怕每次康叔都极力地劝解魏岚，让他理解自己的父亲，可魏宝丰过往带给他的那些伤害，还是深深地刻在了他的心里。

他把头蒙在被子里，一如小时候。

因不被爱而孤独、自卑和缺乏安全感，以及孱弱的身体，让他遭受着同龄人的欺侮和魏宝丰的冷言冷语，孤冷和胆怯伴随着他的整个

童年。

再之后，他渐渐长大，心底便生出一种不知道是戾气还是骨气的东西，拼命地想要变得更好，他试图证明给魏宝丰看，自己并不像魏宝丰说的那样，不配做魏家的儿子。他不是没有想过和老头儿和解，尤其老头儿躺在病房的那一刻，可是他的心完全不听自己的使唤。

和解，怎么可能和解？

很多时候他都觉得自己一直以来想要做的都只是赢魏宝丰，让魏宝丰后悔、自责，而不是什么父子和解的世俗桥段。

每个被伤害过的人，都有权利选择不原谅，不是吗？

即便对方是自己的父母。

他掀起被子的一角，捂在额前，小声地抽噎着。

“擦一下吧。”床边伸来一只手，用卫生纸擦掉他眼角溢出的泪水。

他吓得嗷的一声向后滚去，洪星星穿着宽松的白衬衫正蹲在他的床边。

“你、你为什么在我家？”

他惊恐地坐起来，退到墙角。

刚才，他是不是哭了？

她都看到了吗？

第十四章

玫瑰骑士

主动的那个人，居然是她。

他从来没有想过，在这件事情上，她依然是赶超他太远太远的勇者。

洪星星没想到魏岚又喝断片了。原本她也没有抱多大幻想，早就应该习惯了，不是吗？她正琢磨着怎么跟他解释，突然听到他大叫：“你！你怎么穿着我的衣服？到底发生了什么？”

是，她身上穿着他的白衬衫，下身穿的也是他的牛仔裤，裤子过于肥大，她干脆用手机数据线扎起来，打了个结。

“昨天晚上你吐了我一身，这衣服是你拿给我穿的。”

“昨天晚上？”

他迅速地在脑中搜索着，明明是去找周亦霖吃西餐的，是，好像说到郁闷处，他喝了杯酒试图一醉解千愁，然后周亦霖把他送回了家。可后来呢？他完全记不起来了。

“昨晚美西一直在等你的文件批复，你一直没给，也不接电话，她一着急就给我打了电话，让我快来看看。”

“哦。”他心头一松，“哎，不对，那你是怎么进来的呢？”

“我找周总监要的密码，你不省人事，我敲了半天门也没人开，还以为你在里面出什么事了呢，别提我……”她顿了顿，“我和大家有多担心了。”

他心虚地转过身，背对着她，小声说道：“除了吐你一身之外，我还有没有做什么过分的事？”

“做什么倒是没有，但说什么，就很多了。”她盯着墙上的一处白点，一件件开始数，“你先是拉着我玩什么真心话大冒险，然后说你小时候身体很弱，还有你喜欢超人，还有你爸是怎么对你的，再然后就是，你说我是……”

“是什么？”

“是太阳，你还说自己是月亮。说太阳不懂月亮的凄冷。”

“什么？这是什么鬼比喻。”他打着哈哈，“我喝醉后这么乖巧，真没别的了？”

“这哪里乖巧了？你都不知道拉着我说了多少话，从幼儿园说到小学，又从小学说到中学、留学，还有你和你爸的关系，可以说你这

二十五年的人生，通通倒给我了。”

皇帝的新衣，没错，就是皇帝的新衣，一种无形的画面感充斥着他的大脑。现在他在她面前已经毫无隐私可言。

“喜欢就是所有琐碎的事情都想说给对方听。”此刻魏岚终于体会到了这句话的魔力。过去这些年，他一直觉得自己是个不善于表达的人，也不屑于向别人表达，理不理解对他来说并不是什么重要的事，他只是坚定地认为，只要做好他自己，一切都会好起来。

可是现在不同了，他遇见了洪星星，才终于明白，原来不是自己不渴求理解，也不是自己不怕孤独，只是因为一直没有遇见那个让自己愿意对其敞开心扉的人。

昨晚他醉醺醺的，拉着她的手，像个耍无赖的小孩儿，不停地追问：“星星，你知道我喜欢谁吗？”

“太阳。”他神秘地说，“太阳可以让所有人感受到它的温度，但月亮就做不到。太阳不能理解月亮。月亮为什么不会发光？月亮为什么坑坑洼洼？月亮也不想这样。”

他把她绕晕了，但她仍温和地哄他：“……那月亮想怎么样？”

“月亮想挂得很高，这样就没人知道他其实黑乎乎的。只有面对太阳的那一面，才有一点点亮……洪星星，我就是月亮。”他神情黯淡地把头垂下去，之后歪了歪头，睡着了。

…………

他简直不敢抬头看她。再也不能喝酒了，他发誓，否则以后实在没脸面对她。

“好了，我知道你喝酒是因为心情不好，我不怪你。”她收拾好乱糟糟的沙发，善解人意地说。

“洪星星，”他捂着脸，“说真的，我是不是特别烦？太丢人了。”

“你不用学那些明星，建什么完美人设。一个人，正是因为有缺点才更真实。喜欢你的人，会连着你的缺点一起喜欢的。”她突然意

识到自己说得有点儿多，慌忙指指自己身上的衣服，“我去洗手间换一下，我的应该干了。”

“洪星星，你是太阳。”终于能将这句话说出口，魏岚攥紧拳头，默默地为自己喝彩。

没想到洪星星背对着他的身体一僵，只想起前一晚他跟自己大发雷霆，沉声道：“我哪里是什么太阳，你说得对，我不会忘记自己是什么身份。我什么都不是。我只是……你的助理，对，你的保镖。”

这件事并没有翻篇。

魏岚愣住。

是，他怎么忘记这件事了呢?

“我那是……气话，对不起，”他把姿态放得极低，过来拉她的手，“您大人有大量，原谅我这一回，行不？”

她的手使劲往回抽，却被他紧紧攥着不放：“松开。”

他决定耍赖皮：“你说原谅我，我就放。”

“不认为我是你爸爸的奸细了吗？你爸爸是找过我，但他并没有要求我将你的所有行踪汇报给他。只是以爸爸的身份要求我，让他在有生之年，看到你的次数能多一些。仅此而已。”

他问：“就这样吗？”

“我觉得他的要求并不过分，当然，即便他提出让我事无巨细地全部汇报，我也不会同意。”她勉强笑道，“不说你我的私人关系，仅仅从职业道德来说，我也不会那么做。”

他聪明地捕捉到了那句话，反问道：“你我的私人关系吗？”

她终于抽回自己的手：“……我们哪有什么私人关系？我得记住自己的身份。”

“你……你……”他急得抓耳挠腮，“你是太阳。你……你就是我的……太阳。我……”他使劲一跺脚，闭上眼睛，死就死吧：“我喜欢太阳。”

说完这句话，魏岚久久没有睁开眼，他怕面对她那双清澈、明亮

的眼睛。怕她再次询问，怕她跟自己再三确认，更怕自己又开始胡说八道。

直到他听到砰的关门声，睁开眼时，她已经落荒而逃。

这算表白……成功吗?

他不知道。

路上，洪星星思量着魏岚的话，打破顺序，重组逻辑，试图找出破绽，以免误解他的意思。可无论怎么看，它的字面意思，都像是它所传达出来的她所理解的意思。

“我喜欢太阳，洪星星你就是太阳。”

她的心内涌出一股复杂的情绪，欢喜、紧张、顾虑，说不清究竟哪个占据了更大的面积。

派蔡蔡在实验室的电脑里植入病毒，虽然没能盗取到自己想要的资料，但QW1招标的进度起码要延后一个月，还是让高松自觉有功。他直接绕过马三纲给安石睿打电话，约对方在茶馆见面，他深知QW1招标延后一个月，对嘉乐制药意味着更多的时间、更大的机遇、更充分的准备。

“这次，我手下的探子可给你当了死士！”高松毫不顾忌地拿起桌上的钱袋，“谢谢安总的好意，我这也得给死士补偿不是？不能让手下人寒了心。”

“不用说得那么夸张。替我办事，好处少不了你的。”对这种阴险小人，安石睿心里自然是不齿的，他今日可以出卖润世，明日自然也可以出卖嘉乐，像这种自认为聪明的人从来都不知道自己真正失去的是什么。

魏宝丰呀魏宝丰，想你这几十年处处压我一头，可为什么偏偏选了这么一个贪婪无耻的小人做副总?

安石睿不紧不慢地端起面前的茶碗，想起自己和魏宝丰缠斗的这几十年，恨吗？实在说不上，说到底，一切不过是两个男人之间的争强好胜罢了。

“现在他们要重录实验资料和招标视频，招标会往后推了一个月，你有什么打算？”高松起身。

“一个月够我做很多事了。”安石睿品了口茶，眼中露出一丝他人不易察觉的狡黠。

工作自然是累的，人总要学会从压得喘不过气来的负累中抬起头，找点儿乐子。

比如当着魏岚的面，聊洪星星。还有什么比暧昧期起哄对方，更让他开心的事？仿若回到了学生时代，老师叫起某个学生回答问题，大家必然大声咳嗽着起哄某人。

洪星星，没错，就是洪星星，只要跟魏岚提起洪星星，魏岚便会和那个人有说不完的话题。老板和员工的感情、兄弟情谊，突飞猛进。

当然，周亦霖绝不敢对自己的老板说，“你现在的感情状态，是我的乐子”。

他每次都要义正词严地让魏岚相信，分享感情世界里的烦扰和痛苦，不仅是小女生的专利，男生也同样需要。没有人能做绝对的孤岛，每个人都有需要和别人建立连接的时候。

谢天谢地，魏岚对此深信不疑。

“工作的事总算忙过一段了，魏总，该解决个人问题了。”周亦霖把手里的另一杯咖啡递给他，顺势靠坐到一旁的桌子上。

到我的快乐时光了，魏总。

魏岚的眼睛闪闪发亮：“上次送她回家，我是准备告白的，都说

出口了，被打断了。”

“你就准备空着手在人家家门口告白？太不浪漫了！老师教你的是不是都忘了？”周亦霖教导处主任附身。

“我昨天也说了，我说你是我的太阳，我喜欢太阳。”说完，他就像小哈巴狗期待主人摸头夸奖似的往周亦霖跟前挪了挪，“是不是有进步？”

周亦霖皱眉，重复道：“什么鬼？你是我的太阳？你这意思，就是说人家洪星星必须给你照亮、取暖，一直服务到死呗？”

本来得意得准备火力全开的魏岚，顿时熄火，十分沮丧。

“你看，离开周老师又寸步难行了。告白就是一场你死我活的战争，要么生，要么死，要么生不如死。自古也不知道有多少英雄好汉，前仆后继地倒在了告白的战场上，尸骨无存。”

“停停停，你这是鼓励我的态度吗？”他不想再承受额外的打击。

“真正的告白，就是上战场。你只有集中自己的优势兵力，猛击一点，才能拿下高地，掌控大局。”

“嗯，听上去很有道理，但我还是不明白。”

“我这么问你吧，你的优势是什么？”看他丝毫领悟不到讲话的精髓，周亦霖继续提醒道，“蝙蝠侠、钢铁侠、绿箭侠，他们的共同特点是什么？”

“哦，他们都是超级英雄。”

“错，他们的优势是都很有钱——有钱，这就是你的优势。”周亦霖的手指在他的脸上猛地一戳。

“……”

“霸道总裁示爱大招——用钱砸。”

“太俗了吧？”他撇嘴。

“它为什么俗呢？因为用的人多。为什么用的人多？因为它有效呗！跑车约会、豪华餐厅、买包包，哪个不需要钱？”周亦霖得意地

竖起一根手指摇了摇，“从来没有一个女孩子能抗拒这些。听我的，示爱第一步，豪华晚餐！”

虽然金钱买不来爱情，但你对一个人的爱用金钱来表达也没什么问题，有钱、长得帅确实是魏岚的优势，人为什么要为自己的优势而觉得羞耻呢?

“没错。”魏岚渐渐被他说服，“继续。”

“你要这么这么……再这么这么……一二三四，归纳总结，就是这样。”

周亦霖的计划堪称周密。

华灯初上，润世大楼的人出出进进，终于归于平静。魏岚换好装备，西装、墨镜、跑车，完美。万事俱备，就等洪星星出来了。

“这位小姐，你愿意与我共进晚餐吗？”看她出来，他学着电影里男主角的样子帅气地靠在跑车边上，潇洒地取下墨镜。

他的那句“我喜欢太阳”，让她辗转反侧了一整夜，像是一只胡乱扑腾的小鸟，在她的心里飞来飞去。她无法叫它停下，更无法控制它乱飞。她洗澡的时候，是他笑盈盈的脸：嗨，我喜欢太阳。

她躺在床边看书时，看到他趴在地上抱怨。

她去餐厅拿水杯喝水时，水中是他深情的眼。

你对我来说，是太阳，我喜欢太阳。

她止不住地胡思乱想，更让她在隔天见到他时无法平静自处。这天，她刻意避免与他单独相处，有什么事她尽量在其他人在的情况下请示与汇报。好在他今天足够忙，几乎开了一整天的会，倒显得不是那么刻意。

下班时她逃也似的离开，没想到他在楼下等她。

为了掩饰内心的慌乱，她故意夸张地大笑：“干吗呢你，穿得这么浮夸。太阳都落了还戴个墨镜。怎么穿皮鞋，运动鞋呢？”

“喀，咱们吃晚饭去。”是有点儿夸张了，他赶紧收起手里的

墨镜。

“今天应该补一节体能训练，你别想找借口逃课。”

她尽量让自己的语气听起来跟往常一样，但听在他的耳中，只觉得她又倔又不解风情，他只得收起笑脸：“难得今天我这边进展顺利，一起吃顿饭。”

她毫不让步：“身体是革命的本钱，你最近一直忙工作，必须加练。”

一切都和预想的不一样，他怕再杠下去，别说豪华晚餐，说不定自己还会被她扭进健身房，到时候约会和面子全部泡汤。

他语气也软了下来：“放我一天假，咱们去吃饭，高蛋白低脂肪的健身餐。求你。”

“呃……”她快速做了决定，他穿成这样实在过于招摇，让其他同事看到，指不定要说什么，“明天要加训一个小时。”

将身上的挎包甩到身后，她一把将他推进了副驾驶座，咔的一声就给他扣上了安全带。

他开始觉得有些出师不利：“前面停车，咱俩换换。”

“有什么好换的，麻烦。”

“我要展现一下我的绅士风度，今天我开车。”

他认为自己足够体贴，没想到她扶着方向盘目视前方，看都没看他一眼：“早上的腿部训练有三十个杠铃深蹲，六十个保加利亚剪蹲。今天你的腿不但能正常走路，还能开车，看来训练强度不够，还得往上加。”

“呃，这么说是没错了，但我可以克服，”他咬着牙，“我不能总让女孩子照顾我吧？最起码回程的时候你得让我来开车，行吧？”

“嘁。”她白了他一眼，专注地看着前方的道路。

他当她默认了，开心地在她的肩头击了一掌：“耶！”

汽车一路疾驰，很快到了餐厅。她把车钥匙递给餐厅门口的泊车员，紧紧地跟在他后面。他们的前方是一对情侣，女生的手正姿态优

雅地挽在男友的胳膊上。

“咯咯。”他抬起胳膊，想让她挽住，见她没配合，他清了清嗓子，特意往她身边靠了靠，一脸期待地冲她动了动自己抬起的胳膊。

她没有领悟，歪着头问他：“你身体不舒服？还是说进这种地方，我得像扶老佛爷那样扶着你？”

“算了，算了，没事。”

这个洪星星，似乎一点儿小女生的浪漫也没有。

服务生引着二人在靠窗的位置坐下，窗外霓虹灯闪烁，繁茂的热带植物伴随着酒店门口此起彼伏的音乐喷泉，明暗交错，叫人恍然如梦。

“魏先生您预订了我们店的情侣套餐A，请问还需要加餐吗？”服务员礼貌地递上菜单。

“情侣套餐？”她疑惑地看着他。

“哦，你别误会，他们家没别的套餐，只能点这个。”怕引起她的警觉，他连忙掩饰。

服务生却不乐意了，扶了扶胸前“最佳服务生”胸牌，正色道：“先生，您这样评价我们酒店未免太不公平了，我们店套餐的种类多不多，您心里还不清楚吗？当初是您非要点这个套餐……”

魏岚赶紧冲他不断使眼色：“你先下去，一会儿有事我再叫你。”

他怀疑这个服务生是故意过来搅局的，他挤眉弄眼的，眼睛都快抽筋了，服务生却丝毫没有领会到，困惑地看着他，嘟囔道：“一会儿叫我，还是这个答案，我们家除了情侣套餐，还有好几款商务套……”

他气得挥手：“走！听见没有？”

服务生不情不愿地走了。

洪星星低头看着手机，孙秘书正在微信里问她周末要不要去逛街，她迅速回复孙秘书之后抬起头，全然没有留意到适才他和服务生

的对话。

“今天怎么突然叫我一起吃饭？”她放下手机。

“这，不是——呃……”

见他支支吾吾的，她问：“魏总？”

“没有。以后……不在公司，你叫我‘魏岚’就好。”

“这不太好吧？”

他脱口而出：“以咱们的关系，早就该直呼其名了。”

“……”

什么关系呢？

她的心一跳，低头摆弄着桌上的餐巾。该死，那只小鸟又乱飞起来了，她又想起上次魏岚说过的话。

他觉得我们是什么关系呢，不如问他？话到嘴边，她又觉得太过冒失，万一他又说把自己当兄弟呢？兄弟间肝胆相照，再给她扯个夸父追日、十个太阳什么的，就显得她太自作多情了。

她决心继续装糊涂。

服务员端着大小碟子，打断了两人的对视：“祝两位用餐愉快。”

“谢谢。”

“吃饭吧。吃饭，吃饭。”她也赶紧掩饰。

他盘算着表白的流程：“等我们吃完了，去旁边的商场逛逛？”

第二步，送她礼物，什么贵送什么，什么好送什么，总之就是用你帅气的外表俘获她的心，再用金钱腐蚀她的眼。

周亦霖夸张的表情在他的脑中晃来晃去。

她问：“你要买什么东西？”

“不，是给你买。”

“我？”她毫不犹豫地拒绝，“不用，我什么也不缺，再说我从小就不爱逛商场。”

以洪星星的性格，她肯定不会接受，甚至不会跟着你走进商场。

不愧是爱情导师，每一步都算得精确无误，果然都被周亦霖说中了。

他认真回想着周亦霖讲过的每一个步骤。

“吃饭的时候，你不小心把一点儿汤汁溅到她的衣服上。这时候你就道歉，说要赔偿，再带着她去商场买一套新的，顺手再给她买个包、首饰什么的，这不就顺理成章了吗？”

靠谱。

他傻笑着看着盘中的食物，见他呆滞不动，她的手在他眼前一晃，他意识到自己的失态，正色道：“多吃点儿。”

幸亏早有准备，周亦霖这小子套路很深嘛。

稳了稳心神，他故意用刀叉使劲挤压盘中的生蚝，右手一偏，生蚝壳果然向洪星星斜飞过去。洪星星手疾眼快地直接用手握住，甚至善解人意地放在一旁擦了擦手。

“我也不是很擅长吃西餐。”她安慰道。

魏岚：“……”

一次不成，又来一次，他再次用勺背挤压豌豆，豌豆向洪星星飞去，被她准确地捏住，放在餐巾纸里包了起来。

怪只怪她的身手太好。

连邻桌的客人都看出来他是故意的了，他索性也就破罐子破摔，闭着眼乱操作一气。最后他用叉子猛卷意大利面，汤汁飞溅，洪星星手疾眼快地拿起餐巾挡住了汤汁。

“魏岚，你的手没事吧？”她无奈地放下餐巾。

“呃……”他一脸虚汗。

“我最近是不是又做了得罪你的事？”

“没有呀，你为什么会这样想？”

“既然没有，你为什么故意把菜往我身上泼？不要骗我，你那点儿小伎俩我还是可以看出来的。”

他清了清嗓子，开始胡编乱造：“好吧，其实我……我……

是想试探一下你的身手，毕竟你负责保护我的安全，最近事情又挺多……”

百密一疏。周亦霖这小子什么都算计到了，为什么就没想到洪星星是特种兵，这些虾兵蟹将怎么可能近得了她的身？他垂头丧气地放下手中的餐具。

现在只剩下第三步了——制造浪漫惊喜，放烟花。

放烟花是告白的标配。如果一场告白少了放烟花的环节，就像一个爱情片里少了背景音乐，最后呈现的效果肯定会大打折扣。周亦霖说：“你可以把她带到事先准备好的地点，然后安排一个人在那里放上一场华丽的烟火——当然这很烂俗，是影视剧里必不可少的烂俗桥段，但是它很好使。”

用在别人身上当然是烂俗，用在自己身上，就是真诚和浪漫了。

最后一步绝对不可以有什么闪失。

他拉着她在广场的长椅边坐下来，也不知道孙秘书准备得怎么样了，前面两场都被自己整得挺尴尬，成功与否，在此一搏。他看着广场上来来往往的人，努力地搜寻着孙秘书的身影。

已经七点五十八分。

“走了这么久都口渴了，你想吃点儿什么，我去买包烟。”他抬手看看手表。

“买烟？”她看他前言不搭后语，完全摸不清状况。

“坐在这儿不许动，等我回来！”他已经顾不上多解释，焦急地向广场边走去。

关键时刻当然不能掉链子。

这么成人之美的事情，孙秘书简直比自己是女主人公还要激动和兴奋。

看着时间已到，她从行李箱里拿出烟花，蹲在广场外的空地上，盯着手表上的指针，嘴里念念叨叨地开始倒计时。

没想到半路杀出个程咬金，凌听不知道从哪里跑过来，猛地大喝一声：“嗨！你在这儿鬼鬼祟祟干什么呢？”说罢，他一把抢过她手里的包裹，“这里面装的什么？”

孙秘书被他吓得坐在了地上，待缓过神来，一骨碌爬起来去抢凌听手中的包裹，嘴里愤愤地道：“要你管？”

但有点儿晚了。

他已经一边闪躲，一边打开了包裹。

“烟花？那个变态让你放的？难道……”他的大脑飞速运转着，“他要跟星星姐表白？”

聪明如凌听，当然猜到了她此刻的任务，整颗心紧张得揪成一团：“我告诉你，那都是老男人骗小女孩儿的手段，星星姐那么单纯，万一被他骗到手了怎么办？你不能助纣为虐！”

他死死地抱住包裹。

“魏总才二十五岁，算什么老男人？”

两个人撕扯着手中的包裹，毫不相让。

“你是不是想让我失业？”

“你是不是想让我失恋？”

那边魏岚已经快步走到路边的一辆轿车旁，敲下车窗：“老周，花呢？快给我。”

最重要的是他要在烟花升空的那一刻，捧着玫瑰出现在洪星星面前。时机，时机懂吗？

周亦霖把一大束私人定制版玫瑰花递到他的面前。

“嗯。成败在此一举。”他毅然点头抱着捧花，远远望着坐在长椅上的洪星星的背影，自信满满地走了过去。

周亦霖举手握拳，给了他一个无声的支持。

周亦霖没想到，他千算万算，唯独没算到洪星星是个什么性格的人。

魏岚正朝着洪星星的方向走，伴随着广场上突然出现的一道女人的尖叫声，“抢劫”，整个广场上的人都停了下来，朝着发声处望去。

他心里一凉，这下彻底完了。

周亦霖同样暗叫一声不好。

果不其然，洪星星听见喊声后，撒腿就奔着那个手拿女士包包的飞贼冲了过去。

魏岚抱着花，欲哭无泪，还真是哪儿有危险哪儿有她呢。

远远地看着孙秘书拿着大包和凌听跑过来，魏岚把捧花扔给孙秘书：“拿着！我追过去看看！”说完，他就朝洪星星消失的方向追去。

凌听见状，也赶紧小跑着追上去。

等到二人追到时，洪星星正顺势将飞贼的一只手腕向后掰去，这种小飞贼，她当然没看在眼里。

或许是过于轻敌，飞贼强忍着疼痛，用另一只手从怀里摸出一把水果刀，扬手便刺。只听得凌听大喊了一声“小心”，她急忙闪避，左臂却还是被刀划伤了，鲜血飞溅。她转身就是一脚，把飞贼踹在地上，飞贼手中的刀子滑落到一旁。

“还想跑？有本事你再跑？”

她将飞贼按在地上，夺过他手里的女士手包挂在脖子上，胳膊带动手臂反手下压，飞贼的双手被反剪在背后，疼得嗷嗷怪叫。

魏岚跑上前，把领带解下来绑在洪星星受伤胳膊的近心端止血，却被她一把拽了下来。

“没割到动脉。不用。”她利索地用领带把匪徒反绑住。

孙秘书和周亦霖气喘吁吁地跑过来时，她讶异地看着众人。

“你们怎么都在这儿？”

“别管我们了，胳膊怎么样？”魏岚抬起她的胳膊。

“没事，不严重。”她动了一下胳膊，“还成。”

“不行，你得立刻跟我去医院！”

说罢，他就去拉她的手，她侧身躲过，转身将女士手包还给了身旁同样气喘吁吁赶来的女士，这才被他强拉硬拽地拖往医院。

人多眼杂，凌听见魏岚一副告白未遂的样子，心中暗喜，之前想进行的小破坏也就不必再实施。他跟着周亦霖把飞贼捆了个结结实实，抬进周亦霖汽车的后备厢，邀上被抢的女士，准备直奔派出所。

魏岚拉开副驾驶座的车门轻轻将洪星星扶好，一切都和来时那样相似，只是他再也没了浪漫的心思。

人算不如天算。

她不明白魏岚为什么那么沮丧，看上去好像她受了多重的伤似的，于是成心逗他说话：“魏总，您飞低点儿，我晕机。”

他不理她，狠踩油门，车子猛地向前冲出，她防备不及，身体向后倒去，下意识地抓紧了车窗上方的把手。

“见义勇为的大英雄现在装胆小鬼？”他又气又心疼，“把手放下来，捂好你的伤口，免得流血弄脏了我的车。”

“哦……”她默默地把手放下来捂住伤口，“你是在关心我吗？”

他往旁边她坐着的位置看了看，懒得说话。

“哎呀，别担心了，真是小伤。”她觉得自己像是在哄小孩儿。

他瞪了她一眼，这次她终于乖乖闭上了嘴巴。

待包扎完伤口，又打了破伤风针，回去的路上，魏岚的车速平稳了不少。

洪星星看着他的侧脸，扑哧一下笑出声来。

“笑什么？”他仍旧没好气。

“魏总不愧是当老板的人，金口玉言。您说回程您开车，果然，现在我想开也开不成了。”

她不说这话则已，说了他更来气，他干脆把车子停在路边：“洪星星，如果你真的觉得我说的话有分量，那你就不要说，听我说。”

她被他突如其来的严肃吓得呆住了。

“我希望你以后别总哪儿危险就往哪儿冲，保护好自己，永远都不要再受伤了，可以吗？”

说这话时的他，似乎有哪里不一样了。

她心中的那只小鸟好像安静了下来。

脸越来越热，过了好一会儿，她鼓起勇气说道：“我尽量。”

她终于能够迎上魏岚的目光，那闪闪发亮的眸子里，有羞涩、幸福、感动……似乎也有着她寻求多次却未果的答案。

再一次四目相对，谁也没有再闪躲，仿佛都要在对方的眼睛里找到什么答案。

“嗨，哥们儿，这儿不能停车。”一旁经过的外卖小哥好心提醒。

魏岚友好地招招手，发动车子向前开去。

表白计划落空，魏岚又度过了一个辗转难眠的夜晚。周亦霖自知如果不把这事捋明白，自己休想有好日子过。他怀着负荆请罪的心态来到董事长办公室，却发现孙秘书早和魏岚等在那里了。

“我先作一个自我检讨，上一次告白的失败，是因为我没有把突发状况算入计划内，导致一部好好的浪漫爱情片，到最后生生地变成了警匪片，也算是给我们下一次告白计划敲响了警钟。”

周亦霖言辞恳切，生怕魏岚对他不依不饶。

“你们知道上次告白为什么失败吗？”检讨有什么用，关键还是补救，为了闺密的幸福，孙秘书主动出力。

“为什么？”魏岚示意她继续发言。

“因为少了我给你们当策划。不来找我参谋，就你们两个钢铁‘直男’想出的损招，没把这事搅黄已经是个奇迹了。”

“凭什么你出的主意就能行？”周亦霖不服。

“因为我是女人，而最懂女人的往往只有女人。更何况——甜恋、虐恋、姐弟恋、职场恋、师生恋、大叔萝莉恋，甚至人和鬼怪或者外星人恋——”孙秘书指着自己的脑袋，“这儿，都有教案。这就是储存着上千部韩剧的恋爱指导书。”

这鬼扯的样子，简直和周亦霖一模一样，他俩还真是天打雷劈的一对，魏岚想。

孙秘书一语道破关键问题：“魏总，你总把自己包装得那么完美，那么不近人情，你在她心里的定位就永远是霸道总裁、冷面老板、‘富二代’大少爷。”

“对，这就是真实的他呀。”周亦霖插话。

“这样的话，她会敬而远之的。你要想，她喜欢什么样的约会？你得走出自己的舒适区，去融入她的生活。”

魏岚觉得有点儿意思：“融入她的生活……”

“没错，平、民、生、活。”她打开文件夹，逐条分析给魏岚听，“首先就是衣着，参考一下那种牛仔裤、白衬衫生活化的穿搭；其次，吃饭时多选大排档、烧烤摊，炸鸡啤酒馄饨包子大水饺，总之越朴实越好，越接地气越好；最后，多创造独处的机会，接触方式越贴近越有效果，越真实越有效果。”

“有道理。”魏岚轻松被说服，满意地不断点头，“你可比周亦霖靠谱多了。”

周亦霖怪叫：“……能不能不要过河拆桥？”

他没搭理周亦霖：“前两个还好办，可是有什么机会是可以独处和浪漫的呢？一起锻炼倒是独处了，但被她训得恨不得喊救命，实在算不上浪漫。”

“眼前就有一个机会呀，”她把手里的彩页递给他，“最近政府在呼吁绿色出行，咱们可以举办一次自行车大赛嘛，到时候男女同组，不就可以……”

“可以可以，”周亦霖一秒就领会到了孙秘书的用意，再不说话就要失宠了，“真有你的，孙秘书。到时候洪星星坐在咱们魏总的自行车后座上，双手环绕着他的腰，小风一吹，够甜蜜、够浪漫！”

他双手打拍，忍不住唱：“甜蜜蜜，你笑得甜蜜蜜，好像花儿开在春风里……”

“对，到时候我们再设计一条爱情之路，全程会经过中心花园、人工湖、咖啡街，还有一片梧桐树林……哇，就像浪漫的韩剧。”她沉醉其中。

看上去似乎非常完美。

魏岚被说得跃跃欲试，干脆大手一挥：“好，我宣布，我们润世要响应国家号召，绿色出行。孙秘书，这两天把不重要的事放一放，响应号召，为环保做贡献，先把这个事往前提一提。”

她郑重地点点头，信心十足地看着他。

“放心吧，魏总，我和周总监就是你爱情之路上的助推剂。”

“嗯！”周亦霖也举起拳头给他鼓劲，“加油！加油！加油！这一次有没有信心？”

“嘘嘘嘘。”他恨不得上去捂住周亦霖的嘴，“洪星星就在外面，你生怕她听不见是吧？”

周亦霖立刻噤声，默默瘫到沙发里。

润世大楼的空地上突然出现了一排崭新的自行车，引得大家好奇不已。孙秘书果然是个执行力很强的人。例会一结束，魏岚就吩咐她马上召集全体员工到楼下开会。

“这些，是公司购入的公用自行车，以后就放在院子里，供大家上下班使用！”魏岚指着面前的单车。

“哇！”大家纷纷鼓掌。

“当然，我也会和大家一起践行这个理念。今天，为了给绿色出行开个好头，董事长办公室和项目部将举行一场‘午间自行车友谊

赛’，我也参加。”

“自行车比赛？”

众人纷纷好奇地交头接耳。

“像魏大少那种人，也会骑自行车吗？”

“不想参加，不过能看到魏总骑自行车也还蛮新颖。”

…………

“一车两人，大家可以自由组对。从公司门口到达电视塔，再从西浦路环形回来，总路程大约五公里。第一组完成的两人，可以获得奖杯一个。”魏岚冲着叽叽喳喳的员工晃了晃手里发财树状的奖杯。

看大家似乎都不太满意这个奖品，魏岚赶紧补充：“当然还有现金大奖一万元。”

重赏之下必有勇夫，他的话一出，全场沸腾，个个摩拳擦掌，一副志在必得的样子，男的讨论着可以买哪款最新的电子设备，女孩子在计算最新的口红色号，好像奖金已经落入了自己的口袋。

“现在，请大家开始自由组队！”孙秘书接过魏岚的话，开始主持比赛。

现场闹哄哄的，众人都在找着自己看好的队友。

魏岚手疾眼快，迅速推出一辆自行车，对洪星星微笑着勾了勾手。

洪星星刚要走过去，被凌听一把拉住：“星星姐，跟我一组！”他一脸哀求的样子，不知道是不是她的错觉，竟觉得他眼中有泪光闪烁。

关键时刻，孙秘书一把搂住凌听的腰，坐到他的自行车后座上：“我和你一组！”

魏岚默默握拳：回去就给孙秘书加薪！

凌听咬牙切齿地瞪了孙秘书一眼：“美西，你坐在我的车后座上，恐怕我很难带动呢。”

“我很轻的，别担心。再说了，看你这个大腿，肌肉多结实，蹬

车子肯定快。”她一掌拍在凌听的大腿上，他顿时脸红到了耳根。

魏岚找准时机，趁凌听和孙秘书斗嘴，拉着洪星星就坐到了自己的自行车后座上。

哨声响起，一群人呼啦啦往前冲，一开始魏岚还能保持淡定。

“重要的不是比赛结果，而是在骑行的过程中拉近彼此的距离，一起看看路上的风景，享受片刻的浪漫闲暇。”他一直默记着孙秘书的嘱托。

可凌听的车子偏偏冲到了他的前面，情敌相较，分外眼红。

“坐好。”他大喊一声，猛蹬几圈，俯身向前冲去。

“魏总。”她的身子晃了晃，险些摔下来。

“嗯！”魏岚憋得满脸通红，瓮声瓮气地往前蹬。

她不知道要说些什么，想来，加油比较适合现在的场景，于是鼓励道：“你比我想象中骑得好，说不定能拿第一。”

他没听清她后边说了什么，只见凌听越骑越快，他满脑子都是要超过凌听。

男人有时候就是这样幼稚的生物，好胜心强、要面子、年轻气盛，心里都跟住着一只斗鸡似的，哪怕只是远远在他面前晃一晃，也会被认为是挑衅。

洪星星当然看出来了，他想赢。

非赢不可。

三公里处，借着绿灯的优势，魏岚超过了凌听几十米，反而更加紧张了。他一转头，凌听就在身后不远处，立刻转回头来更大力地猛骑。说什么重在参与，呵，他就是为了赢才来到这个世界的，伴随着脑中飞扬的思绪，他把脚踏板踩得咯咯直响。

坐在凌听后座的孙秘书一脸惊恐，一手按着险些走光的裙子，一手搂着他的腰。

“你疯了？这是自行车，不是赛车。我快要掉下去了！”

“那就抱紧！”凌听同样不肯示弱。

车子飞速擦过灌木丛，尖锐的带刺的树枝划伤了魏岚的腿，开始有鲜血隔着裤子渗出几道血印。

洪星星劝他：“你受伤了，要不停一下吧？”

他上气不接下气地说道：“轻伤不、不下火线，想让我、认输门儿、门儿都没有。”

两人正说着，一辆洒水车迎面开来。

洪星星和孙秘书同时大喊，其他几组都停下来避让，唯独魏岚和凌听像没听见似的，继续向前冲刺。洒水车底部的水柱瞬间席卷着沙石、泥土喷射而来，转眼就喷湿了两人的大半个裤脚。洪星星和孙秘书尖叫着挪开护在脸上的手，使劲拍打眼前的湿气和灰尘。

直到前方路遇红灯，两组人才几乎同时停在了路口。

洪星星跳下后座，掏出纸巾帮魏岚擦拭裤腿上的湿泥，一旁的凌听看得怒火中烧。

“无耻。”凌听啪啪地拍着车把。

眼见着红灯转绿，魏岚催她：“快上车！”

洪星星盯着他渗血的膝盖，问：“真那么想赢？”

他坚定地点了点头。

“好！”她猛地站起来，抓过魏岚把他按在后座上，接着抬头扫过自行车的车座，另外一条腿支着地面，以毋庸置疑的口吻说道，“坐好，该我上场了。”

凌听：“……”

就这样，全身无力的魏岚一脸呆滞地坐在后座上，眼睁睁地看着绿灯亮起，她猛地发力，车子嗖一下冲了出去。

凌听的眼珠子都快要掉下来了。

“我……我是不是看错了？”孙秘书也目瞪口呆。

凌听呆了十几秒才反应回来，大力地开始骑行，心中五味杂陈。

魏岚开始还有些半推半就，看着凌听气疯了的表情，瞬间淡定。自己赢了凌听又如何？哪有洪星星载着自己，赢了凌听来得痛快？亲自打败情敌，纵然是得意的、骄傲的，但女人帮助自己打败情敌，才是最大的幸福。

绝杀！

想通了，他也就越发心安理得了。

他一边紧紧地搂着洪星星的小蛮腰保持平衡，一边对落在后面的凌听大喊："加油！你可以的！"

凌听想哭。

他原本想帅气地赢过魏岚，接着骄傲地站在洪星星面前，对她说："星星姐，你看，实力代表一切，我是不是比他厉害多了？"

他没想到，她早就站到了魏岚那一边。

微风习习，洪星星载着魏岚行驶在宽广的大道上，有绿化工人修剪着路旁矮矮的灌木丛，空气中飘来一股鲜嫩的青草香。他干脆把头靠在洪星星的背上，自己身体弱嘛，想来善解人意的她肯定能理解。果然，她稍微僵了一下，很快便放松，若无其事地继续加速骑着。

沿途的湖光、树林、绿化带里栽植的各色花朵，一切都像孙秘书描述的那样浪漫、舒适。

直到她穿过终点线，赛程结束。

洪星星吐吐舌头，比了一个胜利的手势。

其他人陆续到达终点，孙秘书高高扬起手中的小旗："我宣布，这次的优胜组合是魏总和洪星星！"

周亦霖翻着白眼吐槽："哪有自己设置奖项，又把奖项颁给自己的？"

其他员工看魏岚并没有生气，也跟着附和："就是。魏总下次咱们再比吧，到时您可不能参加了。"

下次？

他转转眼珠，想起她柔软的背和清爽的发香，点头：“必须继续比，一个月，半个月，不，一个星期一次！”

大家欢欣雀跃，叽叽喳喳地散去。魏岚从蔡蔡手里接过一条毛巾，伸手在洪星星的头发上揉了揉。

“快擦擦，别感冒。”他的眼神无比温柔。

凌听盯着这一幕，眼眶发红。一条毛巾从他背后扔来，挂在了他的头上。

是孙秘书，湿漉漉的长发此刻让她显得无比性感，他的心里一怔。

魏岚伸手示好：“你的表现挺不错的，比我们只晚了几秒。”

“我会再接再厉。毕竟，我不喜欢输给别人。”凌听不希望洪星星觉得他小气，故作大方地握住了魏岚的手。

“所以，你们算是朋友了？”洪星星看着两人握在一起的手，惊喜地问。

“以后我会对凌听多多照顾。”

“我会好好向魏总学习。”

两个男人同时对着洪星星露出比哭还难看的笑容。

众人陆续散去，洪星星留下善后，魏岚看她不肯上楼，装模作样地找借口留下来帮忙。

“头一次见你穿得这么休闲。”她越发觉得他今天反常，不但改了穿衣风格，还主动留下来干活儿。

他倒没有隐瞒：“是孙秘书给我的建议。以前我太不近人情了，以后，我会多举办公司联谊活动，以此走近你……”他忍不住抬头瞄她，“不，以此走近员工的生活。”

他不自然地灌着手中的矿泉水，气氛比那晚还要尴尬。他不知道

要聊些什么，只好继续拼命往嘴巴里灌矿泉水。

她突然发问："你是不是喜欢我？"

这声音清脆利落，没有一点儿拖泥带水。他以为她会像自己一样，后面拖着个尾巴，像自己那样烂俗而拙劣的尾巴，比如："喜欢我的发型？我的身手……"

但他等了几秒，再几秒，并没有。

见他没说话，她重复了一遍："你是不是喜欢我？"

面对她坚定的眼神，他一口水呛在了嗓子眼儿，狂咳不止。

看着他的狼狈样，她又问："魏岚，我问你几个问题，我不喜欢打哑谜。你只需要点头或摇头就可以，但是我希望你说真话，因为我不会再问第二遍。"

他似乎感知到了什么，擦擦嘴角，认真地点点头。

"你说想和我一直在一起，请我吃饭，还搞什么自行车大赛，是不是都是在追我？"

主动的那个人，居然是她。

他从来没有想过，在这件事情上，她依然是赶超他太远太远的勇者。

他点点头，终于不再逃避。

"那天晚上在我家门口，你是不是想对我告白？"

他再次点头。

她靠在一辆自行车的后座上，继续问道："……所以，你是真的喜欢我？"

在洪星星穷追猛打的追问下，他觉得自己只有投降的份儿。

她掌握着对他的生杀大权。

此时此刻，他任她宰割。

支撑着他直面两人感情的力气几乎要耗尽，如坐过山车般，峰回路转。他听到了他这辈子听到的世界上最好听的声音。

"我答应你。"

他傻傻地看着她："你刚才……说什么？"

洪星星一字一顿，嘴角上扬着说道："我说，我答应做你的女朋友。"

好像他还没有正式告白，怎么……怎么……就收到了"我答应"的回答。

他想拥抱洪星星，可又不知道合适不合适，站着，似乎又太呆痴。

牵手吧？

要不然先牵手好了，他正纠结呢，只听洪星星朗声道："那我大点儿声，我，洪星星，答应——"

他满脸通红，紧紧捂住了她的嘴："嘘，小点儿声，这儿可是公司，你想昭告天下……"

"我，洪星星，答应做你的女朋友。"她后退一步，看着他羞窘的样子，又说了一遍。

幸福来得如此突然，像虚幻的泡，他担心自己用手指戳一戳，一切便会破。

不知道傻站了多久，他鼓起勇气扶住她的肩膀："我，魏岚，以后就跟你洪星星是正式的男女朋友了，对吗？"

她这时才想起来脸红，低着头，轻轻嗯了一声，才说出她的顾虑："我们的关系，是不是……应该先保密？毕竟咱们还要天天在一起工作，让太多人知道不好。"她有她的顾虑。

"也是，公司的人那么八卦，被他们知道了，估计公司里的人都会盯着咱俩，还会传到老头儿耳朵里。"被她这么一说，他也有些犹豫。

"太不方便开展工作了，我毕竟还是你的助理，咱们又是上下级关系。那就保密吧。"

"好，暂时对公司的人保密！"

两人一拍即合，甚至击了个掌。

魏岚揉搓着自己的手掌，感受着洪星星手掌的余温，突然衣领被拽了一下，有个温热的吻轻轻落在了他的脸颊上，又迅速撤退。

吻他的人已经头也不回地跑向公司。

原来这就是恋爱的滋味。

魏岚摸着被洪星星亲吻过的脸颊，美滋滋地站在原地，幸福一瞬间仿佛满到了喉咙，他突然有种想哭的冲动。

原来，人幸福到了极点，真的会流泪。那一刻魏岚想起了许多，甚至包括母亲，因为这突如其来的幸福，他虔诚地感谢着命运，好像过往自己所经受的那些考验、磨砺和煎熬，在此刻都得到了回报似的。

所有曾经受过的磨难和苦痛，因为她的存在，似乎都可以被原谅了。

如果是为了让我遇到你，吃再大的苦、受再多的痛，又有什么不可以?

不过……

魏岚握紧拳头，希望晚些见到她，他是那个主动的人。

今天虽然甜蜜，但糖都是她给的。

下次，他要做那个给糖的人。

第十五章

玫瑰骑士

对此时此刻在事业最关键期的他来说，也许，没有什么比这更美好吧，一个女孩儿，她不需要你时时刻刻照顾她的小心思，不拿生活中鸡毛蒜皮的小事来考验你对她的感情，不虚掷你的时间和精力，全力支持你的梦想，想要和你变成同样优秀的人，互相成全，彼此成长。

魏岚看着手机里他和洪星星的自拍，嘴角带着如果周亦霖见到会忍不住当面嘲笑他“大傻子”的痴痴笑容。

是的，大傻子。

还有哪三个字可以如此精准地形容那些热恋后丧失了理智，丧失了最基本的思考能力和判断能力的男男女女？谈个恋爱而已嘛，有什么了不起？像吃了迷魂药。你热恋你伟大，你了不起，你第一。

跟女友约好了？

对不起，跟我没约好。

不批假。

没商量。

滚！

周亦霖在这里碰了多少次冷钉子，魏岚早已忘记。然而到了自己身上，就是另外一回事。此时此刻，他恨不得把手机里的合影打印下来，办公室、卧室、钱包、车里……只要是眼睛能看到的地方，各放一张才好。微信最后显示的那行字，他不知看了多少遍。

“晚安，我的男朋友。”

“晚安，我的男朋友。”

“晚安，我的男朋友。”

他要疯了，这是一条自带声音的信息。

疯狂地自我陶醉与甜蜜消化得差不多了，时刻想找人分享的疯狂念头，一次次敲打着魏岚的大脑。不能昭告天下，可再不和铁哥们儿分享，他简直就要憋死了。

“小周子，你马上来我的办公室一趟，速度！”

干脆利落，丝毫不给对方提问的机会，他怕周亦霖磨磨叽叽耽误时间，故意制造出一种紧张的气氛，语气低沉而凝重。这话听得周亦霖心里毛毛的，他连滚带爬地到了。

“啥事？”周亦霖气喘吁吁，大汗淋漓。

“大事！”魏岚做悲痛状。

“难道QW1又……”他的声音都开始发抖了，QW1再出问题心脏都受不了。

“不是QW1。”

“那还能有什么大事？”只要不是QW1就好，他后退两步，松了松领带。

“这件事吧，说大不大，说小不小，但它会对我的未来造成不可估量的影响。二十五年来，我第一次……”

周亦霖惊呼：“失身？”

魏岚并未看他，起身走到窗边，想低头做出一副沉思的样子，却没憋住，演砸了，只好使劲憋笑，肩膀一抖一抖的，看起来像抽噎。

“哭……哭了？”

这得多大事呀，能让人精魏岚哭？

周亦霖愣了几秒，难道是老魏总出事了？

呸呸呸，不可能，不可能。

哦，魏岚被洪星星拒绝了。

对对对对，肯定是这个，又有热闹看了。心中暗喜，表面还是要做出一副焦虑担心的表情，他慢吞吞地说道：“男儿有泪不轻弹，别哭，放心，哥们儿不会因为这个就瞧不起你的。”说罢，他又走到魏岚身边，摸小狗似的摸了摸魏岚的头发，“来来来，过来和哥们儿分享一下细节。”

他以为魏岚会迅速躲过去，继而对他进行各种侮辱，没想到人家没有一丝闪躲，反而很受用地主动往他手上蹭了蹭。

接着，魏岚一把抄起桌上的台历举到他面前，神色飞扬地宣布：“哥们儿我，脱、单、了！”

台历当天的日期上面圈着一个心形的图案，旁边写着“第一天”。

周亦霖惊得张大了嘴巴：“我去！这么说，她答应——”

“别喊，别喊。”魏岚恨不得捂住他的嘴，“我们俩说好了办公

室恋情，先保密。”

“保密！对，当然要保密。老魏总不知道吧？”

“他当然不知道。怎么，你要向他报告？”

“没有没有，我这不是……我这不是担心嘛。你放心，这事到我这里，”他的右手迅速从左至右划过嘴唇，做了个拉上拉链的动作，“绝对严防死守，谁都不说。”

魏岚满意地点头。

“是你主动告白的？”周亦霖开始追问细节。

表白这种事，怎么能说是女孩子主动的呢？这样显得自己也太没种了。

不行，绝对不能说出真相，否则要被他笑话一辈子。

魏岚赶紧厚着脸皮点头：“嗯！我表白的。”

“行，那也是你主动亲的她？”

魏岚闭着眼，大方承认：“当然！男人要主动，不然还等着她亲我吗？”

两人正热聊，孙秘书抱着一摞文件进来，八卦无缝连接：“亲？谁和谁亲啦？是不是星星？天哪……”看着二人一副秘密被知晓的表情，她将目光定格在魏岚身上，“你俩？你俩在一起了？”

既然被孙秘书猜到了，魏岚也就承认了：“孙秘书果然有眼力，不过，不许对外宣扬，记住啦？”

孙秘书鸡啄米似的点头：“我保证！”

星星现在是润世的少奶奶，作为她的闺密，那自己岂不是可以有各种特权？孙秘书打起了小九九，喜滋滋地看着魏岚，一副丈母娘看女婿的表情。对她来说，手握着第一手八卦，还不能对外宣传，也是种折磨。星星，对，找女主角本人聊。这么大的新闻，她居然要从旁人嘴里知道，说好的闺密情呢？

果然是塑料姐妹。

她终于在咖啡机前抓到了洪星星。

“你和魏总的事是真的？”她一把抓住洪星星的胳膊，“快给我讲讲细节。”

虽然有些害羞，但洪星星仍是干脆地点点头，心底的喜悦从眉间冒出来，她爽朗惯了，又怎么会隐瞒孙秘书？

“太好了，那我在公司是不是可以横着走了？”

“什么意思？”

“以后你就是润世的少奶奶了，而我，少奶奶的头号闺密，二人之下，万人之上，我看谁还敢在背后对我指指点点，大不敬，整个公司都要对我——”她陷入了无限的幻想之中，惹得洪星星瞠目结舌。

“哎呀，我才不是什么少奶奶，我只是助理而已。”洪星星赶紧打断她的幻想。

“还是助理？”孙秘书不可思议地看着她，“你是说，你作为老板的女朋友，还要继续给他打杂、受他使唤、帮他开车，甚至遇见危险还要帮他挡刀？”

“不然呢？”

“你都是他女朋友了，应该是他保护你才对。哪儿有女生保护男生的？”

孙秘书从未见过如此奇葩的恋爱关系，魏岚是不是想找个免费的保镖？

孙秘书对他非常鄙夷。

“你就是韩剧看太多了，这样，如果你无法接受的话，你就当他是我女朋友。”洪星星给她换了个思路。

孙秘书：“……”

还可以这样吗？

她歪头想了一会儿：“啧，你要这么说也行，你确实比魏总有男子气概。不过，”她半扭捏半撒娇地抓着洪星星的手，“那我在公司的地位，岂不是还和以前一样？一有点儿风吹草动，某些小人就会给我使绊子……”

“唉，这个就辛苦你，我的好姐妹继续体谅一下了。我们暂时还不想公开，难为你了。”洪星星虽然知道她是在开玩笑，但还是认真地安慰了她一下。

“不想公开？”她疑惑不解。

这不是渣男才会玩的游戏吗？我爱你，我要和你在一起，但是要先保密，等时机成熟了再对外宣布，然后就永远没有这个成熟的时机，他不带你见朋友、父母，将你隔绝在他的社交圈之外。

可是，魏总不是这种人呀。

周亦霖知道要保密时，与孙秘书有着同样的困惑。

“你又不是社会上那些不三不四的渣男，有了自己的树木，还惦记着外面的森林。”

“工作和生活不能混为一谈，这是我的原则。星星跟我默契地决定，恋爱的事在公司内部绝对保密，我们在公司里继续保持上下级关系。知道这件事的，只有你，嗯，还有刚出去的孙秘书。”

“可别怪我没提醒过你，哥们儿我也是经历过这种事的人。”周亦霖还是想尽力提醒这个毫无恋爱经验的大少爷。

“什么意思？你的什么经历？”

“这事我本来是不打算对外公布的，毕竟有损我恋爱大师的形象，不过为了你的幸福，就豁出这张脸了。”他正了正身子，准备大聊特聊，“曾经有一份真正的爱情摆在我的面前……”

“说重点！”

“就是我曾经也对一个女孩儿说过同样的话，先不公开，等时机成熟了再对外宣布，我真不是渣，”他举手发誓，“我就是想给她多点儿时间考虑清楚而已，至于结果，你看我现在的状况就知道了。”

“我和星星那是单选题，我爱她，她爱我，你？”魏岚鄙视地撇撇嘴，“你要不是每次都整个排列组合，能单身到现在？”

“嗷嗷嗷……”他捂住心脏，做出一副受伤很重的样子，“小爷

我热恋的时候……”

唉，算了，不提也罢。

“小爷我……拿这么惨痛的过往来给你举例，你却这样伤害人家，你这个魔鬼加幼稚鬼。”

“我哪里幼稚了？”魏岚不服。

“你没看那些电影、电视剧还有小说里都写吗？男人能给女人最大的安全感，是用实际行动让她完全地放心。这里所说的‘行动’，就是你把恋爱关系公之于众，给她一个名分。”

“名分？有那么重要？”魏岚被他说得有点儿动摇。

“不然你以为宫斗戏的女主角一个个斗得死去活来，争的是什么？还不就是一个名分！你居然问我重不重要？这样，咱们换个思路，来，假如你跟星星正开开心心地吃饭，被星星的熟人看到了，问她：‘星星，这谁啊？’星星淡淡地看你一眼，说：‘我老板。’你开心不？”

魏岚摇头。

周亦霖说：“这不就结了？”

魏岚非常不高兴。

女生那边，又是另外一回事。

闺密之间，除了一起追星，一起购物，一起说讨厌的人的坏话，还有最重要的一点就是给彼此的感情生活出谋划策。鉴于自己的闺密过于纯朴简单，孙秘书认为自己更加责无旁贷。

“唉，魏总也太可怜了。”孙秘书露出怜悯的表情，“星星，你就这么狠心，不准备给他一个名分？”

“名分？我给了呀！我承认他是我的男朋友，我也承认我喜欢他，”她停顿了一下，“很喜欢的那种。只是……这是我第一次谈恋爱，有点儿紧张。”

“你紧张什么？谈恋爱又不是打仗！”

“要真是打仗我倒不怕了。算了，我们才刚开始，没必要那么着急。魏岚也是这么想的。对了，你最好也别告诉凌听，免得他一个不小心告诉我爸。”她小心地嘱咐。

“瞒着他不好吧？”孙秘书不是很理解。

“刚在一起一天就告诉我爸也不好呀，我爸很容易紧张的，再吓着魏岚怎么办？”

“可是，魏总他……”孙秘书欲言又止，“我总觉得，魏总虽然嘴上同意不公开，但心里不一定是这么想的。”

“可他也没明确反对呀，那就是不在乎，愿意慢慢来呗。”

单纯如洪星星，并不觉得这是什么大不了的问题。

只是多多少少有过那么一些感情经历的人都会明白，有时候真正击碎爱情的并不是某些惊天动地的大事，而是生活中那些鸡毛蒜皮的小事。

是不是记得某个纪念日，买的礼物合不合心意，回信息的速度和语气，吵架时愿不愿意做那个率先低头的人……从这一点上来讲，孙秘书和周亦霖的担心也不是没有道理。

“名分什么的，都是流于表面的东西。”魏岚还在嘴硬。

“但你们如果一直像现在这样不公开恋情的话，别的男人也就可以随时追求洪星星，你还不方便管她。”周亦霖提醒。

“谁敢抢我的女人？”魏岚瞪眼。

“凌听就敢。”

“他？小毛孩儿？星星……拿他当、当亲弟弟罢了。”

周亦霖步步紧逼：“是吗？那你为什么说得这么犹豫？”

“说了你也不懂。”魏岚痴笑着道，“我和星星的爱情那是建立在彼此信任的基础之上的，共同成长、相互扶持，一同追求灵魂层面的升华。什么吃醋呀、忌妒呀，都太肤浅了。再说，像我这样优秀的男人，女友怎么可能被别人抢走？”

“啧啧。”周亦霖不住咋舌，“我就欣赏你这种盲目的自信和乐观。”

魏岚深吸一口气，努力控制着自己的情绪，打肿脸充胖子的滋味真不好受。

凌听……好像确实是个威胁。

门突然从外面被推开，哐的一声把魏岚撞了一个趔趄，幸好周亦霖手疾眼快地从背后架住了他。

洪星星握着门把手，惊诧地看着斜倒在沙发上的魏岚。

他急忙站好，装出一副若无其事的样子。

“你要的资料打印好了。”看周亦霖也在，她的脸有些红，隐约明白两个人应该在聊他俩的事情。

身后有人敲门，三人回头，却是凌听。

“总监，实验室那边让我找你回去。”凌听干脆直接进来，亲密地站在洪星星身旁。

“凌听！”魏岚猛地一拍桌子。

这突如其来的一声大喝，把凌听吓得一哆嗦。

“我是说，你来找周亦霖回去是对的！”他意识到自己的失态，赶紧改口。

凌听：“……”

周亦霖心领神会：“出来也有一会儿了，走吧。”

两人一前一后地往外走。

凌听摸了摸洪星星的头：“星星姐，你换洗发水啦？”

洪星星也跟着走，扬手就是一记栗暴：“我说过多少次了，不许摸我的头。”

凌听大笑，并未忘记回头挑衅地看魏岚。

这次与俄商的会议至关重要，毕竟牵涉QW1项目的上市进度。离约定的时间还有一刻钟，魏岚提前去会议室做准备。还没走出楼道几步，他的心突然一缩，洪星星的笑脸突然浮现在脑海。

这是他从未有过的经历。他一向觉得自己高度自律，没想到竟然也会开小差。他莫名地想起周亦霖所说的名分，正恍惚中，看到洪星星抱着一沓资料朝他走来。

“我来吧。”他伸手去接她手里的资料。

她迅速后退了两步，他接了个空。

“挺沉的。”他不甘心地再次伸手去接，十指相碰，她本能地缩回手，他知道她是怕其他人看到，但心里仍是一阵失落。

“不用。让你拿不合适。”她继续躲。

“星星，你就让我照顾一下不行吗？”他坚持着，猛地一抽她手里的文件，纸张哗啦啦散了一地。

两人都有点儿尴尬。

“可我真不需要。以前你没照顾我，我不是也挺好吗？”她捡拾着地上的纸张。

他决定换个方式，说道：“但现在不同，我是你男朋友。”

“好吧，你先说说，你想怎么照顾我？”

“从我帮你提东西开始。”他指着那摞文件。

她鬼鬼祟祟地向周围查看，眼见着四下里无人，小声说道：“这点儿小事哪里需要你帮忙？你应该把时间和精力放在更重要的事情上。”

“……那我可以帮你整理文档。”

“这些基础的助理工作，哪里需要你动手，你现在最重要的工作不是QW1项目吗？我要是真让你做了，别人会觉得，是你疯了，还是我疯了？”

他歪头想了一会儿，好像是这么个道理。

要怪就怪她太懂事。

他不知道是应该感激，还是应该郁闷、生气。

对此时此刻在事业最关键期的他来说，也许，没有什么比这更美好吧，一个女孩儿，她不需要你时时刻刻照顾她的小心思，不拿生活中鸡毛蒜皮的小事来考验你对她的感情，不虚掷你的时间和精力，全力支持你的梦想，想要和你变成同样优秀的人，互相成全，彼此成长。

“那我总要为你做点儿什么吧？……我做饭，照顾你的饮食？”

“这个倒是可以有。不过，你会做饭吗？”

“哦。”魏岚这才反应过来，好像不会，“不会我可以学嘛。”

“行了，我知道你想照顾我，但你是不是没搞清状况，现在是工作时间，哪有老板帮下属拿东西的？”

“可我们现在是男女朋友了，男朋友帮女朋友拿东西，不可以吗？”

这话一出，吓得她心惊肉跳的，恨不得捂住他的嘴。

再三确认四下里无人，她再次压低声音，语气却是命令式的：“我们说好保密的。工作时间，我们是上下级，你不要做不符合自己身份的事。”

“你训我的这个语气，可不像下级对上级说话。”看她如此执着，他只好作罢。

好像是这么回事。

她笑笑，换上恭恭敬敬的态度：“魏总，请问您本来要去干什么？”

“糟了！”他赶紧抬起手腕看了看表，幸好没晚，“还有六分钟会议就要开始了，走吧。”

他恢复了往日的沉着和淡定，与她一前一后，大踏步地向会议室走去。

会议进行得非常顺利，俄商一行人非常痛快地签了字，其间并未就魏岚所担心的压低原材料价格的事项提出异议，整个过程宾主尽欢。洪星星站在一旁，仔细观察着俄商一行人，或许是出于军人的敏感，越是顺利，她越是觉得哪里不太对。

双方交换合同文本，俄商负责人起身与魏岚握手。她看到那人袖口内的一道金边，若有所思。会议结束后，润世的人引导俄商走出会议室。她抓住机会，端起身旁的托盘，迎面而上，假装不小心地碰了一下与魏岚握手的俄商的胳膊，水刚好洒在俄商的袖口。

“Sorry！I’m so sorry！”她连连道歉。

工作人员赶忙从一旁递上纸巾，俄商接过纸巾随意地吸了吸袖口的水，然后把衬衫折了上去，仔细地擦了擦手上的腕表。

一只“金劳”？她眼神微变，转身放下托盘，紧跟几步，跟在队伍后面。

电梯门打开，俄商一行人进入电梯，魏岚与对方挥手作别。电梯下行，她一把拉住魏岚，按下下行键，旁边的另一部电梯门打开，他稀里糊涂地被她拽进电梯。

“星星，你……这是什么意思？”

电梯关门，她猛地转身对着他，看得他心慌慌的。

“你不知道我什么意思？”

“你的心意我懂，但……”他指指摄像头，“就算我魅力无穷，你也不用选这么个地方吧？要不咱们回我办公室？”

“……发神经，瞎说什么呢？我是说，那些俄国人有问题。我刚问了翻译，他们是自己开车来的，咱们追上去看看。”她气得想直接上脚踹他。

“有问题？”

电梯门叮的一声打开，她不由分说地拉着他快速走出电梯。好在俄商一行人还没有离开，正在车库取车。两人赶紧闪身躲到一根柱子

后面仔细窥探。

“快，我们也开车追上去。”见俄商一行人开车离开，她催促着。

“我的车太拉风，容易引人注意，我们开周亦霖这辆！这辆比较低调。”

她点头。

“但我没周亦霖的车钥匙！”

“你……”

她在他身上上下打量了一番，伸手扯下他身上的胸针。她将细细的别针插进钥匙孔，咔嗒一声，随着自动报警器的响起，车锁开了。

“这样也行？”他佩服得五体投地。

“别愣着了，赶紧走。”

为了防止对方察觉，她将车速与对方始终保持着最科学的跟踪距离。

“这家企业的背景我调查过了，虽然是几年前成立的小公司，但发展很快，负债率低，而且信用记录良好。你是怎么发现他们有问题的？”他急切地想要知道答案。

“领头的俄国人就是老板吧？”

“没错。他们老板亲自来面谈，很有诚意。”

“开会的时候我听他说，他这是第二次来中国。”

“对。”

“他在此之前也没学过中文吗？”

“对呀。有什么不对劲吗？”他依然不明白她的意思。

“在你和翻译说话时，我观察了他听你说话时的微表情，我推测，他是懂中文的。”

他更加糊涂了：“懂中文，应该会使合作更加顺利呀，那他说谎的目的又是什么？”

“这种情况下，只能是为了让自己的经历显得更干净。”她顿了

顿，“但我也不是特别肯定。”

“他在掩饰，掩饰自己曾经长期在中国生活的事实。”他的表情也有点儿严肃，“不，可能不是中国，也可能是……”

“没错，”洪星星打断他，“也可能是广泛使用中文的华人聚居区。比如东南亚的某些国家。”

“东南亚？”魏岚心里一凉，“会不会跟旺达集团有关……你是怎么想到的？”

“开会时，我注意到他的手腕因为长期佩戴腕表，晒出了表的轮廓。但据我所知，俄罗斯的阳光并没有这么厉害。”

“有没有可能，他刚从热带度假回来？”

“不排除这种可能。”进入停车场，她放慢车速。

魏岚开始像洪星星一样分析问题：“也许是我的刻板印象，他对手表的品位……确实会让人有些怀疑。他这个身份地位的俄国商人，确实会更喜欢百达翡丽或是爱彼，而他——”

她接着说：“他戴的是大金劳，硬通货。我在国外执行任务时也留意过，做不法生意的人尤其喜欢这个，不过……也有可能他只是大金劳爱好者。”

“也不排除。不过别担心，合同都是经法务再三核对的，”他想了想，“在法律层面上绝对没有任何空子可钻，一买一卖，这中间很难出纰漏。”

“嘘，你看。”她盯着前方做了个噤声的手势。

俄商的车停在一个出口旁边，一个中国人急匆匆地上了车，随后车子驶离停车场。

她发动车子刚准备跟上去，他按住她的手：“不用追了。”

“我们要知道，上他车的那个中国人到底是谁！”她急了。

“我觉得那个人特别眼熟，只需要有录像确认一下就好。”

“哪里来的录像？”她也向车外望去。

“那个行车记录仪肯定把那人上车的过程拍下来了。”魏岚指着

刚才那人上车的地方，那附近正好有一辆轿车，车头的行车记录仪还在闪烁。

好像这样，确实是最简单也最不打草惊蛇的方式。

她歪头想了几秒：“不错嘛，才跟我这么一会儿，就掌握了侦察技巧，你很聪明嘛。”

“那是当然。你要不要给你最聪明的男朋友来点儿奖励？”他得意地笑，噘起嘴，等待着她的奖励，等了几秒钟见没动静，睁开眼，发现她已经跳下车，跑去看那辆轿车的车牌号。

“我把这个发给凌听，让他查一下车主是谁，联系下车主，说说好话，想办法把录像要过来。”她回到车上把车牌号的照片给他看了一眼。

“唉。”他转过头故意不看她，用撒娇的语气说道，“还以为能收到一个奖励的亲亲呢。”

她害羞地转过头，装作没听见，发动车子，心里的那只小鸟又飞了出来。

它扇动着翅膀，也扇动着她躁乱不安的心。

放在过去，凌听多多少少还有信心等洪星星慢慢发现自己对她的感情，可魏岚出现后，一切都逼得他不得不加快了步骤。感情就是这么不讲道理的事情，它不分先来后到，不分谁付出得更多，不管谁是最伤心的那一个，它不会顾虑任何第三方的感受。过去他一度很怕这个人的出现，怕自己还没有长大，还没有回国，她的感情生活就已成定局。可是现在自己回来了，又能阻挡什么呢？

上俄商车的人居然是嘉乐制药的马三纲。

随着凌听的操作，监控视频里的人脸渐渐变得清晰起来。

收到凌听发来的视频后，魏岚、周亦霖、洪星星集体震惊。

“怎么会是他？难道嘉乐公司也想……”魏岚大为疑惑。

洪星星也想不明白：“这个马三纲和俄罗斯公司合起来搞鬼，他图什么呢？毕竟这笔订单是下给我们的。”

“我倒是听说嘉乐秘密地囤了不少原料药，会不会跟这事有关系？”周亦霖想起这个小道消息。

魏岚问：“他们囤的什么原料药？”

“这我就不知道了。”周亦霖想了想，“就怕跟我们订单里需要的原料药一致。莫非订单是个套？利用嘉乐对原料药的垄断，哄抬原料药的价格，迫使我们高价购入这些原料药，赔本做订单？”

“这样亏损有限，怕的是，万一囤积量太大引起限购……”魏岚紧张地敲着桌子，“得赶紧按照新订单列出采购清单，让采购部照常去采购相应的原料药，看看价格上是否有变化。要是能查到嘉乐囤的到底是什么药就好了。”

“我让项目部马上列采购清单。”周亦霖说。

洪星星突然站起来：“我现在有事要出去一下，可能下班前都不回来了。”

当着周亦霖的面，魏岚也不矜持，上前拉她的手：“今天是咱们恋爱的第一天，下班后不该约会吗？我都订好地方了！”

“改天吧。”她回绝得很是坚决。

“你去哪儿？”

“暂时保密，等成了再告诉你。”她迅速收拾完东西，不等他再挽留，急匆匆地走了。

魏岚着实委屈。

周亦霖笑：“我怎么觉得，你有点儿……独守空房的意思？”

“滚！”

周亦霖正等着这句话，麻利地往外走，还没走到门口，又被他扔过来的一本书砸中：“留下来陪我加班。她不主动联系我，你别想走。”

周亦霖："……"

好在半个小时后，洪星星打来了电话。

"这几个药名你记一下，马来酸氯苯那敏、尿酸、苯酚……"她的语气很急。

魏岚对着周亦霖招招手："快，拿手机记一下。"

周亦霖赶紧打开手机备忘录。

"都记下来了，你从哪儿弄到的？"

"说来话长——"她言简意赅地道，"我贿赂了嘉乐的库管大爷一条烟，从他那儿拿到的，回去你可得给我报销。"

"哈哈哈哈，没问题，给你报两条。"他心情大好。

"那没别的事了，你先忙，我爸在家给我做了鸡翅，我马上回去吃。"

"我订了饭店包间等你吃饭呢，今天毕竟是咱们恋爱的第一天，不在一起庆祝一下，我总觉得……觉得不太真实。"他的语气极尽卑微。

"好，"明明知道对方看不到，她还是点了点头，笑着允诺，"那你把地址发给我，我这就过去。"

看着他挂了电话，周亦霖拿着手机对比新的采购清单，嘲笑道："数数你身上留下的疤，七七八八可都是她打的，还不真实？"

"就你话多，清单对比的结果怎么样？"

"果然完全一致，"周亦霖放下手机，面如死灰，"咱们上套了。"

他气得将手机摔在桌上："王八蛋。"

洪星星又打来一个电话，说是自己有事，让他先走。

确定恋爱关系后的第一次约会，如此一波三折，加上心情不好，魏岚越发不爽了。

周亦霖实在想不出什么安慰的话了："要不……你想想工作的事

缓解一下？嘉乐的事你打算怎么应对？”

“我模拟了一下嘉乐可能的动向，想出了两个应对策划案，已经交给采购部实施了。”

“哦，那，那好像暂时也没什么可忙的了。”周亦霖实在不知道该说点儿什么了，转头对着孙秘书挤挤眼，试图把局面交给她来控制。

“短信不回、电话不接，”他趴在桌上，“我女朋友在恋爱第一天，一再放我鸽子！你们做军师的就不说点儿什么吗？”

“你得往好处想，估计是信号不好。总不可能真和凌听那小子在一起吧？我刚给凌听打了个电话，好像，凌听的电话也打不通。”孙秘书这话简直是雪上加霜，周亦霖白了她一眼，她意识到自己说错了话，赶紧改口，“也可能只是巧合，巧合而已。不过魏总，我觉得你应该主动联系她。”

“对，想知道就问嘛。”周亦霖也鼓励他。

他握着手机苦笑：“我不想给她太大压力。二十四小时监控位置，电话接不通就一直打，那是疯子谈恋爱的方法。”

“这么懂事？”周亦霖对此很是怀疑。

孙秘书也摇摇头，当他是在讲笑话。

在两个人彻底否定的压力下，他只好承认：“好吧，我内心深处可能有一点点这么想，但我绝不会这么做。我不是那种小肚鸡肠的人。这样，我现在就给她打电话，问她到底在跟谁吃饭所以放了我鸽子，是不是凌听，如果是凌听，我就，我就罚他加一个月的班。如果是别的男人，这个男人是谁，什么身份，和她什么关系，我都要一一质问出来！”

嗯！周亦霖和孙秘书齐齐点头：“这就对了！”

“我要告诉她，‘洪星星，作为你的男朋友我有权利知道这些’！”他装出一副霸道的样子。电话拨出去，洪星星的手机铃声响起，刚才还一派威严的他表情立刻化了，完全绷不住嘴角的笑意。

周亦霖和孙秘书同时竖起大拇指，倒转，发出一句无声的：我鄙视你！

“星星。”他走到门口，一下下地踢着门框，不住地点头，“……哦，这样。好的，我这就去接你。”

电话挂断，他又故作严肃地说：“她要见我，我这就去质问她。”

“嘁……”周亦霖和孙秘书已经懒得拆穿他。

人生的美妙就在于，你去往一个地方，或者认识一个新人，在此之前，你并不知道这意味着什么，甚至觉得它也不过是余生中最普通的一天而已，直到那件重要的事情发生，让它有了新的意义。

如果人生是一本书，那么这些与众不同的日子，将会是那些最闪亮的字与句，遇见谁，爱过谁，恨过谁，星星点点，串联起每个人的一生。

周亦霖坐在酒吧的吧台旁，微醺。

“再来杯威士忌！纯的。”他对着吧台内的调酒师喊着，“谁还能和我聊细胞外泌体和靶向治疗，聊第一个提出‘囊泡运输系统’的诺奖得主兰迪，兰迪——”

“兰迪·谢克曼。”突然有人接下了他的话题。

他机械地重复了一遍：“对，兰迪·谢克曼。”他抬起头，迎面撞上了女调酒师灿烂的笑容。

“你是——”他觉得她甚是面熟，“哦，女神！”

在医药交流酒会上，他曾努力搭讪过她，她叫什么来着？

哦，康菲。

“你不是和我是同行吗？怎么还在酒吧调酒？”他着实有些惊喜道。

“调酒是我的兴趣。”康菲微笑着在加了冰球的酒杯里倒上半杯威士忌，“客人，你要的酒。”她将酒杯推到他面前。

魏岚呀魏岚，哥们儿恋爱了。

紧张夹带着巨大的惊喜，冲击着他的大脑，让他忍不住想喊，想找魏岚分享，想奔跑，想炫耀，仿若他已经陷入热恋。

虽然，都是单方面的。

洪星星没想到魏宝丰会突然给她打电话，说要跟她聊几句，彼时她正站在路边等魏岚来接。虽然她极不愿意在他不知情的情况下与魏宝丰见面，可还是禁不住老头儿的软磨硬泡，答应在附近的咖啡厅最多聊十分钟。

魏宝丰直奔主题，想让洪星星转告魏岚，他已经知道公司遇到了麻烦，让魏岚不要倔强，随时回家找亲爹帮忙。

洪星星想起自己每天跟洪大军的相处模式，不禁哑然。

“他是我儿子，没有人比我更爱他，也没人比我更懂他的倔强。”

“您为什么不直接问他？”

“他肯定不会听我的。”

“我知道您爱他，但您不觉得您爱他的方式有些欠妥吗？就拿您在他身边安插探子来说——”

“我那是为他好。”

“是，我知道您的出发点肯定是为他好，可他会怎么想？我们有时候打着爱的旗号，做的却是一些伤害他人的事。为什么您不能试着以他需要的方式去爱他呢？”

“他需要的方式？”魏宝丰像是第一次意识到这个，眼神变得很茫然。

“我和我父亲的相处模式就是将心比心，您也应该和魏岚多交交心。”

魏宝丰困惑地看着洪星星："我也想跟他说话，可说得越多，他越生气。"

他的脸上长了很多老年斑，即便如此，老头儿依然儒雅帅气得很，洪星星想，他年轻时肯定迷倒了不少姑娘。

沉默，长久的沉默。

魏岚需要的是她百分之百地跟他站在一起。她没有经历过他的成长，不知道他小时候有多孤独、多缺乏安全感。现在，她是他的恋人，是站在他身边的可以和他并肩作战、携手共度余生的人。

她更懊悔地想起今天是他们恋爱的第一天，自己居然拒绝了他的邀请。她再无心顾及魏宝丰的挽留，拎起包重重地鞠了一躬，表示抱歉，朝咖啡厅外面奔去。

两侧的风沙沙地从她的耳畔吹过，此刻她的心里只有一个念头——快点儿跑到约定的地点，一分钟也不要耽搁地和魏岚在一起。

"星星！"魏岚刚停下车就看到她从不远处飞奔而来，"慢点儿跑。"

"魏岚！"她一下扎进魏岚怀里，紧紧抱住他。

"怎么了？"他吃了一惊。

"如果你想知道我刚才跟谁在一起，是老魏总，你父亲。"她喘着气说道，"他想了解你，想让我帮他给你传话，我拒绝了。我想，你们的关系，应该你们父子俩单独解决，其他任何人都没有权利介入。而且我相信，你会处理好。"

他的情绪比她想象中平稳："哦，他想让你传什么话？"

"他说知道公司又遇到了麻烦，他很想帮你，让你需要的话就联系他。"

他没有说话。

"在想什么？"洪星星站直，担心自己再次惹他伤心。

"在想我的女朋友真可爱。"他揉揉她的头发。

"等等！"她有些混乱，"我反思了一下我们恋爱第一天的情

况，我有些过分专注于工作，而忽略了你的感受。”

“嗯哼。”他点头。

“但工作和生活分开这个原则，我认为是没错的。”

“这些就是你要对我说的话？”

“还有别的。”

他宽容地看着她。

“我很慢热，在感情上也比较笨。跟我谈恋爱，可能不是一件让人那么开心的事。但是魏岚，我喜欢你，真的很喜欢。”她的情绪有些激动。

“喂，你干吗？干吗突然告白？”他红着脸，心里却是高兴的。

“我还是背着你跟老魏总见面了，你还愿意做我的男朋友吗？”

“愿意。”他望着情绪起伏不定的她，指指手腕上的表，“现在九点十五，早就过了下班时间了。”

“所以呢？”洪星星盯着他的眼睛。

“所以——”

他一把托住她的脸，吻上去。她扭捏地闪躲着，却被他紧紧托住头，这次她没有再挣扎，迎上去。

午夜的风夹杂着湿润的空气，朦胧处尽是温柔。

第十六章

几秒钟后，安石睿反应过来，训斥道："什么好人，你到底站哪边的？"

马三纲赶紧打了自己一巴掌："瞧我这张嘴，我当然是站在坏人这边，站在您这边的。"

安石睿："你给我滚！有多远滚多远。"

无论到了多少岁，爱情都能激发出女性心底最小女生的那一面，柔软、浪漫、单纯。“想要抓住男人的心，首先要抓住男人的胃”这类的话，她们未必会相信，但无法控制地想要表达浓烈的爱，比如，给男朋友做爱心早餐，是每个小女生都想要去尝试的事。

洪星星拿着手机一条条刷着里面的美食视频，内心在哀号。复杂一些的，她自知不是那块料，看过即做过。说是简餐，食材却需要准备二十六种，呵呵，真想把发布者叫出来问一问，您是不是对“简”这个字有什么误解？

思来想去，似乎寿司更简单易操作一些。于是她按照视频里的要求准备好需要的食材，黄瓜条、火腿、胡萝卜、沙拉酱、海苔……虽然黄瓜条切得长短、粗细不一，虽然煮熟的米饭黏得哪儿哪儿都是，但好歹都裹进去了嘛。

看着形态不一、颜色各异的寿司，不管别人怎么说，洪星星自己非常满意。她早早给魏岚打电话，叮嘱他不要吃早餐。

这幸福来得太快，魏岚有些眩晕，他原本担心跟她谈恋爱以后，两人吵架一言不合，她对他就是一顿暴揍，哪知完全没有，居然还有爱心寿司。

“我保证，在吃到你做的便当之前，我一颗米粒都不沾。”他郑重起誓。

在他的想象中，洪星星正穿着粉色的小围裙，脖颈上渗出细细的汗珠，耳后的几根发丝黏在上面，性感无比地煎着爱心蛋饼。

“哎呀，你不用这么认真，一顿早餐而已。”他说。

“这可是我为你做的第一顿饭，必须认真对待。”她说。

若是周亦霖听到这些对话，肯定全身起鸡皮疙瘩而死。

只是深陷在粉红泡泡里的两个人，只嫌泡泡还不够多。

董事长办公室的气氛很微妙。小赵、小方、蔡蔡正聚在一起表情凝重地窃窃私语。

见到洪星星，三人突然集体噤声。

小赵悄悄靠近她，在她耳边低语："出大事了！"

神神秘秘的。

洪星星快步向魏岚的办公室走去。

他并没有在里面，倒是孙秘书、周亦霖、凌听三人正倚墙站立，见她进来，冲她点点头。

正对着魏岚的办公桌，八十五英寸的超大屏网络智能电视正播报着新闻：

"中部、东部以及北部的数家原料药供应巨头组成联盟，宣布从即日起对采购商实行断供。据业内人士推断，断供可能是为了价格大涨做铺垫，目前涉及盐酸异丙嗪、马来酸氯苯那敏、三硅酸镁等多种常用原料药……"

她看了一会儿："原来之前嘉乐囤药是因为这个。"

"魏总说他有应对策略了。"孙秘书回道。

"你之前说如果咱们没办法按时交货，违约金是……？"

周亦霖道："三倍。"

三倍违约金，很有可能让润世遭遇前所未有的重创，现在一想到事情都重重地压在魏岚的身上，她的心里便揪一般地痛。怕他惊慌，怕他无措，怕他沮丧，怕他被打倒，更怕他会因此而一蹶不振。

"目前尚不清楚本次断供事件会对市场上药品的产量和价格产生怎样的影响……"

整个润世沉浸在新闻带来的恐慌中。

只有高松和蔡蔡不同，两个人有说有笑地谈论着，如果不是人多眼杂，大有开瓶酒庆祝一下的意思。

没走几步，高松接了个电话。

"高总，对我送你的这份大礼满不满意？"安石睿的笑声颇为刺耳。

高松喜不自禁："非常满意。安总，润世一个月后肯定交不上

货。到时候，还得赔偿订单额三倍的违约金。不仅魏宝丰会头疼死，魏岚的这个董事长的位置是不是也就坐到头了……”

“当然，到时候润世就是你的了。”

“我一定全力配合您的计划。等我掌控了润世，自然不会忘记您这份人情。”

“如此最好，静候佳音。”

安石睿放下电话，愤愤地骂道：“蠢货。”

一旁的马三纲搞不清楚状况：“叔，如果您是想投资QW1项目的话，参加竞标会就可以了，何必还要大费周章地和这高副总合作，断掉润世的订单货源呢？”

“你希望我们未来的对手愚蠢一点儿，”安石睿眯着眼睛，“还是聪明一点儿？”

“噢，我明白了。叔你断掉润世的货源，让润世无法完成俄罗斯人的订单，润世会因为巨额的违约金而吐血。高松就能率领董事会发难，让魏岚滚下台，而魏宝丰为了平息董事们的怒火，只能同意高松上位。到时候您就可以……”

马三纲不笨，直接将利害关系说了出来。

“不错，润世在高松这个蠢货手里，简直不堪一击。”安石睿满意地点点头，“那时我再想把QW1项目弄到手也容易多了。”

“那咱们囤的那些原料药怎么办？”

“现在，这些原料药的价格已经炒起来了，可以慢慢往外卖。但要注意买家，小心魏宝丰他们借别的公司的名义帮自己买货。”

虎视眈眈地盯着这个项目的都是老狐狸，不得不防。

马三纲又问：“那为什么这个高副总和他背后的旺达集团不和魏宝丰谈合作，却非要跟他过不去呢？”

“哼！魏宝丰那老家伙不知道为什么，总想着卖平价药。按他的定价，埋头苦干三十年都不一定能把开发成本收回来，这么长时间，谁等得起？”安石睿越想越解恨，“这么多年，他魏宝丰就靠着赔钱

的买卖一步步垄断了市场，全然不顾同行的死活，我安石睿是个生意人，不是慈善家，岂能容他如此破坏市场？”

“叔说得对……不过听上去那魏宝丰还真是个好人呢。”马三纲忍不住说了大实话。

“是呀……”几秒钟后，安石睿反应过来，训斥道，“什么好人，你到底站哪边的？”

马三纲赶紧打了自己一巴掌：“瞧我这张嘴，我当然是站在坏人这边、站在您这边的。”

安石睿：“你给我滚！有多远滚多远。”

马三纲吓得不敢吱声。

商场的风起云涌见得多了，魏岚也练就了几分淡定，原材料垄断的确棘手，但也不见得就是个解不开的死结。只是十几个小时的时间，他就拟订了几套可以一试的方案。处变不惊，逻辑清晰，抓住重点，行事稳重，迅速地在混乱中建立新秩序，这是他对自己最基本的要求。

从晚上忙活到现在，他终于可以喘口气了。匆匆回到公司，桌上的袋子里果然放着一个粉色饭盒，他满怀期待地打开，却只瞧见了一坨黑乎乎分不清是什么食材的东西，散了一饭盒，他正怀疑地盯着饭盒，凌听推门而入，同样被眼前饭盒里的饭菜吓了一跳。

“哎哟，这黑暗料理……”

不对，这不是星星姐刚买的饭盒吗？

凌听默默地看了几秒，终于忍不住试探着问了：“这是星星姐给你送的饭？”

“你来这儿干什么？”魏岚直接忽略他的问题。

“哦，刚刚周总监说你来公司了，让我叫你去实验室，孙秘书和

星星也在那边。”

“我知道是什么事，一会儿就过去。”魏岚不知所措地盯着面前的饭盒，收起来不是，不收起来也不是，“哦，你没看错，这个就是星星亲手给我做的早饭。”魏岚见他一直盯着饭菜，借机显摆。

“她亲自做的？”凌听提高了嗓门儿。

“对。学名叫什么来着？学生时代女同学为班里最帅的男同学准备的——”没错，魏岚打了一个响指，“爱心便当。”

“呵，呵呵……”凌听似笑非笑地说，“既然是星星姐亲手做的，那，魏总你不要辜负她的好意，吃完再过去吧。我先走了。”

他偷笑着溜了。

剩下魏岚独自一脸为难地看着面前的饭盒，这是寿司？好像从哪个角度看都不像。

吃吧？有点儿怕。

不吃？这可是女朋友第一次给自己做的爱心早餐，不吃还是人吗？

一番挣扎后，他低吼一声，开始往嘴里猛扒，大气都不敢喘。他还是第一次把一顿饭吃出了英勇就义的感觉，这玩意儿到底什么味道他完全没有尝出来，气都不敢喘，闭着眼睛猛灌几口咖啡，才抑制住没让自己吐出来。

不能再让星星送饭。

谈个恋爱而已，说好的要对彼此好，就不要彼此为难。

他拿起文件夹准备去实验室，刚到门口，呕……胃里一阵翻江倒海，转头冲进了洗手间。

“昨天我和魏岚合计过了，俄国人的订单所需要的原料药，和这次断供的原料药品类重合率在百分之八十以上。”周亦霖摊平手里的对比单。

洪星星点点头：“果然。俄国人和嘉乐勾搭在了一起，他们早就

知道原料商要联合断供，利用这个时机骗我们的违约金。”

“不过，如果能搞到原料药完成生产，就不用赔钱了呀。”周亦霖倒是比较乐观。

孙秘书眼前一亮：“你能搞到？”

“不能。”周亦霖回答得非常干脆。

“唉！”

洪星星和孙秘书同时泄气。

“以魏总这么多年——呃，这半年来纵横商海的经验，我觉得，他肯定有办法。”孙秘书转身安慰好闺密。

“凌听都去了半天了，怎么魏岚还没过来？”洪星星忧虑地看看门口，生怕他俩再吵起来。

“别急，我去看看。”孙秘书一听凌听，就颠颠地跑出去了。

她没跑几步，就和凌听走了个对脸，问道：“怎么只有你自己？魏总呢？”

“一会儿就来，吃饭呢。”凌听憋着笑。

“吃饭？”孙秘书有点儿困惑。

他左右看了看没人，一把拉过孙秘书：“我问你，星星姐和魏岚他们俩，是不是……”

孙秘书紧张到瞳孔放大。完了，完了，该来的还是来了，我答应过星星要保密的，可是现在，怎么办，怎么办，要露馅儿了。

急中生智，孙秘书突然对着楼梯间大声喊了一声：“哎！”

“跟谁说话呢？”凌听看看楼梯口，没人。

“哎，我来了！你没听出来吗？小赵，是小赵在叫我。”她准备开溜。

“等等，”凌听一把拉住她，“你还没回答我的问题呢，他俩……是不是结仇了？”

“结仇？”孙秘书瞬间蒙了，“他俩结仇？什么意思？”

“不然星姐为什么会对魏总下这么重的手？”

凌听看她还是一脸茫然，只好细说："你知道吗？星星姐今天带饭给魏总吃了，还是她亲自下厨做的。"

"爱心便当？"

"星星姐的做饭手艺，那可是……"他看了看身后，生怕洪星星会突然出现，"说黑暗料理，那都是美化，这么说吧，基本上可以当大规模杀伤性武器来用。"

"有……那么夸张吗？"孙秘书迟疑着问道，"怎么可能？"

"有、那、么、夸、张吗？我小时候就吃了几口她做的炸鸡，然后急性肠胃炎，食物中毒，生生住了一周的院。"他摇摇头，"这么多年过去了，星星姐很少下厨了，所以她的厨艺杀伤力算个秘密。但她突然给魏岚做了爱心便当……不，以魏岚的小体格、小身板加抵抗力，那就是'死亡便当'。"

他以一种"生死有命，富贵在天"的口吻叹了口气，搞得孙秘书也有些紧张。

又是一阵翻江倒海的呕吐，魏岚虚弱地扶着马桶边沿站起来，走到洗手台边，看着镜子里自己苍白的脸直叹气。

他用脚指头也想不明白，即便食物有再多的操作不当，不是等一段时间，小半天，或者隔日才会有更大的反应吗？吃了这才多久，怎么就让他把隔夜饭都吐出来了呢？

还有什么事情，是三米之内有厕所更让他觉得安全的？

一路小跑着过来的孙秘书听到呕吐声，担心地敲着门："魏总，是你在里面吗？"

"不许进来！"半天他才从洗手间出来，额头冒汗，脸色苍白。

孙秘书吓了一跳。

"去实验室，开会。"他无力地挥挥手，勉强坚持着走到实验室。

周亦霖看他一副鬼样子，惊呼："妈呀，先去医院吧。"

他强打起精神："不用，就是吃坏了肚子，小事，咱们接着研究原料药断供的事。"

洪星星愣了几秒，反应过来了。

都怪她不自量力，没有金刚钻，非要揽瓷器活儿。

她只想着对他表达下自己的爱，却忘了自己厨艺的杀伤性。

她刚想道歉，魏岚的手机就响了，是魏宝丰打来的电话。

"有事？"魏岚正了正身体，让自己的声音听上去显得精神一些。

"原料药断供的新闻我看到了，现在各个药企都像热锅上的蚂蚁，到处求人。公司……没事吧？"魏宝丰虽然极力在克制，但依然无法彻底掩饰语气里的焦急。

他淡淡地回："没事。"

"我听说……"老头儿迟疑了几秒，克制住脾气，"魏岚，你别逞强。爸这边有几个老熟人，你要是需要原料药，多少还是能弄来点儿的。"

"魏叔，咱们手上有张大订单，需要的量特别大！不好弄吧？"周亦霖伸着脑袋往手机前凑，魏岚一把推开他的头。

"确实不需要。我昨晚已经连夜联系了南边沿海的几个仓库，让他们连夜装车发了物流，刚好赶在了断供之前，没什么问题的话很快就会运到，不会耽误。"魏岚想要快点儿结束通话，忍不住多说了几句。

老头似乎有些失望："哦，那就好，没别的事了。"

"这么说，昨天我从嘉乐出来一给你打电话，你就立刻下了采购单？"洪星星看他挂了电话，着急地问道。

"对，和嘉乐一模一样的购货量，"他微笑，"正好卡在断供令发布之前。"

"所以我们不用赔钱？"孙秘书也跟着激动不已。

"一切都在我的掌握之中。"

"你真是太明智了，魏岚！今天我担心死了！原来你早就搞定

了！”洪星星一时克制不住激动的情绪，猛地抱住了魏岚。

孙秘书和周亦霖已经知情，并未有过多反应，唯有旁边的凌听彻底傻掉了，呆呆地看着二人，大气都不敢出。

不是早上刚送过黑暗料理吗？怎么可能……

“洪特助。”魏岚最先反应过来，故作威严地呵斥了一声。

“哦。”洪星星赶紧松开。

孙秘书看凌听还处在惊恐之中，眼珠飞速转动，赶紧圆场，冲上去：“耶……魏岚！我也担心死啦！”她张开双臂，也给了他一个大拥抱，“胜利的拥抱！你们也来。”

聪明如周亦霖，几乎是跳到魏岚身上的：“为了润世！”接着，他猛地一拍魏岚的后背。

大家齐齐看向凌听。

“该你了。”孙秘书提醒。

凌听目瞪口呆。

周亦霖憋住笑，忍得十分辛苦。

终于，凌听使劲跺了跺脚，英勇就义般上前一步，对魏岚伸出双臂。

魏岚：“……”

“为了胜利。”

“为了胜利。”

二人终于极其不情愿地拥抱在了一起。

洪星星：“……”

自从在酒吧要了康菲的名片，周亦霖整个人就变得魂不守舍了。现在就加微信，会不会太轻浮了？如果不加，她会不会觉得我对她没意思？

恰逢孙秘书过来取文件。

他眉心一动。

孙秘书能让魏岚那个万年老光棍成功告白，想必也一定能够帮自己成功脱单吧。

“美西，么么哒。”他对孙秘书抛了个媚眼。

“美西？”她浑身起鸡皮疙瘩，“你干吗？该不会要向我表白吧？我告诉你哦，我可是……”

“说什么呢美西？你这样的仙女，岂是我等凡夫俗子可以染指的？”他掏出名片，“昨晚我要到了她的名片，帮我参谋参谋呗。”

她接过名片，名片很有质感，还带着淡淡的茉莉花香，上面印着酒吧的标志和“调酒师-Lisa”的字样，左下角还印着微信二维码。

“上回在医药交流酒会上我见过她一面，那天我努力和她搭讪了，但没成功。没想到，她居然在我昨天去的酒吧上班！应该是被请去调酒的。这样的巧遇，肯定是上天的安排。我要是再不把握机会，是要被雷劈的。”

“加微信了？都聊什么了？”她问。

“没加。”他赶紧说明，“她这种漂亮姑娘，别人要到名片肯定立刻就会加她微信。我反其道而行之，按兵不动，反而会勾起她的好奇心，昨天那个迷人的混血帅哥怎么还没加我微信？哎，你们女生是不是都这个心理？”

“你戏太多。”她对他的套路嗤之以鼻，一把夺过手机，对准名片上的二维码扫了扫。

“哎——”他伸手想抢回来。

“趁她还记得你这个人，赶紧加上。”

手机叮的一声，扫描完成，屏幕上出现一个酒吧的公众号。

“这……”她忍不住大笑，“这是酒吧的公众号。铺垫这么多，还以为你得手了呢！谁知连微信号都没要到。喂，情圣周，你不会要把这个算成你的第十九次恋爱吧？”

“爱一个人，就要爱她身边的一切，包括她工作的酒吧。”他顾不上孙秘书的嘲讽，按下关注键。

可是她为什么给个公众号呢？想试探我和那些登徒子是不是一种人？害羞？哎呀，这到底是怎么个意思呀？他幽幽地看着面前的孙秘书。

孙秘书摊摊手，无聊地走掉了，留下他一个人拿着手机继续凌乱。

第一次做爱心便当，就差点儿把男朋友送进医院，洪星星一想起来就觉得臊得慌，憋了半天，才终于逮着机会把买好的药拿出来。

她倒了一杯温水，把配好的药放在他手上。

总算有了独处的机会，他忍不住撒娇，低低地哼了一声。

“别生气啦，都是我太笨，”她晃着他的胳膊，“连个便当也做不好。”

女孩子真是神奇的动物。

不论之前因为什么事情，生了多大的气，只要她软软地靠上来，他便也跟着软了。

但，他不能这么快就举白旗。他继续假装生气地盯着她：“你真的以为，我是因为吃了你做的饭，闹肚子而生气吗？”

门口传来凌听的声音。

“星星姐！”

洪星星赶紧撤回来，侧耳听了听，似乎又没了声音。

原来是孙秘书闻声赶来，迅速把凌听拖到一边：“你干什么？”

“你又干什么？撮合他俩在一起？”他隐隐约约觉得哪里有些不对。

“我——”孙秘书有些不忍说出真相。

“也对，一个是你的老板，一个是你的闺密，都是你重要的人。我又算什么呢？”他眼眶红了，顷刻间感觉所有人站在了自己的对立面。

“凌听，你别耍脾气。”孙秘书拉他。

“耍脾气？我知道，在你眼里我就是个小孩儿。你一边帮着魏岚，一边又装作关心我，听我把真心话都倒给你。”这么说着，他越发觉得自己委屈了，眼泪止不住地滚落，“其实你一直觉得我很傻、很可笑是吧？”

“我没有……”她慌乱地解释，“我没有骗你！也从来没有把你当成可以哄骗的小孩子。我对你的关心是真的，想帮你也是真的。”

“好，那我问你，对你而言，我算什么？”

“朋友，很好很好的朋友。我只是觉得，你不该，不该那么……那么鲁莽地闯进去。”她说得结结巴巴的，这话说出来，自己都不是很信。

“我明白了，”凌听后退一步，冷冷地问道，“他们两个在场的时候，我是多余的，是吗？”

“不是，你听我说……”她紧紧拉住他的衣角，怕自己说错话，再次激怒他。

他猛地甩开她的手，转身向楼梯间方向走去。

被暗恋的人误解，孙秘书觉得异常心痛。

她呆呆地站在原地，只觉心被人狠狠地砸了一通，越来越沉，越来越碎，越来越疼，眼泪吧嗒吧嗒地往下掉，很快就浸湿了半张脸。

该怎么解释？

她每天都想着凌听，每一天都处在纠结和矛盾之中。她也不是没有想过放弃，可是睡前决绝了一百次，第二天醒来，第一个想到的还是他，一切又回到起点。

她在别人的感情世界里挥斥方遒，在自己的感情世界里，却像一个新手。如果哭能解决所有问题就好了，可是能吗？她趴在窗边掩着脸。

不知过了多久，凌听又回来了，看到她因为抽噎而一耸一耸的肩，犹豫着，终于上前：“对……对不起，刚才是我情绪失控了。”

孙秘书匆忙擦着眼泪，抹抹脸，终于能抬头了：“没关系，你不生气就好。”

凌听彻底心软了：“别哭了，我陪你去休息室补个妆。”

她破涕为笑：“你还知道补妆？”

他不好意思地摸摸头。

洪星星并不知道刚刚外面发生的这一切，此刻依然沉浸在自责之中。

“你到底为什么生气？”

“我在意的是，恋爱两天了，还没有一次正式的约会。我们都没有好好谈心，也没有一起做浪漫的事情，甚至在别人面前，我们还要注意避嫌，不能有亲密的动作。”魏岚抓住她的手，“我在思考，上班是工作关系、下班是情侣关系的相处规则，是不是错了。”

“这样吗？”她也很为难，“可是，如果公开了，我就不方便做你的助理了，以你女朋友的身份，在董事长办公室工作真的会寸步难行。”

“怎么会，你是董事长的女朋友，谁敢怠慢你？”

“办公室恋情，大家多半会……议论纷纷吧。再说……公司里还有几个单身小姑娘视你为男神，如果她们知道你跟我在一起了，我害怕被大家孤立。”

魏岚一时不知道如何反驳，气呼呼地把脸扭到一边。

“又生气？我给你好好揉揉肩？”她讨好地把手按在他的肩膀上，轻轻地按压着。

没几下，他又叫疼：“咱俩还没结婚你就谋杀亲夫？”

“说什么呢，是你太不受力了——那这样呢？”她减缓了手上的力道。

“还疼……呼，现在好了。”

她心里有事情，不知不觉间指尖缓缓划过他的脖子，被他反手按住：“有没有人告诉过你，不要乱碰男人的脖子？”

他的下巴微微上扬，喉结滚动。

她加大了手指的力度："是吗？我在部队时，大家都这么互相放松肌肉的。"

"都这么互相按摩？"

"是呀，不过力道要大个三四成吧。"

"……"

"你说我们还没正式约会，那我们可以去。你喜欢的意大利餐厅、玫瑰花、没来得及放的烟花——"看他一副正牌男友却什么都没享受到的吃醋脸，她赶紧安慰。

"你怎么知道烟花的事……"上次他和周亦霖、孙秘书准备了那么久，结果还是人算不如天算，被她的见义勇为行为彻底破坏。

她微笑着并未回答。

"这个孙秘书，嘴一点儿也不严。"周亦霖肯定没那么八婆，想来只有孙秘书。

不过，现在也都来得及。

他站起来："走吧，去吃饭。对了，警告你，以后不要乱碰男人的后颈。不对，是除了我之外的男人的后颈。"

"是是是，好好好。"她拉长声调，像哄小孩儿一样，"走吧，今天咱们就把第一次的约会都补上。"

两人刚走出办公室，刚好碰见凌听和孙秘书从对面的休息室出来。

"走了！"洪星星坦然地挥挥手。

两人坐上电梯，不见了踪影。

凌听忧心忡忡地看了一下手表："不知道还来不来得及。"

"什么？"孙秘书不解。

"去把情书拿回来，我要亲手交给她。"

"情书？"她一头雾水，"你还写了情书？"

"是的，刚才我把情书给了快递小哥，打算快递给她的，可现在……看这形势，我只能当面表白了，再磨叽就彻底没机会了。"

他飞快地下楼，直奔快递站点，准备把情书要回来。

孙秘书想拦住他，想把一切告诉他，可又觉得如果真的让他知道这件事，那也应该是洪星星亲自告诉他，而不是经由她的嘴巴。

她当然知道他表白成功的概率为零，心里却一点儿也高兴不起来。

这种感觉就像小时候盼星星盼月亮，盼了一整年，才拿到自己喜欢的洋娃娃，可别人却不愿意看上一眼，随手就丢在一边。此刻，她的伤心不是来自他不喜欢自己，而是自己喜欢的人，在别人那里得不到半分的爱。

她的伤心，甚至比他的伤心还要浓厚。

此刻她什么也做不了，只能眼睁睁地看着他去碰壁，去失望，去绝望，或许只有这样，他才能幡然悔悟，才能够停下来去看看别的风景。

魏岚想给洪星星补过一个浪漫的恋爱纪念日。在昂贵的酒店吃最浪漫的情侣套餐，去最豪华的商场买最好看的衣服和礼物，最后用最浪漫的玫瑰花搭配烟花来表白，每一样都不能少，又俗……又……让人羡慕。

适应各自的品位和生活习惯，包括彼此身上的小缺点，如果可以做到这两点，哪怕两个人过往的生活经历不同、环境不同，也同样可以跨越磨合期。所谓门当户对，更多的是一种心理上的平等，不受困于物质和金钱，不受困于彼此的出身和教育背景，愿意共同成长，彼此成就。

他是这样想的。

她肯定也是这么想的吧？

再次来到当初抓贼的那个小广场，有妈妈领着小孩儿盯着地上的

玩具摊挑选玩具，沿街的小贩高声叫卖着，穿着跨栏背心的大爷抽打着巨大的陀螺，梳着大辫子的女人蹲在一角，拿着小喷壶给一束束装在桶里的鲜花喷水……

他酝酿好情绪，直视着洪星星，缓缓说道："虽然生活中有很多烦恼，我们之间也有很多没解决的问题，但我还是希望我们可以，永远……永远幸福下去。容忍彼此的坏脾气，理解彼此心底最深处的孤独和恐惧，给彼此空间和时间，在这段关系里，我们都可以做最真实的自己，不用忸怩作态，不会被生活里的鸡零狗碎打败，而是一起打败生活里的鸡零狗碎，洪星星，我们不只是彼此的爱人，还是彼此的战友，我愿意和你一起，一起成为更好的自己、更好的我们。"

他的声音因激动而颤抖。

"煎饼，五谷煎饼！"

"走一走看一看，挖土机、搅拌机、翻斗车，给孩子买一个吧。"

"套圈了，套圈了，十块钱五个圈。"

…………

伴随着小贩的叫卖声，洪星星觉得这告白如此虚幻，又如此真实。

她一时语塞，在大脑里搜索着词语，想要同样说些感动的话进行回应，趁着她低头的瞬间，他轻轻扶着她的下巴，微微抬高，轻吻上去。

她紧闭双眼，手机铃声却突然响了。

"不要接。"他的唇再次覆上去，贪婪地想要索取更多。

她却一个闪退："不好意思，我得接一下，万一我爸找我有急事呢。"

然而，打电话来的人并不是洪大军，而是凌昕。

她的手机上有七八个来自他的未接电话。

她赶紧回拨。

不远处。

凌听呆呆地看看手机。

星星姐终于回拨过来了。

他看着广场中间的洪星星和魏岚，连他自己也说不清自己到底来了多久，从两人手拉着手甜蜜对视的那一刻？还是追逐打闹的那一刻？更或者，是两人拥吻的那一刻？

他已经不想去回忆这一切。

原来，人绝望的时候根本不会歇斯底里，绝望只会让人提不起一点儿力气，他任凭电话里洪星星的名字闪了又闪，却丝毫没有力气去接。

浪漫是别人的，自己拥有的只有这碎了一地却又没有力气捡拾的绝望和痛苦。

每个人都陷在自己的困境里奋力挣扎，学生、白领、高管、天才少年、霸道总裁……每个人都有属于自己的烦恼，只是这烦恼并不相同，所以每个人都只能冷暖自知罢了。

“气死我了！姓高的，你害我瞎忙活了一场！他们屁事没有！”

安石睿在电话里发飙，隐约听着高松身旁有人在哼歌。

“安总您别生气，我们当初为什么下那么大的单子，就是为了……”高松正要解释，却突然看向身后。

房间靠窗的位置上，一个中年男人正坐在躺椅上，摆弄着腿上的笔记本电脑，页面上全是俄文。他姿势悠闲地躺在躺椅里，哼着《摇篮曲》的调子，看向窗外。夜凉如水，月光照进窗子，蓦地添了几分清冷。

第十七章

玫瑰骑士

现在她所有的英雄梦想，就是保护和照顾好身边的人，不再去想人类那些伟大的意义，甚至愿意为了深爱的人卑微地活着。

凌听的失联像个巨大的屏障，横在魏岚和洪星星中间，洪星星无法置之不理。回来的路上，她一遍又一遍地拨打凌听的电话、给凌听发微信，却始终没有收到回应。

在洪星星的记忆里，从来没有出现过这种情况，她每次给他打电话，就算漏接，他也很快会回过来，可今天怎么了？她胡乱猜测着，约会的心情也大打折扣。

“你还在打电话？”眼看就要到她家门口了，魏岚拽拽她的胳膊，把车子停靠在路边。

“凌听的电话一直打不通，也不知道这臭小子怎么回事。”

“你是不是太在意他了？”他的语气酸酸的。

谁愿意在这种时候女朋友一直回拨另一个男人的电话，何况对方还是自己的情敌？

“你在吃醋？”她没好气地道，“凌听是我看着长大的，跟我亲弟弟一样。”

“反正今晚不许你联系他。”

“理由？”

“好不容易约会了一天，你怎么能去找其他男人？”他抢过她的手机，装到兜里。

“还给我！”她去抢。

“你先答应我不找他！”

“无理取闹，”她急了，“他晚上找我没找到，肯定有急事。如果换成是周亦霖，他需要你时，我会禁止你们联系吗？”

“周亦霖跟我是同性，性质完全不一样。你看不出来吗？他喜欢你。”

“你胡说什么！反应过激了吧？”洪星星嗤之以鼻。

开什么国际玩笑？

还有比洪星星更迟钝的人吗？

他决心摊牌：“你心里明白，他喜欢你！我第一眼看见他时，就

知道他对你的感情不一般。他不想做你的朋友、邻居弟弟，他看你的眼神全是占有欲！”

“魏岚，你不要把事情说得这么——”她琢磨了几秒，还是不可能，“凌听不是这样的人。”

“星星，你根本不了解男人。你这样没有界限地关心他，只会让一切越来越糟。”

“手机还给我！”她真的生气了。

他态度强硬：“不给！”

洪星星瞪着他，开始倒数：“3……2……1！”

见他不为所动，她一个箭步上前，单手轻而易举地控制住他的双手，以迅雷不及掩耳之势夺过手机，之后便下车，头也不回地进了家门。

她这是真急了。

他忍着疼，匆匆忙忙地跟着下车，一眼便瞥见了站在门口的洪大军，只好离开。

凌听的电话依然没有人接听。

他家里也没人。

孙秘书似乎和他走得比较近，洪星星迅速打给孙秘书。

“美西，凌听跟你在一起吗？”

“没有，发生什么事情了吗？”她猛地把薯片丢到一边，从沙发上坐起来，“有件事我忘了问你，昨天晚上我遇见他，他说要去给你送一封情书，他有给你吗？”

“情书？没有！那天晚上——”洪星星愣住了，“我懂了，那天我打电话给他，他一直不接，肯定是看到了我和魏岚在一起……”

洪星星明白了。

她想了想，问：“那他会不会去白房子了？”

“白房子？什么白房子？”

“星星，你真的就一点儿也不懂他的心思吗？白房子，白房子就是他和你约定为你过十八岁成人礼的地方呀。”她越发心疼凌听了。

“十八岁？这也太久远了吧，我哪记得这个……”

“你知道他对你的心意吗？上个月，他拉着我把白房子修葺一新，刷了墙，布置得很浪漫。他还给你写了亲笔信，为你买了戒指……”她越说越激动，“他做的这一切，都是期待着在当初约定的地方等到你，亲口告诉你，当年他没来得及说出口的话——”

原来，魏岚并没有多心。

可是，这怎么可能？

犹豫再三，洪星星开口道：“美西，我不能去白房子找他。我现在只有足够狠心、冷漠，才能让他死心。我越是拖泥带水，他越是难以放下。我必须让他对我彻底失望，才能让他迅速开始新的生活。”

“这……”她怔住，“可你们毕竟从小一起长大。你真的不去吗？”

“美西，”洪星星的语气软下来，“我一直把他当成我的亲弟弟，他该等的人不应该是我，也许，那个人……是你……”

有这么明显？

原来星星早就看透了一切，她一向觉得自己掩藏得足够好，没想到还是早被人洞悉了一切。

除了凌听。

她放下手机，开始换衣服，或许这一次，也该向他说清楚了。

心境不同，景色也跟着变了味道。

海浪喧嚣，仿佛大海也在想念着陆地。有些事情从哪里开始，就让它在哪里结束吧。凌听光脚踩在沙滩上，口中背诵着那封未能送出的信。

“洪星星，我向你请求一个新的身份。我喜欢你，十五年了。下一个十五年，以及以后很多很多个十五年，我想以恋人的身份陪在你身边。这个周末，我在约定过的白房子等你……”

呵，他忍不住为自己的傻气打了个激灵。

他以为自己还有百分之五十的机会成为世界上最幸福的人。

没想到……他带着此生最大的诚意准备倾尽全力一搏时，却连出手的机会都没有。

原来，他的可能性，很早以前就已经是零。

“最幸福的人”距离“最可笑的那个人”有多远?

不过几分钟、几秒钟罢了。

海浪一次次冲上沙滩，覆上一层又一层的细沙。或许时间也会像这海浪一样，终有一天会将这记忆冲刷、覆盖，爱过的人也会变成生命里的路人甲。

想到这里，他的心疼了一下，星星姐也会成为自己生命中的路人甲吗?

这似乎是他更不能接受的结果。

洪星星小鸟依人般靠在魏岚的身上，一幕幕浮现在他的脑海里。

他从未见过她笑得那般甜蜜和放松，小女人般的、羞涩的、娇柔的、妩媚的笑。

希望她幸福自然是真的，可一想到这幸福彻底与自己无关，他又觉得痛彻心扉。

他的手机再次响起。

洪星星终于肯给他回电话了。

第二十六个未接来电。

比自己打给她的要……多出八个。

“喂？凌听！”她的声音听上去很急。

那就都说开吧，虽然这个场景他曾在脑海里演绎了上千遍。

“星星，我……我想问你一个问题。”

“好。”

“你……喜欢的人，是……魏岚吗？”

凌听不知道自己到底是怎样把这句话问出口的，像个垂死之人，还在期盼着医生能给个奇迹。

“是。”她的语气没有丝毫迟疑，“我们已经在一起有段时间了。很抱歉没有告诉你，因为工作的关系，公布恋情会有很多麻烦。我不是故意要瞒着你的……”

“星星姐，”他打断她的解释，“你们两个很般配，你要幸福。”

“谢谢。”她的语气很轻，生怕惊扰到什么似的。

医生没有带来新的希望。

你还期盼着什么呢？

他苦笑着按下关机键，一切已成定局，爱情终究是不讲先来后到的。

孙秘书站在白房子的门外，看着里面的亮光，知道凌听就在里面，抬起手想敲门，却又不知道接下来该如何面对他。安慰他？骂他？还是让他睁大眼睛看看，谁才是那个时时刻刻把他的喜怒哀乐挂在心上的人？

她踱来踱去，门突然开了，凌听颓废地站在她面前，手里拎着个大垃圾袋。

她退后几步：“那个，垃圾，我帮你扔。”

他没理她，顺手把垃圾袋放在门口，袋子里的酒瓶发出一阵刺耳的撞击声。

“你喝了多少？”

“不多，一箱。”他转身进屋，抓起桌上的啤酒继续喝。

“别喝了。”她抢过他手里的瓶子，“我知道你是为了什么躲起来，但星星已经做了选择。人总会有得不到的东西，没办法在一起的

人。你不是三岁的小孩子了，这些还不懂吗？”

“说完了？你以为你是谁？我妈？大半夜跑到这里指手画脚，自以为是。”

她气得火冒三丈：“你够了！我开车开了这么大老远来看你，就是来受你侮辱的？”

“那怎么着，还想让我给你颁个奖？”他正一肚子火没处发，偏偏她要往上撞，“我现在脑子不是很清醒，不想当靶子的话，就滚远点儿。”

“你说的是气话，”屋里一片狼藉，她开始动手收拾，“我不走。不，我先收拾一下再走。”

她终究还是对喜欢的人硬不下心肠，这种时候不是应该摔门就走，从此老死不相往来吗？她非常没骨气地收起桌上乱七八糟的废纸屑和压满烟头的烟灰缸，又给他倒了杯热水。

“孙美西，你为什么对我这么好？”他的情绪慢慢稳定，“如果你只是可怜我，没必要的，我不领情。”

“我只是觉得，你好歹也是二十岁的人了，因为感情受挫就变成这个熊样，关机、玩失联，把自己和别人的生活搞得一团乱。”她拿过抽纸，抽了一张，擦擦手，“好玩吗？”

“别人？呵呵，哪有别人？就算我现在消失，也影响不到任何人的生活。”

“当然影响得到。你对我……”她咬着嘴唇，“……对星星，都是很重要的人……”

他打断她：“你要走就快走，不要在这儿播撒你廉价的关心，也不要给我灌什么心灵鸡汤。如果你说你讨厌我，我可能还会觉得你真实一点儿，真诚一点儿，别假惺惺的。”

假惺惺？

她的怒火噌一下就冒出来了：“是，没错，我讨厌你！讨厌你遇到问题的时候第一个给我打电话，因为你知道，我永远不会拒绝你。

我讨厌你，因为你自私自利，我是你随叫随到的‘朋友’，听你倾诉难过，听你诉说对另一个女孩儿的暗恋，还要笑着开导你，笑着帮你出谋划策。”

他被她的气势吓到，偏了偏头。

“而你是怎么对我的？不高兴的时候冲我发脾气，回过头来又哄着我。你真的在意我吗？你只是怕，怕我彻底跟你翻脸，再没有人像我这样对你好，你不过仗着我喜欢你！”

她越说越委屈，眼泪流下来，拿手迅速抹了一把：“凌听，你就是个浑蛋。”说罢，她便跑向门口，拉开门，“我再也不会……再也不会……等你了。”

你不过仗着我喜欢你？

她喜欢……我？

凌听赤着脚，踉踉跄跄地追出门，满地的鹅卵石硌得脚生疼，半跳着狼狈寻找，终于看到了不远处正伏在车门上哭泣的她。

“美西，你说得对，我……我就是个浑蛋！”

他扳过孙秘书的肩膀，趁着酒劲吻上去。

晨光照进房间，凌听皱着眉头醒来，头痛欲裂。

他闭着眼，挣扎了五秒，翻身坐起，却见一旁的枕头上放着一只粉色手环。

整个房间已经焕然一新。

孙秘书不知何时离去了，一旁的沙发上放着叠得整整齐齐的白衬衫。

昨天？

他的头嗡的一下，他想起昨晚和孙秘书的种种，狠狠地，狠狠地扇了自己一个巴掌。

魏岚和洪星星这对恋人，并不知道昨晚在凌听和孙美西的身上发

生了怎样的故事。惹女朋友生气，总是要主动低头的，哪怕魏岚坚持认为并不是自己的错。

吵架绝不过夜，周亦霖早就教过他。

嗯，没皮没脸地哄呗。

谈恋爱这件事，就是不要脸。

他用微信疯狂轰炸着洪星星。

“昨天都是我不对，我光顾着生气了，完全没考虑到你和凌听做了那么多年的朋友，他对你有多重要。在你遇到我之前，是他一直陪在你身边的。我不该那么小气。”

她没有回。

“原谅我，亲亲。”

“你不回应，就是原谅我了，对不对？”

“你是担心我睡着了，怕发微信让我兴奋吗？有这样的女朋友真是幸福呀。”

“还不回吗？你怎么舍得……”

“呜呜呜呜，星星，紧急情况，万分紧急。你知道吗？有一个男人因为女朋友不回他微信，快要难过死了。你知道他是谁吗？”

“洪星星！”

“猩猩！”

“大猩猩！”

…………

她确实在生气，本想一晚上不搭理他，让他好好反省的。但随着他一条又一条的微信炸弹，很快溃不成军。

为了彼此今晚能睡个好觉，她还是回了。

“好了，别闹了。你要是这样说，我也要向你道歉。说好作为你的女朋友，要给你足够的安全感的，我做得也不够好。”

想必他确实一直可怜巴巴而执着地等着。

他果然很快回了信息：“你确实应该和他好好谈谈。”

紧接着他又发来了一条："单独谈，我不干涉。"

虽然他看不到，但她还是郑重地点了点头："我会的，而且我会告诉他，魏岚是我的男朋友，是我最重要的人。"

两人各自看着手机，不自知地弯着嘴角。

润世大厅，媒体记者蜂拥而至，挤了个满满当当。

高松一路小跑着，仍被媒体记者拦住了去路。

"对润世遭遇欧洲诈骗公司，您有什么细节可以透露吗？"

"现在的润世是否处于资金链断裂的困境？"

"有传言说，魏岚已经在准备申请贷款了？"

…………

旁边的秘书护着高松："对不起，我们无可奉告。"

出乎意料，本该迅速进入门禁通道的高松却往外站了站，停下脚步。

记者的问题层出不穷，但万变不离其宗，都是想问润世是不是要完蛋了。魏岚一早就躲着众人，更示意各部门不得接受任何媒体的采访，这个高松……好像哪里不太对。

"谢谢大家的关心，"高松示意秘书退到自己身后，一副"既然你们如此有诚意，那我就有诚意地和大家沟通"的无何奈何样，"咱们润世制药，做药先做人。公司的情况呢，我不隐瞒，资金上是遇到了一点儿问题，严重的话有可能影响一些重点项目的开发。不过魏总已经在尽力弥补了，希望不会对公司的正常运营和员工的工资发放造成影响……"

洪星星微眯着眼，高松这是在搞什么鬼？

这个回答看上去诚恳、积极，但只要是明眼人都不难看出话中有话。

大堂闹闹哄哄的采访还在继续，洪星星和孙秘书实在撑不下去了，两人对视几秒，三步并作两步地冲进魏岚的办公室。

“这次的问题到底有多严重？”洪星星顾不上掩饰两人的关系，抓着魏岚的手急急地问。

他把笔记本电脑打开，给两人展示一个全是俄语的报告页面。

“RCA公司宣告破产。我正在试图获取后台权限，看更详细的破产报告。”

“RCA……是上个月下了一笔大单的俄国公司？”孙秘书问。

“嗯！交货日期马上就到了，生产部也早已按照要求打包完毕，只等发货。近期我们砸了很多钱在这笔大单里，收不到尾款……公司的资金链确实会出问题。”

洪星星不解：“但这并不等于我们会亏钱吧？他们没能力接这批货，我们再找别的买家也行呀。”

魏岚摇头：“国内，尤其是东部的OTC药品市场基本趋近饱和，平时的订单都是定量生产。没有经销商能吃下我们这么大的量。这下生产的OTC药品恐怕都要积压了。如果只是单纯的积压库存，我们还可以想办法慢慢解决。只是QW1招标在即，牵一发而动全身，没时间给我们慢慢回款，公司资金链一旦出问题，势必影响QW1项目的招标和推进……”

“既然……这批药是按照欧标生产的，我们试试找国外的买家？”

“是。但没合作过的公司，肯定要走考察、寄送样品等一系列程序，我们耗不起时间。”他想了想，“我已经让海外事业部和欧洲的公司取得联系，看是否有潜在买家，你帮我督促进度。”

“好的。”洪星星应允。

“孙秘书，你联系工厂，多生产一批中文外包装，我们做积压药品转内销的准备。”

“明白。”孙秘书立刻做好记录。

“希望我们的努力都不会白费。”

洪星星看着魏岚，坚定地说道：“一定不会白费。”

两个女生出了董事长办公室后，洪星星拉住孙秘书的胳膊：“凌听还好吗？”

“嗯。”孙秘书突然极其不自在地垂下头。

“他请了一周的假，我刚才发信息问他，他居然说去旅游散心了。真是个小孩儿，有什么问题不能直接面对，必须采取逃避的方式？”

孙秘书心想，是，何必呢?

只是孙秘书不知道这一次他逃避的是谁，洪星星，还是她?

“真让人担心！气死我了，等他回来，我要抓住他打一顿。”她转过身看向孙秘书，“哎，你们……你俩怎么样了？”

“我俩？”孙秘书眼神黯淡，“哪有空想这些呀？现在公司面临难关，得加紧工作，尽快帮魏总解决问题。”

“嗯！也是。”洪星星赞同地点点头，两人继续向各自的工位走去。

魏宝丰一个人坐在沙发上，戴着老花镜，身旁的康叔在盛养生粥。

“看看，”他把文件扔到桌上，“事情发生三天，要求魏岚辞职的报告，我已经收到五份了。”

“都是高松手底下的人？”康叔笑。

“不全是，”他摇摇头，“高松此人心思不单纯我是知道的，但董事会的几个老家伙也说，建议魏岚退居副职，高松任董事长兼总经理。”

“这么直接？”康叔惊讶。

“他们的意思是，让魏岚跟着高松学习几年，再执掌公司。”

有人按门铃，他一阵激动，赶紧藏起桌上的报告：“是不是魏岚

回来了，快去开门。”

康叔去了又回，把一张卡片递给他：“是嘉乐的安总差人送来的。”

“让我去他府上拜访，确保他投QW1的优先权，他可以帮忙消化掉咱们仓库里现在积压的囤货？”

“那……”

“没有称谓，没有一个‘请’字。这么多年了，这老家伙还是这么没礼貌。”

“老爷，其实您可以考虑一下。”康叔小心翼翼地提议，“嘉乐在抗癌药领域是很有经验的公司，实力雄厚，安总也是您的故交。如果能借此机会化干戈为玉帛，不是一举两得吗？”

“唉，故交……”他若有所思地看着康叔，没有说话。

洪星星从海外事业部的同事处要来一些名单，都是一些众人认为绝无可能的企业。可是万一呢？

查看企业的资料及背景，了解对方的商业信誉和规模，然后发送邮件、寄送样品，一连几天洪星星忙得连多喝杯水的时间都没有。下班后，她和魏岚胡乱地吃了两口饭，就又开始忙碌了。

“给乌克兰两家企业的样品已经寄到当地了，明天就能到他们手里。”她把电脑翻过去给魏岚看，打了个哈欠。

“其实有更快的解决办法。但不到万不得已，我不想找他。”他看她陪着自己如此辛苦，有点儿心疼。

“你是说，老魏总？”

“嗯。”他点头，“俄罗斯那边出问题已经好几天了，他不可能不知道。我想，他肯定找好了门路，就等着我去找他呢。”

“可是魏岚，他为你着想，这并不是一件坏事，或许你可以试着去……”

“你以为我恨他？”他望向窗外，“无论如何他都是我爸，但正

因为他是我爸，我才不想低头。最早接到这笔订单的时候，我以为是一个良机。四十多天，加紧赶工把它做下来，那么润世今年的毛利就超过了去年。”

“也就意味着，你可以赢他？”

“对。人一飘就容易犯错，盲目、自大、急功近利，现在想来这确实就是我当时签单时的心态。太急于得到的东西，最后往往都会失去，这话真是一点儿也不假。”

“可这不是你一个人的责任。工作组层层把关，理论上来说，已经把风险降到最低了。谁能想到那个伊万是诈骗犯呢。”

她不想让他太自责。

“关于他的记录我看了，他签了好几个国际大单，把公司包装成一个体量极大的采购商，以公司的名义贷了很多款，现在卷钱跑了，俄罗斯警方都在抓他，但连影子都没摸到。”

金色劳力士、马三纲、听魏岚说话时的表情、手腕上晒出的印记……她眉头微皱，又想起了俄商一行人那天的细节。

“怎么了？”

“没什么，脑子有点儿乱。你要通宵吗？”

“白天忙着应酬董事会那些老家伙，只有把工作放到晚上了。”

“那我陪你。”

他伸手揉她的头发：“好了，我知道。这几天你也累了，为我做得足够多了。营销部和海外开发部也都有同步进行。你先回去好好休息。你爸肯定在等你，别让他担心。”

她不情愿，但还是点了点头。

“等等！”魏岚把洪星星拉过来面对自己，给她一颗一颗地扣上大衣的扣子，“晚上了，外面凉。”

“嗯！”洪星星在他脸上啄了一下，转身跑去门口，半开的门外，康叔和魏宝丰正一脸尴尬地看着他们。

“看来我来得不是时候。”魏宝丰看了看她，又看了看她身后的

魏岚，开了个连自己也不知道为什么会开的玩笑。

洪星星的脸越发红了。

魏宝丰很高兴。

“您大老远来一趟，不会是跟我逗闷子的吧？”魏岚心里自然有数。

“那我们就直说。我有渠道给你解决仓库里积压的QTC药品囤货。”

“我可以解决，不需要劳您大驾。”

魏宝丰对这个回答并不意外：“你首先要弄清楚，我不是在帮你，我是在帮润世，帮我们魏家的产业。你一个人解决，怎么解决？现在最重要的就是回笼资金，难道你要亏本低价抛售？”

“那是下下策！事情还没到那一步。”

“我看差不了多少了！如果真到了那一步，润世的行业地位会受到多大的打击？你心心念念的QW1招标也别想正常推进。知不知道外面那些媒体现在怎么说？谁愿意跟一家江河日下的公司合作开发新项目？”

“您指的是，高松的那段采访吧。他的狼子野心，我以为任何头脑清醒的人都看得出来，也不该拿他的话当回事。”

“你是暗示我老了，脑子糊涂了？我告诉你，我还没老到那个地步。”魏宝丰终于控制不住自己了，“你以为高松的那些话不会有人信？外面不明真相的人，已经传得沸沸扬扬了，人言可畏，懂不懂？”

或许是过于激动，他止不住地咳嗽，康叔急忙拍他的背。

“高松心术不正，我何尝不知道？他就是一匹喂不熟的狼。但在对外战争里，一匹能作战的狼，也好过一个无能的将军！”

“无能。好，我无能。”魏岚再次被戳伤，“也是，从小到大，你一直都觉得我是个废物，不配做你魏宝丰的儿子。行！”他站起来，向魏宝丰深鞠一躬，“抱歉，又一次让你失望了。我向董事会

保证了这周内会解决OTC药品的积压问题，如果做不到，我自请卸任。”

他拉开门，径自离开。

“魏岚！”洪星星回头看被气得够呛的魏宝丰，“我去追他。您先消消气。”

魏岚无聊地踢着脚下的石头子儿，往事一幕幕浮上心头。过了这么多年，他的努力还是没办法得到老头儿的承认，更别说什么认错了。不知道这是老头儿的悲哀，还是他的悲哀。

街边的小贩正站在一个用透明的玻璃罩罩住的小摊前卖力地吆喝着。

“糖葫芦！又甜又大的糖葫芦！”

他想起和洪星星带着钱梅梅游玩的那个周末，此刻那点儿温存的记忆让他不自觉地露出微笑。

“两个，带走。”他朝着小贩伸出两根手指。

“好嘞，十二块。”

小贩熟练地给糖葫芦套上牛皮纸袋，递给魏岚。

魏岚付了钱，拎着袋子往回走。虽然很生老头儿的气，但洪星星并没有做错什么，自己就这样跑出来，把她留在那里，单独面对那样的窘境，着实不够成熟。他正掉头回转，两个醉醺醺的男人从旁边的店里出来，推推搡搡地斗嘴，他躲避不及，糖葫芦被其中一人撞到地上，他刚想立刻捡起来，又被另一个人猛地踩了一脚。

“喂——你们把我的糖葫芦弄坏了。”他伸手去抓一个人的肩膀。

“滚开！”那人回身就是一拳，打在了他的脸上。

他躲闪不及，痛得咧嘴，反手一拳打上那人的鼻子。

“哎哟，还敢还手？也不查查虎哥在这附近是什么人物！”那人没想到他会反击，从兜里抽出刀子。

他猛地一惊，后退几步。千钧一发之际，有人抓住他的胳膊。

是洪星星。

“星星！”他大喜，“你怎么来了？”

“一边歇着，看我怎么教这个孙子好好做人。”她说着站定，摆好了迎战的姿势。

“疯了！哪儿有让女朋友帮着打架的？”他与她呈背靠背模式，护住她的后方。

“女朋友怎么了！别忘了我还是你的教练呢！”她猛地抬腿，对着奔来的那人就是一脚。那人被踹得猛退了几步，拎起手上的刀子，踉踉跄跄地站稳。

另一人看自己的同伙落了下风，瞬间从店里叫出来几个人，个个手里拎着家伙，棍子、拖把、啤酒瓶……将二人围了起来。

“敢打老子，今天老子非得卸你俩一条胳膊、一条腿。”虎哥一看自己人多势众，嚣张得很。

她看着这群乌合之众，忍不住冷笑：“好！你可千万别尿。待会儿到了派出所，希望你还有现在的气势。”

没几招她便将对方打了个落花流水，再加上魏岚的配合，没几分钟四个流氓就被制服在地，最后两个小弟见状不妙，干脆双膝一跪，主动献上手腕。

“警察来了！”街边有人大喊。

她抓着魏岚迅速开溜。

他跑了几步，骤然停下：“不，不对呀，他们是流氓，我们抓住他们是大功一件，干吗要跑？”

“魏大少爷，和流氓打架斗殴，那也是扰乱社会治安，咱们把他们绑了，让警察带走就行了，干吗还要自投罗网？”

“那警察不会找咱们吗？”他可不想违法。

“你没听周围的店家刚才说咱这是为民除害吗？平日里他们不知道怎么被这些小流氓骚扰呢，肯定也会跟警察说明情况的，说不定警

察叔叔看在咱们为民除害的分儿上，就不追究了呢？”她笑出声，摸了摸他的头，“你头发乱成鸡窝了，还是第一次见你这个样子。”

“还好意思笑我，你鼻尖上都是土！”他整整发型。

“你裤脚磨破了。”

“你扣子少了一颗！”

两人大笑。

“走，带你去个地方。”

“去哪儿？”

“到了你就知道了。”

汽车在市区行驶了十几分钟，出了辅路直奔南四环。七拐八拐，在一座破旧的家属楼前停下。

她惊讶于他怎么会选这么个地方：“这是……？”

“我的秘密基地。”他神神秘秘地拉着她往上走。

到了顶楼，他从口袋里掏出一把钥匙，打开生锈的铁门，映入眼帘的居然是一片空旷的天台。看得出有人定期打扫，地上尘土极少，只有几片落叶罢了。

对面是一个公园，并没有其他高楼，因此视野良好。

他拉着她走到天台边，俯瞰夜景。

“你经常来这里？”洪星星问。

“小时候经常来。那时候我一遇到不开心的事，就会带着零食和果汁跑来这里。这个地方对我来说，更像自己的家。”

她心疼地看着他。

“真羡慕你和你爸关系那么好，什么都能聊，哪儿像我，脾气这么差，一点就着，完全控制不住自己的情绪。”

“你也知道呀？”她用讽刺的语气问道。

“我当然知道。但我平时不是这样的，我对你，对其他的朋友都很温柔，有没有？”

“没有吧，咱俩刚认识那会儿，你恨不得把我吃了。”

“那结果还不是我躺在医院？”

她笑。

“其实，我爸也是别人眼中脾气温和、为人宽容、爱开玩笑的老顽童。但只要我们两个碰到一起，一开口说话，下一秒就是核爆。”他叹气。

“那你有没有想过去解决这个问题？”

“我想过。也许，等我完成我的梦想之后，它就迎刃而解了。”

“你的梦想？你是指——”

“让公司在我的手里越来越强大，超越我父亲的成绩，让他真心认可我。”

“我相信你，你一定可以做到。”

他感激地看着她，心中涌起阵阵暖流。

她看向夜空：“你还记得小时候的梦想吗？”

“想变成超人。”他脑海中浮现出自己小时候的模样。

“怎么跟我的梦想一样？”

他惊喜地问：“你？超级英雄？”

“打败邪恶势力，”她振臂高呼，“维护社会正义，拯救地球和人类，做上天入地无所不能的超人！”

“那现在呢？”

“一样。”

“嗯？”

“我还是想做超人。”

“拯救地球的超人吗？”他笑着问。

“我才没有那么厉害。地球对我来说太广阔，又太沉重了。我以前服役的时候，去过很多国外的城市执行任务。在异国他乡的土地上战斗，总有一种……虚幻的热血感。有时候我真的觉得，自己在拯救地球。”她接着说道，“直到，我爸为了保护我，在战斗中失去了一条手臂。那是我第一次意识到我没那么强大，我甚至，连身边的人也

保护不好。”

不知道他是不是真的明白了她的意思，现在她所有的英雄梦想，就是保护和照顾好身边的人，不再去想人类那些伟大的意义，甚至愿意为了深爱的人卑微地活着，她觉得这是一种更大程度上的成熟。

“不是你的错，你已经很优秀了。”他揽过她的肩。

“所以我想保护你。我不想一谈恋爱，就变成一只无所事事的金丝雀，待在安全的小笼子里给你唱歌。”

“我明白，那不是你。”

“我要站在你身边，和你并肩作战。我希望，所有我目之所及的地方，不再有任何欺压和不公。我身边的所有亲人、朋友，都可以平安地生活下去。保护我的小家，这就是我的梦想。”

“喂，这个难度和拯救地球不相上下！”

“是呀，好难。”

他紧紧握住她的手。

“不过你很幸运，告诉你个秘密。”

“你身边这个又聪明又努力，最重要的是还很帅的男朋友，也是一个超人。”

她斜了他一眼。

“不论对手是多强大、多可怕的怪兽，不论前路有多么艰难，要去到冰川或者海底，甚至不论你要拯救地球还是毁灭地球，他都会站在你这边，永远陪着你。”

她看着他，认真地点点头：“我相信你。”

他揽着她，眉眼带笑，低头吻上去。

第十八章

玫瑰骑士

1234567

7654321

我的爱和我的心

全都属于你

夜色深沉，魏岚和洪星星背靠背坐在天台中央的一条木质长凳上。那长凳不知道经历了多少风吹雨打，颜色同这栋陈旧的家属楼一样，陈旧得看不出当年的颜色。

用湿纸巾反复擦，也只能勉强擦掉灰尘。

她盯着楼下穿着各色工作制服的外卖小哥："魏岚，你可以送外卖！"

"我，送外卖？"他有点儿蒙，"呃，那个……不是，润世还没到那个地步。"

即便润世破产，他也不至于沦落到送外卖养活自己的地步。

她拍了他一巴掌："我是说，吃饭都能叫外卖，咱们的药为什么不能外卖呢？"

"公司很早之前就成立了网络销售部，但销量并不理想。"

"是用的什么配送方式？"她不甘地问。

"就是物流公司。"他说着，突然一拍脑袋，"哎呀，你提醒得对，物流配送同城还要一两天，销量当然不好，网络时代，一切都提速了，现在有些网购软件与药店合作，推出二十四小时送药，一小时达服务。我们这种配送方式也得改变才行。"

"就是，比如我需要感冒药，你物流路上走三四天，我感冒都好了。"

"所以我们要做的是，建立密集的配送站，或者，利用已有的成熟配送站——关键我们可以和外卖平台合作，快速抢占市场份额！"他也有点儿激动。

"聪明！"她抬手与他击掌。

"只要谈下一家平台，这次的药品囤货就有销售出去的希望。"魏岚越想越兴奋，抱住洪星星亲了一口，"哎呀，我女朋友也太聪明了！"

能够帮助自己所爱的人，这种感觉真好。

她开心得手心冒汗。

周一上班前，魏岚就已经做好了一份详尽的OTC药品线上配送方案，并且预先接触了两家本城的外卖平台。早上他还没到公司，便安排孙秘书召集公司所有的高层人员开会，并且尽量邀请所有董事参与。

不过一想到董事会那些迂腐的家伙，他还是有些头疼，忍不住又叮嘱了孙秘书一遍，务必让所有人到场。

“OTC药品即时配送，一个刚开始发展且极具潜力的方向。”他用图片一一展示说明，“当然，我们能想到，别人也能想到。所以我们的速度一定要快，谁抢占了先机，谁就占有了市场。”

他指着大屏幕上的幻灯片继续游说着众人。

…………

“目前，我们初步定下了两家目标平台。为了尽快解决OTC药品库存，回笼资金平息舆论，我们必须抓紧时间谈下合作。会议定在明天上午十点……”

董事会成员听到此处，顿时纷纷点头赞同。

“还是年轻人思路活跃，市场今非昔比。”

“我们这些老家伙就要被时代淘汰了！”

“对，广阔天地还得靠年轻人去闯。”

…………

会场内一片和谐之声，全然不是上周的状况。

洪星星站在墙边也忍不住窃喜。

唯有高松胡乱地翻了翻手中的方案，嘟囔了一句：“一群墙头草！”

他把方案扔在一边，翻出手机，向外走去。

电话那头的马三纲很快接听了电话：“嗯，就这两家对吧，我会转达安总。”

看着高松拿着电话向外走去，魏岚露出嘲弄的神色。幸亏他和

洪星星早有准备，提前设下了烟幕弹，要不然计划还真就折在高松手里了。

真正的合作目标当然不是那两家电商平台，而是一家新兴的专门针对年轻客户群体的平台，他们已经进行了合作细则的沟通。战略合同只要一签订，他就会让宣传部立刻对外公布消息，不仅可以消弭之前给公司声誉带来的负面影响，还能捎带着为即将举行的QW1招标会造势。

与平台的合作协议谈得也很顺利，平台以往更多地与各大药店、连锁店合作，这次越过中间商，与药企直接签约，成本更为低廉。巨额利润之下，纵有安石睿等人捣乱，签约也是板上钉钉的事。

马三纲把高松递来的消息转给了安石睿："魏岚定了两家平台想洽谈药品即时配送合作事宜。"

"年轻人脑子倒是很好用……"安石睿沉思着，"当前各大药店市场的即时配送已经很成熟了。药厂直接配送？虽然我不太看好，但插一脚也没什么坏处。派市场部现在就上门谈合作，争取把合作意向截过来。"

马三纲频频点头："是是是。"

OTC药品网络配送战略的成功，给QW1的招标会创造了更大的声势，媒体、企业、行业佼佼者，甚至就连很多肿瘤患者的家属也来到了现场，想要迅速地了解QW1，为自己的家属赢取一线生机。

魏岚的心中，一种自豪感油然而生，这种自豪感和世俗的金钱名利没有任何关系，更多的是某种价值感，更好的疗效、更低的价格，造福社会的同时实现自己的价值、企业的价值。

或许就是因为这种认同感，此刻他再想起魏宝丰时，心里多多

少少有了一些敬佩之情。企业家的使命感，就是企业的使命感，这一刻，他才感觉到自己真正融入了润世，再也不是一开始那个只是单纯地想要赢过父亲的幼稚的自己了。

“招标会一直要开到四五点，一直坐在这儿，您的身体能行吗？”康叔担忧地问魏宝丰。

“这次的招标会，可以说是魏岚的心血。我这个当父亲的，以前错过太多次见证他成长的时刻，这次我不想再错过了。”他摆摆手。

“可是……”

“别劝我，你也知道，留给我的时间不多了。”

“来竞标的公司比咱们想象的多。”康叔索性不再劝他，看着场内。

“魏岚对外公布了药品外卖的战略合作，药品下单后一小时内送达，并谈妥了十二个城市一万四千家中小药店作为加盟配送点。不光清掉了OTC药物的库存，还提高了很多日用药与处方药的订单，引起了很大的反响，自然也就给QW1抗癌项目增加了不少关注度。”

“嗯。”

康叔还想说什么，周围的董事会成员纷纷来和魏宝丰打招呼，康叔只好安静地站在一侧。

招标会进行到三分之二时，大部分实力不够雄厚、规模不够大、诚信度稍有欠缺的企业已逐渐被淘汰或自动放弃竞标，最后有机会中标的企业也就剩下那么三五家了，形势逐渐明朗。

只是不知道为什么，事情总是这样，越是大事，越是容易出现小插曲。

招标会进行到最后，大庭广众之下，安石睿直接在电话里骂骂咧咧。

“我中标的把握在九成以上，现在？现在全被这个小王八蛋毁了！把他给我弄回去，我要慢慢审他，问问他这个白眼狼，到底想干

什么！”

“老安这是干什么呢？”魏宝丰不满地扫了他一眼，虽然知道他一向性格急躁，但此时未免有失风度了。

全场嘉宾纷纷回头，想知道究竟发生了什么事。

终于，董事会派人送装着招标结果的信封。

“我可以上台宣布结果了，对吧？”孙秘书再三确认。

魏岚轻轻点头，她走上台，打开信封，正准备宣布时，安石睿突然走到台下，问：“中标的是不是嘉乐？”

“还没宣布呢。”她吓了一跳。

“你就说是不是？”

她看向魏岚，魏岚点点头。

“是。”她答。

洪星星赶紧向前走了几步，生怕他会做出什么过激的行为。

“唉！”安石睿懊恼地叹了口气，转身对着全场大喊，“我们嘉乐制药退出竞标！”

说完，他再不看众人，垂头丧气地离开了。

退出？

现场顿时一阵混乱，魏岚赶紧上台拿起话筒，示意大家少安毋躁。

穿着黑色西装的魏岚站在主席台前，看不出一丝慌乱，一往如前的从容、淡定。他迅速与董事会的成员耳语了一阵，做了新的选择。

孙秘书重新拿了一个信封，镇定自若地宣布结果，好似刚才的小风波并未对现场造成任何影响：“经评委会商议决定，由凯贝利生物制药有限公司入股润世旗下QW1项目，共同开发，共同进步。”

凯贝利？

结果一出，台下掌声雷动，记者纷纷拿起摄像头开始追着魏岚进行新一轮的采访。

小方按照魏岚的吩咐，引领周亦霖与合作方的项目经理见面。

“周总监，咱们跟凯贝利的合作定下来了，您作为润世这边的负责人，要跟他们那边的项目经理接洽一下。”

“康经理。”小方对着展台上看资料的一位女士叫道。

“Lisa？”周亦霖顿时一惊，天哪，居然是她，康菲。

“周总监，请多指教。”康菲伸出手来，表情平淡地说道。

“多、多、多多指教。”周亦霖惊喜得语无伦次，全然不是平日那个伶牙俐齿的他。

资金充足，加上合作方也派出了自己公司最具实力的研发团队，QW1顺利进入新的阶段。为了促进与加深两个团队的凝聚力和配合度，魏岚提议团建，得到了大家的积极响应。

团建地点就选在了市郊。

按照目前的状况，研发进度比魏岚预想的快了不少。坐在疾驰的汽车里，他不知不觉地靠在了洪星星身上，迷迷糊糊的有些犯困。

周亦霖谄媚地在他面前眨巴着眼睛：“魏岚，魏总，出来团建要开心，你怎么还困了？”

他睡意全无：“油腻，真是太油腻了。”

“虽然我们选择了与凯贝利合作，但显然对凯贝利的了解还不够深入。我建议把对方的项目经理叫到我们车上，让我和她进行深入交流……”周亦霖说这话时，是一副色眯眯的表情。

“你直接说，你想见康经理不就行了？你看看你那个德行。”

“我不允许你诋毁我对公司的忠诚。你问问大家，我像是那种为了女人不顾公司的人吗？”他抓起魏岚的手甩来甩去。

“滚滚滚，”魏岚嫌弃地甩开他的手，“要不我让司机停车，把你安排给康经理？”

“别别别，后面一车凯贝利的人，我都不熟，不利于我发挥。”

周亦霖尿了。

“你以为我费心安排这次联合团建，是为了什么？”

“难道是为了撮合我和康经理？”

“不，你想太多，我只是为了两个公司的团结合作。”

“……还说你爱我，果然都是假的。”

洪星星看着他俩斗嘴，十分享受。

魏岚的头依然靠在洪星星的肩上：“撮合，我无能为力。不过，我尽力给你创造了大好的条件，就看你能不能把握了。”

“我就知道，你虽然嘴硬，但心里还是有我的。”周亦霖整个人亢奋起来，“放心吧，兄弟，这次团建我一定好好表现，不让老板失望！”

凌听本来请了一周假，听说公司团建，提前回来了。

周亦霖非常敏感地察觉到，孙秘书和凌听之间的氛围似乎很微妙。两个人……似乎有什么情况，谁都不搭理谁。换成平常，两人早就斗嘴，闹得不可开交了。洪星星和凌听之间也是如此。

真是见鬼了。

但眼下，他顾不了那么多。

已是中午，办好入住手续后，大家直接在自助餐厅吃午饭集合。他早早看到康菲拿着盘子取餐，立马上前，帮她盛好一盘，端在手里。

“谢谢。”康菲去接他手里的盘子。

“我帮你端过去。”他突然把手往后一撤，借机和她坐在了同一张桌子边。

康菲是个爽快人，直接点破：“不是帮我端过来吗？怎么就坐下了？”

“反正你对面也没人。”

“本来我要和她们一起吃饭的。”康菲用眼神示意让他看邻桌的

女员工。

“别难为她们了。你是领导，这次参加团建的员工，没有比你层级高的了吧？人家跟上司坐在一起吃饭，能吃得香吗？只有我。”

“什么？”

“只有我们是平级的。你和我，一丘之貉，一起吃饭不是理所当然的吗？”

“听说，周总监在国外长大？”康菲斜视着他。

“是的。”他得意，她开始关心自己的私生活了，有门儿。

“怪不得，以后不会用成语就少用。”她端起餐盘走了。

“唉？我、我那是幽默，幽默，康经理，你怎么走啦？”他吃了个大瘪，一脸委屈。

团建的项目，说来说去套路都是一样的，白天拼命折腾，晚上拼命游戏，魏岚不想让大家太辛苦，索性白天、晚上都改成了吃吃喝喝的轻松的模式。晚上篝火晚会，周亦霖在大家的怂恿下，抱着吉他就开始唱歌，一首接一首。

“今夜你会不会来，我的爱还在不在？”

“我爱你，亲爱的姑娘，见到你心就慌张。”

…………

从流行唱到摇滚，从摇滚又唱到民谣，一群同事在下面跟着鼓掌起哄。每到深情处，必看向康菲，此刻周亦霖就像一只抖搂着羽毛的孔雀，使尽浑身解数，都是为了让她多看自己一眼，多了解自己的心思一点儿。

她被他看得有些不自在，众人又起哄，干脆起身走了。他赶紧放下吉他，追了上去。

另一边，孙秘书远远地看着凌听和洪星星不知道在说些什么，十分忐忑。

这是那晚后，孙秘书和凌听第一次见面。

他一直在躲着她。

他不来找她，她便强迫自己做个识趣的人。

都是成年人嘛，拿得起……也要放得下。

但洪星星忍不了。

“你知不知道美西有多难过？”

凌听耳边都是洪星星刚才语重心长的话语。

“你以为你对我的那是爱情吗？错了，那不过是你的私心、你的占有欲罢了，你只是怕我被人抢走，怕我们再也不能像从前那样好……”

洪星星并不知情，凌听的心结已开。

孙秘书才是他此刻最大的困惑。

火苗终于熄灭，大家也渐渐乏了，魏岚便让小方发放房卡，准备休息。周亦霖颠颠地从远处跑过来，撞撞他。

“干吗？”魏岚推开他，一抬眼，发现他的脸颊一侧有个口红印，“行啊，老周，你小子速度够快的嘛，不愧是恋爱大师。可以，可以……”

“哥们儿就过来拿一下房卡，还要逛一会儿，你们先睡。”周亦霖看了看洪星星，“兄弟，良辰美景，可要把握机会哦。”

“滚滚滚，没正经。”魏岚赶紧撵他走，越说越没正形。

“恋爱中的人不需要睡觉……”周亦霖大笑着，揣起房卡溜了。

小方拿着一份名单，挥舞着手中的一大把卡片。

“大家来我这里领一下房卡！各位的行李都已经运到安排好的房间里了！有问题可以来问我！”

“我来拿我和孙美西的。”洪星星说。

“美西，美西跟我睡。你——”小方又看了看名单，“你，哦，你和魏总睡套房，”说着，她指了指安排表，“助理一般都是安排在次卧，没错的。”

“什么？”洪星星呆住了。

睡在套房？

魏岚走过来，察觉到她为难的表情，问道：“怎么了这是？”

又有人来拿房卡，她不想被太多人知道，拿过房卡拉着他就走。

他歪头想了一会儿，终于明白了，却按捺住激动和不安，假作不知。

套房看上去不大，却布置得格外干净素雅，纯白的床品搭配绿色的植物，加以原木色的地板，使得整个空间和窗外的景色融为一体，清新自然。

次卧有张很小的单人床，不过麻雀虽小，五脏俱全。

“我睡次卧！”

“我睡次卧！”

两人同时开口。

“怎么能让女朋友睡那么小的床呢？当然是我睡次卧。”

他体贴地把她推到大床房。

“我没事，倒是你肯定睡不惯小床，你看主卧的床挺大的，你还是睡主卧吧。”两人一番推搡。

“那，都睡大床？”他试探着问。

“喊，你以为我怕你呀，”她表现出一副坦坦荡荡的样子，“那就都睡大床。”

两个人背靠背侧躺着，沉默。

尴尬的沉默。

他不自觉地拉了下被子，绞尽脑汁也找不出一个话题。

“你……睡着了吗？”她问。

“没。”

“那被子给我点儿，冷！”她拽了拽被子。

“你拽走了我就没了！”他往回拽了拽。

“你？”她猛地转身，瞪他，“你一个大男人跟女人抢被子？”

“那……”

“算了，我们都往中间一点儿吧。”她先往中间靠了靠。两人背挨着背，似乎暖和了很多。

不知过了多久。

“你……睡着了吗？”他低低地问了一声。

“嗯……”她迷迷糊糊地答道。

“你心这么大？就不怕……我……”

“要睡觉的是你，现在叨叨叨不睡觉的也是你！”洪星星彻底不困了，一脸不爽地翻过身。

“喂，这是我第一次跟女孩子睡一张床，我怎么可能睡得着？”

“习惯就好了。”她翻过身去。

“嗯。”他猛地一拉被子，“你给我说清楚，什么叫‘习惯就好了’？跟一个男人睡一张床你挺习惯的？”

“就是睡觉，我有什么不习惯的？”她困得有些不耐烦。

“你……你和别的男人睡过一张床？”

“哎哟，我以前在外面执行任务，什么东南亚呀非洲呀，哪有那么好的条件给你，单间想都不要想。有时候就是一张大通铺，大家都穿着带泥的军装躺在上面，谁管你是男的还是女的。”她被他搅得睡意全无。

“哦，这样啊。”他稍稍松了口气，心里还是有些不高兴。

“吃醋啦？”见他不讲话，她从后面抱住他的腰，一边挠痒，一边低语，“小气鬼，喝凉水。”

“唉唉唉，别闹，别闹，星星！”

他抓住她的手腕，脸颊微红，呼吸带上了粗重的鼻音。

她想挣脱，却挣不开。

“有长进，没想到你进步这么大。”她红着脸，又问，“最近是不是偷偷加强了锻炼？”

“唔。”他含糊地应着，“也没锻炼多久，眼下更想多锻炼几次。”

她没听懂：“什么？”

他捧起她的脸，亲了一口：“就是这个意思。”

那细长的手指突然一路向下，一颗一颗地开始解她胸前的扣子。他微凉的指尖触碰到她裸露的皮肤，像是点燃了她胸口的那团火，热热的，叫人躁动不安。

“魏岚……”她满脸通红地抓住他的手。

“你力气很大，身手也很好。”他推开她的手，“但我是个男人，这是我的床，今晚……”

夜色朦胧，月光皎洁。

不知何处传来小孩稚嫩的歌声：

满天都是小星星
闪闪放光明
好像微笑的眼睛
看着我和你
星星数也数不清
代表我的心
星星闪闪亮晶晶
满满的爱都给你
1234567
7654321
我的爱和我的心全都属于你
1234567
7654321
星星如果有听见
请它告诉你

第十九章

除掉深渊的决心很大，这毋庸置疑。

他愿意付出余生所有的力气，可怕只怕，她不给自己这个机会；怕只怕，他只是挪动了下脚步，她就转身走了。

他不敢贸然开口。

“叔，叔，对不起！你打我吧，往死里打。”马三纲跪在安石睿的办公桌前，懊悔难当。

安石睿举起手中的烟灰缸：“你这个混账东西，白眼狼。你是看我平日打你打得太多，跟我记仇了？”

“不不不，叔打得都对，是我自己不争气。”他紧闭着眼睛摇头，等了很久，安石睿手中的烟灰缸最终没有砸下来。

“那这份冒充我签字的股权转让协议，要不是我赶回来得早，你手续都办完了吧？我一手创办的嘉乐制药，就是你的了。”

安石睿面如死灰，缓慢地拿起桌边的文件，打有什么用？大势已去，绝望多过愤怒，以至于他连火都发不出来。

马三纲膝行到安石睿脚下：“叔，我发誓，我没打过嘉乐一丝一毫的主意，都是高松逼我的！他把我妹妹抓了，我不得已……是他的上家，想通过咱们控制那个新药！”

“他的上家？谁？”安石睿没想到除了自己，高松还和他人有交易。

“我也不知道。”马三纲一把鼻涕一把泪地道，“叔，既然您这么想要这个项目，那咱们跟高松的上家合作，搞他魏宝丰怎么样？看他们那架势，魏家父子肯定也得被弄个半死，这不正是您想要的吗……”

愚不可及，安石睿真想狠狠扒开他的脑袋，看看里面到底装的是什么。

即便最恨魏宝丰的那些年，安石睿也不过是偶尔耍点儿小手段，从来没有想过伤害魏宝丰父子的性命。他只是想赢，只是想赢罢了。

可是高松呢？他的心思虽不至于过于阴毒，可他背后的人就很难说了。

绝望之余，安石睿隐隐有点儿不安。

洪大军择婿是有着非常严格的标准的。

第一，起码身体素质得够硬，不能隔三岔五去医院，这是基本。

第二，绝对不可以是生意人，天天西装革履，肚里那么多弯弯绕，洪星星哪里是人家的对手？

找个身体好的，工作嘛，老师、医生、事业单位的工作人员都行，军人或退伍军人当然最好。

至于家庭条件，一般过得去就行，但绝对不能是“富二代”。

洪大军不认识什么“富二代”，所有关于“富二代”的偏见，不过是从电视里得来的。电视里面的“富二代”，个个开着名贵跑车，穿着一身名牌，挥霍父母的钱骗小姑娘。

星星可是正经人家的孩子，绝对不能搭理那些花花肠子、钱串子。以前洪星星单身时，洪大军在她耳边如此唠唠叨叨，她一向左耳进右耳出，从未当回事。但她与魏岚陷入热恋后，又是另外一回事。

这几条，几乎是为魏岚“量身定做”的，可着排除法，一样不差地把他排除了。

她倒不着急拉着他见家长，急的是他，隔三岔五就提一提，委屈得像个得不到承认的小媳妇。许是被凌听折磨的吧，这也不怪他，用他的话说，“情敌跟女朋友的爸爸见面，眼瞅着都快处成兄弟了，能不急吗”。

只是无论如何，眼下这时机都不太对。她本打算徐徐图之，奈何他像个小孩儿似的磨来磨去，她着实不忍。好在这几天洪大军和丁玲阿姨去旅行了，明天才回来。她决定先带他来家里熟悉一下环境，这样等到洪大军在家时，他过来也不至于露怯。他开始有点儿不情愿，但越想越觉得有道理。再说二人还可以单独相处……便满口答应了。

尽管借着送洪星星的机会，魏岚曾多次来她家，但真正登堂入室，还是第一次。

“随便坐。我去给你拿健身餐。”她进了厨房。

小两居并不大，不论是歪歪扭扭的拖鞋，还是魏大军随处扔着的大衣，都让他觉得很是温馨。最让魏岚惊讶的，莫过于洪星星的闺房。床头仅是甩棍就放了四五根。他默默地打量着房间的设置，一时

间大气都不敢喘。

她走过来，问："怎么了？"

他指指叠得方方正正的被子旁边的那几根甩棍。

"老洪的，"她不以为然，"我练徒手功夫，拳击、巴柔、空手道；老洪喜欢用兵器，菲律宾短棍、弓箭，还有少林刀术什么的。"

她拿过桌边的相框给魏岚看，里面是年轻时的洪大军趴在狮子上的照片，她介绍道："他第一次去非洲的时候猎过一只狮子，到现在还老吹呢！"

"天哪！"他惊得吞口水，"这也太厉害了吧！"

"自从半年多前我们回国，他待在这么和平的环境里，每天都好像有劲没处使一样。总是拉着我去跑步、健身，后来认识了丁阿姨，就开始跳广场舞。"

她想起两人一起晨跑、拉练的情景，忍不住傻笑。

"伯父也是半年前退役的？"

"嗯。因伤退役，我跟你提过的，他的左臂……就是那时执行一次任务时丢的，为了救我。我背上的伤，也是那次任务时留下的。"

"什么任务？"他想起自己在非洲的遭遇，于是多问了几句。

她在床边坐下："已经过了保密期，现在倒是可以说了。那是九个月以前，非洲当地一家华人开的药厂生产不合格药品，用药的当地人闹事，拿着武器冲进厂区，很多员工被困。我们部队被派去解救人质，没想到当地人居然有武装。"

她的脸上突然出现了一种愤恨的表情，还有满满的杀气。

这么巧吗？

"那时候我……"他愣住了，不知怎的，他突然想起那个满脸涂着迷彩、救了自己性命的女特种兵。

她没有察觉到他的神色变化，继续说道："我那时是军人，自然有保护人民的觉悟。但那家药厂，我绝对无法原谅。如果不是他们为了赚黑心钱偷工减料，就不会引发争端，不会有那次任务，老洪也不

用为了救我而被炸没了一条胳膊……”

她脸上的杀气逐渐消失，被覆盖的是无限的悲伤和愧疚：“其实我最没办法原谅的，是我自己。如果我足够警觉……怎么会让老洪为了我……”她吸了吸鼻子，将眼泪逼回去，“算了，不提这些。”

原来，当初从歹徒手中抢下自己这条烂命的，居然就是洪星星。

这么多年，在他的梦里，不论怎样魂牵梦萦，她永远只肯留给他一个背影。

他没有一时一刻忘记那个背影。

有缘无分，找到太难。

甚至和她在一起后，他都有过无数次冲动想要告诉她，请她允许他，在心底最深处，留下那么一点点位置给那个女特种兵。

今天听她说了这些，他一时五味杂陈，不知道如何组织语言，只得及时噤声。

赚黑心钱偷工减料？这从何说起？

误会呀，兵姐姐。

害得未来老丈人失去了一条胳膊……这事比较严重。

可是，他应该如何解释？

她真的愿意听他解释，愿意相信一切都是误会吗？

突然间，一个无底深渊横亘在他和她之间。

除掉深渊的决心很大，这毋庸置疑。

他愿意付出余生所有的力气，怕只怕，她不给自己这个机会；怕只怕，他只是挪动一下脚步，她就转身走了。

他不敢贸然开口。

犹豫再三，他斟酌着用词，终于试探着问道：“那，那……其中会不会有误会？”

“误会？”她冷笑一声，“不要用你的善良去揣测那些黑心商人。听说他们出钱断了那件事，假药案再也没人追查了。他们可以拿钱解决所有问题，可是我爸，我爸的胳膊怎么办？还有我，我本来可

以在那里实现我的梦想，我们这被毁掉的人生，又该找谁评理，军人就活该这样吗？”

伤心和愤慨一起涌上心头，她再也忍不住了，几个月来的委屈、不甘、愤怒、绝望袭上心头，这次，她没有再压抑，在他面前放肆地哭了起来。

那曾经是她的梦。

她以为那是坚固的、瑰丽的、美好的、永不会破灭的梦。

他上前把她搂在怀里，手指徒劳地抓着她细碎的短发，心中波澜起伏。

或许压力太大，或许哭得过于汹涌，在他的抚慰下，她沉沉睡去。

非洲事件就像一颗定时炸弹，魏岚理了理思绪，让自己快速冷静下来。非洲事件的起因绝不是她想象的那样。他必须尽快收集证据，查明真相，尽快将炸弹拆除。

他掖了掖被子，关掉卧室的空调，向外走去。

他一定要向她证明，她和她父亲绝不是某种严重不公的牺牲品。他静静地坐在车里，想要拼凑起整个事件的全部细节。事件爆发，自己被困其中……再之后，自己被救，事件解决，到底是怎么解决的呢？她刚才的话干扰着他的思绪，他不得不一次又一次地从头再想。

后来善后的人，自然是他的亲爹魏宝丰。

他只记得自己曾见老头儿和一个非洲人做交易，筹码是一整箱的金条。他心中一惊，似乎想到了什么，但这种可能性极低。他从没想过老头儿会是那样一个人，他也无法接受老头儿有着那样的道德瑕疵，不，不只是道德，还是犯罪。

不知过了多久，他从回忆中抽离出来，拨通了家中的电话：“康叔，是我。老头子还没睡吧？我现在过去一趟。哦，好，我还有半个小时到。”

他握着方向盘的手，一直紧张得出汗。

车子在夜色中穿行，她伤感和悲愤的眼神一直在他的脑海中，搅得他心神不定。

或许是因为魏岚这个很好的倾听者，昨晚发泄一通之后，洪星星睡了这半年以来最好的一个觉。她梦见自己和魏岚在鲜花点缀的草地上一直走，一直走，步伐轻快，甚至在梦中也能意识到那种平静和舒畅。

也许人就是在爱和倾诉中得到治愈的吧？

她伸了个懒腰，突然意识到自己居然忘了去机场接洪大军的事。她急忙穿好衣服，刚一开门，就看见洪大军和丁玲已经拖着行李箱到了门口。

“对不起，我起晚了，没去接您。”她赶忙接过丁玲手里的行李。

“没事，我和你丁阿姨打车回来也很方便，手机点一点，方便得很。”洪大军对着她神秘地笑了笑，把手伸进口袋。

“当当当当！”老头儿掏出两个红色的小本本，“我和你丁阿姨领证啦！”

这个老头儿！

这什么速度？

她的声音都变了：“行啊，老洪你，不声不响地就把我丁阿姨给拐回来了。事先都不跟我说一声，给你们办个酒席婚礼啥的。”

“不用，星星，到了我和你爸这个年龄，就想找个伴好好过日子，不像你们年轻人，折腾不动了。”丁玲虽然一直落落大方，但这会儿多少还是有点儿不好意思的。

“行吧，丁阿姨，那听您的，咱不办婚礼了，但酒席该摆还是要摆一摆的吧？咱也不用麻烦，就叫一下双方的亲朋好友。”

“也行，”洪大军笑着握住丁玲的手，“那咱就办个家宴，叫上凌听、雷老板来吃顿团圆饭。用你们年轻人的话讲叫什么，对，我们也秀秀恩爱，撒撒狗粮！”

丁玲笑着推了他一下，脸红了。

“嗨，我爸这用词还挺新潮。”她撒娇地抱着洪大军的胳膊，“除了您说的那些，我还要加个人。”

“加个人？来参加家宴，”洪大军眯着眼睛，“男朋友？”

“我哪儿能瞒过您的眼睛呢？那到时候您可不能对人家凶，别吓着人家。”

“看看，看看，这还没嫁出去呢，就护上了。”洪大军一脸辛苦养好的猪居然被白菜骗走的表情。

她立刻拉丁玲站到了自己这边：“丁阿姨，到时候您可要看着我爸点儿，别吓着人家，我的终身幸福可就靠您了。”

“好好好！”丁玲跟白捡了个闺女似的，美得合不拢嘴。

“他哪里人，多高，做什么工作的？长什么样？符不符合爸爸跟你说过的那些标准？”洪大军迫不及待地想要多了解一些。

“哎呀，你怎么像盘问犯人似的？”丁玲这就护上洪星星了，“等来了不就知道了吗？”

“行行行，听你俩的，不问了，周末见面了再说。”洪大军撇撇嘴，心里却美滋滋的。人逢喜事精神爽，人生大事完成了两件，只要那小子不缺胳膊短腿，他还能有什么不满意的？

主要是他相信洪星星的眼光。

虎父无犬女。

魏宝丰见到魏岚，喜笑颜开，以为他是来和自己缓和父子关系的，没想到是兴师问罪的。

老头儿很不开心，虽然最后仍是不情不愿地说出了答案，但魏岚着实难辨真假。

“所谓假药是当地的竞争对手陷害我们。小报记者勒索我，我用金条堵住了他们的嘴，以免润世的名声受到影响，真相就是这样。”

魏岚辗转找到当年被洪星星从桌下救起的助理。当初他去非洲分厂，全程都由助理陪同。他们怎么说也算生死交情了，请那个助理帮忙调查当年的事，总还是信得过的。

“总公司这边的资料库，没有关于非洲分工厂去年的年表。非洲那边我能信任的人不多，这件事就拜托你了，查到任何新的证据都尽快联系我。”最后，魏岚顿了顿，“当年救我们的那个女兵？不用找了，我已经找到她了。”

挂断电话，他靠在椅背上，万般唏嘘。周六的办公室空荡荡，整个楼层亮灯的只有他这一间。他收起查阅过的资料，看了看洪星星的工位，手机突然响起，是洪星星发来的微信，真是想曹操，曹操就到。

“周六来我家吃饭！见家长。”微信末尾还有个奸笑的表情。

魏岚瞬间傻住，早知道就不想曹操了，他还没做好心理准备呢。

自从知道当年解救自己的人是洪星星和洪大军父女所在的部队之后，他对洪大军的看法就变了，从某种程度上来说，洪大军的那条胳膊，也是为了救他而失去的。

现在他还没办法拿出证据证明这一切都是误会，但这并不能影响他对洪家父女的感激之情。十二万美金的高科技义肢，现在就静静地躺在魏岚座驾的后备厢里。

周末，他按照约定的时间来到洪星星家门口，把车停在洪家楼外不远处，他打开后备厢，轻轻地抱出装有义肢的盒子摸了摸，正准备拿出来时，转念一想，担心老头儿觉得自己无事献殷勤，现在送这个，或许有点儿早，就又放了回去。

洪星星见到他，高兴地跑了过来。

“星星，我有事跟你说。”他心事重重地看着她。

她挽起他的胳膊：“说什么呀，到我家先坐下再说。”

小区旁边的商铺，洪大军和肉铺的老板正聊着天。

“女儿第一次带对象上门。”洪大军一脸骄傲地说着，完全没注意不远处的洪星星和魏岚。

“喜事呀，老洪，”老板擦了把手，把刀递给他，“我这会儿忙，老洪，你看着哪块肉好，要多少，你自己随便切。”

“哎！”洪大军接过老板手里的大菜刀，对准里脊，正要切下去时，突然瞄到洪星星和魏岚正手牵手向着自己走来，心里一阵不爽，居然是他？

“吼！”洪大军举起菜刀，大吼一声，向肉上砍去。

“啊！”魏岚吓了一个哆嗦，赶紧松开洪星星的手。

洪星星明白，洪大军这一出敲山震虎，就是想给魏岚一个下马威。她赶紧正色道：“爸，你把刀收起来。我正式介绍一下，这是我男朋友。”

“伯父好，我叫魏岚。”魏岚伸出手，看看洪大军握着刀的独臂又觉得不对，赶紧收回手来，又对洪大军鞠了一躬。

洪大军怒气冲冲地瞪着自己的宝贝女儿，眼睛得瞎成啥样找了他？

洪星星做了个哀求的手势。

唉，小棉袄一心想当犬女。

洪大军只得强忍怒火，指了指菜袋子：“拎好了，跟我回家。”

魏岚赶紧接过拎在手里，跟在洪大军后面，她想要伸手接，被洪大军瞪得缩回了手。

老洪这是故意的。

“可魏岚根本不是体力型人才呀，人家是靠脑子吃饭的。”

她嘟嘟囔囔，故意让老头儿听见，奈何老头儿根本不接她这茬。

魏岚冲她投去安慰的眼神，没关系的。

猪来拱白菜，还不让主人生气，这是什么道理？

今天只要洪大军不卸他的胳膊，不，哪怕老爷子要卸他的胳膊，

他都不应该哼一声。

他这样走着，突然闻到一股炖肉的香味。人间烟火气，最是暖人心，幸福的触角仿佛瞬间被打开，魏岚笑眯眯地紧跟几步。开了门，洪星星接过魏岚手里的东西，拿了双拖鞋给他，他甩甩僵硬的胳膊和微麻的指尖，发现凌听正在哄钱梅梅玩乐高玩具，雷老板边吃桌上的干果边玩游戏。

丁玲端着菜从厨房走出来，一眼就瞧见了门口的魏岚。

“小魏是吧，快，赶紧进来坐。”

“帅叔叔？”

钱梅梅丢下凌听和拼了一半的乐高就冲了过来，气得凌听直哼哼。

“最近武艺又精进了没有？”魏岚摸摸钱梅梅的头，转眼看见雷老板，赶紧打招呼，“叔叔，您好！”

“哎哟，这年轻人长的，真漂亮。”雷老板大夸，夸完又觉得不妥，“是帅，帅，跟电影明星似的。”他绕过魏岚，颠颠地走到洪大军身边：“老洪，就你这女婿的相貌，在咱这片也找不出这么好的，别说，我真有点忌妒你这个老家伙了。”

洪大军皮笑肉不笑地回应了一下，转身进了厨房，开始收拾操作台上的五花肉。

“哎，我来介绍，这是我男朋友，他叫——”看老头儿这副架势，一定是把魏岚吓着了，洪星星赶紧打圆场。

“魏岚！”洪大军突然叫他。

“到！”魏岚立刻双脚并拢，干脆利落地答。

这感觉怎么这么熟悉，魏岚猛地想起大学军训时，一样的配方，不一样的葫芦，但同样惊人，一股强烈的冷空气正向他移动。果然，他刚一上桌，洪大军就开始了拷问。

“年龄！”洪大军直接开场。

魏岚看着面前的烤乳猪，猪头正对着自己：“二十五。”

“二十五岁好，男人的大好年华！”雷老板见缝插针。

“户籍！”洪大军瞪了雷老板一眼，示意他闭嘴。

“本地人。”魏岚的心哆嗦成一团。

“本地人好！往后结了婚就在身边，一个女婿半个儿，以后还能常回家看看。”雷老板继续。

“学历？”洪大军在桌下踩了雷老板一脚，继续问道。

“研究生，生物制药和工商管理双学位。”

“啧，还是高智商。他俩以后的孩子肯定聪明！”雷老板继续捧哏。

“雷老头儿！”洪大军单手拍桌，嗖地转头，怒气冲冲地瞪着他。

“好好好，我不说了。”

“星星，还记得爸跟你说过，找男朋友什么标准吗？”洪大军突然把矛头转向了洪星星。

“我，我，”她想起他说过的，身体硬朗，不能是满肚子花花肠子的生意人，尤其不能是“富二代”，紧张得手心直冒汗，“记得。”

她可怜巴巴地望向凌听，希望获得他的援助。

凌听朝她比了个“OK”的手势，挤挤眼。

她略觉安慰。

“你是‘富二代’？”洪大军直接地问。

这憨直的性格，一点儿弯弯绕都没有，洪星星忍不住扶额。

“对对对，就是家里有矿的那种‘富二代’。”凌听补了一刀。

她对着他比了个抹脖子的手势。

“不是矿，叔叔，是公司，医药公司。”魏岚赶紧解释。

“对，医药公司，人家做得可大了，国际化！你看，他西装法国的，手表德国的，还有跑车，意大利的。”凌听继续使坏，他知道洪大军最不喜欢纨绔子弟。

“哦？还开跑车？”洪大军撇撇嘴，瞬间想起电视里那些“富二代”和跑车的负面新闻。

“您别光看这些外在的东西，再说这也是人家辛苦赚下的，‘富二代’也不都像您想的那样。”她眼看凌听指望不上，只好亲自出马。

“行，那我关心一下他的内在。铁人三项什么成绩？今年的斯巴达挑战赛参加了吗？业余马拉松或者拳击赛呢？得过奖牌吗？”

魏岚：“……”

“爸！您也太为难人了，有几个普通人能有奖牌呀！”她哭笑不得。

凌听默默亮出自己银牌的照片：“上海业余半马，青年组银牌。”

“我也去了，老年组铜牌。”雷老板嘿嘿一笑，“这颗时刻想显摆的心，真是难以克制。”

“我也有，少儿拳击赛金牌！”钱梅梅毫不示弱。

“我……我……”魏岚快哭了。

“行了，该问的我都问完了。”压倒性的胜利让洪大军舒心一笑。

雷老板看出了问题，赶紧上前安慰：“小魏，别被老洪吓着，他呀，就是舍不得闺女。”

雷老板太理解洪大军了，他也是有女儿的人。这哪里是为难女婿，这分明只是想让自己好过一点儿。

洪大军不满地瞪着他：“就你是好人。”

他吓得往洪星星身后缩了缩。

丁玲微笑着看洪大军胡闹，此刻站在老头儿的身边，轻声说了句：“闹够了没有？”

洪大军这次不硬气了，灰溜溜地跑到厨房，端了盘排骨出来。

雷老板帮他解围，站起来带头举杯：“让我们举杯，共祝洪大

军、丁玲夫妇新婚快乐！”

“新婚快乐！”众人举杯。

在众人的欢笑声和碰杯声中，魏岚那颗悬着的心终于放松了一点儿，这一关总算是过了。可一想到非洲分厂的事情，看着洪大军那空荡荡的袖管，他的心又开始起起伏伏。

这一晚，他要感谢过于善解人意的洪星星。

她一直守在他身边，寸步不离，怕洪大军再次刁难他，甚至冲着自己的爸爸竖起尖锐的小牙，他都有些不忍心看洪大军的脸色了。

“今天你怎么这么拘谨？”她送他到门口，忍不住笑。

魏岚也笑，十分心虚：“第一次见家长，哪有不紧张的？”

“你别看老洪吹胡子瞪眼，他就是面上凶，内里软。以后你就知道了，他是个很好相处的人。”

她说的倒是真话，越是这样的人，越是真没什么花花肠子，他心悦诚服地点点头。

“刚才他问你有没有奖牌，不是为难你。是因为他这个人特别看重荣誉。”

“我知道，像洪叔这样的军人，荣誉比命都重要。”

“对呀，他有好多勋章呢，都宝贝一样收藏在盒子里。我小时候的梦想，就是成为像他一样的人。”她陪着他往停车场走，“其实退伍之后，我们过得不算好，可能在部队待得太久，我和我爸都对平静的生活很不适应，也闹过很多笑话。你看过我的履历，也知道我换了很多份工作。其实，我一度很怀疑自己，不知道哪里有适合我的位置，直到遇见你。”

她抬起头，感激地看着他。

“星星！”他被她说得心里一酸。

“我喜欢当你的助手，帮你处理文件；喜欢帮你排查危险，保护你的安全；喜欢逼你锻炼身体，看你身体变好。也喜欢看你做我不懂的实验，期待新药赶紧面世。当你实现理想的时候，我想站在你身

边。我喜欢这份工作，它让我的生活有了新的意义。而且更重要的是，我爱你。”

爱意汹涌，这么长的一段告白，她难为情地拽了拽他胸前的领带，掩饰着脸红。

“星星，谢谢你告诉我这么多。我爱你，特别特别爱的那种。”他拥她入怀，痴迷地将下巴抵在她的头上，贪婪地闻着她的发香。

她的头发很好闻，淡淡的牛奶香。

“你都懂的，”他轻声说道，像在给她承诺，又像在安慰自己，“我绝不允许任何事情将我们分开。”

“我也是。”洪星星更用力地抱住他，“我们不分开。”

周亦霖的恋情据说十分顺利。

不知道他用了什么迷魂药，竟然将康菲成功追到手了。

“当然是我自身的人格魅力。”

每每大家问起，他总是如此回答。

魏岚倒觉得，虽然周亦霖表面上吊儿郎当的，但工作时最有魅力。全身心投入，眉头紧锁，或开心大笑，或专注地看着数据变化……两人在一起交流，又有共同语言，康菲选择他，魏岚并不觉得奇怪。

他极聪明，又知道分寸，知道什么该说，什么不该说。从不过度煽情，总能保持适度的清醒；也从不冷漠，知道对方心里的结该怎么解。

他愿意为魏岚的幸福和成功鼓掌，也不会在魏岚辉煌之时，忌妒得拒魏岚于千里之外。这些年，他不只可以和魏岚共患难，更重要的是他还可以共享魏岚人生的高光时刻。再也没有比这更舒适的关系和完美的朋友了，哪怕在别人眼里他有一些话痨，还有一点儿滑稽。

魏岚最近和周亦霖聊非洲分厂的事情，周亦霖也无解。

最好的做法，当然是如魏岚之前的计划，查出真相，和盘托出。但随着调取的信息越来越多，疑点也越来越多。如果真像魏宝丰说的那样，假药案只是误会，冲突不太可能闹得那么大。他被当作人质时，闯进工厂的当地人有枪，更有手雷。

可如果不是假药引起的，又会是什么呢？

魏岚最担心的，只怕查到底，罪魁祸首仍是润世。洪星星知道真相的那一刻……会不会，就是两人的分手之日？

如果这世上有一本书，或者一个教程，可以教会人一劳永逸地解决所有难题——哪怕只是爱情的难题——就好了。

对想要永久隐瞒洪星星这件事，他心里也没有十足的把握，调查还是要调查的，可是在此之前还是要对她保密，他不能失去她。

周亦霖对此表示赞同。

这是凌听打来的第十九个电话，微信更是狂轰滥炸，他说想要和她谈谈，孙秘书不为所动。接了说些什么呢——“对不起，那天我只是错把你当成她”，“成年人嘛，你不会介意的对不对”，“大家还是好同事”？

…………

在公司里，她尽量躲着他走，要么拉着同事打掩护，要么申请外出办事。

不论凌听给出哪个答案，她都觉得，也许假装没有发生，更好地保护自己的尊严问题，对彼此最好。

直到凌听在停车场将她堵住。

“美西，给我五分钟就行。五分钟。”

“好吧，”她靠在车门上，面无表情地说道，“你说。”

他在她身前站定，清了清嗓子，觉得有点儿做作，可紧张是真

的，难以开口也是真的。

“本来想在微信里问你，又觉得不太尊重。”他的脚一下一下地踢着路面，甚至不敢看她，“我们……我们现在到底……”

爽朗的倒是她：“到底是什么关系？”

他结结巴巴地说道：“是……呃……是……”

“我知道你还停留在喜欢星星的状态中没有出来，”她同样避开他的眼睛，“所以我不想你因为……仅仅是因为……那晚……便对我负责……没错，我喜欢你，看到你被洪星星拒绝，我比谁都高兴。但感情这件事情，要在不受任何干扰、冷静的状态下做出选择。”

他默默地听着，弯了弯嘴角。

“所以你问我我们两个现在是什么关系，我觉得是同事关系，朋友关系，我单方面暗恋你的关系……而你并不确定是不是心里有我的关系。就是这样。”

此时正是黄昏。

夕阳西下，映得半边天空红彤彤的。

停车场里汽车出出进进，没有人留意这对青年男女在聊些什么。

原来她是如此通透。

他本来做了所有的准备，不论她提出什么要求，他都可以答应她。委屈别人是很难的，他过意不去。但委屈自己很容易，只要咬咬牙，跺跺脚，也就过去了。

大概过了十几秒，他才察觉出眼眶有些湿，他终于回道：“也许，还有另外一种关系。”

她不解地看着他：“不不不不，我可不想听你说，你是喜欢我的。不是这样的。这样是对你我，对……”

微风吹过，天气已然转凉，她额前的刘海被风吹乱，他伸出手帮她梳了一下：“你把话说得这么清楚，我当然不会说出那样的蠢话。不论是对你，还是对我自己，对星星，都是种侮辱。”

她松了一口气：“所以？”

“所以，我的意思是，这么多年，我都将一颗心系在星星姐那里。从来没有想过与别人有这种可能。可是，这些天我想明白了，也许，我该朝前走。所以，如果可能的话，我希望你可以给我一个重新接触你的机会。”

有泪水想要占领她的眼眶，她强咧着嘴角：“那，不如，我们现在假装是初见？”

他伸出手：“你好，自我介绍一下，我是凌听，实验室数据分析部的，请多多指教。”

“请多指教，我是孙美西，”她也伸出手，“我是董事长办公室的。”

两人的手轻轻握在一起。

天快黑了。

高松怎么也想不到，洪星星随便去九号工厂溜达了一圈，就能让魏岚开始逐个盘查分厂的财务报表，而且针对自己管辖的分厂尤为严格。山雨欲来风满楼，他已经感觉到了这场即将到来的瓢泼大雨很有可能会要了自己的命。

是时候向对方寻求保护了，他为麦先生出了那么多力，麦先生总不会看着他被魏岚送去吃牢饭吧？

“魏家那小子已经查到我头上了！你必须救我。”他已经气急败坏。

电话里，麦先生的语气一如既往地冷淡，听不出任何感情色彩，只说了一句“会给你安排退路”便挂断了电话。

高松却越想越没底，万一麦先生真的不管自己的死活，出尔反尔呢。

要不然，离开？

可他又心有不甘。

突然，他快速几步走到办公桌前，从抽屉里翻出一个优盘，表情激动。怎么忘记了它呢？

这次，保证让魏家老小彻底自顾不暇。

新闻报道出来时，魏岚正在洗澡，周亦霖的电话打得震天响。他裹着浴巾狼狈地从卫生间出来，以为是洪星星有什么急事，见是周亦霖的号码，翻了个白眼，但当点开微信里周亦霖发过来的一个又一个新闻链接时，他就呆住了。

“润世非洲分公司惊爆大事件”，“‘良心药企’竟在非洲售假药引起两国冲突”，“润世前老总在非行贿”，“现任总裁魏岚卷入丑闻”……下面配着一张魏岚灰头土脸地走进非洲工厂的照片，配文“去年十一月，润世现任总裁魏岚卷入冲突”……

与此同时，这一连串的惊爆标题也出现在了洪星星的手机推送里，她点开那张魏岚灰头土脸的照片，往事一幕幕在脑海里浮现，原来……原来他早就知道。

与他刚在一起时，如凌听所说，他确实有些地方比较奶油，可如果你爱一个人，你的手中会有根笔，也有块橡皮。他的优点，你拿着笔描了又描，粗粗的。黑黑的是缺点，你拿着橡皮擦呀擦，它们就会慢慢变轻、转淡。

她以为，他是有大志向的。QW1项目会让多少中国人，多少个中国家庭受益。

她想起那天他来她家，她还愤愤地向他讲述关于那次的任务。

呵呵，真是天大的笑话。

她深吸一口气，把自己关在卫生间，一如遇见他之前的无数个早上，偷偷哭一会儿，再出来面对父亲，面对这个世界。

自从丁玲阿姨搬进来后，这样独立、安静的空间已经越来越少。

果不其然，没几分钟，便听到洪大军在外面喊她：“星星，魏岚来了。”

“让他在外面等！”她弯下腰，打开水龙头，捧起水，洗了一把脸，水珠顺着额前的头发一滴一滴落下来。

洪大军拉开门，魏岚正站在门口不安地等待着，见到她苍白失神的样子，他越发自责和愧疚了。

她极力克制着情绪：“魏岚，我要一个解释。”

她果然都知道了。

魏岚心一横，决定和盘托出：“九个月前，我父亲买下QW1项目，和我一起赴非采集原料。我们落脚的地方，就是润世非洲分公司，你说的那个华人药厂，老实说，直到现在，连我自己也懵懵懂懂的，不清楚什么原因突然一帮土著拿着枪冲进来。他们把所有工人和家属关在厂房里，当时情况危急……”

“我知道，那次任务是我父亲和我带的队。”她扭过头，看着洪大军装作收拾家务的样子，瞪了他一眼，洪大军乖乖回了房间。

“我不知道到底出了什么问题，但润世不是新闻里写的那种无良公司……”此时说什么都像是狡辩，他第一次发现语言如此苍白无力。

“魏岚。”

“嗯？”他顿住。

“我只想问一件事，我们之前刚刚聊过我不知道那家华人药厂隶属哪家公司旗下，但你选择了对我隐瞒？”她的语气很轻，像是她收走所有的力气，只要一个“不”字，就可以轻易驳倒她。

她心里，成千上万次希望他能够给她一个否定的回答。

“对不起。”

她瘫坐在椅子上：“你骗我的理由呢？怕我会生气，把怒火都撒到你身上？”她看着他，眼眶红红的，“魏岚，你太小看军人了。尽管那件事给我和我的家庭带来了伤害，也夺去了我的梦想，但我无怨无悔，保护人民是军人的天职。我救下了很多人，工厂里那些无辜的

工人，还有他们的妻子和孩子。”

他走过去，半跪在她身边，鸡啄米似的点头：“我知道，我都知道。还有我。”

“你？”洪星星愣住了。

“我说，你救下的人里，有我。九个多月，几乎每天我都会梦到你。那时的我，高烧脱水，被暴徒挡在胸前当成了人肉盾牌。是你……击中暴徒的手腕，把我推到一张桌子底下。暴徒扔来的手雷快要爆炸时，也是你将桌下的我和助理踹出去……洪星星，这二百七十多天，我每时每刻都在找你。”

她呆呆地看着他，像是这一切与自己无关。

“这半年来，我托非洲的朋友帮我找人，却一无所获。直到那天在你家……我突然发现，我念念不忘的那个人居然就是你。就像上天注定我们要在一起。”他细长的手指抓着头发，“我本以为，这对我们来说是个浪漫的开场，我想把这个秘密留到适当的时候，但是……”

他低下头：“但是那天，你对我讲起你的心结，我才知道，原来那场事故对你和你的家人造成了如此不可挽回的伤害。我不知道怎么开口。”

“我救了你。所以，你报答我的方式就是骗我？我父亲失去了一条胳膊，我的脊柱受了无法复原的伤，我们失去了原本的生活。我的目标，我的荣誉，我从小到大梦想的一切，都不存在了。我履行了军人的职责，我不后悔，但我只想要一个真相。如果润世真的做了假药，那就应该有人受到惩罚！”她愤怒地看着他，“这些天，你有无数次机会可以对我说出真相，可你一直在躲。如果新闻没有爆出来，你打算瞒多久，一辈子？”

“星星……”他想去拉她放在桌面上的手，她迅速抽回。

“魏岚，你现在就坐在我面前，但我好像，从来就没认识过你。你说爱我的时候，我以为我们会有一个美好的未来。可是我才发现，我期待的东西，不过是一个谎言叠着另一个谎言。”

他急忙解释：“不，我没说谎，星星，我爱你，所以我不敢告诉

你真相，我太害怕失去你。我知道如果润世真的是罪魁祸首，你不会原谅我。”

“我可以原谅你。”

“什么？”他抬起头。

“我原谅你是因为，作恶的人不是你。还有，魏岚，你是我爱的人。”她用手捂住眼睛，“但是魏岚，我可以接受在那场事故中受伤，却无法接受你对我的欺骗。”

“星星……”他怕她说出绝情的话，央求道，“我一定会查明真相，是我的错，我绝不会让你和洪叔白白遭受不公，我保证，我用我的生命保证，我一定会查明真相。”

“算了，这几天我们都冷静一下。”她转头冲着另一头喊，“老头儿，你过来，我知道你在偷听。”

洪大军脸色铁青地从次卧走出来。

魏岚对父女二人深深鞠了一躬：“星星，洪叔，我知道，我现在解释什么都很苍白。我会去非洲一趟，把事情查清楚，给你们一个交代。”

“你要去非洲？”洪大军十分惊讶。

她迅速做了决定：“那好，我和你一起去。”

“不，”他摇头，“不管怎样，这件事都与公司有关。无论是作为责任人，还是作为被救者，或者仅仅是作为男人，我都必须给你们一个交代，这是我该做的。”

他再次向父女二人深深鞠了一躬，转身离开洪家。

大门咔嗒一声落锁，她强硬的气势瞬间散开，扶着桌边慢慢坐下来。

“星星，想哭就哭吧。”洪大军摸了摸女儿的头，叹息不已。

哇的一声，洪星星伏在桌子上失声痛哭，肩膀止不住地颤抖着。

那些曾经美好的、瑰丽的、她以为永不可打破的梦，曾经是她的所有，如今时时刻刻都是折磨。

第二十章

玫瑰骑士

恋爱关系也好，婚姻关系也罢，给予对方最起码的自由和尊重、空间，都是必须的，不能因为恋爱了、结婚了，就把一切都当成理所当然，保持一定程度的界限，是亲密关系最基本的相处之道。

不管能否意识到这一点，我们在爱一个人时，实际上已经在和他共同承受命运这个宏大的主题了。

洪星星是这么认为的。

她昏昏沉沉地躺在床上，自从魏岚那天离开后，她便一直失眠。整个人散了架，梦游一般。

这段时间给她打电话最多的人居然是孙秘书。洪星星并不想说太多，只说家里有事。

几番寒暄后，孙秘书才说："公司这几天有点儿乱套。"

洪星星心一沉："怎么了？"

"新闻爆出来后，一堆记者把门口堵得水泄不通。"

"魏岚呢？"

"去机场了，今天要搭最近一班飞机去非洲。"

"什么？"洪星星一骨碌爬起来，"你赶紧把他的航班信息发给我。"

挂了电话，洪星星急匆匆地收拾了几件简单的行李，朝机场奔去。

魏岚和他的润世集团，从豪门恩怨到企业危机，一直处于风口浪尖。看得出，高松确实是搞公关的好手，一直以来，他都知道说什么、做什么，最能吸引媒体的视线，也知道以什么样的节奏释放猛料可以牵着媒体的鼻子走。

魏岚抬手看了看腕表，九点零五分，没有未接电话，没有未读信息，他失落地拖着行李箱走到安检口，一遍遍点开手机界面，又关闭。

"一个人吗？"安检员看着他。

"是。"他递上自己的机票和护照。

安检员看他还盯着手机，提醒道："护照。"

"哦，不好意思。"他接过机票和护照，拉起行李箱，不甘心地往登机口走去，终于听见了那道熟悉的声音。

洪星星气喘吁吁地停在他身后不远处，隔着安检门，努力地平复着呼吸：“公司现在乱成一团，人心惶惶，你得在公司坐镇，怎么能去非洲呢？”

“我必须查清真相。”他走近几步。

“可就算你去了，人生地不熟、治安又差，你能把九个月前的案子翻出来吗？”

“不一定，但总要去试。”

“你……”她想劝他留下来，可似乎再说些什么都有些徒劳。

“星星，这都是你教会我的，从我认识你的第一天起，你就从来没怕过。不管前路有多艰难，只要是你想做的，就会拼尽全力去争取，最终，也真的能做到。”他顿了顿，“你做人很酷，做事很酷，跟我谈恋爱的样子很酷，就连伤心的样子也很酷。我也想要成为和你一样酷的、优秀的人。”

她眼眶红红的，有感动，有担心：“既然你这样说，那于公于私，我都该陪你一起去。”

“不用，那边的联系人给我准备了严密安保。再说，这件事我想独自解决。我总不能一辈子都在你的庇护之下吧？”他张开双臂，“走之前，抱一下。”

“注意安全。”她没动，只是把脸转向别处，声音闷闷的。

“好。”他缓缓地放下手臂，声音低低的，“等我回来。”

他不再看她，转身拉起行李箱，大步走进安检口。

魏岚去了非洲，最高兴的当然是高松。

他觉得自己还真有点儿高估魏岚了，原本担心魏岚会留在公司处理危机公关，没想到魏岚这么鲁莽。他并未做成死局，找个公关公司就能解决的事，魏岚却真的去了非洲，一定是脑子进水了，不过这的确如了他的意。刚好趁魏岚不在，尽快解决九分厂的麻烦事。

不能再有一点点闪失，蔡蔡已经联系了九分厂的会计贺峰下午来上海。他的计划是，用钱把贺峰和杨明的嘴塞严实，把账的事彻底

填平。

魏岚去非洲的消息，魏宝丰是在隔天才知道的。那里治安极差，尤其针对外国面孔的抢劫案频发，即便现在回忆起来，他都忍不住打冷战。这小子倒好，说走就走。一怒之下，连带着康叔、周亦霖都被迁怒，洪星星、孙秘书也被骂了几句，这么多人居然都没拦住他，不像话。

唯有周亦霖敢解释几句："康叔，您让老魏总放心，那边我们做了周密的安排，魏岚不见得有事，您先宽宽心，我先给您倒杯水。"

康叔没好气："少来这一套，你回头跟老魏总解释去。"

众人正吓得大气都不敢出，康菲端着一杯咖啡从茶水间出来，看见康叔，猛地折返，手中的咖啡跟着一晃，差点儿洒出来。周亦霖诧异，没想到对面的康叔也神色大变，嘴唇动了动，带着讨好和卑微的神色，却转瞬即逝。平日里热情大方的康菲甚至连周亦霖都没看一眼，低着头匆匆从他面前走过。

周亦霖不动声色地安慰康叔："康叔，您也别着急，兴许魏岚过几天就回来了。"

"嗯。"康叔恢复了往日的淡定与威严，点点头，"你们QW1项目怎么样了？跟凯贝利合作之后，进度快了不少吧？"

"已经在进行最后的动物实验。凯贝利制药派来的人，工作能力都很强，为项目的推进助力不少。"

"哦，凯贝利的人都挺好，挺好。"康叔怅然若失地看着康菲消失的方向。

楼下的记者见魏岚一直不出面，等了一天也没有等到新的爆料和代表出面，终于离去。这年头最不缺的就是新闻，热门上走一圈，博博眼球，为自己的平台赚个流量，没几天就被人忘了，再寻找下一个

爆点。在一个地方浪费时间苦等？谁会那么傻？

众人总算松了一口气。

康菲已回到实验室。窗边正是难得一见的晚霞，橘色、粉色，以及淡淡的蓝色，渐次相交，形成一幅绝美的画面，众同事开始拿着手机拍照。

她没有任何拍照的心情。

周亦霖走过来："想什么呢？"

她一惊，见是周亦霖，笑了笑。

"你今天不在状态呢，一下午都在走神，这可不像你。"他趁机用半边身子挡住众人的视线，偷偷捏了捏她的小脸，"遇到什么事了吗？"

"没。"她沉默片刻，摇头。

"那晚上一起吃饭？"

"不了，我晚上还要值班。"

今天的她着实有些反常。

说完，她和众人打了声招呼，竟兀自提前下班了。

周亦霖隐隐有点儿失落，又不好强问。

聪明如他，当然知晓恋爱关系也好，婚姻关系也罢，给予对方最起码的自由和尊重、空间，都是必须的，不能因为恋爱了、结婚了，就把一切都当成理所当然，保持一定程度的界限，是亲密关系最基本的相处之道。

不过，最重要的是，他知道在哪里能找到她。

晚上，他果然在酒吧找到了她。

为了讨女友欢心，他特意穿上了店里的调酒师工作服、头发帅气地向后梳起。他给她递上一杯调好的鸡尾酒："我穿调酒师的制服是不是别有风韵？有没有一种制服诱惑的感觉？"

"你会调酒？"

她眉眼弯弯，他越看越喜欢："尝尝不就知道了？"

“可以嘛，你很有天分！”她微抿一口，“基酒和果汁的配比、混合度，还有蛋清的黏稠度，都恰到好处。”

“这可是一双创造过无数复杂生物试剂的、有魔力的手。调酒，易如反掌。”他越发得意了，把双手伸到她眼前晃了晃。

“你很适合当调酒师。有没有想过像我一样，发展这个副业？我给你开工资。”她猛灌了两大口。

“可以考虑。不过我觉得要当好的调酒师，只会调酒可不够。”

“还要什么？”

“还要当客人的倾听者。”他笑眯眯地看着她，“不过如果客人不愿意说，我也不会强问。”

原来他在这里等着她。

她明白了他的意思，又灌了一口酒，才开口：“康正道，也就是你口中的‘康叔’……其实……是我的亲生父亲。”

他瞪大双眼。

“他没跟你说？”

“没，他从来没提起过。”他仍震惊于这个惊天秘密，“我和他其实也不熟，只是知道他在魏岚家做了很多年管家，大家都很尊重他，叫他康叔。”

“嗯，他还是这样。从他跟我妈离婚到现在，十六年了。他没有对任何人说过有我这个女儿。不过我觉得这样挺好，毕竟，有那样一个父亲，太丢人了。”她眼神迷离，“很受尊重？你印象中的他是什么样的？脾气温和，从不发火，老好人？”

他心疼地看着她，点点头。

“那是他面对外人的样子。我小时候他刚开始创业，每天在外面跑生意，跟人应酬喝酒，到处点头哈腰。”

或许是想到了康叔那副低三下四的样子，她潸然泪下：“为了赚那点儿钱，整日跟哈巴狗一样任人呼来喝去，每日喝得酩酊大醉，一点儿也不关心我们母女，稍有不顺，对我们便是一顿打骂。”

他心疼地抱住她，轻抚着她的头。

“嗨，没事。很多年前的事情了。”她这话，不知道是在安慰自己，还是在安慰他，“摇尾乞怜又有什么用，最后还不是欠了一屁股债？为了还上高利贷，他每天都跑着跟各种有钱人拉关系，发挥他唯一的技能，也就是摇尾乞怜。你说可笑不可笑，他空有一腔雄心抱负，却没有一点儿本事。刚开始创业时嚷着要赶超他的老同学，后来呢，一败涂地。我今天才知道，他给老同学当了看门狗。”

这下他越发不知道如何开口了：“你的意思是，老……老魏总？”

“不然呢？呵呵，大家尊重他？别逗了，他只是魏宝丰家的一只看门狗而已，”她举着杯子看着折射过来的灯光，幽幽地道，“你会觉得，我这么说很过分吧？”

“没有，”他摇头，“我现在只想听你倾诉，不评价，不指责。这也是我，作为你的男朋友的义务所在。”

她感激地看着他，把头伏在他的肩膀上。

“公司刚倒闭时，催债的每天都来我家。三四个男人拿着菜刀，往我家沙发上一坐就是一天。我那时候才六岁，天天要面对这样的一帮人，你知道我有多害怕吗？”

他又给她倒了杯酒。

“后来我妈带着我离开了那个家，我们遇见了王叔叔，他对我们很好。从某种意义上来说，王叔叔更像是我的父亲，他弥补了我对父爱所有的想象，也尽到了一个父亲对女儿所有的责任。而康正道，他根本不配做我的父亲。我对他仅有的记忆，除了打，就是骂。明明已经过去了那么久，我仍然很自卑，觉得都是自己的错……甚至，觉得自己不配被人爱……”

他一怔，越发心疼了，抓住她的手，紧了又紧。

“菲菲，我懂，我都懂，菲菲。都会过去的，我想，他已经后悔了，他知道错了。”

这一刻，他突然想到了魏宝丰。

“好了，听完了我的故事，你该忘掉它了。”她轻轻推开他，认真地看着他的脸，手轻触着他的下巴、胡楂儿、脸颊、耳朵、眉眼，“谢谢你，我的，称职的，调酒师。”

他静静地看着眼前的这个女孩儿，心底的疼惜没有因为她的坚强而减弱，反而更多了几分。原来，爱一个人，就是从看到她心底的脆弱和孤独开始的。

洪星星看着手机里魏岚发来的几条信息：

已下飞机。

很安全不用担心。

已到达分厂。

…………

她在感动之余，又有些不安。不求真相誓不罢休，是她一向很欣赏的行事风格。如果这件事情不能有个答案，就会成为永远横在他们中间的刺。这刺，要么永远扎在肉里，要么拔出来。

家里自从丁玲带着钱梅梅过来后，再也不似以前只有她和父亲时冷冷清清的样子了，因为孩子的存在，每天都热热闹闹、其乐融融的。

孙秘书和凌听偶尔也会过来，不知道从什么时候开始，这两个人就成了盘旋在这个家里的新住民，连洪星星自己也搞不清，是闺密拐来了一个男朋友，还是弟弟带来了一个女朋友，两人把洪家当成了自己家，一副主人的样子，哄得洪大军和丁玲整天笑呵呵的，好像多了一双儿女。

“尝尝我发明的新菜。这道叫‘心想事成鸡’，这道叫‘一点儿不烦汤’，”凌听报完菜名后，对着洪星星解释，“专门给你做的。”

洪星星：“……”

孙秘书笑得不能自持："你也就糊弄星星，这明明就是辣子鸡和胡辣汤。还能再胡诌吗？"

"我，我这还不是为了哄……"还没等凌听说完，客厅中新闻主播的声音吸引了大家的注意。

"现在插播一则新闻：中国驻非领事馆记者发来报道，昨日在当地发生一起华人被绑架案，三名人质均为赴非洽谈生意的华商，在边境被一辆载有武装分子的越野车劫持……"

镜头一晃，尽管三张受害人的照片眼部都打了马赛克，但大家还是第一眼就认出了魏岚。

"是帅叔叔！"连钱梅梅都看出来了。

吧嗒一声，洪星星的筷子掉在了地上。

大家忧心忡忡地看着她。

她猛地站起来，冲进卧室，再出来时已经换上了速干T恤、紧身夹克、军用皮靴。

她要坐最近的一趟航班过去，既然她可以救他一次，那就可以再救他一次。

最近的航班是九点四十五分的。孙秘书和凌听紧张地坐在后座，查看着航班信息："我俩陪你一起去吧？"

"不用，买一张给我就行。"她把车子开得飞快。

"你不能一个人去，太冒险了。"凌听劝她。

"别添乱了，"她言简意赅地道，"你俩跟着去，我是保护你俩，还是去救魏岚？"

她这话说得两人面面相觑。

"放心吧，那儿是我的主场，不会有危险的。"她的语气稍有缓和，脑中却全是洪大军当年受伤的情景，越发无法镇定了。

车子开进机场停车场，她刚拿下行李，手机铃声就响个不停，打来电话的是一串奇怪的号码。她愣了几秒，赶紧接起。

那边传来一段有节奏的长短敲击声，是一串密码，接着迅速挂断。

“原来……”她再次确认了一遍自己刚才听到的敲击声，赶紧坐回驾驶位，冲着孙秘书和凌听说道，“计划有变，咱们回去。”

“什么？现在吗？”孙秘书纳闷儿。

凌听也不解：“你确定？”

“高松有动作，咱们得回公司。”她启动车子。

“等等！公司的事情已成定局，我们根本帮不上忙！现在最重要的不是把魏岚平安带回来吗？”他从后面伸手按住方向盘。

“我知道。”她推开他的手。

“你确定？”

“我有我的安排。”

孙秘书一把将凌听拽回座位上：“听星星的吧，最着急魏岚的就是她了，她自有道理。”

洪星星一脚油门，汽车驶离停车场。

高松黑着脸，对着手机里的人质问道：“什么？不管我了，这是什么意思？”

“之前麦先生让我给你安排退路，你为什么不走？”电话里是一个男人的声音，变声器让他的声音听上去十分古怪。

“我以为魏岚被绑架这事就算结了……再说我哪想到警方动作这么快，那个会计一下车就被警察逮了，我本来想去截住的，结果压根儿没敢靠近！”高松非常沮丧，“你让麦先生再想想办……”

对方打断他：“你自求多福吧。”

听筒里很快传来嘟嘟声。

“喂？喂？！”高松急了，怒气冲冲地瞪着旁边的蔡蔡，“自求多福？你给我解释解释什么叫‘自求多福’！”

“高总，这……”蔡蔡吓得连连后退。

“麦先生根本靠不住，最后还是只能靠自己。如果有人来找我，

就说我还在开会，让他们等着。”

“哦，好。”蔡蔡胆怯地点头。

高松拉开抽屉，拿出墨镜，瞥了蔡蔡一眼，匆匆向外走去。

停车场内。

高松的车子驶出停车场，一直躲在暗处的洪星星终于等到了猎物，悄悄从后面跟上去。

“目标已出发，盯好。”她用耳麦与凌听保持通话。

“收到。”凌听迅速启动电脑上的监控追踪软件。

孙秘书在一旁看得十分激动：“哇，这么神奇吗？”

他得意地眨着眼。

高松的车子在前面行驶，洪星星始终跟他保持着一定的距离，脑袋上的头盔起到了很好的掩护作用，再加上那身皮夹克紧身衣，任凭高松怎么想，也猜不到自己是被她跟踪了。

下班高峰期，车流行进缓慢，高松气得狂按喇叭。

“目标的路线不是回家。注意，目标正在出城，向南行驶。”凌听提醒她。

“收到。启动方案二。”

“好。”凌听迅速反应。

良久，高松把车停到一家酒店外，匆匆钻进酒店。

“西阳路，鸿腾大酒店。”洪星星停下车，对着耳麦讲道。

凌听启动新的软件，准备跟踪高松的房间号：“收到，马上查询。”

洪星星把一个优盘递给前台小姐：“你好，我的预订凭证在这里面，请帮我查一下。”

“好的，稍等。”酒店前台小姐毫无防备地接过优盘插进了电脑。

“搞定！”凌听盯着电脑屏幕，上面跳出一大串代码，他快速敲击键盘，屏幕上立刻弹出一个电子表格——“鸿腾酒店房间预订记录”。

“是蔡蔡的名字。”孙秘书的眼神停在了某一格。

“星姐，6023房，重复一遍，六楼6023。”凌听激动地汇报。

前台小姐依旧微笑着说道：“对不起，我没找到您说的凭证。”

“是吗？那可能是我搞错了，我再确认一下。”

洪星星接过优盘，假装离开，走到门口绕了一圈，抽身转向了酒店的楼梯间，推开防火门，快速地上了楼梯。

高松心里清楚对方已然把他当成弃子，幸亏他早准备好了退路。他慌乱地打开保险箱，拿出护照、机票和几张国外银行的银行卡，另有一个黑色手提箱。他打开箱子仔细地确认了一遍，里面整整齐齐地码满美元。他刚合上手提箱，他的微信就响了。

“高总，刚才有警察来公司，我说你在开会，他们接了个电话就走了。”蔡蔡发来的。

他暗骂一声，隐约觉得哪里不对，把脸贴在门板上，仔细地听了一遍外面的声音，又从猫眼向外看了看，没有人。正想开门时，他又多了个心眼儿，放开门把手，回到房间。

孙秘书念念叨叨：“6024，杨明，这名字好熟悉。不对，这个人是公司分厂的会计，因为做假账被魏岚发现，还在调查中，他怎么也在这里？”

“不好。”凌听赶紧放大酒店平面图，发现6023和6024是连通的。

“星星姐，紧急情况。”他急忙呼叫洪星星，“6023和隔壁的6024是可以连通的家庭房，高松可能会从6024逃跑。”

“什么？”洪星星眉头微皱，视线移到走廊直角的那一端，果然

看见一个背影一闪而过，立即追了上去。

“那个方向是酒店的货梯。”凌听提醒道。

她几步追到电梯前，货梯的门刚好缓缓关上。

高松隔着电梯的门缝，看到洪星星，吓出一身冷汗。待电梯门打开，他压低帽檐儿向酒店的后门走去时，一转弯却撞上了一个人。

“别来无恙呀，高副总。”魏岚正站在他面前，此刻的魏岚一副风尘仆仆的样子，身着一身迷彩野战服，被晒黑的脸上还带着擦伤。

惊慌失措的高松抓过身旁的垃圾桶扔向他：“没想到你这么命大，居然还能活着回来。”

魏岚侧身躲过。

“让你失望了。”魏岚使出几招擒拿手，轻松地把高松按在了墙上，“本以为你只是贪财，看在老爷子的分儿上，尚可放你一马，没想到你居然还想要我的命，这次天王老子也救不了你了!”说着，他使劲拧高松的胳膊，疼得高松直叫唤。

察觉到有人注视着自己，魏岚抬起头，走廊那端，洪星星正直直地望着他，眼中泪水盈盈。和她一起的，还有十来名警察。

他把高松移交给警察，这才上前，擦了擦她眼角流出的泪：“洪班长，你的战友都很厉害嘛。”

“你……”她生气地甩开他的手。

“昨天我刚落到绑匪手里，就被他们救出来了，我们要合作引出绑匪的内应，所以，消息暂时不能公布，只能通知直系亲属。我怕你担心，就托你的战友用密码向你传信。”他急忙解释，看她还不搭理自己，又继续说道，“他们还教了我几招擒拿。哎，刚才我对付高松的那几招是不是特帅？”

她不再怄气，笑着说道：“你抓胳膊的角度可以再精确一点儿，不然，遇到练过的会逃脱。”

“是吗？”他不服地挑挑眉，迅速出击，试图偷袭她。

她手疾眼快：“还学会偷袭了？”她一把反扣住他的手腕，轻轻

一拧。

“我错了！我错了，星星。”他立刻求饶。

“先放你一马。”她放开他。

“洪星星，可别忘了，我走之前你还欠我什么。”他深深地看着她。

“欠你什么？”

他张开双臂，像临走时那样。

“哦！”她一把搂住他的腰，撞了上去。

“断了断了，腰断了。”他仿佛听见了自己腰椎断掉的声音。

她吓得赶紧松开：“对不起，对不起。”

他在她的额头印下一吻，闭上眼睛：“我好想你。”

“我也是。”她往他怀里又钻了钻。

“忘关麦啦——”

她耳边突然传来孙秘书的大喊声。

“都听到啦——”凌听也喊，“真肉麻！”

洪星星手忙脚乱地扯下耳麦。

“忘关麦又怎么样？”她对着麦吼道，“我们怕什么！”

魏岚也笑：“就是，光明正大的。”

“宝贝儿，咱们回家！”她一把搂住他的肩膀，故意把耳麦拿到嘴边。

凌听和孙秘书对视着打了个冷战：“无耻！”

终于平安无事，洪星星静静地坐在沙发上，第一次觉得原来平淡和宁静是如此美好。

若无闲事挂心头，便是人间好时节。她幸福地闭上眼睛，听着浴室里哗啦啦的水声，想着心爱的人就在里面，守着他就像守着全世界，此刻的她是如此心安，以后，以后的以后，她嘴里念叨着，都不

会再让他独自犯险了。

魏岚一洗完澡，就把自己带回来的证据拿给她看："润世的非洲分公司从成立到现在，药品都质检合格，经过非洲警方盖章的证据在我包里，你要不要先看一下？"

"不用了。"她拿起毛巾帮他擦头发。

他却不满意："那可是我千辛万苦拿命换回来的！你看看！"

"我相信你，你以后别做这么傻的事了。不准再拿命去换这个换那个，什么东西都没有生命重要。"她像大人教育孩子似的盯着他的眼睛嘱咐着。

"知道了。"他点头。

"对我来说也是一样。"

"你？"

"什么都没有你重要。"这是她最真实的感受。

"嗯。"他露出笑容，闭上眼睛，享受着她拿毛巾在他头上缓缓揉搓的力道，"那就等明天一早，我带着那些文件去你家拜访。这件事情我总要给你父亲一个交代。还要带上德利克实验室生产的肌电臂义肢。"

"肌电臂义肢？"她愣住了。

"型号LP44，是不是这个型号？最新款。"他得意地看着她。

"你怎么知道我一直想给他买这一款？"

"上次太仓促了，伯父一直考核我来着，都没找到合适的机会拿给他。明天才是我这个准女婿第一次正式登门，当然要给岳父准备最称心的礼物了。"

"谁让你叫'岳父'了！"她嗔怪道，心里甜滋滋的。

他眉头紧锁，迟疑着道："我当然知道他老人家是又当爹来又当妈，可我叫'岳母'更不合适吧？"

洪星星："滚！"

第二十一章

玫瑰骑士

他恨魏宝丰。

无数个日日夜夜里，他恨魏宝丰的控制、极端、绝情。

可是，那时他只是个孩子。

时隔多年，再次想起当时的自己，魏岚依然觉得魏宝丰处理问题过于极端。但当时自己的想法，也着实恶毒。

小别胜新婚。昏黄而柔和的灯光下，魏岚和洪星星甜腻腻地躺在沙发上，痴痴对望着。洪星星手机上标注为“Sergeant Li”的来电打断了此刻的宁静。

“黎副班长。”她接通电话，激动得像是看见了失散多年的亲人。

黎副班长的笑依然爽朗、有力：“洪班长，打扰了。”

“没有，没有，”她习惯性地站直身体，“你打来电话我真高兴。”

“听说你退伍后的生活过得很不错，交到了新朋友，也交到了男朋友。”

“说到这儿，我要好好谢谢你们。谢谢你们救了魏岚。”或许是因为对面是自己最亲爱的战友，洪星星眼中竟有泪花闪烁。

“之前不是已经谢过了吗？没完没了，这可不是你的风格。再说，救助我国公民，是咱们军人的天职嘛！只不过一开始，那小子说是你男朋友，整个班都惊呆了，非要他拿出证据来不可……”黎副班长又发出了一阵爽朗的笑声，“我们说就他那小身板儿，文文弱弱的，经得起洪班长折腾吗？”

一言不合就开车。

“呃，我没……”她的脸唰的一下红了。

“这话可不是我说的。以你的性格，不得天天拽他一起野外拉练呀？”黎副班长大笑，“要我说这小伙子确实是好样的，给他处理伤口的时候，他愣是一声没吭。”

处理伤口？

洪星星大惊：“他哪儿受伤了？怎么受的伤？”

“你不知道？被绑匪划了一刀，背上，跟你一样的位置，不过还好只是皮外伤。”说到这儿，他忍不住赞叹，“洪班长，别看这小子长得像个小白脸，其实人挺爷们儿的，对你也真心，缝合的时候愣是不用美容线，说是要和你留个一模一样的疤。咱们班的战友都祝福

你们。”

“对，洪班长，我们都祝福你。”话筒里突然传来一群人整齐划一的声音。

久违的声音。

久违的气息。

她热泪盈眶，像个小女生一样，瘪着嘴：“谢谢你们。”

放下电话后，她冲进客厅，一把拉起魏岚的胳膊。

“打完了？”

“完了！”

她要解魏岚睡衣的扣子，吓得他捂住胸口连连后退，直到被推靠在墙上。

“女英雄，我我我我……”他用手拦在胸前，装作很害怕的样子，“即便你得到了我的身子，也得不到我的心！”

她怀疑自己的耳朵出了什么问题，瞠目结舌地看着他，咬牙切齿地说：“……你再给我说一遍！”

他推开她的胳膊，嬉皮笑脸地说道：“我偏不说。”

“闭嘴。你自己脱，还是我来动手？”

“好好，我，我自己来。”见她真的生气了，他干笑两声，慢腾腾地解开扣子。

看他还是磨磨叽叽的，她直接把他翻了个个儿，将他的衣服使劲往上一撩，右后背处一道歪歪扭扭的伤口赫然入目，虽进行过缝合，但暗红色的血迹依旧触目惊心。

他等了又等，见她没有说话，挣扎着想把衣服放下来，却被她大力压制着。他淡淡地说道：“一点儿小伤，没事。”

“是。”她点着头，这伤口若在她身上，不过大笑两声，也就过去了。伤在他的身上，她心里加倍疼痛。

她低头抹了一把眼角：“纱布该换了。”

“好，”他转过身轻轻抱着她，“你给我换，可疼可疼了。”

说不疼，她越发心疼，倒不如撒撒娇让她好受些。果不其然，她听到这话，当即气得狠狠拍了他的肩：“得了，得了，我动作轻点儿。”

他笑。

这次单独去非洲，大家都觉得他疯了。

也许恋爱中的人都是疯子吧，是爱让我们发疯，是爱的人给了我们发疯的机会，如果一个人这辈子没发过疯，那他一定没有真正地爱过。

她拿出医药箱，轻轻地帮他擦拭伤口周围。

咝……他疼得倒吸一口凉气。

“现在知道疼了？”

“皮开肉绽的，能不疼吗？”

她想起黎副班长刚才的话：“听说，你在战地医院缝合的时候，可是一声没吭。”

“那是因为——老听你说你战友怎样怎样，我到那儿一看，嗬，真的。”他伸出胳膊做肌肉男状，“一个个都是这样的。输人不输阵，我只好咬紧了牙关忍着啦。”

“啧，逞强，无麻药那么疼，就算你喊疼，也没人笑话你。”

“那不行。”他摇头，“他们都知道我是你男朋友。我得为你洪班长的荣誉而战。”

“行行行，说不过你。”她轻轻揭开纱布，他又哀号起来。

她又好气又好笑地帮他换好，收好医药箱，站起身来：“这两天好好睡一觉。我就先回去了。”

她抓起外套，准备往外走。

“别走！”他一把抓住她的手，用力一拽，把她重新带倒在床上，“其实也不是很累。”

他凑近她的耳朵，手放在她的第一颗扣子上：“星星，可以吗？”

她惊呼了一声，随即一个翻身推倒他，骑在他身上，手臂一伸，麻溜地脱掉了上衣："你说呢？"

他被女友如此雷厉风行的风格惊呆了。

好一会儿，他才回过神来，怒道："洪星星……你躺下！"

"凭什么我躺下？"

"我是男人！"他挺了挺腰，没翻动。

她坏笑："那看谁力气大。"

"行！你说的。"

他使出浑身解数，未果。

他再试，未果。

全身大汗的他心生一计，假装吃痛，闷哼一声："啊！"

她赶紧翻身下来，紧张地翻看他的后背："快开灯我看看，是不是伤口裂开了？"

"不用开灯！"他借势一个翻身将她反控在身下，"这样就好。"

"你诈我？"她作势打他。

"别动。"他一把按住她的胳膊，轻轻俯下身去。

…………

晨光透过窗帘的缝隙照入屋内，床边的地上杂乱不堪，散落着衬衫、内衣……直到一阵连续不断的敲门声响起，两人才突然醒来。

魏岚一骨碌坐起来。

"周亦霖他们？不能吧？"洪星星害羞地拉起被子遮住自己。

"我，我去开门，你穿衣服。"

他捡起地上的衣服递给她。

等在门外的人却是洪大军。

见门还没打开，他又猛敲了几下。魏岚踩着拖鞋，边系睡袍的带子边往门边赶："谁呀？"

"快递！"洪大军瓮声瓮气地回道。

快递？

这声音好像在哪里听到过，魏岚从猫眼里一看，见洪大军正气势汹汹地站在门外，三魂七魄当即丢了一半，他手忙脚乱地看向身后，见洪星星已经穿好衣服，只得开了门。

“洪叔叔……您好……”

洪大军瞪了他一眼，自顾自地向内找去：“洪星星！洪星星你给我出来！”

洪星星慌慌张张地从卧室出来：“爸……你怎么来了？”

生米俨然煮成熟饭。

白菜已然被猪拱了。

洪大军的怒火噌噌上头，他又不舍得打女儿，抡起棍子，哐哐照着旁边的桌子就是一顿猛敲，桌上的摆件顿时被震得七零八落，他恨铁不成钢地指着她骂道：“你你你！”

“凌听说得果然没错，你还真在这儿，我、我……”他胡乱地朝四周瞅了瞅，就是找不到可以威慑一下的东西。

“爸！”魏岚一个箭步冲上去，挡在她面前，“要打您就打我吧，都是我的错。”

“爸？”洪大军一愣，“谁是你爸，你嘴巴放干净点儿。我哪里敢当你爸？你是我爸！”

“不不不，叔叔，您听我说。”

她一步绕到魏岚前面：“爸您看看您，这像什么话？懂点儿事。”

洪大军被她说得一怔。

“什么？我哪里不懂事？……”

她抱住洪大军的胳膊：“爸，您女儿都多大了？您还闹这出。这要碰上明事理的父亲，恨不得天天撵着女儿出去住呢，就怕女儿孤独终老。您之前不是就希望我赶紧嫁出去吗？敢情都是装出来的？”

“你这孩子……你……”洪大军被气到语塞，“行，你还护着

他。你、你、你……”

魏岚转身又护到她前面：“这样，叔叔，我理解您，肯定特生气，要不然这样，您打我一顿，只要您不生气，怎么都行。”

“行，我成全你。”洪大军举起棍子，刚要开打，门却开了。

“在外面就听着里面吵吵闹闹的，这一大早的，这是怎么了？”康叔推门，扶着魏宝丰进来，“魏岚这是犯什么错了？”

“魏叔叔。”

今天是什么日子，怎么都赶一起了？

洪星星有些头大。

魏宝丰以为洪大军还在为非洲事件愤怒，示意康叔给他倒了杯茶，赶紧解释道：“老哥，我们润世从没做过违背良心的事，所谓假药风波，是被人陷害所致。这是非洲官方给出的案件档案，总能让你相信了吧？”关系到润世的名声和儿子的感情问题，魏宝丰把姿态放得低低的，耐心地跟洪大军解释着，“那箱金条也并不是什么贿金，而是无良媒体对我们的勒索。当时我考虑到公司的名声，不得不妥协。”

洪大军看着他，没说话，仍是气呼呼的。

“事情经过就是这样，两个孩子之间的误会算是解开了。”魏宝丰赶紧给魏岚和洪星星使眼色。

“解开了，解开了，都是误会。”两人附和。

见洪大军仍然没吱声，魏宝丰看着洪大军那边空荡荡的袖管，继续道歉：“对洪先生您负伤退役一事，”魏宝丰继续道歉，“我们魏家的确有所亏欠……”

“我要听的不是这些。你看看你家儿子，”洪大军怒气冲冲地指着魏岚，“我家女儿被我宝贝了二十四年，多单纯的孩子，被你儿子拐得学会夜不归宿了，夜不归宿呀！”

他痛心地单手捶桌，桌上的茶杯咣咣作响。

魏宝丰高兴得差点儿从沙发上站起来，惊喜地道：“真的，都到

这一步了？不愧是我儿子。”

他期待这一幕有多久了？最好在他临走前……能把婚事办了。将来他在另一个世界遇到魏岚他妈，也好对她有个交代。

洪大军气极了：“怎么说话呢？”

魏宝丰赶紧改口：“唉，你这孩子，怎么……怎么……能……”他偷偷冲着魏岚竖起大拇指，嘴上却说着，“太不像话了。”

“爸……我也是成年人了。这是我自己的选择，您别老怪魏岚。”洪星星再次帮魏岚解释。

她这么一说，洪大军越发心痛了：“女生外向！唉，我辛辛苦苦养大的……”

“魏岚！”魏宝丰冲他使了个眼色。

“哦哦哦。”魏岚这才一个激灵反应过来，“洪叔叔您放心，我早就认定了星星是我此生最爱的人，您放心，我一定会娶她的！当然，还是要看，要看，您同不同意把她交给我。”

他期待地看着洪大军的反应。

娶？

魏宝丰越发高兴了：“我看今天就是黄道吉日，要不然今天先把证领了，别的咱们再从长计议。”

魏岚和洪星星齐齐难以置信地看向魏宝丰。

“你当是去超市买白菜呢？说结就结？这么随便呢？”洪大军觉得，跟这家人是讲不出什么道理来了，“星星，走，咱们回家。”

“爸——”洪星星伸出胳膊，撒娇地戳了戳洪大军。

魏宝丰也赶紧拦着：“您说得对，确实不能这么随便。那，”他跺了跺脚，像是下了一个非常艰难的决定，“要不然明天？”

魏岚：“……”

洪星星：“……”

洪大军正要发火，却见女儿含情脉脉地靠在魏岚旁边，小脸红扑扑的，红至耳根。这小鸟依人的甜蜜少女真的是自己的女儿吗？

闹腾了好一阵，洪星星和魏岚又是解释，又是哄，总算让洪大军冷静下来了。都什么时代了，老头儿还搞这出，着实让她难堪。好在见人越来越多，老头儿逐渐明白过来，再闹下去闺女怕是要丢人了。

于是他赶紧找个台阶往下走，话锋一转："我也不是那种冥顽不灵的老顽固，既然你话到了这个份儿上，那就看你以后的表现。结婚的事先不急，总要多处处，看是不是双方都觉得合适再定。"

魏岚朝着洪大军狠狠地鞠了一躬，喜不自禁，脆生生地叫了一声："谢谢爸！"

魏宝丰语气酸酸地说道："爸？哎哟，改口还挺快。这声爸比叫我的时候可高兴多了！"

这父子俩给的台阶着实舒服，洪大军见好就收，安慰道："行啦，你就别酸了，"他主动向魏宝丰伸出手，"以后孩子你还得多操心。"

"应该的，应该的。"魏宝丰赶紧站起来，向洪大军伸手，身子却晃了晃，砰的一声栽在了地上。

还是那家医院，熟悉的特护病房，不同的只是魏岚的感受。上一次他来这里还在怀疑老爷子是不是装病，还在怀疑洪星星是不是老爷子安排的探子，没想到一切都在他的意料之外。此刻的他无比痛恨自己，恨自己的冷漠、固执，也恨自己的不通情理。如果他能够给老爷子一次亲近自己的机会，哪怕他们只是心平气和地聊一次，也不至于现在还对老爷子的病情一无所知。

隔着窗户，魏岚看着熟睡中的魏宝丰，心里越发难过了。老爷子的身体出现状况，很多细节早有预示，只是为何今天他才注意到老爷子蜡黄而松垮的脸呢？

"什么时候的事？"他问。

康叔答："从查出来，到现在，一年半了。"

"一年半？"他低下头，"居然这么久了，这也是他着力引入QW1的原因？可是我什么都不知道，还坚持用尝试结构制药法来降低成本，故意疏远他，和他吵架，我真是……"

"你不用自责。"康叔心疼地拍拍他的背，"是你爸坚持要瞒着你的，他不想让他的病情对你造成压力。QW1是你的理想，是可以造福千家万户的项目，老爷怎么会为了一己之私而干涉呢？"

他使劲憋着，不让自己哭出来："……他一直都在为我着想，而我之前还一直以为他是假装生病，还和他斗气……他一定对我很失望吧？"

康叔也有些动容："老爷从来没有对你失望过。他跟我说，他这一生最得意的事，不是一手创办了润世，也不是推进QW1新药研发进程，而是有你这样一个出色的儿子。你才是他唯一的骄傲。"

"我……"

这么多年来，兜兜转转，他拼命地想要证明给老爷子看，没想到竟是一场他一个人的表演。老爷子早就觉得他是自己的骄傲了吗？悔恨交织着惊恐，魏岚失声痛哭。

洪星星轻轻握住他的手，用力些，再用力些。

终于，他止住哭声，擦了擦眼角："那医生有没有说，他还有多少时间？"

"癌细胞已经从肺扩散到肝了，四期。"

即便做了心理准备，他还是没想到会这么严重。

他对魏宝丰最深的一次恨意，缘于小学三年级，他九岁时。

暑假回农村老家，他和几个小伙伴跑到瓜田里打枪战，不过半小时的工夫，瓜田变成了一片红海。瓜农坐在地上绝望地大哭，其他的小伙伴早跑了，闻讯赶来的魏宝丰抓住他，直接将他捆在树上，一鞭子一鞭子地抽。

直到瓜农都看不下去，哀求魏宝丰，西瓜烂了明年可以再种，小

孩再打就真的不行了……

最后还是妈妈哭着求他，他才终于停了鞭子。

虽然不是魏岚一个人的责任，但事后魏宝丰还是赔给了瓜农五万块钱。

魏岚到现在都记得，被捆在树上，被一鞭子一鞭子地抽打时，周围人的目光。

那一刻，他只希望魏宝丰死。

他恨魏宝丰。

无数个日日夜夜里，他恨魏宝丰的控制、极端、绝情。

可是，那时他只是个孩子。

时隔多年，再次想起当时的自己，魏岚依然觉得魏宝丰处理问题过于极端。但当时自己的想法，也着实恶毒。

正是因为那件事，魏岚才终于不再那么顽劣，有所收敛。

可是老天呀老天，那当然是我孩提时不懂事的恶毒想法，请你不要当真。他呆呆地盯着魏宝丰瘦削的脸。如果这个世界上有奇迹，如果需要交换，他愿意付出任何代价。可是，有吗?

他再回过神时，魏宝丰已经慢慢醒来，他一个箭步冲了进去。

“爸！”他握住魏宝丰苍白的手。

“魏岚，你坐。星星，你也坐。”魏宝丰伸手招呼他俩，老头儿心知肚明，看二人的神色，显然已经知道了自己的病情。

铁汉柔情，魏宝丰难得地拉了拉魏岚的手：“不用担心我。已经活到这个岁数了，我不亏。”

魏岚不敢表现出过多的难过，怕老头儿心里更不舒服，干脆别过头。

魏宝丰说：“我一开始引入QW1有两个目的。一是更好地帮你实现愿望，造福于民。二是把你弄回国，让你待在我身边，让我好好看着，接班、成家，过好自己的日子。现在看着你俩感情这么好，我有了奢侈的第三个愿望……”

魏岚和洪星星对视了一眼。

“有生之年，看到你俩结婚，我也就……”

“三个都能成。”魏岚抢着回答，“百分之五十的药物在III期临床试验容易失败，QW1的III期临床试验效果不错，我已经问过医生，说不定对您也……”他生怕说得晚了，魏宝丰就再也看不到似的。

魏宝丰笑着摇摇头：“我的病我清楚。以后，你和周亦霖把药做好、推广好，能救治更多的病人，也是功德一件。”他看着洪星星，“那我的第三个愿望？星星，我家臭小子一无是处，难为你了。”

洪星星毕竟年纪小，没听出老头儿的话外音，忙着为男朋友开解：“哪有，魏岚可是有他自己的远大梦想的。”

魏宝丰笑：“你这意思是，愿意嫁给他了？”

魏岚惊愕地张大嘴巴。

什么情况，亲爹这是替自己求婚了？

洪星星一愣。

“你要是不说话，我就当你同意了？”

她仍有点儿蒙。

“你曾经是军人，我以为你会爽快些。”魏宝丰用了激将法。

她总算明白刚才发生了什么事：“叔叔，哪有公公求婚，而不是丈夫求婚的？不过，看在您这么帅的分儿上，我就勉为其难地同意了吧。”

她自然是为了哄老头儿开心。

别的事她不是很擅长，但哄像魏宝丰那样的老家伙，她可是最拿手的。

当然，关键是，她的确很喜欢很喜欢魏岚。

魏宝丰果然笑得合不拢嘴，冲魏岚使了个眼色。

魏岚心领神会，激动地抓着洪星星的手：“戒指，求婚戒指，”他结结巴巴地说，“下午，下午我就去买。本来怕你觉得我太急，想相处一段时间再说的。”

魏宝丰不满地看了他一眼。

魏岚不再废话。

魏宝丰欣慰地点点头："眼前还有一件事。关于那家大马企业，旺达集团。他们对QW1一直虎视眈眈，前一段是消停了，但如今药品开发接近尾声，我怕，他们会有所动作。"他猛烈地咳嗽了一阵，"我这把老骨头，没法替你们分忧了。一定要提高警惕，尽己所能地保住QW1，万一保不住，就不争了。没有什么比命更重要。"

洪星星和魏岚齐齐点头。

"爸，还有一件事，我没有确切的证据，但我觉得应该说出来。"魏岚拉着洪星星的手，在床边的凳子上坐下来，"九个月前，非洲的事，您说是竞争对手制作假药陷害我们，加上沟通不畅，才导致冲突升级成械斗的。"

"是。"魏宝丰点头。

"但是这次在非洲，星星的战友告诉我一个线索。他说，那时逮捕了一批冲进工厂的闹事者，都不是本地人。"

魏宝丰皱着眉头问："是吗？"

"他说那些人的身体特征都像是经过训练的雇佣兵。而且，为他们送来保释金的，是一个马来口音的亚洲人，虎口处文着'W'的标志。"

"旺达集团。"魏宝丰闭上眼睛，"没想到，从那时候起他们就盯上我们了。"

油尽灯枯，如今这副状况，他能为魏岚做的已然不多。他刚刚与魏岚和解，却命不久矣。悲愤？他哪有时间悲愤？而今剩下的只有不甘。为什么命运选中的那个人偏偏是他？他何尝不想抓着命运的手问问。

可是命运之事，又能去哪里论个公道？

翌日，魏岚安顿好魏宝丰后，便像和洪星星约定的那样，重新登门去拜见自己未来的岳父，将早前就准备好的大礼恭恭敬敬地送上。

洪大军拉开门，没笑，也没发火。

“爸！”魏岚一脸讨好地叫道。

这声“爸”他叫得真是……

洪大军只得转移话题：“你爸没事吧？”

“还在做检查。”他不想提太多关于魏宝丰的事情。

看他手里托着个大盒子，洪大军又问：“这是……？”

他赶紧把盒子递过去：“送给您的一个小礼物。”

“这么轻？”洪大军单手掂了掂，“是什么？”

“是肌电臂义肢，现在国际上最先进的型号。”他将盒子小心打开。

洪星星变着法地帮魏岚表现：“我一直想攒钱给您买这个，谁知道，让魏岚抢了先。”

“这东西不便宜吧？”洪大军看了看盒子上的英文，心中略有不安。

“那可是相当贵，您……”她想起了官网上十二万美金的价格。

“您一人从小把星星拉扯大，那么辛苦，现在我就得和她一起孝敬您。再说了，我这条命是您父女二人救下来的，这些小钱不值一提。”洪大军正要推辞，魏岚又说，“就算是让我心里好受一些，请您勉为其难地收下。”

他的态度着实诚恳，洪大军看了看洪星星，见她点了点头，这才收下。

案件审理的进度很快，下午四点钟，洪星星亲自带着专案组来到高松的办公室，封存一切资料，以作为日后案件的审理所用，整个过

程专业而淡定，没有复仇后的狂喜，也没有知晓真相后的悲愤。因此门口记者的摄影灯能拍到的只是她头戴墨镜、一脸酷帅地站在魏岚身边的样子，任谁也不可能猜出他们之间的关系。

“以上，就是我方对去年十一月，在非洲分公司发生的冲突事件所做的声明。若还有媒体颠倒黑白、恶意诽谤，我方将采取法律手段，维护我们的正当权益。”

话毕，魏岚高傲地面对着媒体的聚光灯。润世始终对得起自己这块响当当的招牌，他的父亲不只是个企业家，更是个有良心的企业家，此刻他以他的父亲为荣。

新闻稿很快遍布各大网络的头版头条，一年来围绕润世的各种传闻和抹黑，终于落下帷幕。危机过后总是时机，谣言的破除和QW1的顺利进行，让润世的股价一路暴涨。这一次，他终于赢过了自己的父亲，却高兴不起来。

如果可以，他宁愿自己不要赢，宁愿和父亲斗一辈子，也不希望看到父亲躺在病床上的样子。

还是那个蹩脚的口音，还是坐在同样阴暗的角落里。只是这一次，麦先生通话的对象不再是高松，而是那个叫“催眠师”的家伙。

“QW1的研发已经接近尾声，这也是我们最后的机会。现在，连高松也被抓了，这事只能交给你来做。”他对着话筒，傲慢无礼地说道。

电话那端的“催眠师”像往常一样，很少回应。他不放心地补充道：“别总觉得你是在为我做事，想一想你的女儿。”

“催眠师”仍未吱声。

他冷笑，下了最后的通牒：“你这次的行动，只能成功，不许失败。否则后果你也知道。”

如果这都不算威胁，那还有什么能比这更狠毒？哪个父亲能不顾儿女的安危，显然麦先生早已用惯了此类伎俩。

麦先生终于等到“催眠师”慢慢地、不甘心地回应了：“……是。”

在麦先生看不到的角落里，“催眠师”握紧了拳头，又缓缓松开。

终究是他无法脱离的魔掌。

距离下午茶时间还早，小店里安安静静的，洪星星上次来这里小坐，还是为了安慰失业中的孙秘书。一想到自己当时的那把购物卡，洪星星至今还有些不好意思。

“尝尝这个，星星。”孙秘书把一块杧果味的千层蛋糕往她面前推了推。

“嗯，你说事情明明都已经清楚了，但不知道为什么，我总是还有点儿忧心。”洪星星皱着眉，若有所思地凝视着手里的点心叉。

“看出来了，你一有心事就吃吃吃，最近都胖了。”孙秘书说。

“唠！”她忽然一声干呕。

“怎么了？”孙秘书赶紧朝服务员招手，要了杯清水，“是不是太腻了？”

“不知道，突然就有点儿反胃，不知道是不是蛋糕太腻了。”她摆摆手，拍了拍胸口。

“星星？”孙秘书往前凑了凑，“你，那个，多久没来了？”

“哪个？”她一愣，“哦，你说那个呀，好像，好像超期了。”

“天哪……你不会是，怀孕了吧？”孙秘书小声地问。

她显然也吓了一大跳：“不，不能吧？”

“别吃了，”孙秘书一把抓起她的手，“走，去药店。”

洪星星赶紧放下水杯，任凭她牵着自己向外走去。

待买完验孕棒，孙秘书将其塞到她的包里：“回去后你好好看说

明书，按照步骤测试一下。”

“好。”她走了几步，问，“那你说，这事，我该不该告诉魏岚？”

“你先测，看结果。如果没事，那就是虚惊一场，不用告诉他。万一有事——”

“有事怎么样？”

“立马把结果举到他的面前说：‘男人，给我负责！’”孙秘书模仿着韩剧里女主角的样子说道。

“行，那然后呢？”

“然后，我就嗖嗖地把民政局给你俩搬来，你俩立地领证，结为夫妻。然后你回家安心养胎，生个大胖小子，姑娘也不错，但有一件事是必须的——”孙秘书骄傲地拍拍胸脯，“让孩子认我当干妈。”

“你想哪儿去了，八字还没一撇呢。”

“总之，等你的好消息。”孙秘书挤挤眼。

“好。”她点点头，不甘心地问，“一定要晨尿吗？”

“反正也不急在这一天，你就等等呗。要不然再买俩，你多测几次。”

她拉住孙秘书：“不要了。”

翌日清晨，洪星星拿着验孕棒，一遍遍地和包装上的图片对照着：“那就是……”

“星星，”洪大军叫她，“有人敲门，星星？”

见她不回应，洪大军只好自己去开。

“爸，我来接星星。”门口，魏岚西装革履，派头十足。

“进来，进来，星星在卫生间洗漱，进来等吧。”洪大军把他让进门。

爸？这小子还真不把自己当外人。

他还是有点儿不习惯。

“星星？”他在卫生间门口小声叫她。等了十几秒没反应，他又叫：“星星，在里面吗？”

“嗯。”半天，卫生间的门才从内缓缓打开，两人四目相对。

“这是什么？”魏岚一眼便看到了洪星星手中的验孕棒。

“这个就是那个……”她转身把验孕棒的包装盒拿在手中。

他实在是吵得烦人，她本打算把这些东西收拾收拾扔进垃圾桶的。奈何卫生间的垃圾桶不知道是不是老洪拿出去倒去了，她只得拿着这些开了门。

他没来得及细看，见她一副失魂落魄的样子，犹豫了几秒，扑通一声单膝跪地：“星星，你，你有了？那你嫁给我吧？”

他掏出口袋中的戒指举在半空。

按照他原本的计划，是想在游乐场求婚的。

那里人多、热闹，充满梦幻色彩。

但，顾不了那么多了。

两情相悦，每次相见都是好时机。

第二十二章

玫瑰骑士

我知道每个女生从小都有一个关于婚礼的梦想，披上洁白的婚纱，穿过鲜花铺就的地毯，接受家人和朋友的祝福，它纯洁、盛大、唯美，而又不失温馨。我不知道自己的设计能不能配得上你的梦想，但还是想要实现你所有的想象。

在此之前，魏岚设想过无数种求婚情形，豪华的、酷炫的、温馨的、浪漫的、复古的……却唯独没有大清早跪在洗手间门口这一种。此刻，他托着手中的钻戒，虽然老头子已经帮他求过了，但他还是颇为忐忑。

洪星星足足愣了十秒才反应过来，一手接过他手里的钻戒，一手将验孕棒递了过去："看好了，一道杠，没怀孕。"她打量着无名指上的戒指，"你刚才是在求婚吗？唉，我想象中的求婚不是这样的。"

他不安地搓着手："我知道，我知道，要不然我……"

她兴奋地抓着他的手："你知道吗？我想象中的求婚，必须在部队，战友们穿着迷彩装，扛着LS7型九毫米冲锋枪，一溜排开，齐齐用枪顶着那个人的脑袋，大吼：'说，会不会对我们星星好？'那个被枪顶着的男人虽然瑟瑟发抖，但不敢有一丝怒吼，始终赔着笑，大声喊：'会！'我的那些兄弟就会继续用枪抵着他的头：'听不见！'"

想想她就激动。

洪星星讲完，看着魏岚："刺激不刺激？难忘不难忘？要不要实施一下？"

魏岚："……"

他这么快求婚果然求对了！

她还否决了他一个又一个浮夸的婚礼仪式。

她只想要一个简单朴素的婚礼，找朋友主持、交换戒指，请几个亲朋好友观礼。

他简直不敢相信自己的耳朵："难道你不想要一个女生都想要的婚礼吗？十几米的拖尾婚纱、铺满鲜花的地毯、古罗马风格的酒店……这些，这些你都不要吗？"

"哦！"洪星星认真想了一下，"要不然还是去我们部队？我申请一下，应该不成……"

他吓得魂不附体："不、不、不、不了，星星，就按你说的办。"

洪大军插嘴道："咱们小区对面的小公园就挺好。"

洪星星一拍手："对呀，老洪，咱俩想一块儿去了。上次我就看到有人在那里举办婚礼，几张套着白色椅套的桌椅，鲜花做成的拱门，小小的红毯两侧摆满鲜花，简约而别致。"

"我看行。"洪大军很是满意。

"公园？星星，你要想清楚了，这可是一生一次的大事。你确定不想要一个梦幻的、豪华的、每个女孩儿童年梦想中的婚礼吗？"他再次跟她确认。

洪大军猛吼一声："听她的！"

"好，好，听她的！"见老头儿都急了，他一秒应允。

其实他没好意思说出口的是，这也是他的梦想。

只是，既然星星喜欢，那就这样吧。重要的不是婚礼的形式，而是从此可以开启一段崭新的人生。

黑色的本田车内，副驾驶座上的一个老式手机突然响起《摇篮曲》，半响，一只粗糙的大手才把它拿起，按下接听键，对着屏幕敲击出一串有节奏的鼓点，话筒那边的人才开始说话。

"情况有变，七天内你会接到新计划的通知，注意查收。"

"明白。"《摇篮曲》的主人，代号为"催眠师"的人单手握着方向盘。

"现在警方的注意力不在你身上，正是有利的时机。是时候打起精神干活儿了，'催眠师'。"电话那边的人结束通话。

康叔心不在焉地开着车子，自从和康菲在实验室见过一面之后，他想找个机会和女儿好好谈一谈。可一想起过往种种，又觉得实在无颜面对她。思念、悔恨、犹豫、矛盾……搅得他夜夜难眠，整个人看上去消瘦和沧桑了不少。

汽车驶入停车场，刚好魏岚从不远处走过来。

魏岚对这个如师如叔的长辈一向尊敬得很，甚至一度比和魏宝丰的关系还要亲近。看到是康叔的车，魏岚赶紧上前打开车门。

康叔急忙说道：“我自己来。”

“没什么不舒服吧？您的脸色好像不太好。”魏岚问。

“没，没，就是没睡好。”

他猜测大抵是因为康菲：“和康菲谈过了吗？”

“没。”康叔摇了摇头，“她根本不接我的电话。”

“往后时间还长，我相信她会慢慢理解您的。”魏岚想起自己和父亲的关系，多少有些理解。

“理解我？可是我过去那样对待她们母女。我还有什么值得她们理解的？”康叔已经不抱什么希望。

“康叔，母亲走的时候我还小，根本不明白该如何面对亲人的离世，那时候只感觉，我的世界在一夜之间崩塌了。如果没有一根救命稻草，我想，我就沉下去了。多亏了您来到我家，来到我的生活中。”他挽着康叔的胳膊，边走边说，“这么多年，说句我爸不愿意听的话，您默默地给我的那些温暖，比他老人家给的还要多。您之于我，更像是另一个父亲。我想菲菲也会和我一样，慢慢理解您的好的。”

“少爷。”康叔从来没想过自己在魏岚心中竟有这样的位置，这么多年以来，他一直觉得自己只不过是出入魏家的一个用人而已，“这孩子，我还以为你要说，你把我当妈了呢。”

这玩笑开得有点儿不像他的风格，魏岚一时有点儿失神：“非要说的话，是如父如母吧。照顾我的生活，也指导我的人生。”

这话说得太中听了，康叔忍不住微笑。

他停下来，认真地看着康叔：“如果可以的话，一周后我的婚礼，我想请您……请您当证婚人。还请您不要拒绝。”

“我？”康叔十分意外，赶紧推辞，“这不行，这责任太重大了，不敢当，不敢当。”

“这个提议，是我和我爸一起商量出来的。”

“老爷？”康叔越发意外了，“这真的不太合适。”

“我不是今天见到您就随口一提。我爸最近情况不稳定，婚礼当天可能没办法到场。但他说，结婚这种人生大事，必须有一位重要的长辈陪在我身边。康叔，能担得起这个重任的，除了您，没有第二个人。”魏岚握住他的手，语气诚恳地说道。

康叔的身体似乎遭受了重击般不受控制地震动了一下，脚也有点儿打滑。

他赶紧扶住：“没事吧，叔？”

“可是，可是这样做，终究不符合规矩呀。”康叔还想推辞。

“都什么年代了，您还讲礼制呢！我和星星都不是拘束的人，我们不想办中规中矩的婚礼。一切简单、随性就好，只请我们的家人和最亲近的几位朋友。”看康叔还有些犹豫，他继续恳求道，“康叔，我都任性这么多年了，您就再依我一次吧？”

“那，好吧，恭敬不如从命。”康叔只好同意，只是脸上带着些连魏岚也说不清道不明的异样神色。

魏岚并不知道的是，从医院出来后，行至江边，康叔特意将车子停下，站在桥边愣神地望向远处，良久，拿出手机给康菲发了一条短信。

“菲菲，记住，爸爸的所有密码，都是你的生日。”

信息发完，他定了定神，掏出口袋内的那部老式手机，扬手将它丢入江中。

越是混乱，越应该保有新秩序，魏岚脑海中清清爽爽地计划着两件大事。一件是他和洪星星的婚礼，在洪星星的要求下婚礼已经简化得不能再简化了，对他来说，一切只要按照既定的程序走，就不会有什么意外。另一件是魏宝丰的病情，国外的医疗机构他几乎打听了一

遍，四期，市面上的所有三代抗癌药物，几乎对魏宝丰的病情都没有很好的控制作用。QW1，目前是魏宝丰最大的希望。

即便他不说，作为兄弟，周亦霖也知道QW1之于他的重大意义。这段时间以来，实验室一直以连轴转的形式快速地推进着QW1的研发进度。即便是这样的凌晨时分，大家也依然在紧张地忙碌着。

“魏岚……”周亦霖和凌听紧张地核对完电脑屏幕上的数字，对着魏岚大喊道，“魏岚，快过来，快！”

“怎么了？”他快步跑过来，康菲也几步追上。

“如果最新的这组数据没有错的话，这意味着——我们成功了。”周亦霖热泪盈眶。

魏岚激动地扳过电脑，查看着上面的数据。

康菲也激动得跳了起来，周亦霖刚想跟她来个拥抱，她却直接凑过去看屏幕：“这一次的结果，和凌听模拟的完美数据几乎分毫不差。”

“理论上来说，第四代抗癌药QW1正式诞生了。”魏岚激动地抱住周亦霖，“那就是说，我爸，还有许许多多的患者，又迎来了新希望。”

客厅的大屏幕上，女主持人正在播报：“据了解，润世集团研发的第四代抗癌药取得重大进展，QW1作为肺癌第四代靶向药，对EGFR基因耐药突变有着明显疗效，目前I/II期临床试验已经入组完毕，入组的四十几例晚期非小细胞肺癌患者近期疗效显著，客观缓解率高达百分之八十六，其他生存数据正在随访，值得期待，QW1安全性特别好，不良反应发生率极低。公司已与国家药监局沟通，同意即刻扩大样本量继续临床试验，如果疗效确切，走优先审评通道，如此，QW1有望获得批准成为治疗EGFR基因多种耐药突变的抗癌药。”

“对J！”安石睿看了一眼屏幕，把牌往桌上一甩，对着魏宝丰感

叹，“恭喜恭喜。魏岚这小子可以。你说咱老哥俩，这些年闹的什么劲，老了老了，还不是要继续在一张桌子上搓牌？”

“是你小子争强好胜，上学那会儿就这样，打个牌输了都急眼。”魏宝丰笑他。

“唉，一转眼到了这个年龄，时间过得真快。”康叔看着两人，不禁感叹，“咱们仨都老了。”

“可不吗？”安石睿笑道，刚想出牌，又捅了捅魏宝丰，“老魏，儿子、媳妇来了。”

“爸，”魏岚握着文件夹和洪星星一起走进来。

“我先过去。”魏宝丰笑着放下牌，“看好了，老康，可别被老安给看了去。”

三人坐在隔壁的书房沙发上。

“爸，今天感觉怎么样？”魏岚问。

“医生说，有明显好转。我自己都感觉精神多了。”魏宝丰笑，有生之年能够和儿子和解，媳妇又如此优秀，即便现在去了……也无憾呢。

魏岚嘱咐：“那也别太累，继续按疗程吃药。”

魏宝丰笑呵呵地道：“好，都听你的。”

“您看看这个，”魏岚把手里的文件递给魏宝丰，“今天律师送来的最新消息，高松身上，除了咱们举证的买通会计做假账、挪用公款之外，还有一件更严重的事，警方查出来，他就是旺达集团安插在华东地区的情报人员，代号‘催眠师’。”

“‘催眠师’？”魏宝丰大惊，“证据确凿吗？”

“还没有定罪，但从他家搜出不少证据，旺达集团配的反追踪手机，还有邮件往来之类的，八九不离十。唉，我知道他一贯胆大心狠，没想到竟然能跟犯罪集团扯上关系。”他指了指文件上圈出来的重点部分。

“这么想来，旺达能一次次算计我们，都是因为内鬼作祟。不过

好在现在药做成了，公司的内奸被抓了，我的老兄弟安石睿也给我服了个软儿，你俩又好事将近。看来，风水轮流转，好运总算转到我们魏家了。”

“老魏，有什么大秘密，还躲着我们说，别忘了我们嘉乐和润世现在已经是合作伙伴了。”安石睿对着他大喊。

“来了！”魏宝丰慢慢走回牌桌，“是公司原来那个副总高松，做假账贪污，还被查出勾结国外那个恶势力集团，旺达，还有个什么鬼代号‘催眠师’。”

“怎么了？”魏岚看洪星星正盯着康叔的手，他的手正有节奏地敲着桌腿。

“没什么。”她转回头，把文件夹随手放在一边，可能是自己多心了，她并未看出那有什么含义。

“对了，明天可是咱们婚礼前最重要的一环。”魏岚揽过她的肩。

“所以？”

“所以要去试婚礼的衣服呀。”他在她脸上狠狠地啄了一口。

白色婚纱一字排开，投影仪滚动播放着每件婚纱和礼服的设计灵感。洪星星只看一眼，便觉得全身躁动不安。

魏岚笑笑，知道她又在打什么主意，直接否决道：“我确定不能穿着军装结婚。婚礼我都依你了，婚纱你就依我吧。”

她挣扎了一会儿，只得跟着设计师助理去挨件试穿。

没多久，她提着裙摆一步步从试衣间走出来，魏岚瞪大了眼睛，搜肠刮肚找不出一个合适的词来形容他的新娘。

“漂亮”“美丽”“不可方物”，太俗；“天仙”“美人”，又太过缥缈。

他愣愣地站在原地，目不转睛地看着她。

“愣什么神？”她站在镜子前，“裙摆是不是太长了？”

“哦哦哦，不长，不长。”他马上站过去，镜子里立刻出现一对

璧人。

“星星，你真好看。”他继续看着镜中的她，想起他们第一次见面时，她穿着松松垮垮的外套，黑黑瘦瘦的，全然不似现在的娇态。

“想什么呢？”

“没什么，就是想起了我们第一次见面时的样子。”

“噗，”她笑出声，“那时候你是不是觉得我挺丑的？”

“没有，没有，”魏岚赶紧否认，“我光被你打了，哪儿有心思想那些？”

“真的？”她回头看着他，“也是，我那时候一心想赚钱，干的都是最苦最累的工作，服务员、快递员、外卖员什么的，当然和现在不一样。”

“星星，以后有我，你再也不需要过那样辛苦的日子了。”他从一旁的包里掏出一个精致的盒子，“来，戴上，这个和你这身特别般配。”

“什么？”她好奇地看着他手里的小盒子。

“定做了一个小礼物，来配我最美的新娘。”

一颗镶满钻石的、闪闪发亮的星星映入眼帘，闪得她睁不开眼。

他把它别在洪星星的耳后。

“是星星。往后余生，我的日月星辰都是你。”

他微微低头，在她的耳边呢喃。

她摸着耳后的星星，满脸通红。

距离婚礼只剩一个晚上了，他拉着周亦霖继续演练明日的流程。

“注意，这不是演习，这不是演习。”见周亦霖犯困，魏岚卷起手边的杂志，对着他的耳朵狂喊。

“啊啊啊！知道啦，继续。”周亦霖抖了抖精神，“真是上辈子欠了你的，这辈子受你折磨。”

洪星星按了密码锁，跑进来。

“星星？”魏岚好奇她此刻怎么还会跑来，“你不是应该在家中做准备吗？”

“我、我、我，”她气喘吁吁地拿起旁边的水杯喝了几口水，“我刚才去看守所见了高松，他说‘催眠师’另有其人。”

“什么？”魏岚和周亦霖同时一惊，“那会是谁？”

“是谁还不清楚，但我担心他们会趁明天的婚礼捣乱。”

“来婚礼现场捣乱？抢亲？”周亦霖不解。

“这个时候你还开玩笑？”魏岚瞪了他一眼，“自然是QW1的研发资料。”

如果明日真的有人来捣乱——魏岚和洪星星对看了一眼，陷入沉思。

天气晴朗，和风徐徐，是个适合大婚的好日子。尽管按照洪星星的要求，只邀请了部分亲友参加婚礼，但来的人还是超过了预期。

“谢谢，谢谢。”洪星星手挽魏岚逐一跟到场的来宾打招呼。

“怎么来了这么多人？”凌听站在孙秘书旁边，看着越来越多的宾客陆续到场。

“幸亏我们早有准备，要真是按照宴客名单，恐怕还真招架不住。”周亦霖穿着黑西服，喜气洋洋地站在新郎官的旁边。

“万一洪星星的预感是对的，旺达真的选在今天动手……”周亦霖仰仰下巴，“那我们就……”

魏岚一边笑着跟宾客致意，一边回应：“那我们就按计划应对。敢破坏我的完美婚礼，是要付出代价的。”

“行！”

“康叔怎么还没来？”魏岚看着熙熙攘攘的宾客，发现没有康叔的身影，突然有种不好的预感。

孙秘书赶紧拿着名单去找康菲："我去问问。"

"康经理，你有看到康叔吗？"孙秘书一时着急，也顾不上委婉和客套了。

"我和他没联系。"康菲语气冷漠地答道。

"婚礼马上就要开始了，他还没到，电话也打不通。老魏总说今天都没见到他。"孙秘书愁到跺脚，"唉，最重要的证婚人可不能缺席呀，要不我去家里找他，听说康叔常年独居，可别出什么事呀。可是我又不知道具体地址。"

迟疑了几秒后，康菲为难地说："我试试吧。"

康菲急匆匆地来到康叔的住处，敲门没人开，焦急之中突然想起他的那条短信，"菲菲，记住，爸爸的所有密码，都是你的生日"。

她按下密码，门果然开了。

室内冷冷清清的，窗帘的颜色很深，遮得屋里昏昏暗暗的，一点儿人间烟火气也没有，她的心里涌起一阵不知道是怜悯还是怨怒的情绪。

她在室内转了一圈，发现餐桌的正中央放着一封信，上面写着她的名字。信封里有一张银行卡和一封信。

菲菲，我的女儿：

我知道你不愿意认我，但是，这是我最后一次这么叫你了。爸爸人生的前三十年过得很灰暗，爱情、事业还有家庭，都很失败，最终落入了一无所有的境地，是曾经的同窗魏宝丰收留了我，我本应心怀感恩。

但日复一日，看着他顺风顺水、在商场上意气风发，而我，只能跪在他脚下任劳任怨，一事无成。我越来越忌妒他，甚至，慢慢变成了恨，我把所有的情绪压在心底。

直到有一天，一个毁掉他的机会找上了我。从前，我只

是一个失败的人；而从那一刻起，我连作为“人”的基本道德都放弃了。

我做了很多昧心的事，辜负了老爷、少爷对我的信任，也让你失望了。是老爷和少爷的真心和信任让我幡然悔悟。时至今日，我已没有退路，这一次，我决定不再做懦夫，亲自去解决这些由自己带来的麻烦，给老爷、少爷一个交代。

请你将保险箱里的东西交给魏岚，银行卡里的钱是留给你的，钱不多，但是干净，是爸爸能留给你的唯一的东西。

爸爸要跟你说一声对不起，来生希望还有机会拥有你这样一个可爱、善良的女儿。

你的父亲，绝笔

礼乐声响起，宾客各自落座，期待着新人的登场。

洪大军牵着女儿的手，缓缓地从红毯对面走来，边走边偷偷抹眼角。

“爸，你哭什么呀，我以后又不是不回家了。”洪星星小声劝他。

“嗯嗯。”他在台上站定，姿态挺拔，郑重地把女儿的手交到魏岚手上。

婚礼进入最重要的环节时，周亦霖拿着电话匆匆跑到魏岚身边，低语道：“康叔出事了。”

“看来，我们担心的事还是发生了。”

洪星星想起康叔在牌桌上指节敲击的样子，是……摇篮曲的节奏。

“魏岚，康叔就是‘催眠师’，他那天在桌腿上敲的就是《小星星》。”

魏岚一惊：“你确定？”

“婚礼继续吗？”周亦霖冒汗。

“继续。”他低头看了看表，“时间紧迫，你作为证婚人，

三十秒。”

“好，”周亦霖转身举起话筒，“今天是——”

“跳过！”魏岚下令。

“我作为——”周亦霖跳到另一段。

“说重点！”这次说话的人是洪星星。

“从今以后你们就是合法夫妻，无论健康、疾病、富贵、贫穷，都会永远相爱，直到死亡将你们分开。”周亦霖直接跳到最后一段，快速读完。

“我愿意！”两人同时应声。

接着交换戒指，然后一吻，宾客纷纷站起身来鼓掌。

“跑？”洪星星示意魏岚。

“跑。”魏岚拉起她向草坪外侧的尽头奔去。

留下一众宾客在原地不明所以地欢呼、鼓掌，以为这又是什么新潮流。

这回真成了婚礼大作战，本以为今日要对付的是“催眠师”，没想到“催眠师”是康叔，更没想到他会在最后一刻良心发现，自己和匪徒决一死战。

洪星星和魏岚在车内换好衣服，担心地看着彼此。

“待会儿要小心！”两人同时开口。

“我会的。”又是异口同声。

魏岚看着洪星星头上别着的那枚星星发卡，轻轻帮她取下来。

“这是离心脏最近的位置。”她接过放在胸前的口袋里。

魏岚眉头一紧，看着手机里传来的消息。

“来消息了，河漫路307号，要我一个人带着QW1的机密资料去换康叔的性命。”

“好，我陪你。”她一脚踩下油门，向目的地行驶。

“对方让我一个人去。”他不想让她涉险，“你留在原地接应。”

“放心，我会在暗处保护你的。”

怎么说她也比他更有作战经验，躲过几个匪徒还是不成问题的。

她帮魏岚系好安全带，车子向野外飞驰，她按下蓝牙耳机接听电话。

“是凌听。警方封锁了实验室勘察之后，发现是有人故意引发了消防警报。多亏了警报声吓跑了侵入者，实验室有被翻动的痕迹，但重要资料没有失窃。”

“应该是康叔。”他缓缓分析道，“和你昨晚预测的一样，一定是因为他突然后悔了，才按响警报，护住了那些机密资料。”

“是，康菲从家里找出一个优盘和一张认罪书。优盘里有旺达集团的犯罪证据，康叔的确是‘催眠师’，但他这次不是敌人。”

魏岚想起那天他邀请康叔当证婚人，说不出地难过：“他做下了很多有悖法律和道德的事。但有资格惩治他的，是法律，而不是旺达集团。”

愤怒当然有，只是他很难把那个比自己爸爸还要亲的人，与此刻星星说的人联系起来。

“是，我们去把他带回来。”她为他装上微型窃听器袖扣，把一颗微型耳机放在他的手心。

另一边，凌听和周亦霖带着孙秘书也一刻没有闲着，和警方保持密切合作，传递信息，并且在洪星星的指导下建立了新的GPS跟踪定位系统。

“星星，GPS设备已经启动。”孙秘书急忙打来电话，“可以配合你们的行动。”

“好。”

洪星星一脚油门，车子猛地加速，导航指引着车子在郊外的一片树林处停下，魏岚跳下车，她指指袖扣的位置，提醒他保持联系。

他点点头，快速地朝林子深处走去。

没走多远，他便在几十米外的空地上发现了一辆越野车。

“我是魏岚！我一个人来的！”他举起手，朝着越野车喊道。

两个匪徒跳下车来，拿着枪慢慢接近他：“我们要的东西带了吗？”

“在这里。”他慢慢地把手伸到兜里，掏出一个优盘，又重新举起手来。

两个匪徒对视一眼，上前一步，收缴了他手里的优盘，同时扣住他的手，搜了搜身。

“等等，说好我带机密资料来，你们就放了康叔，他人呢？”他朝越野车看了看，“在车上吗？”

“闭嘴！”匪徒乙粗暴地给魏岚绑上眼罩。

他急了：“你们干什么？”

“你不是想见康正道吗？跟我们走！”

两个匪徒把他挟持到越野车旁，将他推上后座，向丛林深处开去。

洪星星坐在车内，看着手机上的定位软件，显示目标在向郊区移动，她赶紧选了一条相近的路线跟上去。

越野车在一座废弃的工厂外停下，两个匪徒用枪抵在魏岚背后，逼着他向前走。他眼前黑黑的，完全辨不出方向，更别提在什么地方。

“老实点儿。”

他被按在椅子上坐下，匪徒甲解开他的眼罩。

“魏总，我们又见面了。”

麦先生坐在他对面，狰狞地笑着。

“是你！”

上次在汽车旅馆绑架他的人就是麦先生，没想到麦先生居然能躲到现在。

“惊不惊喜？”麦先生笑得很开心。

魏岚没心情跟他废话：“康正道在哪儿？”

“别着急，魏总，从去年到现在，QW1的案子由我全权负责，康正道只不过是我们的一枚棋子而已。”

“从去年开始？”魏岚的视线落在麦先生的手上，虎口处果然有一个W字样的文身，“这么说，九个月前在非洲，造假药诬陷润世，并指使雇佣兵闯进药厂闹事，整件事都是你的杰作？”

“称不上‘杰作’。没想到那群当兵的来得那么快，”麦先生耸耸肩，“我们一无所获，还白白折了手下。”

他站起来，走到魏岚身前：“今天冒昧地请魏总来，是想和你谈个合作。”

魏岚怒吼道：“先告诉我，康正道人在哪儿！”

“魏总，我在心平气和地和你谈合作，你是不是该收敛一下自己的脾气？康正道在里面，我们没有伤他的性命。等我们谈完，会让你见他的。”麦先生拿出一份合同要递给魏岚，这才发现魏岚的双手被绑着。

“哎呀呀，失礼，失礼。”

麦先生对匪徒甲使了个眼色，匪徒甲赶紧解开绳子。

“这是……？”魏岚接过他手里的合同。

“合作协议。我代表旺达集团邀请你去我们南亚总部工作。”

“我没听错吧？”

“自然没听错，在此之前我们是想要QW1的资料，但想着有了资料，我们的实验人员也未必能够做到那样的提纯，听说魏总是这方面的专家，所以就只好辛苦魏总大驾了。”麦先生又流露出孩童般的笑容，看上去十分天真无邪。

“我们有这么多过节，你觉得我会为你们工作吗？”魏岚也笑。

“魏总，我们是生意人，办事讲道理，这份合同就是我们的诚意。”他拿起桌上的签字笔，递给魏岚，“我们也想看到你的诚意。”

魏岚没有接下签字笔，而是慢慢将合同撕成两半，说道：“这就是我的诚意。”

“看来魏总还是年轻气盛。”麦先生看他慢慢把合同撕成两半，“带魏总去一边冷静冷静，或许一会儿魏总就想开了。”

他冷笑着朝下面的人摆摆手。

匪徒甲再次把魏岚的手捆在身后，推推搡搡地把他推进旁边的一间废旧仓库。

门哐的一声从外被锁住。

魏岚试图从地下躬身站起来，一抬头，看见了角落里满脸是血的康叔。

“康叔，康叔！”他疾呼着。

康叔慢慢抬起头来，眼眶乌青，额头、嘴角的血迹糊作一团，已分不清到底哪里伤得更重。

“我应该在实验室的时候，就死在他们手里。这样，就不会在你面前，落到如此难堪的境地。”几句话就已让他气喘吁吁。

“康叔，”魏岚往前拱了拱，想要靠近他身旁，“我知道你作为暗探为旺达集团工作，只是窃取情报和传递消息，但这次你并没有让他们得逞，适才警察说是有人最后触响了警报，重要资料才没有被盗走的，我知道是你做的。还有，我在非洲的时候，高松与绑匪同谋打算害我，星星的战友及时把我救了出来。他们说，多亏一个匿名者提供了线索。那个人，就是你吧？”

康叔缓缓地吐了口气：“你不用替我解释。我自己清楚得很，每一次都是我把你们推向险境的。”

能够坦然面对自己的罪行，对康叔来说，又何尝不是一种解脱？

“康叔，我一定会把你带回去的，就算惩罚，也轮不到旺达这些人，你要坚持住。”

康叔耷拉着脑袋，已经没有说话的力气。

洪星星远远地跟着越野车的方位，行至树林深处，跟踪器上面的红点停在某一个固定点上，不再向前。她一步步向红点处靠近，果然，行至几百米处，在一处废弃的工厂内发现了他们的踪迹。

“明哨三个，暗哨数量未知，预计在三到五个。图片已发送，请及时反馈。”她在智能手表上放大地图，在某几个地方标记红点，对蓝牙耳机讲话。

“收到。”凌听和周亦霖迅速在监控车内做出反应，“已报告警方。”

“OK。”洪星星用望远镜看向厂内，补充道，“匪徒的身形极为面熟，极有可能与上次在汽车旅馆绑架魏岚的是同一人。”

“麦先生？你千万不要擅自行动。”凌听嘱咐道，“警方很快就会到达现场，大约十五分钟。”

“放心，在警方到达之前，我不会贸然行动。”洪星星放下望远镜，向后撤去。

废弃的仓库内，光线阴暗，只有一扇小窗和外面相连，魏岚往窗边靠了靠，试图让窃听器的信号好一点儿。

“这些年来，我一直把你当父亲，这是我的真心话。”他靠在身后的杂物堆上，看着康叔的背影。

“我已铸下大错，不值得你这么想。”康叔渐渐恢复了些血色，这话确实是肺腑之言。

“父亲也会犯错。每个人，无论扮演着什么角色，都不过是人而已。”他劝导着，“来的路上我们和康菲通过话，她想告诉你，她愿意和你谈一谈，试着原谅你。”

“菲菲？”康叔闭上眼睛。

“放心，我和星星一定会把你平安带回去。”

他这是在和康叔讲话。

再次监听到魏岚的声音，洪星星心里一阵激动，看来刚才是信号被挡住了。

她听得正紧张，耳机里突然传来一道熟悉的声音："还聊呢？看来你们两个的感情是真不错。"

果然是那个麦先生。

不知道魏岚有没有受伤。

"十分钟了，考虑好了吗？"麦先生在魏岚面前蹲下，看了一下手表，"看来'催眠师'不合作的下场不足以给你警告呢。"他狠狠地朝康叔踹了几脚。

咚咚的撞击声让魏岚不忍直视。

"住手！"

"你说什么，我听不太清。"麦先生伸手拔出一旁匪徒甲身上的枪，对准康叔。

"我答应你！"看麦先生缓缓压下扳机，魏岚接着喊道，"我答应你的条件。"

"这才像话嘛！"麦先生放下手枪，把枪插回匪徒甲的腰间。

"你先放了康叔。"

"可以。"他不以为意，"他对我们已经没用。"

"我需要回家取护照。"魏岚试图斡旋。

"不用那么麻烦。等会儿有人来接你。他们会从码头带你经水路出境，坐货船到南亚总部。在那儿，你会有新的护照和新的身份。"

他心一沉，变了脸色："偷渡？"

"放心，对方可是有名的船王马克，不会出意外的。六点很快就到了。"麦先生抬手看了看表，"还有十五分钟。"

船王马克？那个被通缉的蛇头，没想到他为旺达集团效劳。

麦先生强行将一个手环扣在魏岚的胳膊上。

"这是什么？"

"炸弹呀。"麦先生笑，"惊不惊喜，魏总？"

第二十三章

玫瑰骑士

你是照亮我阴暗生活各个角落里的那道光。

炸弹？他在电视里看过无数次这样的镜头，时间倒数，剪红线还是剪蓝线，魏岚从来没想过自己也会面对这样的境遇，而且是更先进的操控方式。

“看你吓的。”麦先生看着魏岚一脸震惊的表情，开怀大笑。

“你骗我？”他挣了挣手腕上的手环，发现上面确实有个时间在闪动。

“TATP，撒旦之母，你应该很清楚它的威力吧？”

麦先生使了个眼色，一旁的匪徒甲识相地打开仓库一角的银色箱子，展示给他看。

“炸弹已经开始十五分钟倒计时。唯一能让它停止的，是配套密码卡，卡在马克手里。只要马克如约出现，你就安全了，如果不能，那时间一到就……咱们就……”他做了个爆炸的手势，对着魏岚喊道，“轰！”

“你！”魏岚使劲并拢两只手腕，想把手环褪下来。

“好心劝你，最好别轻举妄动。这是我们旺达最新研制的光电监测手环，实时监测血流，一旦监测不到血流信号，就会立刻激活炸弹。”

“你们这群疯子！”康叔暴怒，挣扎着冲麦先生大吼。

“闭嘴！”匪徒甲一脚踹在康叔心口处，康叔栽在地上，半天没有动静。

“别，你们别动他！我听你们的。”

魏岚只怕康叔再经不起一丝折腾，深深地吸了口气，试图让自己平静下来：“这么说，我现在唯一的选择，就是乖乖等着那个马克？”

“聪明。”麦先生弯腰在魏岚的脸上拍了拍，“我就喜欢你这么乖巧的模样。别担心，马克是个守时的人。”

他出了仓库，匪徒甲嘲讽地看了魏岚一眼，重重地带上门。

咔嗒一声，倒计时早已开始，魏岚低头看了看手环，00:13:30。

无论如何都要先拿到密码卡再说。

洪星星通知凌听和周亦霖告知警方先停止行动，立刻疏散方圆两公里之内的百姓。

“警方已追查到蛇头马克的位置，距离目的地二点七公里，很快就会到达你处。”周亦霖调动跟踪位置，查看对方定位。

“好，把位置同步给我。”她做好独自应对的准备，现在最重要的是找到一个适合的伏击地点。

“坐标发过去了，务必小心。”凌听嘱咐道，“对方有三个人，携带武器。”

“好，把情况向警方汇报一下，放他们进来，我要拦截密码卡。”

暂停通话，她点开智能手表上的林区图，试图在对方的途经范围内找出合适的伏击地点。她迅速测算出两者之间的距离，调整好战术腰包，猎豹般飞速到达选下的伏击点。

“这是什么鬼地方，”马克骂骂咧咧地坐在副驾驶座上，车子猛地向右侧一低，“下去看看。”

“老大，车胎爆了。”嚼着口香糖的随从甲弯腰看见车胎上插着一排铁蒺藜，刚想拔下，意识到不妙，正要通知马克，就被洪星星从背后一记手刀放倒了。

“快开车！”马克也意识到情况不对，冲着司机怒吼，她一个翻身，跃上车顶，狠狠一击，将司机直接打晕。

马克大惊，打出一枪，见没有动静，缓缓打开车门，有影子在车头闪过，再开一枪，依然没有命中目标。她抓住机会，猛地用脚把随从甲的刀从车底踢过，在他低头的瞬间，一个闪身用胳膊肘卡住他的脖颈，抢下他的枪。

“把密码卡交出来。”她把枪口抵在他的眉心。

他歪了歪头：“如果背叛组织，我会没命。”

“别动，”她一声厉喝，“如果不交出来，你现在就会没命。”

“我看过你的资料，你当过兵。我赌你……不会杀我。”他不为所动。

“是吗？”她扣下扳机对着他的脚边就是一枪。

“等等！求、求你……”他闭着眼睛，“密码在、在……”他颤颤巍巍地抬起手，撩起自己的短袖，撕开肩头的医疗胶带，下面黏着一张卡片。

“这就是你要的密码卡，放我走，我就给你。”他说。

“放你走？”她冷笑一声，刚想伸手去拿他手中的密码卡，他的手指突然狠狠地捏了几下，密码卡发出咔吧的断裂声。

“你！”她一枪托抵在他的太阳穴上，“就这一张？”

“哈哈哈！”他疯了般大笑，“就一张，这下你们都得死！”

“混账！”她扣动扳机，对准他的脑袋。

“星星姐！那张卡不一定失效。”凌听在耳麦里喊道，“虽然读取的概率很低，但可以试试。”

“还有十分钟。”她抬手看了看时间，“没别的办法了，只能冒险一试。”

说着，她一记手刀砍晕马克，捏起碎成两半的密码卡放进腰包，迅速向工厂的方向奔去。

魏岚终于把绑在手上的绳结蹭开了，扶起康叔至杂物堆边休息。

“我和麦先生接触的时候，曾经见过这种炸弹装置的图纸。一套装置配套一张密码卡，那张卡，是停止爆炸的唯一方法。万一，那个叫马克的没有按时赶到……”康叔大口呼吸着，“这么大量的TATP，你知道有多大的波及范围吗？”

“我知道。”他抬起手，看了看闪着微光的袖扣，“这里的情况

星星都了解了。我想，她应该正在疏散附近的人。”

警方已经拉起警戒线，开始疏散附近的群众。

有了警察的配合，她的行动顺利了不少，现在她只希望凌听的设想是对的，碎掉的密码卡合在一起还能有效。她迅速翻墙进入厂内，一个手刀劈在门口守卫的动脉处，一个个解决守在一二层的守卫。她贴着墙壁，一步步向三楼逼近。

“你有没有听见什么声音？”中间有道红线的屋子里，突然有人说道。

接着有人打开窗子向外瞧了瞧，并未注意到窗下的她。

“喂，你们……”匪徒甲朝着楼下的守卫喊道。

她一个翻身夹住匪徒甲的脖子，翻身滚入屋内，一枪打在匪徒甲的胸口处，转身对准麦先生：“魏岚在哪儿？”

“你是警察？”

麦先生想拿枪，她动了动枪口：“既然你刚才见识了我的身手，我劝你老实点儿。”

他慢慢举起双手：“隔壁。”

“开门！”她怒吼。

“我死了，马克一定不会交出密码卡，”他瞥了眼手表，拖延道，“到时，你们谁都活不了。”

“密码卡在我手里。”她用枪逼着他快走两步。

“也对，你确实有这本事。好，我开，我开。”他打开门。

“星星！”魏岚大喜。

“控制器在他手里！把密码卡插进去就能解除炸弹！快！”康叔提醒道。

她一把夺过麦先生手里的控制器丢给康叔，又从战术腰包里掏出碎成两半的密码卡，交给魏岚，始终没让手枪离开麦先生的脑袋。

“马克破坏了密码卡，但凌听说把两半合成原样，还有可能读取数据。”

“我试试。”康叔把两半密码卡合在一起，小心地往控制器的卡槽塞去。

咔嗒一声，控制器上的倒计时闪了闪，停在了00:05:28。魏岚的手环也停在了同一时间，字灭了。

“成了。”悬在心口的石头落了地，康叔老泪纵横，颤抖着说道，“灯灭了，手环，就……就失效了吧？”

“对，赶快取下来。”她也松了口气。

说时迟那时快，从门口突然闪出个穿着黑衣的匪徒，直冲她的背后扑来，魏岚心中一紧，还没来得及提醒，她一个转身，撕掉了匪徒的衣服。

“防弹背心！”她一惊，耳机落在了地上。

魏岚扑过去想帮忙：“星星！”

“别动。”麦先生一把捡起控制器，抓住魏岚的手腕，唰的一下把密码卡拔出，魏岚手上的手环再次亮起，从刚才的00:05:28继续倒计时。

“不许动！”麦先生指着洪星星，“还有你，也别动。”

匪徒一把掐住她的脖子。

“放开她！”魏岚大叫。

“放开她？”匪徒冷笑一声，冲着她的肚子就是两拳，她躲避不及，神色痛楚。

“住手！”魏岚一把扯住手环，“放了她，否则咱们就同归于尽。”

“不……要……”

“星星。”他握住手环的手攥成一团，抖个不停。

“头儿，条子来了！”

砰的一阵巨响，另一名匪徒惊慌地退了进来。

“看来真是不巧，魏岚，是天不要你活。但有人陪你一起死，应该还不错吧？”麦先生冷笑。

康叔突然踉跄着向麦先生扑去。

“就你？”

麦先生攥起拳头，对着康叔就是一拳，手中本就是两半的密码卡登时拧成了一团。黑衣人也狠狠地给了洪星星一脚，两人迅速撤离。

“康叔！康叔！”魏岚连滚带爬地走到康叔身边，却没有任何应答。

“一套装置配套一张密码卡，那张卡，是停止爆炸的唯一方法。”洪星星忍着疼，捡起弯曲的密码卡，双手颤抖着试图将它塞进控制器。

控制器没有任何响应。

她紧紧攥拳，试图让自己冷静下来。

“警察已经来了！你们一定要坚持住！拆弹专家也在赶来的路上。”地上的耳麦里突然传来凌听的大喊声，“我们都来了，你们一定要平安地出来。”

“来不及了！炸弹还有三分钟就会爆炸！这里交给我。把无关人员全部撤到安全区！”她拉过魏岚的胳膊，只剩2分57秒了。

“这里有伤者！快，快。”

十几名特警冲进来，魏岚赶紧呼救，为首的特警一个手势，左手边的警察点了点头，把康叔先背了出去。

她边从战术包里掏出工具，边对着外面大喊：“请马上撤退！我是原1717号特种部队的退伍军人洪星星，受过拆弹训练，不要再派人来了！这里非常危险！”

众特警对视了几秒，为首的警察走近几步：“确定？”

洪星星点点头：“麦先生已经逃了，这里交给我就好。”

众特警迅速撤离。

洪星星蹲下来，准备拆解引爆控制器，额头和鼻尖迅速布满了细密的汗珠。

“你听我说，”魏岚一手抓住她的胳膊，“从这里走到楼下安全区需要三十秒，以你的身手，只需要二十秒。等倒计时只剩二十秒的时候，你就从这儿……”

“从这儿逃出去，跟你永别？”她瞪着他。

“死一个，总比死两个要好。”他伸手为她整理鬓边的发丝，拿出她胸前的星星发卡别好，“余生往后，我的日月星辰都是你。”

想起自己说过的情话，他的鼻子酸酸的：“幸好我已经结了婚，娶了最爱的女孩，人生没什么遗憾了。”

“闭嘴。”她擦了把汗，继续看着手中的控制器。

“你还是这么不浪漫。”他叹了口气，望向窗外。

还有三十秒。

“星星，你该走了。”

“别说话。”她用工具在炸弹的线路板上比画着。

“洪星星，你放手！”他去扳她的肩膀，“快走，你会死的！走！”

她没有动，也没有说话，甚至连头都没有抬。

“走！”他用尽全力把她往门边拖。

她却更加用力抓紧他的胳膊，指甲嵌进肉里，试着相反的力：“还记得婚礼上的誓言吗？无论健康、疾病、富贵、贫穷，我们都要永远相爱，直到死亡将我们分开。”

她红着眼眶。

他与她十指相扣：“就算是死亡，也不能让我们分开。”

“永不分开！”她的睫毛颤抖着，一滴泪珠沿着脸庞滑落。

他的身体微微前倾，他吻上她的泪珠。

二十，十九，十八……

“救救他们，救救他们呀……”凌听哀号着，“求求你们了……”

康叔被凌听吵醒，想起什么似的，虚弱地喊道：“我想起来我看过图纸！还有办法。”

“什么？什么办法？快说！快说！”凌听急了。

“这个手环监测不到血流的引爆时间是1.13秒，摘下手环就有1.13秒的反应时间——”康叔极速说完，又开始喘大气。

凌听对着耳麦大吼：“星星姐！手环摘下后有1.13秒的空当！”

“啊！”她眼睛一亮，一把扣住他的手环，用尽力气摘下来。

手环倒计时继续倒回：三、二——

“跳下去！——”凌听大喊。

“跳！”她拦腰抱住他，冲着窗外毅然跳下。

一声惊天巨响，整个世界响起一阵轰鸣，震得所有人的耳朵嗡嗡作响，几近失聪。

魏岚躺在工厂楼下的草坪上，良久才听见周围的声音，哀号声、警察的哨声和口令声，以及一个个模糊的身影。

“星星，星星……”模糊之中，他想要快速找到洪星星的身影，发现能动弹的只有手指。

“死了吗？”一个模糊的身影，就在自己身边，却并不是在跟自己说话，他努力地睁了睁眼，看见那人猛地抬脚朝地上躺着的人踹了两脚，举起枪。

“是星星！”恐惧夹杂着悲愤，让他瞬间清醒过来，“别开枪！”

他大喊着，不知道哪儿来的力量，猛地爬了起来，朝着那人扑去。

接着，砰的一声枪响，这一次他终于看清了她，她已经完全失去知觉，如同沙袋一般毫无反应，兜里的星星发卡滚落出来，上面沾满了她的血迹。

“星星！”他一阵剧痛，昏了过去。

他再醒来时，已在医院。

魏岚从昏睡中突然睁开眼睛：“星星！”

孙秘书见他过于激动，转身想要倒杯水给他。

“快说，星星怎么样了？”想起昏过去前的最后一眼，他的手止

不住地抖动着。

“她就在隔壁病房。”刚进门的周亦霖看他急得眼眶都红了，赶紧放下鸡汤，扶住他，“我这不是帮你们去熬鸡汤了吗？”

他挣扎着要站起来：“我要去看她。”

周亦霖赶紧扶着他，一起向隔壁病房走去。

推开隔壁病房的门，洪星星身上扎着绷带，正面色苍白地靠坐在病床上。孙秘书、洪大军、凌听……甚至连魏宝丰都在紧张地看着她。

魏岚的眼泪夺眶而出：“疼不疼？”

他轻轻地摸着她的手，心疼至极。

“还行，”她咧嘴，嘴唇干裂得流出血，“要是没有你，我这次可真的要嗝屁了。”

斜倚在桌旁的凌听难以置信地看着魏岚：“他？能救你？”

“嘿嘿。”魏岚干笑两声，往她的床边靠了靠，“你想吃点儿什么？我让他们去做。”

“不用，医院不是有订餐吗？小米粥就行。”

“行，那一会儿到了我喂你吃。”

她凝视着他，眼前的他，和自己初见时真是有着天壤之别。

“幸亏你扑倒了那个姓麦的，枪才没有打在我身上，否则……”她看了看凌听，“明年的今天，就是你星星姐的忌日。”

凌听大叫：“我呸呸呸！星星姐，你能不能说点儿吉利话？”

魏岚也生气：“说什么呢？”

洪星星吐吐舌头。

他瞪了她一眼：“这个麦什么的，居然还想去捡地上的枪，幸亏我这个小机灵鬼一脚就把枪踢出去了，然后用星星教我的招式，一个十字固卸掉了他的胳膊。”说完，他还冲她挤挤眼睛，“是不是？”

他的语气极其轻松，在场的人都知道当时的场面有多危急。

凌听紧握着拳头，问：“然后呢？”

“警察就来了。”他帮她掖掖被角。

“再后来呢？”凌听不依不饶。

“再后来，就送到我这里来了。”医生夹着病历走进来，忍不住插话，“我来有两件事情要通知你们。第一件事，魏先生，您的伤口刚做完缝合手术，这几天要注意饮食，避免沾水。那第二件事呢，就是……”

他拿出一张验血单，举到二人中间：“魏太太，恭喜你们即将迎来新的家庭成员。”

“什么？”洪星星努力睁大眼睛，想要看清那张验血单上的文字，“什么意思？”

“意思就是，有人要做爸爸了。”他笑着把检查报告递给魏岚。

“不可能，前一阵我刚测过验孕棒，明明……”

“验孕棒有时会不准，但孕酮值可不会说谎。”

适才还故作轻松讲述当时惊险场面的魏岚此刻傻眼了，盯着手里的报告单，结结巴巴地说道：“这、这、这……”

周亦霖最先反应过来：“什么，我要当干爹了？哈哈哈哈哈哈哈哈。”

凌听用手勒住他的脖子：“凭什么不是我？”

周亦霖毫不示弱，反踢一脚：“放肆，居然敢对你的顶头上司……”

医生冲着他俩做了个安静的手势：“别吵，病人需要静养。尤其孕妇，虽然孕妇的腹部曾遭受外力冲撞，但幸运的是，胎儿没有受到任何影响，各项指标都很正常。看来，是个顽强的小家伙。”

洪大军一把冲过来，拎起魏岚：“好小子！”

丁玲赶紧制止：“不能打呀老洪，那是你亲女婿！”

魏岚嘿嘿笑着：“没事，没事，您打，我挺得住。”

魏岚想上去紧紧地抱着洪星星，想狠狠地亲上她几大口，可她全身都是伤，哪儿哪儿都碰不得，又这么多人。他想了又想，最后跟她碰了碰额头。

“我不打，我是在夸这小子呢。”洪大军大笑一声，“你小子在

战斗中的表现，我可都听说了，不愧是我洪大军的女婿！”

他竖了竖大拇指，然后乖乖地走到洪星星面前，看了看女儿的脸色，宣布道：“至于肚子里的这个小家伙，我决定了，以后就去当兵，和他妈妈、姥爷一样做个特种兵。”说完，他又发出一阵爽朗的笑声。

“那可不行，”一旁的魏宝丰总算有机会插嘴了，“我魏家的孙子，自然是要继承我魏家的产业，怎么能去当兵呢？”

“魏老头儿，跟我较劲是不是？不服单挑！”洪大军挥了挥胳膊。

洪星星咳嗽了一声，抱怨道：“爸，别闹。”

魏宝丰脱掉外套：“单挑就单挑，我怕你？”

“别争了，病房内要保持安静。”医生翻出手底下的B超单子，“本来想晚点儿告诉你们的。再不说，你们都要打起来了。”

魏宝丰不解地看着他：“什么意思？”

“怀的是双胞胎，不用抢。”

“什么？双胞胎？”

病房内顿时又闹成一团，两个老头儿，总有斗不完的嘴。

洪星星并没有理会周遭的噪声，轻轻地抓起魏岚的手放在肚子上，缓缓地抚摸着：“你们好呀，小宝宝，我们是你们的爸爸妈妈。”

他默默地把耳朵贴向那里，当然什么也没听到。

但是，他装作听到了的样子，慢慢颔首：“嗯，你妈说得对。出来后，不许跟着你妈妈欺负我。”

阳光透过窗子洒在洪星星的身上。他抬起头，觉得有点儿刺眼，用手遮着额头。

“星星，你知道吗？”

“什么？”

他眯着眼说道：“你是我的光。”

她看着他。

“我说，你是照亮我阴暗生活各个角落里的那道光。”